CB011424

As Quatro Graças

As Quatro Graças

Patricia Gaffney

As Quatro Graças

Tradução
Flávia Carneiro Anderson

BERTRAND BRASIL

Copyright © 1999 *by* Patricia Gaffney

Título original: *The Saving Graces*

Capa: Simone Villas-Boas
Foto de capa: GETTY Images/Thomas Barwick

Editoração: DFL

2006
Impresso no Brasil
Printed in Brazil

Cip-Brasil. Catalogação na fonte
Sindicato Nacional dos Editores de Livros – RJ

G125q	Gaffney, Patricia
	As quatro graças/Patricia Gaffney; tradução Flávia Carneiro Anderson. – Rio de Janeiro: Bertrand Brasil, 2006.
	462p.
	Tradução de: The saving graces
	ISBN 85-286-0873-5
	1. Romance americano. I. Anderson, Flávia Carneiro. II. Título.
	CDD – 813
06-3173	CDU – 821.111 (73)-3

Todos os direitos reservados pela:
EDITORA BERTRAND BRASIL LTDA.
Rua Argentina, 171 – 1ª andar – São Cristóvão
20921-380 – Rio de Janeiro – RJ
Tel.: (0xx21) 2585-2070 – Fax: (0xx21) 2585-2087

Atendemos pelo Reembolso Postal.

A Jan, Annie e Marti.
E também a Carolyn, Jeanne, Jamie, Jodie e Kathleen.
E Molly.
Sobretudo a Midge, in memoriam.

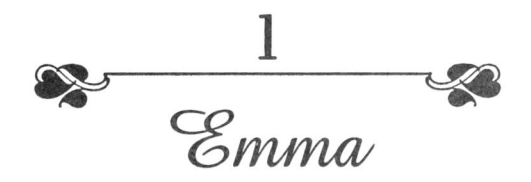

1

Emma

Considerando que metade de todos os casamentos termina em divórcio, quanto tempo costuma durar uma união típica? Não se trata de um problema de matemática; eu realmente gostaria de saber. Aposto que dura menos de nove anos e meio. E já faz todo esse tempo que nós, as Quatro Graças, nos reunimos a todo vapor, sem nenhum sinal de descontentamento. Ainda conversamos, ainda notamos detalhes umas das outras, como perdas de peso, novos cortes de cabelo, botas novas. Que eu saiba, ninguém está à procura de uma participante mais jovem e durinha.

Na verdade, nunca pensei que fôssemos ficar tanto tempo juntas. Só me uni ao grupo porque a Rudy me obrigou. Para ser franca, as outras três, a Lee, a Isabel e a Jana? Janinha? — ela não ficou muito tempo, mudou-se para Detroit com o namorado urologista, e não mantivemos mais contato — não me pareceram, naquele primeiro encontro, ser do tipo amigas do peito. Achei a Lee mandona demais e a Isabel muito velha, com trinta e nove anos. Bem, basta dizer que eu vou fazer quarenta no ano que vem, e que a Lee *é* mandona, mas ela não tem como evitar essa atitude, pois está sempre certa. Está sim, e é um tributo ao seu temperamento maravilhoso não a odiarmos por causa disso.

O primeiro encontro não deu certo. Foi na casa da Isabel, na época em que ela ainda era casada com o Gary. Lembro-me de ter pensado: *Meu Deus, que gente mais careta.* Careta e *rica,* isso me chamou a atenção — mas eu tinha acabado de me mudar para um apartamentinho úmido, no subsolo, em Georgetown, pagando mil e cem dólares por mês só pela localização, então estava meio sensível com relação à grana. A Lee parecia ter acabado de sair de um dia no spa. Além do mais, era solteira, ainda estava na universidade, dava aula para crianças com dificuldade de aprendizagem por meio período — dá para imaginar quanto dinheiro se ganha *nessa área* — e ainda morava pertinho da Isabel, no bairro esnobe de Chevy Chase, não em uma casa alugada, mas *própria.* É claro que eu impliquei com elas.

No caminho de volta, tentei mostrar para a Rudy, com bastante malícia, sarcasmo e desdém, o que todas tinham de errado e por que não havia a menor chance de eu me juntar a um grupo de mulheres cujas participantes tinham podadores elétricos de cerca viva, usavam roupas carésimas de grife, homenageavam Eisenhower e namoravam urologistas. "Mas elas são *legais*", insistiu Rudy. Só que isso, é claro, não vinha ao caso. Tem muita gente legal por aí, no entanto você não quer jantar com essas pessoas a cada quinze dias, às quintas-feiras, e trocar confidências.

Uma outra coisa foi o ciúme. Tive a atitude bastante baixa de me sentir magoada pelo fato da Rudy ter outra boa amiga além de mim. Uma vez por semana, ela e Lee trabalhavam como voluntárias, dando aulas de alfabetização no centro; foi durante o treinamento que elas se conheceram. Na época, nem me passou pela cabeça que se tornariam *grandes* amigas, menos ainda agora, já que as duas não têm nada em comum. Mas a minha personalidade tipicamente insegura (de antes e de agora) e altamente neurótica me impediu de ver a beleza potencial das Quatro Graças, mesmo quando ela estava bem debaixo do meu nariz.

Ainda não éramos as Quatro Graças, claro. Até mesmo agora, não saímos por aí nos chamando dessa forma em público. É um nome piegas, que soa como um seriado cômico de TV. Não soa? *As Quatro Graças*, estrelando Valerie Bertinelli, Susan Dey e Cybill Shepherd. Observe que todas são mulheres atraentes, inteligentes e divertidas que, por acaso, já têm certa idade. De qualquer forma, a origem do nosso nome é um assunto particular. Não por um motivo específico — é meio engraçado e traduz bem o que nós somos. Mas simplesmente não falamos sobre isso. É pessoal.

Estávamos voltando de um jantar num restaurante em Great Falls (jantamos fora quando quem está na vez de nos receber não está a fim de cozinhar), pegando o caminho mais longo, porque a Rudy tinha deixado passar a saída da auto-estrada. Formávamos um grupo há mais ou menos um ano àquela altura; tínhamos acabado de perder a Jana/Janinha, e a Marsha, a participante temporária número dois, ainda não tinha se juntado a nós; então estávamos só nós quatro. Eu estava no banco de trás. A Rudy se virou para ver minha imitação da garçonete, que todas nós julgamos não só parecer com a Emma Thompson, como falar igualzinho a ela. A Isabel gritou: "Cuidado!", e um segundo depois atropelamos uma cachorra.

Ainda posso ver a expressão da vira-lata de pêlo cor-de-mel no instante em que o pára-lama a atingiu no ombro e jogou-a por cima da capota do carro da Rudy: divertida, curiosa, só ligeiramente preocupada. Como se estivesse pensando: *Bem, hã, isso aqui parece interessante!*

Todas gritaram. Eu repetia o tempo todo "Morreu, morreu, só pode ter morrido", enquanto a Rudy jogava o carro no acostamento. Para falar a verdade, se eu estivesse dirigindo sozinha, não teria parado: tinha certeza de que a cadela tinha morrido e não queria vê-la. Quando eu tinha doze anos, atropelei um sapo com minha bicicleta e ainda não superei o trauma. Mas, como a Rudy desligou o carro e todas saíram, tive que ir com elas.

Ela não tinha morrido. Mas só ficamos sabendo disso quando a Lee incorporou, lá mesmo na avenida MacArthur, a personagem literária Cherry Ames, em sua versão enfermeira de auto-estrada. Você já viu um ser humano tentar fazer respiração boca a boca para ressuscitar uma cachorra? É engraçado, mas só agora que tudo passou. Na hora em que estava acontecendo, foi meio impressionante e repugnante, como algo que ainda é ilegal na maior parte da Nova Inglaterra. A Rudy tirou o sobretudo negro de caxemira, objeto de minha eterna cobiça, e cobriu a cachorra, porque Lee tinha dito que ela estava entrando em choque.

— Precisamos de um veterinário! Um veterinário! — exclamou Isabel, mas não havia nenhuma casa ou loja à vista, não havia nada, a não ser uma igreja sem iluminação do outro lado da estrada. A Isabel se levantou de um salto e fez sinais com os braços para o carro que vinha em nossa direção. Quando ele parou, foi até lá e conversou com o motorista. Fiquei parada, torcendo as mãos.

A Rudy e a Lee carregaram, sozinhas, a cadela até o banco traseiro do carro da Rudy. Olhando de soslaio — foi só dessa forma que consegui olhar —, vi que o focinho dela estava sujo de sangue.

— O Curtis vai ter um ataque — lembro-me de ter sussurrado, observando uma mancha escura sujar o couro claro do carro esporte. Mas a Rudy, que arcaria com o prejuízo se o Curtis tivesse um ataque, não estava nem aí.

— Bem, há uma clínica veterinária em Glen Echo — informou Isabel, sentando-se no banco da frente, ao lado de Rudy, para mostrar o caminho. Fui obrigada a me sentar atrás com a Lee e a cachorra. Não sei lidar bem com sangue e morte iminente: passo mal. Literalmente. Uma vez vi um cara, um vizinho meu, passar o cortador de grama em cima do próprio pé; daí eu me curvei e vomitei na calçada. Estou falando sério. Então concentrei o olhar na janela, observando como os faróis do carro iluminavam o letreiro que ficava diante da igreja do lado oposto — NOSSA SENHORA DAS GRAÇAS —, e se você está se perguntando qual é a moral da história, e se um dia vou chegar nela, é basicamente isso.

A Rudy foi correndo como um piloto de Fórmula 1 até a clínica em Glen Echo. O veterinário não estava lá — eram onze da noite —, mas chegou depois que o vigia noturno, sonolento, o chamou. Graça, a cachorra, sobreviveu, apesar do colapso pulmonar, da perna quebrada e do ombro deslocado, e a conta foi apenas de mil cento e quarenta dólares. Ninguém foi pegar a cadela — *que surpresa!* —, mas, depois que ela saiu da clínica, a Lee e a Isabel discutiram para ver qual das duas ficaria com ela. Ernie, o velho beagle da Isabel, tinha acabado de morrer, então ela venceu, ou perdeu — dependendo do ponto de vista —, e está com a Graça até hoje. A cadela está velha e grisalha, como a gente, e seus dias de vadiagem pela estrada acabaram; no entanto, é um *amor* de cachorra, e eu nem sou muito chegada a cães. Achei que ficaria ressentida conosco por ter sido atropelada, mas, muito pelo contrário, ela nos adora justamente por tê-la salvado. Quando comemoramos o aniversário de nosso grupo, dizemos que é o aniversário da Graça também, que ganha muitos brinquedos e presentes comestíveis.

Então é isso. Foi assim que surgiu o nosso nome. Você deve ter notado que fui a única que não moveu uma palha sequer, que não teve nenhuma atitude semi-heróica. O grupo, tal como a Graça em sua benevolência e generosidade, fez vista grossa a isso. Ninguém tocou no assunto, nem mesmo de brincadeira (algo que eu mesma teria feito, ao menos *uma vez*, nesses nove anos e meio). Não, sempre fui aceita incontestavelmente como uma das Quatro Graças, e isso, por si só, mesmo que não houvesse outros exemplos de apoio, afeto, bondade, fidelidade, compreensão, consolo e solidariedade, já teria garantido a minha eterna lealdade.

Mas há exemplos. Milhares deles. E como eu não entrei num convento, devo dizer que houve casos de ciúmes, intolerâncias, obstinações, sem contar as eventuais crises nervosas. Porém, foram insignificantes, e agora tenho medo só de pensar que o preconceito contra a classe média alta quase me levou a deixar o grupo com uma desculpa esfarrapada depois daquele primeiro encontro na casa de Isabel.

Foi minha velha amiga Rudy que me manteve no caminho certo. O que não deixa de ser meio irônico, pois, de todas nós, ela é, de longe, a que mais se aproxima do desvario total. Lee é a mais normal. É assim que nós a chamamos às vezes — e ela toma isso como um cumprimento. O que, de certa forma, diz tudo sobre a Lee.

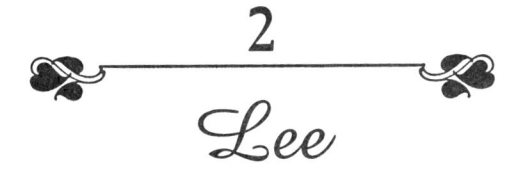

2

Lee

O primeiro encontro do grupo de mulheres foi no dia 14 de junho de 1988, na casa de Isabel, na rua Meadow. Ela preparou frango tailandês ao molho de amendoim com macarrão celofane. Éramos cinco naquela primeira vez: Isabel, Rudy, Emma, Jana Karlewski e eu. Por sugestão minha, organizamos os pratos que cada uma traria na próxima vez, já que quatro de nós haviam levado salada. Combinamos que, exceto nas ocasiões em que estivéssemos encarregadas de oferecer o prato principal, por sermos anfitriãs do encontro, levaríamos o seguinte: Rudy, petiscos; Emma, saladas; Jana, pães; Isabel, frutas; eu, a sobremesa. Com exceção de Rudy, essa distribuição permanece igual até hoje. (Tivemos de deixá-la encarregada da sobremesa, e não dos petiscos, pois ela nunca chegava na hora.)

As reuniões eram realizadas na primeira e na terceira quartas-feiras do mês até setembro de 1991, quando voltei a estudar e passei a ter aulas naquele horário. Então, os encontros começaram a ser realizados às quintas-feiras, dia mantido até hoje. Começamos às sete e meia e terminamos em torno de dez, dez e quinze. Nos primeiros anos, discutíamos um tanto formalmente o tema escolhido na semana anterior — mães e filhas, ambições, expectativas, sexo, esse tipo de coisas —, começando logo após o jantar e terminando aproximadamente uma hora depois. Entretanto, esse costume foi descartado e eu sou uma das que sentem falta. Vez por outra, sugiro ao grupo que volte a praticá-lo, mas nunca recebo apoio. "Já discutimos tudo o que há para discutir", argumenta Emma, "não sobrou mais nada." Devo admitir que, de certa forma, ela tem razão, mas creio que o verdadeiro problema é a preguiça. É muito mais fácil bater papo do que organizar nossos pensamentos em torno de um *tema* autêntico e objetivo e conseguir manter essa rotina. Gosto, como todo mundo, de bater papo, mas em minha opinião nossos diálogos eram melhores quando éramos organizadas.

Foi quando Susan Geiser participava do grupo (de fevereiro de 94 a abril de 95) que instituímos a regra dos quinze minutos, a qual perdura até hoje, muito embora não necessitemos dela agora que Susan saiu. As Graças estavam sem um quinto membro havia um tempo considerável, quando Isabel conheceu Susan e perguntou-lhe se não queria participar. Susan tinha boas qualidades, sem dúvida alguma, e às vezes podia ser muito interessante e engraçada. Mas tinha um defeito: jamais se calava. Isso não me incomodava tanto, mas Emma e Rudy ficavam furiosas. Então, certa noite, a Isabel sugeriu a regra dos quinze minutos — de uma forma muito diplomática, como só ela conseguia —, e dali para a frente, cada uma de nós passou a contar em quinze minutos como estava, o que andava fazendo e pensando ultimamente. Não somos histéricas com relação ao tempo, ninguém fica olhando para o relógio ou coisa parecida; trata-se, simplesmente, de uma recomendação. Costumo terminar em cinco minutos; já Rudy precisa de pelo menos vinte, então funciona muito bem.

Emma e Rudy sempre dizem que fui eu quem deu a idéia do grupo e cuidou da organização e do planejamento iniciais, porém, na realidade, Isabel participou tanto quanto eu. Éramos amigas havia aproximadamente um ano e meio, Isabel e eu, desde a noite de Halloween, quando Terry, o filho dela, vomitara em meus sapatos novos. Era o meu primeiro Halloween no apartamento de Chevy Chase e eu estava me divertindo, distribuindo pipoca e maçãs do amor que eu mesma tinha preparado para a garotada. Havia dezenas e mais dezenas delas — eu vinha de um espigão em College Park e não podia acreditar na quantidade de crianças que moravam em minha nova vizinhança. E todas elas estavam bastante charmosas, muito fofas em suas diminutas fantasias, as princesinhas, as bruxinhas e os Power Rangers. Devo admitir que estava tendo o que Emma chama de "criancite aguda". Em torno de oito e meia, a campainha foi parando de tocar; às nove, parecia que o Halloween havia terminado.

Eu já estava apagando a luz da varanda, preparando-me para subir e tomar banho, quando escutei uma batida à porta. Um ruído surdo — achei que alguém tinha jogado alguma coisa, talvez uma das abóboras que eu esculpira e colocara na escada. Espiei pelo olho mágico e vi um garoto. Dois garotos. Como reconheci um deles, abri a porta.

— Gostosuras ou travessuras? — perguntaram.

Foi o bastante; ambos os meninos, que não estavam com fantasia, encostaram-se um no outro e curvaram-se, soltando gargalhadas. Risadas embriagadas.

— Vocês são palhaços? — perguntei.

— Não, somos bandidos — disse o que depois descobri chamar-se Kevin. E isso lhes pareceu ainda mais engraçado. Estavam segurando fronhas já repletas de doces, prova de uma noite bem-sucedida de visitas a casas, o que significava que ninguém os acompanhara. E as pessoas ainda se perguntam por que a juventude de hoje tem problemas.

Os dois tinham finalmente chegado à casa errada.

— Conheço você — disse eu, apontando o dedo para o rosto de Terry. — Mora na rua Meadow, na casa branca de esquina. Sua mãe tem idéia do que você e seu amigo andam aprontando esta noite?

— Claro — respondeu. Mas parou de rir. A noite fria e chuvosa havia eriçado seu cabelo louro e deixado seu rosto corado. Terry tinha quinze anos naquela época, mas parecia ainda mais jovem com suas roupas desajeitadas, chamativas e grandes demais, tal qual um menininho brincando de se vestir de adulto.

Eu me dirigi a Kevin:

— Onde você mora?

— Na rua Leland — murmurou ele, começando a andar para trás, em direção à escada. Produzo esse efeito nas crianças: quando as trato com severidade, ficam sóbrias de imediato. (Nesse caso, literalmente.) Mas posso garantir que não é por medo, mas sim pelo modo como as faço encarar a realidade da mesma forma que eu: com sensatez.

— De que lado de Connecticut? — perguntei.

— Deste — respondeu Kevin.

— Sei. — Não queria que ele atravessasse aquela rua movimentada bêbado. — Vá para casa agora. E me dê aqui seja lá o que for que esteja bebendo. — Estiquei a mão.

Kevin também parecia um menininho, mas não muito bom. Usava o cabelo bem rente e tinha uma tatuagem falsa de caveira na bochecha; supus que buscava um visual nazista.

— Vá à merda... e, de qualquer forma, está com o Terry — disse ele à medida que ia descendo as escadas e andava, cambaleante, em direção à calçada. Virei as costas para ele. — Tchau, Téo! A gente se fala quando essa puta sumir de vista.

— Belo linguajar — comentei.

Terry deu um passo atrás e esbarrou na porta. Tentou sorrir, como se não ligasse, mas não conseguiu.

— O Kev é um babaca — disse. — Com licença. — A fronha escorregou de seus dedos frouxos e caiu no piso da varanda.

Eu a peguei. Havia uma garrafa pequena, quase vazia, de vodca no fundo, debaixo das balas. Afastei uma abóbora e coloquei a garrafa em cima do pilar do corrimão.

— Você vai conseguir ir para casa sozinho?

— Claro. — Mas não se mexeu, e a única coisa que o impedia de se acomodar no chão eram os joelhos, que teimavam em permanecer no mesmo lugar.

Soltei um suspiro.

— Está bem, vamos.

Peguei-o pelo braço para que começasse a se mover. Tínhamos quase a mesma altura naquela época — hoje ele tem mais de um metro e oitenta, e é robusto —, mas eu era mais forte, e não foi preciso muito esforço para agüentar metade de seu peso; caminhamos, cambaleando, pela calçada vazia até a esquina. No início, ele protestou, mas foi se calando, à medida que nos aproximávamos de sua casa. Se a luz da varanda não estivesse apagada, eu teria notado a face cada vez mais pálida e amarelada e as gotículas de suor sobre o lábio superior, ainda sem bigode, de Terry. Hesitou à porta da frente — supus que relutava em lidar com a situação.

Bati e quase imediatamente Isabel abriu a porta, sorrindo, oferecendo uma tigela com bombons de chocolate. Eu a reconheci e retribuí o sorriso. Era aquela simpática mulher mais velha que levava o beagle para passear no mesmo terreno baldio — conhecido em nossa vizinhança como "o parque dos cachorros" — onde eu levava Lettice, minha cadela spaniel bretã.

— Terry? — Ela viu o filho atrás de mim e franziu o cenho, intrigada.

— Mãe? — Bem, na verdade, o que ele disse foi: — Ma...? — Se tivesse fechado a boca a tempo, meu sapato teria escapado incólume. Então veio um fluxo repulsivo de vodca, balas e chocolates semidigeridos, e quase tudo foi parar em meu sapato de camurça do Ferragamo, novinho em folha.

Isabel veio correndo. E, atrás dela, Gary. Não lembro o que achei dele naquela primeira vez. Nada de mais — marido, mais velho, atarracado, inexpressivo. Ele acabou cuidando de Terry, e Isabel, de mim.

Já me sentei em sua cozinha milhares de vezes desde aquela noite. Isabel é diferente de todas as amigas que tive. No início, mesmo tendo gostado dela, achando-a simpática, não imaginei que nos tornaríamos íntimas. Antes de mais nada, ela era mais velha — só oito anos, mas a diferença parecia ser maior. Isso porque, segundo Isabel, ela pertence a uma outra geração; no entanto, creio que há outro motivo. Algumas pessoas já nascem sabendo de coisas que o resto de nós passa a vida tentando aprender. Além disso, ela *aparentava* ser bem mais velha — prendia o cabelo cheio de mechas grisalhas o tempo todo, usando coques, imagine só — e, para completar, não tinha a mínima noção de como se vestir. (Com o passar dos anos, venho ajudando-a muito nesse sentido.) Mas ainda era bonita. Para mim, naquela noite, parecia uma Madona madura — e não me refiro à cantora. Isso foi em 1987, quando seus verdadeiros problemas ainda não haviam sequer começado; no entanto, o semblante de Isabel já era triste e sereno, e ela possuía aquela luz interior que sempre me pareceu extraordinária.

Quanto a mim... bem, apesar de estar sempre ocupada e cheia de atividades com o ensino por meio período e a universidade, e a elaboração de minha dissertação para o mestrado em educação, sentia-me um pouco só. Talvez... buscasse o sentimento materno. Não que não tenha mãe. Como diz o meu marido, *Meu Deus do céu*, eu tenho mãe. O que quero dizer é que... queria ser mãe.

Segundo Emma, eu não entendo o que é ironia, mas me parece que esta é a definição adequada: com exceção de Isabel, nenhuma das Quatro Graças teve filhos, e a única que gostaria de ter sou eu. E não consigo. Além disso — e isso também é uma ironia —, acho que Isabel e eu nascemos para ser mães e, no entanto, ambas tivemos pais bastante frios. Sou louca para ser mãe e ter uma mãe. E Isabel é uma mãe para todas; entretanto, por acaso alguém exerceu esse papel para ela? Não.

Pensando bem, talvez não haja ironia nisso. Talvez seja só algo patético.

Isabel me fez tirar a meia-calça e colocar meias limpas — de Terry — e me ofereceu uma bebida quente de sidra para degustar, enquanto ela lavava meus sapatos na pia do banheiro. Quando voltou, tivemos uma conversa bastante amena e agradável. Ela quis saber tudo sobre mim. Especificamente, lembro-me de ter lhe contado algumas das travessuras de meus irmãos e de ter afirmado que, apesar de tudo, tinham se tornado figuras de relevo em suas comunidades. Contei-lhe isso para que não se preocupasse tanto com o fato de Terry estar no caminho errado. Não fiquei muito tempo, mas, quando saí, me dei conta de que ela ficou sabendo de muito mais sobre mim do que eu sobre ela.

Terry voltou no dia seguinte, a fim de me pedir, muito educadamente, desculpas e também para me convidar para jantar. Então, foi assim que tudo começou. Isabel e eu nos tornamos amigas. Quando não estávamos na casa uma da outra, levávamos Lettice e Ernie para passear no parque dos cachorros, jogávamos tênis ou viajávamos pelas redondezas. Chorei junto com ela quando Terry decidiu ir para a universidade em McGill, Montreal. Isabel ficou sabendo de todos os detalhes da aproximação lenta e tímida de meu marido. Depois que deixou Gary, ela e Graça passaram três semanas em meu apartamento e, quando ela teve câncer, foi como se tivesse acontecido comigo. Não posso imaginar como seria não conhecer Isabel, tampouco me lembro bem da vida antes dela.

Cerca de um ano após a travessura de Halloween de Terry, estávamos sentadas no piso de linóleo, secando os cachorros, que haviam acabado de tomar seu último banho de verão, quando Isabel disse:

— Leah Pavlik, você passa tempo demais comigo aqui nesta cozinha. Deveria sair e se divertir com amigas da sua idade.

Eu respondi:

— Você é quem deveria sair e se divertir com amigas da minha idade. — Rimos, e então, não sei bem de quem partiu a sugestão, mas, quando vimos, estávamos discutindo a possibilidade de fundar um grupo de mulheres.

Sempre tive muitas amigas e devo admitir que adoro organizar suas vidas. Na sexta série, fundei um clube só de meninas, com as quais me reuni no porão de minha casa até a sétima série; no ensino médio, fui co-capitã da liga de animadoras de jogos; na universidade, fui presidente do grêmio estudantil. Mas, desde que chegara a Washington, talvez por estar tão ocupada, não havia feito muitas amigas, salvo Isabel. Achei *ótima* a idéia de começar um grupo. Não seria uma associação literária, nem política, tampouco seria uma organização feminista. Apenas um grupo de mulheres de que gostássemos, que respeitássemos e com as quais pudéssemos aprender algo, reunindo-nos de vez em quando para discutir assuntos de nosso interesse. Um esquema bem simples. Mal sabíamos que estávamos plantando as primeiras sementes de um belo jardim.

Não fui eu quem disse isso, mas Isabel, anos depois. Ela comentou que estávamos plantando verduras saudáveis para o nosso próprio sustento e magníficas flores para o nosso próprio deleite. Perguntei-lhe qual das opções eu era, certa de que diria uma verdura saudável, mas afirmou que eu era ambas.

— Todas somos as duas coisas, sua boba! — foram as palavras exatas dela.

Cerca de um ano após a formação do grupo, marcamos um encontro com o seguinte tema (por sugestão minha): quais foram nossas primeiras impressões umas das outras — das que ainda não se conheciam — naquela primeira reunião das Quatro Graças. Fui a primeira e disse ter achado que Emma parecia pertencer ao mundo artístico, ou a alguma coisa do gênero, lembrando até uma estrela de rock. (Na verdade, quis dizer uma estrela de rock *em decadência*, por causa do ar meio *blasé* e melancólico que ela gosta de transmitir. Na realidade,

Emma não é nem um pouco monótona, não entendo por que é tão importante para ela aparentar "desinteresse" o tempo todo.) Bem, ela *adorou* ouvir que parecia uma estrela de rock. Quis saber qual, e pensei em Bonnie Raitt — considerando que ambas têm rostos bonitos, bem definidos e (precisa ser dito) a mesma expressão meio pretensiosa, às vezes. Além disso, têm o mesmo tipo de cabelo — longo, de um tom acobreado e, para defini-lo de forma condescendente, de *estilo único*. (Estou louca para apresentar Emma ao meu cabeleireiro, mas ela diz que não quer ser incomodada.)

Rudy e Emma disseram que gostaram de Isabel de imediato, que a acharam maravilhosa, embora talvez ligeiramente antiquada e um tanto conservadora.

— Matrona, mas no *bom* sentido — comentou Emma.

E Rudy retrucou:

— Não, *mãezona*.

Lembro-me de que naquele primeiro encontro Isabel usou um avental de algodão vermelho sobre o suéter e a calça, e não o tirou durante toda a reunião, por puro esquecimento. Não tem um pingo de vaidade. Mas, conservadora? Não, não, não, não, não. Eis aqui uma prova óbvia de que as primeiras impressões levam as pessoas a fazerem julgamentos totalmente equivocados.

Isabel disse que achou Rudy uma das mulheres mais lindas que ela já tinha visto pessoalmente, e eu e Emma concordamos, claro. Eu diria que nós, as outras, somos razoavelmente atraentes, segundo os padrões comuns, normais. Mas Rudy é especial. Todos a admiram, não podemos ir a nenhum lugar juntas sem que ela chame atenção. Tem pele de bebê, corpo de modelo, cabelos negro-azulados impecáveis e brilhantes, com os quais ela faz o que bem entende. Se ela só tivesse um rostinho lindo, seria odiada, mas, como por trás de sua beleza clássica há muita doçura, inocência e vulnerabilidade, ela acaba fazendo aflorar o instinto protetor das pessoas. Todos querem salvar Rudy — os homens em especial, diz ela. Mas até agora, lamento dizer, não creio que alguém tenha conseguido.

Quanto a mim, Emma disse ter me achado parecida com uma estrela de rock também. Perguntei, ansiosa, com qual. (Certa vez, um antigo namorado me disse que eu o fazia lembrar Marie Osmond, por causa da "alegria de viver".) Mas Emma respondeu:

— Sinéad O'Connor.

— *O quê?*

— Não por causa da careca, apesar de você ter usado o cabelo bem curtinho antes, Lee. Mas por causa da atitude presunçosa e espartana que você assume de vez em quando.

— Ah, muito obrigada. — Ofendi-me, mas Emma acrescentou:

— Não, a Sinéad O'Connor é maravilhosa! Nunca reparou nos olhos dela?

Não, pensei.

— Ela é uma mulher linda, Lee. Isso foi um *elogio* para você.

Ah, sim, claro. Duvido muito, mas, de qualquer forma, não pareço *nem um pouco* com a Sinéad O'Connor. Sou parecida com minha mãe: pequena, magra, morena e determinada. E não sou presunçosa, embora, de fato, esteja certa a maior parte das vezes.

Bem, esse foi o belo final das primeiras impressões.

Quando me casei com Henry, passou pela minha cabeça que eu já não precisaria do grupo tanto quanto antes, que meu entusiasmo diminuiria e que eu já não dedicaria o mesmo tempo e energia às Quatro Graças. Nada disso aconteceu. Houve um período de uns sete ou oito meses em que eu estava tão obcecada em dormir com o Henry que praticamente nada mais se registrou em minha mente, mas isso foi um fenômeno temporário que não teve nada a ver com o grupo.

Devo dizer que Emma e Rudy se divertiram muito às minhas custas nesse período de minha vida. Não sei o que elas achavam de mim antes de eu conhecer Henry — uma puritana, creio. O que não sou e nunca fui. Não falo palavrões e realmente gosto de guardar certos pensamentos para mim mesma, sem espalhá-los aos quatro ventos. E, se os compartilho, pelo visto eu os exponho de tal forma que soam antiquados, e até mesmo bizarros para certas pessoas. Então, quando conheci Henry, e de uma hora para outra o único pensamento em minha mente racional e sem imaginação foi o sexo, isso pareceu a elas hilariante.

Eu poderia ter dado um basta à diversão delas, se tivesse ficado calada, mas, por algum motivo, talvez o turbilhão hormonal no interior de meu corpo, não conseguia parar de falar nisso. Não conseguia manter a boca fechada. Nada parecido acontecera comigo antes e eu estava com trinta e sete anos. Numa quinta-feira à noite, fiz a besteira de comentar algo sobre a aparência de Henry em seu uniforme de algodão azul, com o nome bordado em dourado no bolso da frente, e CALEFAÇÃO, ENCANAMENTO E AC PATTERSON & FILHO na parte de trás. E também de fazer menção ao cinto de ferramentas que ele costumava utilizar. Um *cinto de ferramentas*. Quem ia adivinhar? Rudy e Emma disseram que conheciam muito bem as conotações implícitas nesse tipo de cinto — refiro-me ao que há de melhor em magnetismo masculino, àquela irresistível combinação de sensualidade com prova evidente de capacidade de resolver problemas —, e até para Isabel esses conceitos não eram nenhuma novidade. Gostaria de saber por onde andei, já que nunca soube disso.

Depois cometi um erro ainda mais grave. Contei-lhes a respeito da primeira vez em que Henry tinha ido à minha casa (naquele dia, apenas para desentupir o vaso sanitário; eu ainda não o havia contratado para trocar os antigos tubos de calefação). Ele me mostrara um diagrama em um manual sobre encanamento para que eu tivesse uma idéia exata do defeito a ser consertado. "Faz parrrte do serrrviço", disse-me ele, com seu sotaque arrastado, excitante e meticuloso. "Uma cliente inforrrmada é uma cliente satisfeita."

As mangas da camisa estavam enroladas e os raios de sol que passavam através da janela do banheiro iluminavam todos os pêlos dourados de seus — bem, acho que nesse caso a palavra certa é *vigorosos* — antebraços. Seria necessário mostrar o diagrama que ele me mostrou para entender o que quero dizer, mas pode acreditar quando digo que o desenho da verruma do vaso sanitário apontando sua forma longa e tubular para a passagem estreita, inclinada e inundada da latrina lembrava exatamente, *exatamente*, um pênis numa vagina.

Dá para imaginar a quantidade de piadas sobre "encanamento" que venho suportando nos últimos quatro anos?

Eis outra ironia. Além do desejo ardente, profundo e libertador que senti por Henry, praticamente no instante em que nos conhecemos, sabia que ele seria o melhor pai do mundo. Meus genes requisitaram os genes dele, era o que eu costumava dizer, brincando. Juntos iríamos ter lindos bebês judeus/protestantes e intelectuais/proletários (o componente intelectual vindo dos meus pais, não de mim; meu pai dá aula de física quântica em Brandeis e minha mãe é corretora da Bolsa). Mas atualmente as coisas não estão indo nada bem no departamento de fabricação de bebês. Parece que há algo de errado com o encanamento de meu encanador. Ou talvez comigo; ainda não se sabe ao certo qual é o problema.

Tento não pensar no pior que poderia acontecer conosco: nenhum filho. Duas palavras tão tristes. E estranhas. Nunca as havia associado a mim antes. Sinto-me traída agora por ter tomado pílula religiosamente e usado óvulos espermicidas, DIU e diafragma, certificando-me de modo escrupuloso de que estava segura durante anos.

Até agora, consegui esconder meus piores temores do grupo, mais do que minha libido, que foi motivo de escárnio; no entanto, não poderei fazer isso por muito mais tempo. E por que deveria? Suponho que para manter a imagem que elas fazem de mim de mulher séria, sensata e controlada.

Mas Isabel já sabe. Como sempre. Certa vez, ela me disse que não conseguiria ter enfrentado o divórcio, e depois o câncer, a quimioterapia e tudo o mais sem mim — o que é muito amável, bem típico dela, mas não é verdade. Porém, será no meu caso. Se o pior acontecer — se Henry e eu não pudermos ter um filho —, tenho certeza de que, sem Isabel, não poderei suportar isso.

3
Rudy

Não sei por que as minhas amigas perdem tempo comigo; sou do tipo que requer atenção demais. Eu sairia correndo se me visse chegar. Mas são sempre tremendamente pacientes e prestativas. Elas me abraçam e dizem: "Ah, Rudy, você está se saindo muito *bem!*" Esse é um código; significa que, como ainda não me meteram numa camisa-de-força, devo estar bem. Concordo, mas sempre sinto vontade de bater na madeira depois que elas dizem isso.

O que eu não conto para ninguém, nem mesmo para a Emma, que pensa que sabe tudo sobre mim, é o grande papel que vem sendo exercido pela desipramina e amitriptilina para manter minha cabeça no lugar. E, antes delas, pela protriptilina e pelo alprazolam e meprobamato. A lista continua.

Ninguém sabe desses detalhes sobre mim, salvo Curtis, o meu marido, e Eric, o meu psiquiatra. Sou franca com relação a tudo o mais: minha família totalmente pirada, minhas décadas de análise, minhas lutas contra a depressão, a melancolia e as manias. Todo mundo toma Prozac ou Zoloft, então já não é mais chocante, ou motivo de vergonha, como diz a Emma, viver melhor recorrendo às substâncias químicas.

Mas eu mantenho segredo. A questão é que preciso que minhas amigas acreditem que o que faço, a maneira como me comporto, é *real*. Porque é real — mas, se elas soubessem do meu arsenal secreto de psicofármacos, qualquer atitude certa que eu tivesse seria "por causa dos remédios", e qualquer errada, idem. Nada relacionado a mim seria autêntico. Na cabeça delas, não haveria uma Rudy verdadeira.

Só quero ver quando eu contar para elas o que fiz hoje. Já sei como vão reagir: a Emma vai rir, a Isabel vai oferecer apoio e consolo, e a Lee vai desaprovar (gentilmente). E todas elas vão se perguntar, em silêncio: *Bem, no que eles estavam pensando ao contratá-la?* Só que não é com a opinião delas que estou preocupada. Mas com a do Curtis.

Acontece que me despediram do Disque-Ajuda. Tenho até vergonha de dizer que só fiquei uma semana. A sra. Phillips, minha supervisora, disse que fiz comentários muito pessoais com uma das clientes, violando frontalmente as normas do treinamento. *Sei* que não conduzi bem a situação, *sei* que as regras são necessárias, mas a verdade é que, se a moça — Stephanie — ligasse de novo, eu faria a mesma coisa.

Eles nos disseram para ser cautelosas no início, e de cara recebi alguns trotes de adolescentes. Mas a voz jovem, fina e nervosa da Stephanie a denunciou tão rápido que bastaram alguns segundos para eu ter certeza de que não era uma brincadeira.

— Disque-Ajuda, Rudy falando. Alô? Rudy falando, tem alguém aí?

— Ah, oi. Eu estou ligando... em nome de uma amiga.

— Oi. Tudo bem. Qual é o nome da sua amiga?

Longa pausa.

— Stephanie.

— Stephanie. Ela está com algum problema?

— Acho que está sim. Com muitos problemas.

— Muitos problemas. Sei. Qual é o pior? O que a está deixando mais infeliz?

— Caramba, nem sei. Tipo assim, ela chora muito. Por causa de muita coisa, sabe? Da família, dos amigos.

— O que é que a família dela tem de errado?

Suspiro.

— O que não tem de errado? — Esperei. — A mãe dela, sabe, é um verdadeiro desastre.

— Em que sentido? — Silêncio. — Em que sentido ela é um verdadeiro desastre? — Nenhuma resposta. — Aposto como ela bebe muito.

— *Como?*

— A mãe da Stephanie bebe demais?

— Nossa. Enche a cara. Mas você... simplesmente, hã, *adivinhou* isso?

— Bem, a minha mãe bebe muito. Então, é isso aí, acho que simplesmente adivinhei. — Por que fui dizer isso? Por quê?

— É mesmo? Então é alcoólatra? Minha mãe vive de pileque, é tão terrível, não sei nem como eu posso... Cara! Putz!

— Não, espera, tudo bem. Ei, Stephanie? Escuta, não tem problema, viu? Quase noventa por cento das pessoas com quem eu falo começam dizendo que estão ligando em nome de um amigo. Mas, sabe, acho que é maneiro isso; você com certeza *faria* essa ligação em nome de um amigo, porque você é uma pessoa legal. (Não é bem assim que costumo conversar; ou melhor, esse não é o meu jeito de *falar*. Mas seja lá com quem eu esteja falando no Disque-Ajuda, percebo que acabo — acabava — adotando o linguajar da pessoa. A sra. Phillips, antes de me despedir, disse que essa era uma das minhas estratégias de orientação mais efetivas.)

— Sei — disse Stephanie, cética.

— Não, você é legal, dá para notar.

— Quantos anos você tem?

— Eu? Quarenta e um.

Sons de escárnio.

— Ah, então, poxa, o que é que você vai saber sobre angústias de adolescentes?

— Angústias de adolescentes? — Eu ri, e a Stephanie começou a rir junto comigo; pensei que ela estivesse rindo, mas logo me dei conta de que estava chorando.

— Cara...

Escutei seus dedos deslizarem pelo receptor; ela ia desligar. Disse rápido:

— Olha, a minha mãe era alcoólatra, tentou se suicidar quando eu tinha doze anos. E quando eu tinha onze, meu pai *realmente* se suicidou.

Longo, longo silêncio. Tive bastante tempo para considerar por que tinha me saído com essa. Sabia que era contra as regras, mas, na hora, não consegui pensar em nenhuma outra forma de manter a garota na linha.

De qualquer maneira, funcionou. Começou a falar:

— Minha mãe... quase todo dia, quando eu volto da escola, está totalmente chapada. Ou então está doente. Aí eu tenho que cuidar dela. Não posso levar ninguém lá pra casa, então não tenho amigos. Bem, tenho uma, tenho uma amiga, Jill. Mas ela... tipo assim, não posso falar pra ela o que está rolando, aí...

— Sei bem o que é isso. Eu também não tive nenhum amigo quando estava crescendo. Mas isso foi um erro. Eu cometi esse erro.

— Como assim?

— Bem, sabe, eu fiz isso comigo mesma, porque não parava de sentir vergonha. Como se *eu* fosse o problema. Mas, olha, Stephanie, você não fez nada, não fez mesmo. É inocente. É uma criança. Não merece o que está acontecendo com você.

Ela desatou a chorar. Eu também. Nenhuma de nós conseguiu falar por um bom tempo. Não sei ao certo, mas acho que foi nesse momento que a sra. Phillips começou a escutar.

— E, sabe, isso não é nem o principal — comentou Stephanie, quando pôde falar —, só que, sabe, parece *dominar* tudo o mais, sacou?

— Saquei.

— Mas agora tem uma outra coisa, algo até...

— O quê? O quê, Steph?

— Cacete! — Ela começou a chorar de novo. Esperei. Eu estava chorando também, mas dessa vez sem demonstrar. Pensei no Eric, meu psiquiatra, e em como ele *nunca* chora, não importa o quanto eu me acabe no consultório. Ainda assim, nunca penso que é frio ou indiferente; de jeito nenhum, muito pelo contrário. Mas ele não chora. O que é bom, graças a Deus, porque *alguém* tem que manter a cabeça fria.

Então tentei me controlar pela Stephanie.

— O que aconteceu? — perguntei, por fim. — Sei que foi algo ruim.

— É ruim. Foi algo que eu fiz.

— Com um cara?

Silêncio atordoado. Então:

— *Porra*, cara.

Tive que rir de novo.

— Tudo bem, sério, foi só outra suposição. O que você fez? Pode me contar, se quiser.

— Você é casada? Qual é mesmo o seu nome?

— Rudy. Se sou casada? Sou.

— Faz quanto tempo?

— Quatro anos e meio, quase cinco.

— Então você tinha o quê, trinta e sete anos?

— Isso. Velha — disse antes dela. Dava para sentir que era o que ela estava pensando.

— Então você, tipo assim... já fez alguma coisa com um cara que...

— Me fizesse sentir vergonha depois?

— Isso.

Não podemos contar histórias paralelas. Somos treinadas para escutar e fazer perguntas, e indicar aos clientes as agências de serviço social. Então tudo o que eu disse — e não creio que tenha sido tão ruim assim — foi:

— Steph, já fiz coisas com homens que não contei nem mesmo para o meu analista.

Ela deixou escapar um riso nervoso e aliviado.

— Então quer dizer que você faz análise?

— Eu vou dar o nome dele para você. Eric Greenburg, ele atende em Maryland...

— Ei, espera...

— Não, anote aí. Caso precise. — Dei para ela o número do telefone também. Acho que o anotou. É desnecessário dizer que isso é outra coisa que não podemos fazer.

— Está bem — Stephanie disse, pigarreando —, o tal cara, ele está na minha turma de matemática. O nome dele é George, mas é mais conhecido como Aranha, Homem-Aranha, sei lá por quê. Eu nem gosto tanto dele assim, sabe, não é meu namorado ou coisa parecida, mas ele estava no shopping com uns outros caras ontem à noite, e eu estava lá com a Jill, e aí a gente começou a bater papo e coisa e tal, e daí o Aranha falou pra gente ir pro carro dele, porque ele tinha um baseado, sabe, pra gente fumar. Aí a Jill disse que a gente não ia, que a gente estava indo embora e... Está bem, admito, foi um vacilo muito, muito grande, mas, sabe, eu disse que ela podia ir, que eu ia ficar.

— Hum-hum.

— Aí ela foi embora e eu fui pro estacionamento com o Aranha e os outros caras, e fumei.

— Hum-hum.

— Eu já tinha fumado antes, não foi a primeira vez, sabe. Acho que foi o meu estado de espírito ou algo assim. E, sabe...

— Não querer ir para casa.

— É.

— Querer mudar um pouco a situação. Extravasar.

— É isso aí. Caramba, Rudy.

— Entendo. Então...

— Então... você já sabe o que eu fiz depois disso.

— Faço idéia. Como é que foi?

Ela deu uma risada — mas, em seguida, pôs-se a chorar novamente. Meu telefone ficava sobre uma mesa com dois painéis de fibra de vidro nas laterais que iam quase até a altura do queixo. Quando eu não queria que me vissem, tinha que me encurvar, praticamente colocando o rosto na mesa. Cobri a parte posterior de minha cabeça com a mão e fiquei ouvindo a Stephanie chorar convulsivamente.

— Vai dar tudo certo. Vai dar tudo certo. Você é incrível — repeti várias vezes. — Ainda é você mesma. Ainda é você.

— Foi horrível, Rudy, foi horrível. Ah, meu Deus, e eu nem gosto dele! E ele vai contar pra todo mundo, todos os amigos dele, e aí...

— E daí? Você não é desse tipo e *sabe* muito bem disso. Que se danem!

— A Jill nem está falando comigo.

— Bem, ela está brava, mas...

— Não, ela me *odeia*, minha melhor amiga me *odeia*.

— Não odeia não.

— *Odeia* sim.

— Ela está confusa e brava com você, mas não a odeia, Steph. Ela é mesmo a sua melhor amiga? Há quanto tempo?

— Desde a sexta série. *Quatro anos.* — Ela disse isso como eu teria dito *quarenta anos.* E continuou: — Ah, o que é que eu vou fazer?

— Olhe, eu acho que você deve levar um papo com ela.

— Ela não vai falar comigo! E, de qualquer forma, eu não posso contar todos os detalhes pra ela!

— Pode sim. Contou pra mim! Só vai ser difícil pra caramba.

— Cara, não posso! Ela é muito certinha. E se comporta bem, sempre se comportou. Às vezes, penso que, se eu tivesse uma irmã, não seria tão terrível. Ou até mesmo um irmão; se eu tivesse alguém...

— Não necessariamente.

— Não, tipo assim, se eu tivesse uma irmã ou outra pessoa, pelo menos teria alguém pra dividir tudo isso, toda essa *zona*.

— É, pode ser que sim.

— Não, acho que seria muito mais fácil. Muito mais. Sabe, ser sozinha e tudo o mais...

Fiz de novo. Disse:

— Olha só, vou dizer uma coisa, eu tenho irmãos e, quando tinha a sua idade, eles simplesmente pioraram tudo.

— Não saquei.

— Não é verdade que as bebedeiras de sua mãe fazem com que você se sinta fracassada?

— E?

— Bem, imagine se você tivesse um irmão ou uma irmã e sentisse que os tivesse desapontando também. Em vez de se preocupar apenas com uma pessoa, seriam três. O que quero dizer é que isso não necessariamente facilitaria tudo.

— Mesmo assim, queria ter alguém.

Por que não deixei as coisas tal como estavam?

— Escuta, Stephanie, a Claire, minha irmã de dezoito anos, fugiu quando eu tinha dezesseis e se juntou a uma seita religiosa. Ela ainda faz parte dela.

— Hum-hum.

— Segundo essa seita, os gatos devem ser venerados, porque são descendentes diretos de Jeová. *Gatos.*

— De quem? Jeová?

— De Deus, Jeová quer dizer Deus. — A Stephanie começou a rir. — Não estou brincando. E é só *uma* das crenças deles. Meu irmão,

Allen, bem, vive no mundo da lua, perdido. *Essa é a minha família,* Steph. Meu pai se suicidou, minha mãe era alcoólatra, minha irmã participa desse tal culto e meu irmão é uma alma perdida; e aqui estou eu, nesta central de crises, atuando como uma pessoa sã! Então, escute... — ela ainda estava dando risadas — acho que a primeira coisa que deve fazer é ligar para o dr. Greenburg, e a segunda é ligar para a Jill. Porque você precisa muito dela agora.

— É, mas não sei...

A luzinha vermelha do telefone pisca quando a supervisora quer interromper a conversa. Então, a gente tem que deixar o cliente aguardando na linha, pressionar o botão e ver o que ela quer. A luzinha já estava piscando há uns dois minutos.

— Só estou dizendo o seguinte: acho que não custa nada tentar falar com a Jill. Isso é o que eu faria, se fosse você. Você realmente gosta dela?

— Gosto. Acho. — Começou a chorar de novo. Um choro profundo; estava soluçando. Eu tinha tocado num ponto bastante delicado.

— Stephanie, tudo vai dar certo. Pode crer, minha querida, vai dar certo. Não fique assim, você é incrível. — A luz vermelha continuava piscando.

— Rudy?

— O quê?

— Você está mesmo bem agora?

— Estou, estou sim.

A gente pode mentir. E, se não estamos bem, temos que estar.

— Sei, mas... e a sua mãe? — Stephanie perguntou em voz baixa.

— Continua levando a vidinha dela. Ambas sobrevivemos. Ela mora em Rhode Island com o meu padrasto e nos falamos por telefone de vez em quando. — Não havia por que mencionar que eu não me encontrava com ela há quase cinco anos, desde o meu casamento. — Ela diz que lamenta. Bem, ao menos disse isso uma vez.

— É mesmo?

— É. E significou muito para mim.

— Nossa, Rudy. — Soltou um suspiro. — A sua família parece ser mais destrambelhada do que a minha. Ah, desculpe, posso falar assim?

Doce Stephanie.

— Minha família. Steph, se eu começasse a falar sobre a minha família, você chegaria atrasada na escola amanhã. — Riso gostoso. Eu gostei tanto dela. Tive uma idéia. — Ei, você mora neste distrito?

— Moro, em Tenley Circle. Estudo no Colégio Wilson.

— Sabe, se você quiser, poderíamos marcar um encontro e conversar mais. Você gostaria? É só uma idéia...

— Eu gostaria. Tipo sábado ou algo assim?

— Seria ótimo. O meu marido geralmente trabalha aos sábados, então poderíamos almoçar...

— Puxa, tinha esquecido que você é casada.

— É, sou casada.

— E aí, é legal?

— O casamento? Muito legal. Na maior parte do tempo, sabe.

— É, na maior parte do tempo. — A voz dela baixou uma oitava completa, irônica. O meu coração se partiu.

— Então — disse eu —, que tal sábado? Quer se encontrar comigo?

— Ah, isso seria...

Clique.

— Alô? Steph? Stephanie? Alô?

Olhei fixamente para o aparelho mudo na minha mão. Na mesa, umas seis ou sete luzinhas verdes piscavam, indicando clientes conversando com voluntários. Será que tinham passado a Stephanie para outra pessoa? Apertei um botão qualquer.

— ... Ter saído naquele momento foi *péssimo*, e aquele veado *sabia*...

Clique.

— *Sra. Lloyd.*

Eu me endireitei de imediato. A sra. Phillips nunca me chamava de "sra. Lloyd" — eu a chamava de sra. Phillips, e ela me chamava de Rudy. Era uma mulher negra, grande, linda e escultural, e eu morria de medo dela. Estava ali de pé, de fato ameaçadora, com o peito intimidador arfando. Não pude fazer nada além de encará-la. Eu me senti como uma criança culpada.

— Sra. Lloyd, desligue o telefone, pegue suas coisas e dê o fora deste escritório.

— Espere, sei que fui...

— Fora. — Mexeu a cabeça, apontando para a janela, em direção à rua. Tinha unhas pintadas enormes e usava vários anéis e pulseiras que tiniam. Lembrava uma deusa, uma amazona.

— Por favor, sra. Phillips, será que eu não poderia ao menos falar com aquela garota por mais dois minutos? Acho que ela...

— Moça — disse, incrédula —, você está *despedida*. Em que estava pensando? — Ela não estava indignada, estava furiosa. Até aquele momento, eu jamais a ouvira levantar a voz.

— Sra. Phillips, eu errei, sei disso, e nunca mais...

— Atendemos clientes, sra. Lloyd. Para que acha que estamos aqui, para *lhe* oferecer terapia?

— Não, eu...

— Você terá sorte se eu resolver não entrar com um processo judicial contra você.

— Processo judicial!

Era um pesadelo que se tornava realidade. *Aprenda a lidar com sua raiva*, Eric costuma me dizer — mas, se eu tivesse alguma agora, devia estar escondida lá no fundo, sob uma camada de culpa, remorso, tormento e humilhação. Esse foi... esse foi um dos fracassos mais inesquecíveis da minha vida.

Pobre Stephanie, eu me angustiei durante a volta para casa. O que aconteceria com ela agora? E se ela voltasse para o Homem-Aranha? Se eu pudesse encontrá-la de alguma forma — ela morava em Tenley Circle, estudava no Colégio Wilson, tinha quinze anos...

O que me levou a pensar que poderia ajudá-la? Tudo o que fiz foi falar de mim, da *minha* mãe alcoólatra, da *minha* família maluca. A sra. Phillips tinha toda a razão. Eu merecia esse vexame e muito mais.

Bem, o pior estava por vir. O castigo mais terrível ainda não tinha começado, mas estava a ponto de começar. Assim que eu tentei explicar tudo isso para o Curtis.

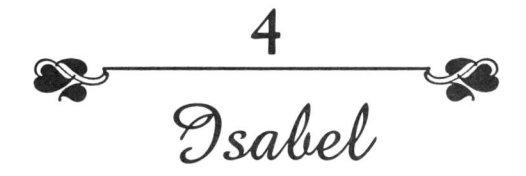

4

Isabel

Estou lendo um livro sobre uma mulher que acredita ter sido, em sua mais recente vida passada, simpatizante do nazismo. Segundo ela, colaborou com a tropa de elite, espionou os vizinhos e ficou rica (ou melhor, *rico*, pois assegura ter sido um homem nessa encarnação) com os lucros indignos oriundos da guerra. Baseia essa convicção não só na terapia de regressão às vidas passadas, como também nas circunstâncias de sua vida atual. Pobre mulher, é tetraplégica; não pode mover praticamente nenhum dos músculos, exceto os faciais, em virtude de um desastre de carro terrível, ocorrido quando tinha apenas dezesseis anos. Afirma que o sofrimento que enfrenta agora é o castigo pelos pecados que cometeu na Alemanha, na década de 1940.

Carma. Tudo o que vai volta.

Nunca fiz hipnose ou regressão, e, se tive outras vidas, já não me lembro. Mas não descartaria essa possibilidade. O ceticismo é um luxo ao qual já não me entrego — deixo-o para os jovens e imortais. Mas se é verdade que *yin* e *yang* estão sempre interagindo um com o outro, gostaria de pensar que estão fazendo isso em minha alma *agora, nesta* vida. Já sei até onde colocar a base do equilíbrio mais perfeito: no centro de meu quadragésimo sexto ano. Antes e depois desse marco dúbio, as metades de minha vida caem como asas, como um coração partido em dois. Renasci. Aqui, no terceiro ano de minha nova vida, tento compensar a antiga com esperança e amor, compaixão, calor humano, muitas boas ações e arrebatamentos espontâneos de deleite. Há muito a ser contrabalançado (embora nada tão abominável quanto os pecados nazistas precedentes); só espero ter tempo. Ajudaria poder viver até os noventa e dois. Quarenta e seis mais quarenta e seis.

Entre boas amigas, dez anos não é uma diferença muito grande de idade; ainda assim, às vezes tenho a impressão de que as Graças e eu viemos de séculos diferentes. Ainda não cheguei aos cinqüenta; tecnicamente, sou da geração *baby-boomer*. Mas, como meu pai era missionário, passei metade da infância no Gabão e em Camarões, e o resto em Iowa. Depois, o trabalho de meu marido nos levou a morar na Turquia durante os seis primeiros anos de nosso casamento; meu filho, inclusive, nasceu lá. Essas são as explicações mais óbvias para meu eterno desconforto no que diz respeito à cultura popular; no entanto, creio que há algo mais em jogo. Algo vindo de mim. Um arcaísmo incurável, diria Emma. Essa é uma explicação tão boa quanto qualquer outra.

Todas nós, as Graças, somos adultas ativas, razoavelmente sãs, produtivas, sem mais bagagem emocional — bem, com exceção de Rudy — do que se poderia esperar de quaisquer exemplares de mulheres maduras e profissionais. Não obstante, tivemos infâncias desastrosas. Umas mais que as outras, claro. Rudy poderia escrever um livro; Emma provavelmente *escreverá* um livro. A família de Lee e a minha têm em comum uma aparência exterior de normalidade e uma realidade interior muito diferente. Vez por outra, nós quatro ensaiamos o intrigante jogo "O que nos mantém unidas?", e o fato de que todas sobrevivemos às nossas infâncias é citado desde o início, com freqüência.

Pergunto-me se teria superado o câncer sem o apoio carinhoso delas. Superado — sim, provavelmente. Mas só isso: uma superação vazia. Nada, nenhuma outra experiência, chegou a me arrasar tanto. Achei que nunca me recuperaria, que mudaria para sempre. E mudei, mas não da forma como pensei. Li todos os folhetos e livros sobre a doença, tantos quantos pude encontrar. As histórias contadas na primeira pessoa por mulheres que afirmavam que o câncer mudara suas vidas, que as transformara em pessoas diferentes, que *fora um mal que viera para o bem* — meu Deus, essas histórias me enfureciam. Sentia-me enganada e traída, profundamente ofendida, e supunha que eram invencionices. E hoje — bem, hoje, sou uma dessas mulheres. Faz dois anos que perdi o meu seio, e me vejo extravasando o mesmo sentimento que costumava me irritar: "Não que eu deseje isso para alguém, mas foi *bom* ter acontecido comigo. Mudou por completo minha vida."

Bem, minha vida precisava dessa mudança, pois tomara um desvio ocasionado, entre outras coisas, pela descoberta da infidelidade crônica de meu marido. Não sei por quê, mas tenho pensado muito em Gary ultimamente. Pergunto-me se tive razão ao fazer de sua última traição o catalisador de nosso rompimento. Se ainda estivéssemos casados, e isso acontecesse hoje, será que o perdoaria? Creio que sim. Espero que sim. Porque não sou mais a mesma pessoa; já não carrego aquela raiva comigo. Graças a Deus! Oh, mas o que diria Lee se eu contasse isso a ela? Ou Emma e Rudy? Não dá nem para imaginar. O único ponto positivo durante o terror de meu divórcio foi a amizade delas, a forma como se uniram, tendo em comum o ódio a Gary. Em apenas um encontro do grupo, elas deixaram de considerá-lo um homem bom e passaram a desejar sua morte; o que, naquele momento, foi extremamente reconfortante para mim.

Até hoje não contei a elas a história completa das infidelidades dele. Acho que é embaraçoso demais; o comportamento de Gary é vergonhoso e acabei absorvendo parte dessa vergonha, como se fosse parcialmente culpada. Talvez seja esse o caso — estou certa que sim. Mas jamais me esquecerei — e serei eternamente grata a elas por isto — do ódio legítimo e feroz delas, quando lhes contei como descobrira a *primeira* transgressão de Gary. Foi na noite de nosso décimo nono aniversário de casamento — o que, em retrospecto, parece apropriado; desde que conheço Gary, ele sempre escolheu os momentos errados.

Ele me levou a um novo restaurante turco em Bethesda — um presentinho nostálgico em nome dos velhos tempos, quando nos casamos e moramos em Ancara. Fiquei surpresa e enternecida. Tomamos *raki*, bebida típica elaborada com uvas e anis, saboreamos carneiro assado com berinjela, voltamos para casa e fizemos amor no sofá. Algo que não costumávamos fazer, mas, como Terry estava pernoitando em Richmond com um coral, naquele dia estávamos sós em casa. Peguei no sono em seguida e acordei em meio à escuridão. Carregando minhas roupas, subi cambaleando, sentindo-me feliz e satisfeita porque já estava casada havia dezenove anos e ainda transava no sofá. A voz de Gary, baixa e sigilosa, veio da porta entreaberta do banheiro; parei no meio da escada, apenas por curiosidade. Com quem ele estaria falando ao telefone à meia-noite? Naquele tom de voz?

Betty Cunnilefski — um nome que não me chamou nem um pouco a atenção, a não ser muito, muito depois. Ela trabalhava como assistente administrativa no escritório de Gary. Eu a encontrara uma vez e lembrava-me vagamente dela: pequena, delicada, morena clara, o tipo de mulher que se vê jantando sozinha em restaurantes, que toma o cuidado de manter a capa do livro que está lendo virada para baixo na mesa.

Gary confessou tudo, rapidamente, naquela noite. Jurou que não voltaria a vê-la e que a transferiria para outro escritório. Mesmo em meio à dor e à raiva, senti um pouco de remorso por Betty — a qual

Gary, cumprindo sua palavra, transferiu para outro departamento em uma semana. E supostamente não voltou a ver. Acreditei nele na época, pois ele chorou de forma bastante convincente e implorou pelo meu perdão com muita sinceridade. Pareceu estar tão chocado quanto eu, não sendo capaz de explicar por que fizera aquilo. E foi melhor assim, já que, se tivesse afirmado que estava se sentindo só ou bêbado ou que era incompreendido ou que estava insatisfeito sexualmente ou na crise de meia-idade, ou ainda que fora seduzido — *qualquer* desculpa teria despertado o vulcão silencioso e borbulhante de ódio dentro de mim. Eu mal tinha consciência dele e, para ser sincera, não imaginava ser capaz de senti-lo. E Gary ficaria espantado se tivesse idéia de apenas uma fração dele.

Foi somente três anos depois que o vulcão explodiu. Betty pode ou não ter sido sua primeira amante, mas não foi a última. Como ele conseguia essas mulheres? É só o que eu gostaria de saber, agora que o ódio passou. Gary é baixo, barbudo e seus cabelos são bem grisalhos; tem papada e tendência a engordar. É peludo demais, seu pescoço é grosso e as pernas são curtas. Na cama, parece um bate-estacas, um batedor. Tudo bem se você aprecia esse tipo de coisa, mas, à medida que os anos foram passando, passei a detestar isso. Por trás do sorriso simpático, ele é, na verdade, bastante frio, calculista e predador. Flerta com as mulheres a torto e a direito, inapropriadamente; é impossível — era impossível — imaginá-lo conseguindo conquistar alguém. Mas ele consegue. O que será que ele tem?

Por um lado, é um homem mundano e fervoroso — por isso me apaixonei por ele. Por outro, escolhe jovens ingênuas, solitárias, carentes, as patéticas apostas seguras deste mundo — garotas exatamente como eu era. Não sei dizer se é algo proposital da parte dele e, portanto, cruel e calculista, ou se é um instinto cego e infalível. Nunca consegui me decidir. Quero dar a ele o benefício da dúvida. Quero perdoar.

Não se trata de altruísmo ou de santidade. Não há mais espaço em meu interior para a amargura — é simples assim. Correndo o risco de soar tola, afirmo que a vida está cheia de Bettys. Não sei a quem devo agradecer por essa atitude nova e otimista, e é interessante pensar que talvez, em parte, ao Deus luterano de meu pai, que era pastor; mas só em parte. Hoje em dia, sou igualmente atraída pelo que Emma chama de crendices, ou seja, pedras e cristais, tarô, reencarnação, vidas passadas, astrologia, numerologia, meditação, hipnoterapia — qualquer coisa sob o signo da Nova Era (segundo Emma, todas as coisas espirituais que não têm a ver com o protestantismo ortodoxo). Acredito em todas elas. O escárnio de minha amiga não tem limites, mas, ao menos, ela caçoa de mim de forma dócil e carinhosa. É uma brincadeira gostosa entre nós duas. Emma e eu estamos mais próximas do que nunca.

Poderia contar a ela que estou muito satisfeita por ver Deus em tantos lugares novos. O duplo fardo do conservadorismo e da racionalidade desapareceu quando me dei conta de que poderia morrer, *de que realmente poderia morrer*. Agora estou livre. Livre, com quarenta e nove anos, e muito grata por recomeçar minha vida. *Yin e yang*. Voltei a estudar, mudei-me de Chevy Chase para Burleith, e de lá para Adams-Morgan — uma jornada por si só extremamente significativa. Tingi os cabelos. Posso ter amantes. Acordar de manhã não é um ato obrigatório e tedioso; é o começo de uma nova aventura. Recriei-me. Não, não é bem isso. *Fui* recriada por uma nova definição de mortalidade que me foi imposta pelas circunstâncias. E valeu a pena: tudo o que tive de dar em troca foi um seio.

O negócio do século.

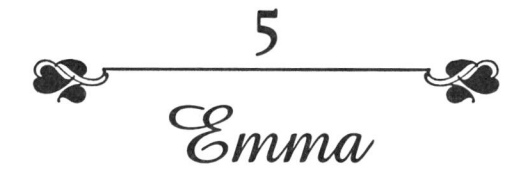

5

Emma

As notícias ruins não machucam tanto quando você as escuta em boa companhia. É mais ou menos assim — se alguém a empurrar de uma janela no quinto andar e você bater num toldo, no capô de um carro e numa pilha de sacos plásticos de lixo antes de se espatifar na calçada, suas chances de sobreviver serão boas.

Essa analogia é demasiadamente forte para que a gente possa continuar; além do mais, não sei quem colocaria no lugar dos sacos plásticos de lixo. Vou dizer apenas que, na noite em que descobri que o Mick Draco era casado, minhas três amigas atuaram como excelentes amortecedores.

Era uma quinta-feira, nossa costumeira noite de encontro, e fomos jantar no La Cuillerée, em Adams-Morgan, e não no apartamento da Isabel, já que o fogão dela estava com defeito.

Eu tinha acabado de dizer para a Rudy, a Lee e a Isabel que meu conto havia sido rejeitado novamente e estava tentando não dar muita importância para a preocupação e comiseração delas — apesar de sentir necessidade de ser consolada —, para que não percebessem o quão arrasada eu estava, quando, de repente, Lee olhou por sobre o meu ombro e disse:

— Mick Draco.

Fiquei imóvel, desorientada: cinco minutos atrás, ele estava em minhas fantasias. *A Lee leu a minha mente*, pensei, maravilhada, e então, seguindo seu olhar, dei uma espiada e o vi. Um sonho pornô que se tornou realidade.

Ela repetiu o nome dele e acenou, mas, como a Lee é o tipo de pessoa que prefere comer uma barata a levantar a voz em um lugar público, ele não a escutou. Espera aí — *a Lee o conhecia?* Atordoada, eu me levantei e gritei:

— Ei, Mick! — Ele deu a volta rapidamente e, com um sorriso forçado, veio até a nossa mesa.

Eu vinha pensando nele há quatro dias, desde o nosso breve encontro — uma pré-entrevista — na cafeteria baixo-astral que ficava do outro lado do seu ateliê imundo, na rua Oito. O Mick tinha me dito que morava ali perto, em Columbia Heights; mas, ainda assim, vê-lo de repente naquele bistrô francês de certa forma me surpreendeu.

Estava um gato. Não é muito alto, tem boa postura, é elegante — meu tipo preferido. Seus cabelos são negros, com mechas grisalhas, e sua face é ampla e inteligente. Seus olhos castanho-claros se iluminaram quando me viram.

— É o tal cara de quem eu estava falando. — Tive tempo de cochichar para a Rudy, antes do Mick se aproximar com as mãos metidas nos bolsos da jaqueta grossa, alegre e sorridente, meio nervoso, meio acanhado. E então pensei: *Droga, ele vai olhar para Rudy e nem vai se lembrar do meu nome.* É o que os homens fazem — já me acostumei com isso. Adoto uma atitude filosófica a esse respeito. Hoje, no entanto, queria enfiar um saco na cabeça dela.

A Lee disse:

— Oi, Mick, que bom ver você! Estou querendo falar com Sally. Você e Emma se conhecem? Eu não sabia.

Sally? Quem é Sally?, pensei, enquanto Lee o apresentava para Rudy e Isabel. Então me dei conta. A mulherzinha. Ah, *perfeito*, a história da minha vida. E esse encontro diabólico nem dava uma boa piada, ou uma representação engraçada, da minha mais nova e hilária mancada amorosa, com um dos meus já famosos e imprestáveis parceiros sexuais. Não, isso simplesmente doeu. Foi uma punhalada nas costas, eu estava totalmente despreparada para a profunda mágoa que senti. Acha que a minha reação foi estranha? Talvez imatura ou instável? Sabe, por ter levado um baque tão grande ao descobrir que um cara que eu mal conhecia era casado? Bem, eu também acho que foi esquisita. Não sei explicar. Nunca tinha acontecido antes.

— O filho de Mick, Jay, é aluno da creche — explicou Lee, fitando-o com seus olhos negros brilhantes, claramente feliz em vê-lo. — Foi assim que conheci Sally.

Outro choque: esposa *e* filho, o qual simplesmente freqüenta a creche de Lee. Abri um largo sorriso e contei para elas como tinha conhecido o Mick:

— Nós nos conhecemos há alguns dias. O Mick será o personagem principal de um artigo que estou escrevendo sobre mudanças de carreira na meia-idade. — A Rudy e a Isabel soltaram exclamações, interessadas. Ele não se deu conta, então eu disse: — O Mick deixou a advocacia na área de patentes para trabalhar como artista.

O Mick moveu as mãos nos bolsos e murmurou, dando um sorriso sem graça:

— Estou tentando me tornar artista.

Tímido — ele era tímido. Ah, meu Deus. Essa é a minha outra fraqueza. Tenho duas: homens tímidos ou mais inteligentes do que eu. Ele não tinha agido com timidez antes, quando estava a sós comigo no bar. E naquele momento também não pareceu estar fascinado pela Rudy; na verdade, continuou a olhar de soslaio para mim, enquanto ele e a Lee batiam papo. A Isabel ficou quieta, observando sem fazer comentários. Assimilando tudo aquilo.

Como tecnicamente estávamos em uma de nossas reuniões, ninguém o convidou para se juntar a nós. Fiquei feliz — por que me torturar antes da hora? Quando a conversa foi acabando, ele disse a Rudy e Isabel que tinha sido um prazer conhecê-las, e a Lee, que diria para a Sally entrar em contato com ela. *Sally*. Nunca conheci uma, mas não era difícil imaginá-la. A *Sally* deve ser uma loura natural, dona de atitude alegre e saudável. Na certa, usa avental quando prepara biscoitos sofisticados, mas nutritivos, para seus homens. Essa é a forma como deve chamá-los: *meus homens*.

O Mick deu um passo atrás, fitando-me diretamente pela primeira vez.

— Então, até segunda — disse ele.

— Está bem. Até segunda.

— Você quer ir almoçar antes?

— Não, não posso, vamos nos encontrar no ateliê como tínhamos combinado. — Minha voz soou mal-humorada; quanta estupidez! Ele não tinha feito nada de errado. Não usava aliança, mas não tinha mentido, tampouco tentara recorrer a subterfúgios, tal como fazem os homens, para *insinuar* que era solteiro, sem chegar a explicitar isso. Se alguém é culpada nessa história, sou eu, que fiz uma suposição baseada somente em ilusões. Erro de principiante. Eu poderia jurar que já tinha sido vacinada contra idiotices desse tipo anos atrás.

Nós nos despedimos e o Mick se sentou à mesa perto da janela, com um homem de ombros caídos que usava os cabelos brancos presos em um rabo-de-cavalo. Eu os observava de soslaio, enquanto a Lee fazia comentários sobre a *Sally*, dizendo que ela era muito legal e que estavam pensando em fazer balé juntas. O momento adequado para eu deixar escapar, com senso de humor, claro, que meu coração estava partido, veio e passou. Há alguns segredos que não conto para elas, mas esse tipo de coisa, problemas com homens, não costuma ser um deles. Por que eu não disse nada? O fato da Lee conhecer a esposa dificultou as coisas, e foi uma das razões. A outra, foi a Isabel. Faz pouco tempo que ela se separou, e o adultério ainda é um tema delicado para ela.

Não que eu tenha pensado em cometer adultério. Deus me livre, não, detesto traições, traidores, infidelidades, todo o pacote libertino. Ainda assim, algo no semblante da Isabel, na forma como estava ali sentada calmamente, com a expressão meiga e o sorriso zen, algo nela que é amável, não condenatório, evitou que eu fizesse comentários cínicos e autodestrutivos sobre minha atração pelo homem casado Mick Draco.

Deixamos a Rudy por último, como sempre, pois seu prazo de quinze minutos sempre se estende a trinta, quarenta, quarenta e cinco minutos. Ninguém se incomoda; mas é melhor planejar antes. Ela contou uma história longa e engraçada sobre a perda do emprego no Disque-Ajuda.

— Eu sabia que *vocês* iam achar engraçado — disse ela. — Mas vou dizer uma coisa: não foi muito engraçado.

— Você deu mesmo a ela o número de telefone de Greenburg? Puxa vida, Rudy!

— E por que não? Ele é um terapeuta de família, oferece apoio a adolescentes. E se uma garota precisa...

— Porque viola as normas — comentou Lee naquele tom tolerante, de professora-para-estudante, que utiliza muito com a Rudy. Ela não o usa comigo, porque, se fizesse isso, eu responderia da mesma forma. Só que eu exagero, faço com que soe ainda mais irritante, o que surte efeito.

— Eu sei — disse Rudy —, mas...

— Esses tipos de lugares não podem indicar indivíduos, Rudy. Não explicaram isso a você? Não houve qualquer treinamento antes de deixarem você começar a atender aos telefonemas?

— Sim, houve treinamento. Eles nos informaram tudo: que não deveríamos recomendar hospitais, clínicas ou médicos pessoais, nem mesmo programas. Eu sei que agi errado, mas não pude evitar. Se vocês tivessem conversado com ela... — desviou o olhar de Lee e de mim e concentrou-o em Isabel — teriam feito a mesma coisa.

A Isabel sorriu.

— Imagino que sim.

— Mas não se *pode* fazer isso — insistiu Lee —, porque então o Disque-Ajuda não passaria de um serviço de publicidade. Pense em como as pessoas poderiam extrapolar.

A Isabel se recostou, ajeitando os sedosos cachos louro-acinzen-tados; com a tintura, sua aparência estava *ótima* ultimamente, não parecia ter mais de quarenta e cinco anos.

— Rudy — disse ela, com suavidade —, você trabalha como voluntária em quantas instituições beneficentes?

— Agora? — Ela fez as contas. — Em quatro.

— É mesmo? Em quais?

— No Combate ao Analfabetismo, na Sopa Dominical, na Sociedade Humanitária e na Hora dos Contos.

— Hora dos Contos...

— No hospital infantil.

— Ah.

Houve um momento de silêncio, enquanto absorvíamos essa informação. Há uma velha mulher negra que toca violão na esquina da rua Quinze com a rua G. Às vezes, jogo um dólar na sua caixa de charutos, quando passo apressada. Com exceção de alguns cheques de doação no Natal, nas ocasiões em que estou com grana, meu tra-balho de caridade se resume a isso.

A Isabel não insistiu no assunto. Não precisava. A Lee parou de passar sermão, e eu parei de rir. Rudy, a doce e distraída Rudy, pediu mais água para o garçom. Nem se deu conta de que a Isabel a tinha defendido.

A Rudy me pegou sorrindo para ela.

— O que foi? — perguntou, retribuindo o sorriso.

— Nada não.

Adoro o sorriso de olhos apertados da Rudy. Há doze anos, na sala de leitura da biblioteca da Universidade de Duke, ela não deve ter sorrido muito; caso contrário, eu teria notado. Na época, só nos cum-primentávamos e vivíamos sob aquela pressão típica de estudantes; nós nos conhecíamos de vista, mas nunca prestávamos muita aten-ção uma na outra. Hoje em dia, adoramos nos maravilhar com a sorte, a sincronia, a Divina Providência — o *destino*, se estivermos bebendo — e imaginar o quão terrível teria sido se não nos tivéssemos mudado para Washington no mesmo ano, para então, o que era claramente um milagre, participar do mesmo clube do livro.

— O que você viu em mim no início? — Nunca nos cansamos de nos fazer essa pergunta, embora a coloquemos de forma mais dissimulada e menos direta.

— Você ria das minhas piadas — costumo dizer. — O pessoal daquele clube não tinha um pingo de senso de humor. Além do mais, sua risada é muito divertida.

É verdade, mas uma razão ainda mais contundente é que a Rudy sempre verbalizava o que eu estava apenas pensando. Encontrava *explicações* para tudo, e elas iam ao encontro do que eu pensava, complementando meus sentimentos mais profundos, como se ela fosse eu. Era como se eu tivesse encontrado minha alma gêmea. Sou sua melhor amiga, mas ela atrai outras pessoas pelo mesmo motivo. Não sei se é devido aos anos de terapia, mas a Rudy tem um jeito de expressar o inexpressável e fazer com que tudo soe normal e humano. E perdoável.

Quando pergunto a ela o que viu em mim, ela responde:

— Você era tão engraçada. — O que é legal, gosto de fazer as pessoas rirem, e não preciso que um terapeuta me explique por quê. — E você era franca. E meio arrogante, mas no bom sentido, não no mau. Uma sabichona com um coração de ouro.

É a coisa mais bonita que já me disseram.

Durante a sobremesa, minha mente divagou. E meus olhos também. Mick Draco tinha uns ombros incríveis. Draco — é grego, não? Mas o formato de seu nariz parecia romano. Pus os óculos. Tinha um sinal na parte mais grossa da sobrancelha. E um caimento de cabelo impecável que definia uma fronte elegante e bonita. No entanto, notei que seus cabelos lisos e cheios de mechas realçadas pareciam longos demais. (De acordo com os padrões da moda; mas não longos demais para ele.) Mick riu de algo que o amigo disse. Não pude escutá-lo por causa do burburinho no restaurante, mas acabei sorrindo também.

Lee retribuiu meu sorriso.

Tirei os óculos e recobrei a compostura. Mick Draco é um beco sem saída. E sou um fracasso no que diz respeito ao relacionamento homem-mulher. Metade da vida tentando e a incapacidade de me relacionar com o sexo oposto por mais de um ano ou dois já não pode ser ignorada ou considerada "a busca do meu eu". Jamais vou me encontrar, porque sou uma perdedora.

— O que eu faria sem vocês? — interrompi a Rudy para perguntar, de uma hora para outra, enquanto saboreávamos o *crème brûlée*. Todas sorriram para mim com ternura; a Isabel lançou um olhar de soslaio para a minha taça de vinho; apenas conferindo, um gesto compreensivo e maternal. — Não, estou falando sério. Se a minha sina fosse tão ruim com as mulheres quanto é com os homens, acho que teria que me matar.

A Rudy afagou meu ombro e voltou a se concentrar na história que contava sobre seu terapeuta. Mas, sabe, é verdade. Pode ser que eu morra solteirona; no entanto, sempre terei minhas amigas. Deus sabe que há coisas piores do que morar sozinha. De qualquer maneira, a maior parte dos homens atua apenas como um tipo de quebra-mola, um empecilho irritante, que aparece de forma aleatória na estrada da vida, a qual, afora isso, seria ótima. Pode-se encontrar um bom uma vez na vida e outra na morte, mas, mesmo nesse caso, geralmente há algo de errado com ele. Mulheres boas, por outro lado, estão por toda parte. Pode-se escolhê-las atentamente, encontrar as melhores, fundar um grupo e ter amigas para o resto da vida.

Ao sair do La Cuillerée, Lee se virou à porta e acenou para o Mick, mas eu não. Saí rapidamente e nem olhei em sua direção. Já o tirei da cabeça. Com o auxílio das minhas amigas, coloquei tudo em perspectiva. Salva pelas Graças mais uma vez.

Além do mais, vou vê-lo de novo na segunda.

6

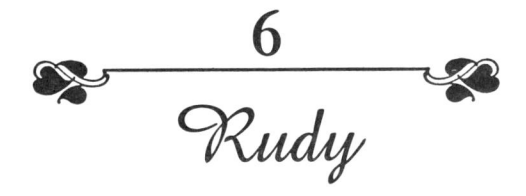

Rudy

Tive um sonho terrível ontem à noite. Estava com pressa, atrasada para algo, e o sonho já estava na metade, quando entendi o motivo da afobação — minha consulta com o Eric. Eu estava dirigindo o carro do Curtis, não o meu, e, como não havia lugar para estacionar, meti o carro no meio-fio e estacionei na calçada, na frente do consultório de Eric. *Chiii*, pensei, *ele não vai gostar disso*. Agora não sei bem em quem estava pensando, se no Eric ou no Curtis. No Eric, acho. De qualquer forma, estava louca para vê-lo. Tinha algo importante para dizer a ele, algo sobre meu pai. (O quê?) Entrei correndo no prédio, subi as escadas, passei pela sala de espera e entrei no consultório, sem bater — e lá estava ele, transando no chão com alguém.

Não pude ver o rosto da mulher. Eles ainda estavam vestidos — interessante o sonho ter censurado isso —, mas, com certeza, estavam transando. O Eric olhou para mim e sorriu, da forma como costuma fazer, e então vi os cabelos ruivos da mulher e a face pálida e risonha. Emma.

Deveria contar para o Eric esse sonho? Ou para a Emma? Ela vai rir, já posso ouvi-la. Mas não foi nada engraçado enquanto estava acontecendo. Nem um pouco.

Comecei a chorar. Meu coração estava partido. Eu me escondi atrás de uma porta para que não me vissem. Mas me viram e me senti humilhada. Em seguida, tudo mudou, e então éramos Eric e *eu* fazendo amor no sofá de tecido aveludado. Estávamos *nus*. Emma apareceu, com as mãos nos quadris, e disse:

— Ah, que beleza *isso*, esperem só até o Curtis saber! — E, assim que ela disse *Curtis*, acordei e comecei a tremer.

Podia ver o contorno dos ombros dele sob o edredom, de costas para mim. Continuei a fitá-lo, observando-o inspirar e expirar, temendo que ele, de alguma forma, soubesse o que eu sonhara e estivesse apenas fingindo dormir. *Não significou nada*, quis dizer a ele. *Não fique triste, não significou nada. Eu só amo você.*

Mas, claro, quanto mais eu o fitava, mais acordava, e um pouco depois o abracei à altura da cintura e me aproximei dele. E então me senti segura.

Será que deveria contar esse sonho para o Eric? Ao menos ele saberia o que significa. Mas nunca poderia contá-lo para o Curtis, meu Deus, nem pensar! O sexo nem foi bom. Se é que isso faz alguma diferença. Na verdade, foi melhor observá-lo do que fazê-lo. Significava outra coisa além de sexo, tenho certeza, controle ou dominação, talvez até amor. Por que será que o sexo nos sonhos nunca parece de fato significar sexo? Como a carta da morte no tarô nunca significa morte. Pelo menos é o que dizem. Será que meu sonho foi sobre o que eu quero ou sobre o que eu temo? Ou ambos?

Sei lá. Sei lá. Mas nunca sei de nada. Uma vez, o Eric perguntou: "Rudy, se você tivesse uma opinião formada sobre algo e descobrisse estar errada, o que acha que poderia lhe acontecer de ruim?" Mas não creio que se trate disso. Não tenho medo de estar errada. Estou errada o tempo todo, basta perguntar para o Curtis. É que, se você escolhe uma coisa em que acreditar, descarta todo o resto. Isso não é justo. Para que escolher, então? É melhor, é mais legal, não fazer isso. Além do mais, é importante dar a si mesma espaço para escapar, e sempre se certificar de que há uma saída. Sempre ter um esconderijo.

Não, já decidi. Não vou contar esse sonho para ninguém.

O Eric adora as Quatro Graças. Quando ele começa a olhar para o vazio, porque estou discorrendo sobre algo entediante para ele, sempre consigo tirá-lo do torpor quando falo nelas. Creio que há alguma conotação sexual. Ele provavelmente negaria isso, mas, se quer saber, meu psiquiatra não só gosta de escutar sobre as Graças, como não se importaria de dormir com elas. Com todas, com todas ao mesmo tempo.

Não que ele de fato levasse isso adiante, mesmo que pudesse. Ninguém é mais certinho do que o Eric. Mas lá no fundo, lá no fundo daquele inconsciente nobre, tenho certeza de que ele adoraria participar de uma suruba com a gente.

— Como são as Graças fisicamente? — perguntou certa vez. — Como é Emma?

— Ah, é linda. É o que eu acho; ela não, pensa que é gorda. É ruiva, tem aquele tom de pele irlandês que se enche de sardas no verão e fica rosado quando cora; ela não consegue esconder nada. Tenta sempre parecer descolada, transmitindo um ar de quem não quer nada, que acaba enganando as pessoas, pois, na verdade, ela é tão... bem, eu ia dizer tão neurótica quanto eu, mas não vamos nos deixar levar pela emoção.

— Sei. E Isabel?

— É mais velha, claro, mas muito bonita, na minha opinião. Quando eu a conheci, tinha o cabelo grisalho, agora é loura. Tem olhos azuis. É alta, mas não tanto quanto eu. Ela mantém a forma caminhando muito. Na verdade, sua aparência está melhor agora, depois do câncer, do que antes. — Não me veio mais nada à mente para dizer a ele. A Isabel é uma mulher serena, e sua aparência também. É preciso ser muito observadora ou conhecê-la há muito tempo para poder apreciar de fato o quão adorável é. — A Lee é graciosa, o que ela detesta, mas é verdade. É baixinha, parece um duende. As crianças a adoram, e tenho a impressão de que é porque ela tem o mesmo tamanho que elas. Seus cabelos são escuros e, desde que a conheço, ela os usa curtíssimos. Acha mais prático. A Lee é assim mesmo.

— Então, vocês todas são bonitas? — perguntou Eric, esfregando o queixo, com aquela luz nos olhos, inócua, porém interessada, que sempre me faz rir. Ele é tão transparente às vezes.

— Bem, obrigada! — disse eu, reconhecendo a parte que me cabia. — Nunca pensei muito nisso, mas acho que somos.

Ontem, ele me perguntou, sem mais nem menos:

— O que Curtis acha agora do seu grupo de mulheres?

— O Curtis? — perguntei. — Ele é ambivalente. — Uma palavra de sentido amplo que o Eric, mais do que ninguém, aprecia.

— Mas ele foi contra no início, não foi?

— Ah... — Eu tinha contado isso para ele? Parecia desleal, agora. — Talvez um pouco, mas só no começo. E ele nunca chegou a dizer isso abertamente. É que ele estava tão ocupado.

— E...?

— E gosta que eu esteja em casa quando chega do trabalho.

O Curtis trabalha como assistente legislativo do deputado Wingert; seu dia geralmente começa às seis da manhã e vai até às oito, nove, às vezes até às dez da noite. Ele me diz: "Passo o dia todo falando com babacas, Rudy; então, quando volto para casa, gosto de vê-la me esperando." (Não acho que seja um pedido injusto.) "Quero ficar com você; só eu e você. Não é questão de querer, *preciso* disso. Você me ajuda a manter o equilíbrio."

Imagine eu manter o equilíbrio de alguém!

O Eric disse:

— Então... ele não queria que participasse do grupo porque você ia... o quê? Ficar muito tempo fora de casa?

— Não, não é isso. Nada tão... sei lá, como você chamaria isso?

Deu de ombros, mas eu sabia em que estava pensando: agressividade passiva.

Certa vez, cometi o erro de contar para o Eric como o Curtis gosta de me dizer que a biologia é sina. Imperativo biológico. O Curtis diz que a cadeia de psicose em minha família é tão forte que provavelmente é congênita. Claro que o Eric se ofendeu com isso. É a última coisa que um psiquiatra quer ouvir. (É a última coisa que eu quero escutar também, mas não há como escapar dela. Quando o Curtis não me lembra, eu mesma o faço.) A "conexão hereditária" vai de encontro a tudo em que o Eric acredita. Ele chegou a questionar a intenção do Curtis ao sugerir isso.

Mas, nos momentos difíceis, faz sentido para mim, e o Curtis me apóia e consola. Ele me abraça e jura que vai me proteger, e, enquanto me segurar dessa forma, sei que estarei a salvo. Estarei a salvo.

O Eric me diz que cuido demais do Curtis, mas ele não entende. Se algo nesse sentido ocorre, é justamente o contrário.

— E o que as outras três Graças acham do Curtis? — perguntou, após alguns minutos de silêncio.

— Ah, elas não falam muito dele. Não é assim que o grupo funciona, Eric. Sabe, a gente não fala de homens o tempo todo.

Fez uma expressão resignada. Costuma saber, embora não sempre, quando recorro a subterfúgios.

— Está bem, nós conversamos um pouco sobre o Curtis. É claro. Longe do grupo, provavelmente falo mais sobre ele com Isabel.

— É mesmo? Não com Emma?

— Não, com a Emma não. Na verdade... — Essa recordação era tão dolorosa que nunca tinha falado dela. — A Emma e eu... a nossa pior briga foi sobre o Curtis. Anos atrás. Então, agora a gente não fala dele. Só o básico. Banalidades do tipo: como vai o Curtis, bem, diga que mandei um abraço. E isso é tudo.

— Você nunca me contou isso. Uma briga com Emma? Quando foi?

Eu não queria falar sobre isso agora.

— Faz muito tempo. Acho que ela foi a grande culpada.

— Por quê?

— Porque esperou até a véspera do meu casamento, literalmente a noite anterior, para me dizer o que realmente achava do Curtis. Já a perdoei; bem, não há o que perdoar. Mas é difícil esquecer.

— Bem, conte.

— É uma história antiga, Eric.

— Eu sei, mas estou interessado.

— Por quê?

— Porque sim. Vamos lá, conte.

Soltei um suspiro e contei a ele.

Aconteceu há quatro anos; em dezembro, vai fazer cinco. O Curtis e eu já morávamos juntos fazia anos, uma eternidade, mas, na véspera do casamento, ele havia saído de casa, só por brincadeira, e a Emma tinha ido passar a noite comigo. Era madrinha e estava levando a função a sério, sendo muito solícita, prática e organizada. O que foi bom, porque eu precisava que tomassem conta de mim. Minha mãe e meu padrasto tinham acabado de chegar de Rhode Island naquele dia, meu irmão viera de Los Angeles naquela noite e minha irmã tinha obtido uma autorização do culto e ia chegar na manhã seguinte.

Depois de vinte e cinco anos, seria a primeira vez que estaríamos todos juntos; não nos reuníamos desde o enterro do meu pai.

Então tinha isso, e também os pais do Curtis, que tinham chegado da Geórgia havia dois dias e estavam hospedados no Willard. Nunca sei qual família me deixa mais louca, a dele ou a minha. Ele denomina seus familiares de "aristocratas do antigo Sul", embora eu não entenda muito bem como é possível serem ao mesmo tempo aristocratas e paupérrimos. Os Lloyd têm um sotaque sulista irritante e lerdo que arrepia meus pêlos da Nova Inglaterra. Sorriem e sorriem, mas em seus corações não creio que haja nada, a não ser desprezo. E nenhum deles fala normalmente, todos *falam arrastado*. Eles me lembram lagartos marrons e gorduchos tomando sol em rochas quentes, preguiçosos demais para mover um músculo sequer. Bebem o tempo todo, em público, não em segredo como minha família — gim martíni, três dedos de burbom, uísque em cantis de prata manchados, *brandy* quente e enfumaçado em canecos. Transformaram o ato de beber numa arte frágil, sensual e obscena. Sempre que os visitamos, eu os observo como uma *voyeur*; sinto como se estivesse assistindo à pornografia por trás de uma cerca viva de magnólias ou madressilvas, e tudo é doce e enjoativo, e quase posso escutar aquele personagem do dramaturgo Tennessee Williams gritando: "Men*da*cidade!"

Bem, estou exagerando, mas não muito. Segundo o Curtis, eu aumento as excentricidades da família dele para minimizar as da minha. É verdade.

Na véspera do casamento, a Emma veio para casa comigo depois do jantar de ensaio. O plano era ela passar a noite, acordar cedo e ajudar a me arrumar para o casamento. Estávamos famintas, embora supostamente tivéssemos acabado de jantar, então fizemos umas omeletes à espanhola e abrimos uma garrafa de vinho. Isso depois de uns vinte brindes com champanhe no jantar de ensaio, mas, àquela altura, eu já tinha perdido a conta. Sei que bebo muito, mas naquela noite isso foi apenas parte do problema.

Acabamos não indo dormir. Deu meia-noite, mas continuamos a beber e a conversar, cantando as músicas dos CDs. Acho que trocando os últimos segredos na condição de mulheres solteiras. Mas tomamos o cuidado de não mencionar isso. Na verdade, estávamos fingindo justamente o oposto — que nada ia mudar, que meu casamento com o Curtis era só um detalhe técnico. Lembro que a Emma estava esparramada no chão da sala — isso aconteceu na minha velha casa da rua D, em Capitol Hill, que era escura, estreita e geminada, e tinha seis quartos e três andares —, e eu estava no sofá com a minha camisola mais velha e esfarrapada, porque tinha colocado na mala as boas para a lua-de-mel.

— É claro que eu sabia que ela não gostava do Curtis — disse eu a Eric. — Sabia disso desde que os dois se conheceram, dez anos antes, um pouco depois de Curtis e eu termos nos mudado para Washington. Mas até aquela noite Emma nunca tinha dito nada. Bem, não em palavras.

— Que hora foi escolher — afirmou Eric, compreensivo.

— É.

Tudo tinha começado inofensivamente. Estávamos falando sobre o novo emprego do Curtis no Congresso, quanto ele ia ganhar, quando poderíamos nos mudar para uma casa maior. A Emma disse:

— É, que ótimo, mas o que não entendo é a parte do casamento. Sabe, por que exatamente *formalizar* a relação?

Fiquei surpresa com a forma exasperada com que ela falou, mas me limitei a fazer alguns comentários sobre rituais, cerimônias e compromissos públicos — a resposta clássica.

Era o mês de junho, fazia calor e a Emma estava com uma camiseta de futebol americano sem mangas e calcinha. Ela enfiou os joelhos dentro da camisa, abraçou as panturrilhas e ajeitou os cabelos ruivos assanhados que lhe caíam nos olhos.

— Está bem, mas por que não continuar morando com ele? Por que tem que *legalizar* a situação? — E contou alguma piada sobre Mickey Rooney e Liz Taylor, e quantos problemas teriam evitado se tivessem se juntado. Rimos, mas não foi um riso sincero. Vi raiva nos olhos dela quando os desviou dos meus.

Isso me assustou, claro, mas eu disse:

— Pode ser que isso seja uma surpresa para você, mas o Curtis me faz feliz. O problema, Emi, é que você nunca me conheceu sem ele. Você não sabe como sou sem ele. — Dei uma risada artificial. — Sabe, se você acha que *isso* é ruim...

— Não é verdade. Por que está dizendo isso? Vejo você com e sem ele. Quando ele está por perto, você nem fala, Rudy. Ou... você fica olhando para ele, querendo se certificar de que o que disse estava certo. Isso me deixa *doente*.

A repugnância em sua voz nos chocou a ambas. Eu disse, sem sorrir:

— Isso é mentira! — E recuamos novamente. Eu me levantei e desliguei o som.

Nenhuma vez, durante todos os nossos anos de amizade, tínhamos usado esse tom de voz uma com a outra. Ou dito palavras grosseiras assim. *Mentira* — é uma palavra tão feia; você só diz isso para uma amiga íntima se estiver brincando.

O Eric comentou:

— Você estava com medo.

— Estava. Morrendo de medo. Tínhamos nossas diferenças, atitudes que nos deixavam irritadas uma com a outra, mas sempre conseguíamos amenizá-las com humor. A Emma é muito boa na hora de transmitir algo sério como se fosse piada; é o jeito dela e dá certo. Ela pensa que as pessoas não sabem disso e faz de tudo para evitar um confronto. Porque morre de medo da raiva. Especialmente da minha, acho. — Ri. — Acredite se quiser!

— *Ambas* estavam com medo.

— Estávamos. Com medo, enlouquecidas e bêbadas.

Naquela noite, ela tentou me acalmar dizendo:

— É porque vocês querem ter filhos? Você e o Curtis? Se vocês estiverem casando por causa disso, aí tudo bem.

— Não — respondi —, é claro que não. Quero ter filhos, mas não é por isso que estou me casando com ele. Emma, por que você está sendo tão... — Pausa constrangedora, enquanto olhávamos para tudo, menos uma para a outra. — Eu amo o Curtis. Por que é tão difícil de entender? Ele é *bom* para mim.

— Não, não é. — Ela se levantou, com uma taça de Chardonnay morno numa das mãos, um cigarro aceso noutra e um enorme "28" em tom vinho na camiseta, número de algum jogador dos Redskins, time de futebol americano. A Emma não bebe muito e só fuma quando está comigo. Então era uma pose bastante incongruente. E... graciosa. Não há outra palavra para ela. Estava louca para vê-la dizer algo engraçado naquele momento, para dar um basta naquela conversa e nos levar de volta à condição de sempre. Mas ela disse: — Não sei como, mas ele fez você *pensar* que era bom para você. Não vê que é armação dele?

— Armação? Ah, pelo...

— Ah, Rudy, você é muito mais forte do que ele faz você supor! Você teria abandonado a universidade se o Curtis não tivesse insistido? Não! E teria um emprego de verdade a essa altura, teria uma profissão.

— Ah, agora também não gosta do meu trabalho. Tudo bem, beleza, maravilha. — Nossa, aquilo doeu muito. Estava vendendo jóias exclusivas numa joalheria de Georgetown e, admito, não era o trabalho da minha vida, mas era legal, e eu era muito boa. Mas certamente não era culpa do Curtis. Nós nos mudamos para Washington depois que ele concluiu a faculdade de direito e... bem, acabei não terminando o mestrado em história da arte. Então falei: — Por que cargas-d'água o Curtis é culpado pelo meu emprego? O que acha que ele fez? Por acaso crê que me *forçou* a abandonar os estudos?

— É, é exatamente o que eu acho. Só que ele fez isso de modo a não mostrar para você que era o que estava fazendo.

— Engraçado. Você está tão enganada que...

— Rudy, ele é manipulador e controlador; essas palavras foram *inventadas* para o Curtis Lloyd, e não sei como é que não vê isso! Ele faz você pensar que *é* louca, quando ele é que é um terrível psicopata sulista, igualzinho a Bruce Dern, quando representa aqueles maníacos psicóticos dos pântanos...

Joguei um CD nela. Atingiu a lateral da sua garganta e provocou um corte superficial — pequeno, mas sangrou. Ela ficou lívida. Nós nos encaramos embasbacadas, completamente aterrorizadas, querendo que a outra pedisse desculpas primeiro. Se não estivéssemos bebendo desde as cinco da tarde, sei que teríamos encontrado uma solução, uma saída diplomática. Mas estávamos bêbadas. E ambas estávamos cansadas de mentir sobre o Curtis.

Eric me olhou como se eu tivesse duas cabeças.

— Você fez isso? Realmente jogou um CD?

— Não dá nem para imaginar, dá? — Não o culpei; sou reconhecidamente contra qualquer violência.

— O que aconteceu? Como acabou?

— Eu falei para ela que, se era assim que se sentia sobre o Curtis, talvez não devesse ir ao casamento.

O Eric tem olhos castanhos enormes, como um personagem de um quadro de Velázquez. Quando ele os arregala por trás dos óculos com armação de aço, sei que fiz um comentário surpreendente.

— E ela disse: "Tudo bem, se é o que você quer"; e aí eu falei: "Acho que é o que você quer." E ela perguntou: "Bem, o que é que *você* quer?", e mantivemos essa conversa por algum tempo. A Emma é boa nisso também: em se esconder por trás de perguntas, em usar evasivas. As pessoas que não a conhecem acham que é muito aberta e sincera, mas ela não é. É uma das pessoas mais reservadas que conheço.

— Ela foi ao casamento?

— Foi, claro. Mas não resolvemos nada.

— Passou a noite em sua casa?

— Passou, porque simplesmente deixamos o assunto morrer ali. Nós nos acovardamos. Comecei a levar os pratos e copos para a cozinha, e, quando voltei, ela estava debruçada sobre a mala, tirando a calça jeans. Eu estava abalada, caminhando rígida, como uma marionete. Perguntei: "Então, está indo para casa?" Ela respondeu: "Estou." Não me olhou, mas senti pela voz que estava chorando. E foi a gota d'água, isso me fez desmoronar. Porque ela nunca chora. Então, nós duas começamos a chorar, e eu disse a ela que queria que fosse ao casamento, e ela falou que também queria ir, e isso deu um basta à conversa. Mas, na verdade, não chegamos a fazer as pazes ou a pedir desculpa. Fomos para a cama. Ou desmaiamos, como foi o meu caso. Tomei algumas pílulas e fui dormir, simplesmente *fugi* daquela situação. O casamento, meu Deus, o casamento foi horrível. Acordei com uma dor de cabeça que durou três dias. Dava para ver o arranhão no pescoço dela, acima da gola do conjunto que usava, e toda vez que o via, eu mergulhava no buraco negro da depressão. A Lee e a Isabel foram damas de honra, e bastaram só alguns segundos para se darem conta de que havia algo errado entre nós. Eu e a Emma ficamos bravas uma com a outra por uns três meses.

— Mas fizeram as pazes?

— Sim. Finalmente. Gostaria de tê-lo conhecido naquela época — comentei, e Eric sorriu.

— Como foi a reconciliação?

— Ah, bem... não posso contar para você. É assunto da Emma, não meu. Mais um desastre envolvendo um cara, mas é tudo o que posso dizer. Mas teve a ver com o homem dela, não com o meu.

O Eric não parou de menear a cabeça.

— O que sentiu quando ela disse que Curtis era manipulador e... o que mais? Manipulador e...

— Afirmou que era um psicopata, Eric, foi isso o que ela disse. Como acha que me senti? Foi como se tivesse levado uma punhalada no coração. São as duas pessoas que eu mais amo no mundo, e me magoa o fato de se odiarem. Mas ele *não* odeia a Emma, e isso piora tudo. Jamais falou *nada* negativo sobre ela, jamais.

— Você acha mesmo? Rudy, acha mesmo que Curtis gosta de Emma?

— A única coisa boa do meu casamento foi que finalmente conhecemos o namorado da Lee. Embora não fosse o namorado dela ainda, foi o primeiro encontro deles. "Henry, o encanador" era como a gente o chamava. Estávamos loucas para conhecê-lo, porque sabe como a Lee é, a própria princesa judeu-americana, e ela estava totalmente *caída* por esse sujeito que estava instalando tubos de calefação e condutores de cobre no porão da casa dela. Mas todas nós acabamos nos apaixonando por ele, assim como ela, e nove meses depois eles se casaram.

E assim terminaram os nossos cinqüenta minutos.

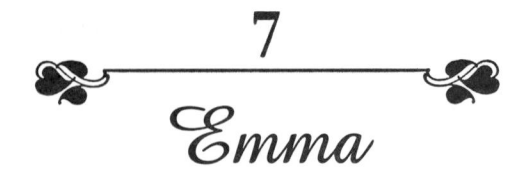

7

Emma

O que você faz quando olha para uma obra de arte moderna e ela não parece com nada, você fica embasbacada e não consegue pensar numa piada ou num comentário inteligente para fazer caso esteja acompanhada, e tudo o que lhe vem à cabeça é: *Ou eu estou louca ou o louco é você, sr. Artista Famoso; e como você está expondo numa galeria de verdade e todas estas pessoas estão contemplando esses troços e fazendo observações brilhantes sobre eles, então eu devo estar louca.* Bem, o que é que você faz?

O que eu faço é tentar dar o fora o mais rápido possível, sem abrir muito a boca, e também tento beber a maior quantidade possível daquele vinho branco barato, se é uma *vernissage*, para que a noite não seja um total desperdício; além disso, já descobri que tenho muito mais a dizer sobre as criações do artista quando estou, digamos assim, ligeiramente alta.

Mas essas soluções não se aplicam se você estiver no ateliê do artista com o próprio, a sós com ele e suas obras. E digamos que o trabalho a intrigue: pode ser carésimo, pode ser um lixo, você não faz idéia. E digamos que você tenha que fazer uma matéria de fato, séria e paga sobre o artista, para o grande jornal onde trabalha, e, ah, sim, que sinta uma atração física excruciante, ardente e libidinosa pelo artista, além de uma paixão totalmente irremediável e despropositada por sua pessoa, sendo que ambos são casados. E aí?

Você está ferrada.

— Então, Mick, conte para mim como foi a passagem da advocacia na área de patentes para as belas-artes. Da avenida Constituição para a rua Sete. — Sempre digo que nunca é cedo demais para começar a pensar no cabeçalho. — Da burguesia à Bauhaus. Do conservadorismo ao pós-modernismo.

— Bem...

— E, já que estamos falando nisso, o que é exatamente pós-modernismo?

Quando estou nervosa, fico insuportável. Sei quando isso ocorre, mas não posso evitar, não consigo me calar, e, quanto mais importante for a ocasião para mim, mais irritante fico. Naquele dia, caramba, eu estava conseguindo me superar.

Estávamos de pé, no meio do ateliê frio e bagunçado do Mick Draco. O local era menor do que eu esperava, considerando que ele o compartilha com duas outras pessoas. Richard, o fotógrafo do jornal, tinha acabado de sair, após tirar umas duzentas fotografias, de todos os ângulos possíveis e imagináveis, e de alguns com os quais nem se sonharia, como a foto do Mick esparramando tinta amarela numa tela com uma colher de pedreiro. Eu o fitei intensa e longamente naquele momento, pois, como não precisei falar, tive a oportunidade de observá-lo. Eu menti: tenho três fraquezas. Não gosto de admitir a terceira. É beleza física. Eu sei, é superficial, e detesto isso. Às vezes, saio de propósito com homens sem atrativos, para que ninguém me acuse de ser superficial. Mas, na verdade, podendo escolher, prefiro os bonitos.

Observando o Mick, concluí que sua beleza vinha tanto do seu corpo bem-feito como da forma como se movia, e também tanto de seu rosto bonito quanto de seu semblante, no qual se entreviam senso de humor e inibição, paciência, total concentração e, por fim, impaciência. Usava uma calça esporte preta, uma jaqueta de lã, uma camisa azul e uma gravata vermelha; já eu estava de jeans e camiseta. Isso me pareceu engraçado, talvez até meio doce, ele ter se arrumado mais, e eu, menos. Como se tivéssemos pensado um no outro quando nos vestimos de manhã.

Foi louvável da parte dele não ter perdido tempo respondendo a nenhuma das minhas perguntas idiotas. Então, quis saber se eu gostaria de me sentar. Pegou um trapo manchado da mesa de trabalho e passou-o na camada de pó de gesso que cobria a única cadeira do ateliê.

Dei uma olhada na cadeira imunda e disse, meio sem jeito:

— Ah, não, obrigada.

Ele tem um sorriso lindo, muito modesto. Abaixa os cílios, que são mais longos do que os meus, curva os lábios nos cantos bem definidos, e dá para imaginá-lo pensando: *Está gozando com a minha cara?* Mick disse, em voz baixa:

— É, acho que este não é o lugar mais adequado para a gente conversar. Quer ir lá no outro lado da rua?

Quero! Quero! Vamos lá de novo, para o Murray's, aquela espelunca com comida horrível e ar pesado, onde todos parecem cadáveres e o café tem gosto de serragem. Vamos nos sentar cara a cara a uma mesa arranhada perto da janela, à luz pálida, como fizemos na semana passada, e conversar, conversar, conversar!

— Está bem, vamos — consegui sussurrar. — Se quiser.

No caminho — protegidos contra a garoa de novembro por nossos sobretudos —, o Mick respondeu à pergunta principal, ou, na minha opinião, achou que respondeu. Tive novamente a impressão de que ele era tímido, ou ao menos muito reservado, por causa da forma como ele desviou o olhar de mim, mantendo-o fixo na brilhante e molhada rua G, enquanto me contava o que possivelmente foi um dos eventos mais significativos de sua vida. Eu mal podia ouvi-lo.

E, como se ele tivesse pretendido incluir a resposta sem que ninguém notasse, tinha escolhido o momento em que estávamos menos concentrados e mais distraídos para lidar com o assunto — estávamos no meio do tráfego.

— Comecei a trabalhar com arte quando senti que podia mexer com isso — disse ele, ou, ao menos, foi o que achei que disse; falava baixo novamente: — Você estava brincando quando mencionou o pós-modernismo...

— Não, não estava — respondi.

— ... Mas, sabe, ele resgatou a representação de algumas maneiras, tornou a forma respeitável novamente, acho que é possível afirmar isso. Reintroduziu o conceito do significado na pintura. O que não era muito permitido durante o modernismo.

Segurou o meu braço no cruzamento e atravessamos apressados. Perguntei, brilhantemente:

— O quê?

Ele pigarreou.

— A abstração nunca me atraiu, não consegui senti-la, nem entendê-la. Eu a contemplava e sabia que não podia trabalhar com aquilo, e era orgulhoso ou estúpido demais para achar que isso significava que não podia ser artista. É isso aí, estúpido. Muito estúpido. Passei anos assim. — Murmurou algo mais que não consegui ouvir.

Quando comecei a perguntar "Como?", ele abriu a porta do restaurante e segurou-a para que eu entrasse.

O Murray's tem um balcão, do lado direito, com tamboretes revestidos com imitações de couro vermelho, todos rachados, e, do lado esquerdo, uma fileira de mesas e cadeiras com o mesmo revestimento e em igual estado. A decoração... imagine uma cafeteria de rodoviária em Trenton. As paredes são cobertas de espelhos amarronzados e escurecidos, e você se sobressalta quando se vê pela primeira vez, porque, sob a luz fluorescente azulada, sua aparência não é tão ruim quanto a da pessoa com a qual está conversando; a gordura nos espelhos atua como um filtro de gaze, deixando ótima sua aparência. A temperatura é mantida nuns vinte e cinco graus, o que explica por que os artistas dos lofts e ateliês da vizinhança vão para lá; segundo explicou o Mick, para se aquecer.

— Café? — perguntou-me.

Assenti, e ele foi ao balcão buscá-lo. No Murray's, o freguês é quem se serve.

— Então — disse-lhe, com o lápis na mão e o bloco aberto, pronta para a entrevista —, você dizia que se tornou um pintor porque a atmosfera pós-moderna no mundo artístico finalmente permitiu que se sentisse como tal.

— Não, isso soa ridículo. Não escreva isso.

E eu pensei que tinha soado ótimo.

— Bem, e então? Esta matéria é sobre as pessoas que deixam empregos convencionais que não as estão satisfazendo em busca de um sonho que elas acham que irá satisfazê-las. — Já dera essa explicação antes, mas achei que ambos precisávamos ouvi-la novamente. — Procuro cus-de-ferro da política que resolvem se tornar guardas-florestais. Dentistas que decidem escrever romances de mistério. E Washington é o lugar perfeito para isso. As pessoas adoram ler sobre um sujeito do Instituto de Metrologia que jogou tudo para o alto para se tornar jóquei, ou mímico ou treinador de cachorros ou penetra...

— Sei, entendo o que está buscando.

— Certo. Bem, vamos tentar começar da seguinte forma: qual foi o problema com a advocacia na área de patentes? Por que abandonou essa profissão?

Ele sorriu para mim, os olhos claros brilhantes.

— Estou impressionado!

— Com o quê?

— Você me perguntou isso com uma expressão séria.

Ri. Eu me sentia leve e despreocupada por dentro, animada, por alguma razão. Bem, a atitude dele parecia ser positiva. Como se estivesse notando detalhes sobre mim e os estivesse apreciando. Mas não estava dando em cima, simplesmente gostava de mim. Ficamos quietos por alguns instantes, mexendo nossos cafés e puxando guardanapos de papel do porta-guardanapos de metal.

— Bem, vamos lá. — Meu bloco de anotações me fez lembrar do meu objetivo. — Voltando ao pós-modernismo, você...

— Não, Emma, esqueça isso. Vou lhe dizer a verdade. — Seu semblante estava aflito.

Eu assenti, um pouco incerta.

— Está bem. Mas não, isso aqui não é um interrogatório policial ou coisa parecida. Não me diga nada que vá ferir alguém. — A jornalista investigativa brutalmente honesta em ação. Mais cedo, ele me pedira para não gravar nossa conversa, e geralmente tento convencer as pessoas, tento assegurar ao entrevistado que não há nada de mal nisso, que é para a minha conveniência e também para a sua própria proteção. Mas, quando o Mick me pediu, desisti, sem tentar fazê-lo mudar de idéia.

Ele apoiou os antebraços na mesa e encurvou os ombros, segurando com ambas as mãos a xícara de café grossa e manchada. Bonitas mãos, diga-se de passagem, delgadas e firmes, com dedos longos.

— Não é... olhe, não é bem um segredo. — Ergueu os olhos e fitou-me.

Eu o fitei também, sem piscar, tentando transmitir profissionalismo e integridade. Mas me senti como uma corça surpreendida pelo raio de luz de uma lanterna. Era óbvio para mim que estava me avaliando, tentando decidir se podia confiar em mim. Fiquei quieta — o que poderia dizer? —, mas a frase que me vinha à mente era: *Ah, Mick, se você soubesse.*

Ele se recostou, virando-se um pouco para o lado, para se apoiar na parede, e colocou o pé sobre o assento rachado. Afrouxou a gravata.

— Draco é um nome grego — disse, num tom descontraído.

Anotei "grego", embora ainda não soubesse o que pensar, sem saber exatamente o que ele havia decidido.

— Meu pai é Philip Draco. Já ouviu falar? — Meneei a cabeça. — Percy, Wells, Draco & Dunn. Um escritório de advocacia bastante conhecida, com filiais em quase todas as grandes cidades. Mas meu nome não é Draco, sabe.

Olhei-o.

— Não é?

— Quer dizer, não é o meu nome verdadeiro, meu nome de batismo. Fui adotado. Nunca conheci meus pais verdadeiros.

— Oh!

— Fui filho único e já cresci sabendo o que eu deveria ser: advogado, como meu pai. Que é um homem bom — acrescentou —, um homem muito bom sob vários aspectos. É brilhante no trabalho, estando provavelmente entre os cinqüenta melhores advogados do país.

— Você cresceu em Washington?

— Em Chicago.

— Quantos anos tinha quando soube que era adotado?

— Sempre soube.

— Mesmo quando era pequeno?

— Não me lembro de não saber disso. — Hesitou, começou a brincar com a toalha de mesa individual de papel, na qual havia um mapa de Washington para crianças com as principais atrações turísticas. — Pode acreditar, ninguém queria me fazer sentir como se estivesse sendo julgado. Os meus pais eram ótimos. Qualquer sentimento nesse sentido foi culpa minha. Porque... — Levantou a xícara vazia e examinou o nome do fabricante no fundo.

Sei que não devo cair na tentação de colocar palavras na boca da pessoa que estou entrevistando, mas não resisti:

— Porque você não queria que eles se arrependessem. De tê-lo escolhido.

— Exatamente.

Foi bom demais ver a surpresa e a gratidão estampadas em sua face; foi estonteante. Peguei as nossas xícaras, levantei-me e fui até o balcão pegar mais café. Naquele instante, só consegui pensar em uma coisa: *Precisamos parar de ter esses momentos.*

Mas, quando voltei e me sentei, e mexi o café, e o sorvi, e agi normalmente, notei que ele me fitou de modo diferente. Sabe quando dá para dizer que você fez ou disse algo, inadvertidamente ou não, que levou a outra pessoa a colocá-la num patamar diferente e, digamos assim, a encará-la de outro modo? E como em algumas ocasiões isso é bom, mas em outras você desejaria ter sido mais circunspecta? Não pude me decidir sobre a opção mais adequada neste caso, mas uma coisa era certa: meu interesse pelo Mick não era unilateral. Ele estava interessado em mim.

Peguei meu lápis. O Mick continuou:

— Cerca de quatro anos atrás, depois de pensar muito, resolvi tentar descobrir quem era minha mãe biológica. Àquela altura, eu já exercia a profissão de advogado havia sete anos. Não muito feliz. Eu me sentia péssimo — comentou, dando uma risada, olhando-me de soslaio. — Era casado, o meu filho estava com quase dois anos. A Sally, minha esposa, deixou o emprego quando o Jay nasceu para se dedicar cem por cento a ele.

— Em que ela trabalhava? — soei objetiva, como se a história fosse desmoronar sem aquela informação.

— Era assistente jurídica. Foi assim que a gente se conheceu.

"Assistente jurídica", anotei.

— E você encontrou a sua mãe?

— Encontrei. Mas quero lhe contar algo sobre mim primeiro. Eu sempre pintei e fiz esboços, esculturas, montagens e colagens; sempre criei. Mesmo quando criança.

— Sempre foi artista.

— Bem, mas não tomava aquilo como arte. Isso jamais passou pela minha cabeça. Não tínhamos artistas na família, nem remotamente. Só um primo de segundo grau, que é fotógrafo amador. Fora ele, ninguém.

Caí em mim.

— *Sua mãe*. Você a encontrou... e aí? Quem era ela? O que fazia?

Ele sorriu; gostou do meu entusiasmo.

— Eu a encontrei sim. Quando ela me abandonou, estava no terceiro período do Instituto de Artes de Chicago.

— Meu Deus! Nossa, Mick, uau, que incrível!

— Achei que ia gostar disso. Vai dar uma história e tanto para você, não?

— Está brincando? — O contador público que se tornou violinista de músicas populares e o carteiro que se tornou pastor pentecostal não iam nem chegar aos pés dele quando comparados. — É fantástico, poderia dar conta de *toda* a história. Então, você a vê atualmente? O que ela faz? Ainda...

— Não a conheci.

— Não?

— Enviei uma carta para ela e sei que a recebeu, só que não me escreveu. Então, deixei as coisas ficarem como estavam. Não tentei vê-la.

Ele costuma comprimir os lábios, esboçando um meio-sorriso, quando trata de assuntos que o afligem. Isso desencoraja a compaixão. Entendi o recado e não demonstrei nenhuma. Mas fiquei triste por ele.

— A questão é que — disse-me após um momento — descobrir esse detalhe sobre a minha mãe foi como — tocou a têmpora com as pontas dos dedos e depois ergueu e abriu a mão rápido — uma explosão. Quando a poeira assentou, tudo entrou nos eixos; eu sabia o que tinha de fazer. Pela primeira vez, realmente compreendi a mim mesmo.

— Uau! — Senti uma indiscutível ponta de inveja. — Como quando alguém descobre que é gay e pára de se enrustir ou algo assim.

— Exatamente. Não que tenha acontecido de uma hora para a outra. Não me entenda mal. A poeira demorou quase um ano para assentar.

— Bem, acho que esse é o lado do advogado. Sabe, ser cauteloso.
— Em parte.

Não deu mais explicações sobre essa resposta, e comecei a pensar como formularia uma pergunta sobre sua esposa, sobre como ela tinha lidado com tudo isso. Mas, aí, desisti. Em situação semelhante, eu teria feito essas perguntas para outra pessoa. Só que minha intenção não era nobre. Então, não fui capaz de formulá-las para o Mick.

Em vez disso, perguntei-lhe como tinha sido o começo e se tinha temido largar o emprego. Ele disse que foi assustador, que seu salário tinha caído de... e se deu conta.

— Caiu noventa por cento — afirmou, observando-me anotar essa informação. — Agora faz três anos que só trabalho como pintor. Vendi dois quadros, ambos para amigos. De repente, *nunca* vou ganhar dinheiro. — Mas não creio que acreditasse nisso, porque falou sem qualquer ansiedade, e não parecia ser do tipo que satisfaz os próprios caprichos sem culpa indefinidamente.

Uma alma gêmea.

No entanto, ele havia aberto a porta, e eu tinha a responsabilidade de entrar.

— Sua esposa... hã...

— Sally.

— Sally. — Anotei. — Então, ela aprovou tudo isso, tem...

— Tem sido ótima. Tem sido ótima. — Assentiu com a cabeça, e eu escrevi: "S. tem sido ótima." Olhei-o com interesse. É incrível o quanto se pode fazer alguém falar sem dizer uma só palavra, só esperando. Mick esfregou a bochecha, desenhando um círculo; a barba estava por fazer. Então, por fim, disse: — Como a Sally teve que voltar a trabalhar, o Jay está na creche; bem, você sabe disso, pois conhece Lee Patterson. A Sally é assistente administrativa no Ministério do Trabalho.

— Hum-hum.

— Ela foi obrigada a voltar. Caso contrário, íamos passar fome. E a gente se mudou para Columbia Heights.

— E onde moravam antes?

— Na rua Q, em Dupont Circle. Perto do parque.

— Hum-hum.

— Estamos reformando uma casa antiga geminada.

— Sei como é.

— É mesmo?

— Bem, não, quer dizer, acabei de comprar uma. Uma casa antiga geminada. Alguém a reformou.

— Hum-hum. — Ele sorriu, mas acho que estava me imitando. — Bem, isso é um pouco diferente.

— Pode ser. — A mudança na forma de falar sugeria que ele aterrissara, e sua atitude indicava que se importava. O que não estava claro era se se importava por sua causa ou por Sally, mas não consegui achar uma maneira de perguntar. Não que fosse da minha conta.

Dei uma olhada nas minhas anotações.

— Então me conte: como denominaria o tipo de arte que faz agora?

Ele apoiou o queixo no joelho e franziu o cenho.

— Como a denominaria?

Soltei uma risada nervosa, mas ele não estava sendo hostil ou agressivo. Parecia estar curioso.

— Olhe, Mick, tenho que ser sincera com você: não sei nada sobre arte. É sério, sou totalmente ignorante; então, se quiser que este artigo soe legítimo e saia bom, deve falar sem rodeios comigo. Na verdade, deve falar de forma condescendente. Finja que sou sua filha. — Ele riu. Meu Deus, como era bom fazê-lo sorrir. Bom demais. — Se isso não der certo, basta falar bem devagar.

E foi o que fez. Minuciosamente. O ponto principal era que ele ainda não tinha encontrado seu próprio estilo ou seu verdadeiro tema, mas estava trabalhando de um modo formalista e figurativo não só porque precisava praticar, como também porque a abstração era um beco sem saída para ele. A seu ver, o pós-modernismo não tinha sido uma fase concreta, mas representara os últimos suspiros do modernismo, antes do início da fase seguinte. Não quis se atrever a dizer como ela seria, mas, quando insisti, disse crer que envolveria um ressurgimento da excelência formal, à qual a arte contemporânea era incapaz de chegar, razão por que a tinha descartado cinicamente.

Perguntei-lhe quem admirava, e ele mencionou Rembrandt, Fantin-Latour, Arshile Gorky, Alice Neel, Eric Fischl. Quem odiava? Falou que me diria em caráter confidencial; então, citou cinco nomes, todos de artistas dos quais eu nunca tinha ouvido falar. Ele sentia que seu trabalho estava se voltando cada vez mais para a arte de retratar; de fato, nos últimos tempos, notara um personagem recorrente em seus quadros e esboços, um jovem, talvez um adolescente, o qual chamava de "Joe" e julgava ser, provavelmente, ele mesmo. A pintura em si era o seu ponto forte; o desenho, seu ponto fraco; freqüentava dois cursos diferentes de desenho, quatro noites por semana, e estava começando a notar certa diferença. Queria ter tempo e dinheiro para fazer um mestrado em belas-artes em algum lugar, pois tinha chegado a um ponto em que a falta de treinamento formal o estava colocando cada vez mais em desvantagem.

Anotei quase tudo; no entanto, quanto mais ele falava, mais eu ia me distraindo. Era tão incrivelmente intenso. A arte era sua paixão, óbvio, chegando quase a ser uma obsessão, e tenho uma tremenda queda por homens que de fato adoram o que fazem. Considero os que agem com determinação realmente atraentes e estimulantes. E a melhor parte é que não dependem de *mim* para dar sentido às suas vidas.

Eu já não tinha mais perguntas a fazer. Dei uma olhada no relógio.

— Vamos comer alguma coisa, estou começando a tremer. — Mick mostrou as mãos e seus dedos estavam realmente tremendo. — Nunca tomo tanto café — admitiu e, em seguida, se levantou para ir ao banheiro.

Pedimos hambúrgueres, batata-frita e milk-shake, o tipo de comida que ambos juramos nunca comer, mas que devoramos sem qualquer dificuldade. Enquanto comemos, ele *me* fez perguntas. No início, nem notei, parecia a costumeira troca de idéias, o bate-papo comum. Mas, quando perguntou "Você sempre quis trabalhar num jornal?" ou "Se você de uma hora para outra descobrisse ter outra mãe, quem gostaria que ela fosse?", dei-me conta de que estava invertendo os papéis, passando a me entrevistar.

Tudo bem, eu me senti lisonjeada. Em minha experiência, a maioria das pessoas quase não dá a mínima para a vida privada dos outros. São legais, educadas, perguntam como você está e, assim que você começa a contar, elas se desconectam. Os olhos tornam-se vidrados, entram no modo espera, aguardando você dar uma parada ou fazer uma pausa para respirar, a fim de a interromperem e lhe contarem o quanto suas vidas são mais interessantes do que a sua. Não é cinismo. É verdade, acontece o tempo todo.

Com exceção, claro, dos homens que estão tentando dormir com você. Quanto melhores forem, mais a escutarão; quanto mais a quiserem, mais extasiados ficarão com cada um dos seus trejeitos. O engraçado é que esse método já comprovado realmente funciona, pelo menos comigo. Na qualidade de, como se diz, macaca velha, eu não deveria cair nessa, mas não é o que acontece. Caio todas as vezes.

Então, foi com sentimentos confusos que fitei os olhos castanho-claros e inteligentes do Mick Draco, fixados em mim com bastante interesse e expectativa naquele momento, e considerei sua pergunta perspicaz. *Está tentando me seduzir?*, perguntei-lhe por telepatia. *Meu Deus, tomara que sim!*

Não, não, odiaria isso!

— A Mary McCarthy.

Arqueou a sobrancelha.

— A escritora?

— É, ou Iris Murdoch. Ou Katherine Anne Porter. Não, na verdade, não; estou tentando lembrar quem teria idade para ter me posto no mundo há quase quarenta anos. Trinta e nove. — *Merda*, revelei a minha idade para o Mick. E ele era mais novo. Só um ano, mas era.

— Ah, então gostaria de escrever ficção?

Aí estava o mais inquietante, não que lhe contara minha idade, mas meu sonho secreto. Não tão secreto: as Graças estão a par dele, embora a Rudy seja a única que tenha noção do *quanto* desejo isso; minha mãe o conhece; alguns ex-namorados também, porque fui idiota o bastante para falar sem pensar. Mas é *supostamente* um segredo. Por quê? Porque detesto falhar em público. E porque a jornalista-que-sonha-escrever-um-maravilhoso-romance-americano é um clichê tão ridículo e humilhante, que não quero ser associada a ele.

Mas eu estava conversando com um homem que tinha largado a advocacia para se dedicar à pintura. Se alguém entenderia o sonho, era ele. Então, não recuei nem tentei me esquivar com uma piada. Olhei diretamente para ele e respondi:

— Gostaria. Um dia. É o que mais quero. Mas, sabe, tenho medo.

— Sei — comentou, como se fosse a coisa mais natural do mundo. — Porque é assustador.

— É, é mesmo assustador. — Só de pensar, já estava ficando apavorada.

— Então, o que vai fazer?

— O quê? Bem, eu já escrevi alguns contos horríveis, ninguém quis saber deles. — As defesas começavam a se erguer e a munição já estava sendo preparada. — E estou preparando algo mais longo, mas não está legal. Sério. Não estou sendo modesta.

— Alguém já leu?

— Está brincando? — Dei uma risada, ah, ah. — Por sorte, tenho um ótimo senso do ridículo, que me mantém afastada dos problemas.

Mick sorriu e desviou o olhar.

Fiquei séria quando me dei conta de que ele ficara meio constrangido. Por mim. Porque o que eu tinha dito fora tão transparente.

— Eu me pergunto — falou, devagar — o que é mais pessoal, uma pintura ou um poema? Gostaria de saber qual deles é mais revelador.

— É fácil. Um poema.

— Por quê?

— Porque é mais fácil se esconder por trás de uma pintura.

— É? Por quê?

Abri um largo sorriso, tentando reconquistá-lo com sinceridade.

— Porque não entendo de pinturas.

— E eu não entendo de poemas.

Ri, mas ele ficou sério.

— Está bem — disse-lhe eu. — Já entendi aonde quer chegar.

— Aonde quero chegar?

— Você é mais corajoso do que eu. É um herói, e eu sou uma covarde. Olhe, não vou discutir com você, tem toda razão. Não restam dúvidas.

— Não foi o que eu quis dizer. Espere aí, não estou sugerindo que...

— Está bem, eu errei. Esqueça; de qualquer forma, não importa. Nem sei sobre o que estamos falando.

Seu suspiro soou exasperado.

— Tenho certeza absoluta de que não sou mais corajoso do que você, Emma.

— Bem, mas você não me conhece.

— É verdade, mas dá para ver que você não é medrosa.

— Como? — Ah, quanto constrangimento, quanta criancice, quanta imaturidade, quão patético, quão baixo. — Hein? Como é que dá para ver?

Não pôde responder. As sirenes ensurdecedoras de uma viatura, depois de uma ambulância e, em seguida, de uma outra viatura tornaram nossa conversa impossível. O Mick sorriu, deu de ombros e se virou a fim de observá-las, através das janelas escurecidas e cheias de gordura, passar correndo.

— Essa não! Meu Deus, são duas e cinqüenta!

Olhei para o relógio que ficava acima da porta de entrada.

— E...?

Começou a revirar os bolsos, em busca da carteira. Parecia atordoado.

— Tenho que pegar o Jay. Lamento, não imaginei que já era tão tarde, tenho que chegar na Praça Judiciária em dez minutos. Como isso foi acontecer? Então... já terminamos?

— Já, acho que já. — Não pude pensar; tinha dado um branco na minha cabeça. — Eu estou convidando. — Falei, empurrando o dinheiro de volta para ele.

— Não...

— É por conta do jornal. Tenho uma verba pra despesas.

— Ah. Está bem. Olhe, que pena eu ter que ir, mas não posso ficar.

— Claro. Vai lá. Pegue o metrô, é só uma estação.

— Não, acho que vou correndo. — Ficou em pé perto de mim, franzindo o cenho e sorrindo, ajeitando o cabelo para trás, nervoso, hesitante. — Está bom, então. Se precisar me fazer mais perguntas, acho que já sabe como entrar em contato comigo.

— Sei. E aqui está meu cartão, pode me ligar se, sabe, se lembrar de algo mais.

— O artigo vai ficar muito bom.

— Obrigada pela ótima entrevista.

— Eu adorei participar dela. É óbvio. — Indicou, com um gesto acanhado, o relógio.

— Eu também adorei.

— Bem, boa sorte para você.

— Obrigada. Vou ficar de olho no seu trabalho no *Meio Artístico* daqui para a frente.

— Ah.

Por fim, parei de sorrir. O semblante de Mick passou de cordial formal para consciente. Durante uns três segundos, ficamos expostos. Fiz menção de dizer algo, mas não pude. Tampouco ele. Estava terminando, estava acabando. Oi, tchau. Se déssemos um aperto de mãos...

Mas não — ele se limitou a dizer o meu nome e a inclinar a cabeça, e vi seus lábios se comprimirem para formar aquele meio-sorriso que costuma dar quando as coisas não vão bem. Então, ele saiu de minha vida sem me tocar.

O que foi bom. Mas foi por um triz. Provavelmente não o deixaria escapar.

Voltei de ônibus para casa. Tenho carro, mas gosto de pegar ônibus ou metrô na cidade, assim tenho mais tempo para pensar.

Quando estou de bom humor, gosto de observar os demais passageiros e pensar nas suas vidas, de avaliá-los de acordo com a Escala de Padrões Rígidos e Impiedosos de Emma para a Normalidade. Quando estou de mau humor, gosto de mergulhar de cabeça nele, à medida que olho sem emoção pela janela do n.º 42 ou da linha vermelha do metrô, transformando cada edifício, cada pedestre, cada poste de telefone numa metáfora da corrupção, da decadência e do tédio urbano. Isso me anima!

Mas naquele dia não dava nem para dizer se eu estava de bom ou mau humor. Simplesmente estava desconcertada. Nem eu mesma conseguia me compreender. Sou minha melhor amiga, confio em mim mesma, mantenho o diálogo aberto comigo mesma — audível, se estiver sozinha — e para mim é importante saber que me conheço. É vital. Caso contrário, *caos*.

Por que me sentia devastada? Ah, dá um tempo. Até mesmo a palavra *devastada* me ofende, é tão melodramática. Tomei café a tarde inteira com um homem e conversamos. Foi uma conversa agradável. Houve arroubos de honestidade que me emocionaram, pequenos enlevos de sinceridade que raramente ocorrem entre mim e outras pessoas, exceto Rudy, e quase nunca entre mim e os homens com os quais tenho saído, hã, nos últimos cinco anos. Muito menos quando estou sóbria.

Tudo bem, mas, ainda assim, não foi tão extraordinário. Se Mick tivesse me deixado gravar a entrevista, eu a escutaria novamente, e aposto que coçaria a cabeça e pensaria: *O que tem demais?* À primeira vista, não tinha acontecido muita coisa. Por que então eu estava tão insatisfeita? E aflita? Sentia como se tivesse sofrido um acidente e não conseguisse mostrar onde doía. Estava toda machucada.

Está na hora de cair na real. Vi algo que desejei e não pude ter, só isso. É o que denominam de sentimento de perda, e a reação mais comum é o desgosto. Então, sou normal. E quanto tempo isso vai durar? Não muito — sou Emma DeWitt, não Emma Bovary.

Eram quatro da tarde e minha casa estava um breu. Comecei a acender as luzes, liguei o aquecedor, perguntando-me se não deveria comprar um gato. Fiz chá — mais cafeína, é o melhor caminho — e chequei minha tediosa correspondência. Então, fiquei olhando a chuva escorrer pela janela da cozinha, caindo em rastros longos, monótonos e vagarosos.

O telefone tocou e meu coração foi à boca.

— Alô?

— Sondra?

— Quem?

— Ah, desc... — Clique.

Para você também.

Bem, foi um incidentezinho revelador. Senti os joelhos enfraquecerem. Com os cotovelos no balcão, apoiei a cabeça nas mãos e me deixei levar pela tristeza durante alguns instantes.

O Mick não ia me ligar. No fundo, nem queria que o fizesse. E eu não ia inventar uma pergunta falsa, no último instante, sobre a entrevista, a fim de ligar para ele. Ambos temos discernimento.

Há certo consolo na irrevogabilidade, mesmo quando é implacável. Detesto ambigüidade: ou tudo ou nada. Aceito o nada desde que realmente seja um nada, não diluído pela esperança ou por *sim, mas, talvez, se.*

Vou tomar um banho, resolvi. Adoro tomar banho; há um poder terapêutico na submersão em água quente, quando se está triste. Um banho, um prato de mingau de aveia quente com bastante mel — esses são os dois melhores remédios para depressão que conheço. Bem, não, mas são os dois mais acalentadores. E vou levar o telefone comigo para a banheira e ligar para a Rudy. Como o Curtis não está em casa agora, ela vai poder conversar.

Em cima, no meu estúdio, a luzinha da secretária eletrônica estava piscando, indicando que havia uma mensagem.

— Oi, hã, é Lee, segunda-feira, duas e quarenta da tarde. Estou ligando para saber se pode vir jantar na sexta.

Maravilha. Uma distração. E fazia séculos que eu não via o Henry, que sempre me faz morrer de rir.

— Você ainda está saindo com o Brad, o consultor técnico? — Infelizmente, estou. — Bem, então, traga-o se quiser, ou outra pessoa, quem você desejar. Ou venha sozinha, se preferir, não importa. Embora o número de pessoas à mesa vá ficar incompleto. — Saquei. — Então, gostaria muito que você viesse; espero não estar avisando muito em cima da hora. — Lee faz uma imagem incrivelmente envaidecedora da minha vida social. — Vai ser bem informal, comida caseira, venha como quiser. — O que significa que eu iria de calça e suéter, e ela usaria um chambre fino de anfitriã de duzentos dólares. Isso ainda é conhecido como "chambre fino de anfitriã"?

— Acho que o único outro casal que vou convidar são os Draco. Eu me encontrei com Sally ontem e me lembrei de que você já conhece Mick, então achei que seria divertido nos reunirmos. Você vai gostar da Sally, hã, ela é uma mulher inteligente. E muito agradável, estou achando ótimo conhecê-la.

Ah, meu Deus do céu!

— Então é isso, ligue para mim quando puder, vou estar em casa à tardinha. Ou amanhã; deixe recado se tiver caído na gandaia a noite toda. Ah, ah. Tchau.

Como costumo dizer, detesto ambigüidade. Faz com que seja um desafio especial lidar ao mesmo tempo com as sensações de alegria e de tristeza. Desci novamente porque estava na hora das grandes armas. Um prato de mingau de aveia *dentro* de uma banheira de água quente.

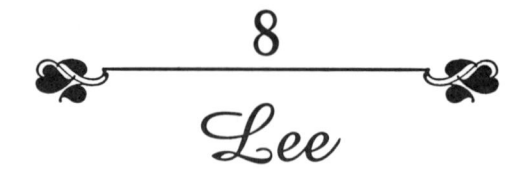

8

Lee

Teria desfrutado mais do jantar que ofereci se Emma e Mick Draco, o marido de Sally, tivessem se dado melhor. Acho que é falta de educação levar desavenças pessoais para uma reunião social; incomoda todo mundo. Não que eles tenham brigado — longe disso; nem se falaram! Mal se *olharam*, o que, em minha opinião, foi uma indelicadeza. Não só mútua, como também para com a anfitriã. É óbvio que o encontro que tiveram na segunda-feira não foi bom, mas isso não é culpa *minha*.

Tentei amenizar ao máximo a situação, e um observador menos perspicaz provavelmente não teria notado que havia algo errado. Henry não notara, conforme me contou mais tarde, quando conversamos sobre isso. Mas isso é típico dos homens. São as mulheres que percebem as coisas, quando se trata da dinâmica de relacionamentos interpessoais.

Após o jantar, servi a sobremesa (musse de maçã salpicada com calda de sidra) na sala.

— Há quanto tempo vocês dois estão casados? — perguntou Sally, educadamente, saboreando o café.

— Há quatro anos — respondi. — E você e Mick?

— Seis. Seis? — Olhou para o marido, que confirmou, assentindo com a cabeça. — Nossa, nem parece que já faz todo esse tempo. Como foi que vocês se conheceram? Adoro ouvir histórias sobre o primeiro encontro de casais felizes. — Ela foi muito simpática e gostei de sua tentativa de tornar a conversa agradável e interessante; tal como eu, deve ter notado a tensão entre Emma e Mick.

Fiz menção de responder, mas Henry falou primeiro:

— Bem, estava voltando para casa um dia quando recebi um telefonema da minha mãe no carro. Ela não tinha conseguido terminar um trabalho em Alexandria e queria que eu atendesse sua última cliente.

— Ah, sua mãe é...

— É encanadora, como eu. Eu sou o filho em Patterson & Filho.

— É mesmo? Não tinha me dado conta!

— Então, ela me pediu para atender sua última cliente, uma mulher em Maryland que estava com o vaso sanitário entupido.

Sally riu.

— Que romântico! E é claro que era a Lee.

Henry assentiu.

— Fui até Chevy Chase e bati à porta... esta porta... e pronto. Bastou uma olhada e caí por ela.

— Uau! — disse Emma. — Com que roupa estava, Lee?

— Sei lá, já nem me lembro.

— Eu me lembro. — Henry abriu um largo sorriso, dirigindo-me um olhar lânguido que trouxe à tona recordações. — Um conjuntinho xadrez, com um colete e uma gravata-borboleta preta. Masculino, sabe, o que eu achei interessante, já que ela não era nem um pouco masculinizada. E estava usando uns sapatos de salto superalto, vermelhos, e, ainda assim, só chegava à altura do meu queixo. Estava uma graça, como uma cesta cheia de gatinhos.

Bem, nunca, em toda a minha vida, tive um sapato vermelho de salto alto. De tom vinho, sim, e um escarpim de salto médio de verniz cor-de-cereja, mas nenhum vermelho. Entretanto, não revelo isso quando Henry conta essa história; a lembrança é tão vívida para ele, e o enche de tanta satisfação, que jamais passaria por minha cabeça corrigi-lo.

Só que eu me lembro perfeitamente do que *ele* estava usando naquele primeiro dia: um uniforme azul com um cinto de ferramentas. E botas de trabalho velhas. E tinha aquele maravilhoso sotaque sulista. Muito embora tenha me comido com os olhos, comportou-se de forma muito educada, incrivelmente gentil e esmerada em todos os sentidos, mesmo naquele dia, quando só falamos de vasos sanitários. Fui eu quem "caiu" por ele.

— Depois que resolvi o problema, ela me ofereceu chá com biscoito...

— Com bolo — tive de corrigi-lo.

— Com bolo, e a gente se sentou na copa e conversou durante uma hora e meia.

— Sobre o quê? — Sally parecia fascinada.

Henry e eu nos olhamos e demos de ombros.

— Nem me lembro — respondeu ele —, mas, antes de eu sair de lá, ela já tinha me contratado para retirar a antiga tubulação de água e instalar condutores de cobre.

— E, depois, novos tubos de calefação.

— E, mais tarde, um sistema de condicionamento de ar.

— Então, fomos obrigados a nos casar! — brinquei. — Porque eu já estava dura.

Sally levantou-se para servir mais café.

— E você, Emma? Como é que você e Brad se conheceram? — Ela sorriu de forma convidativa, tentando desarmar Emma, que se retraiu, constrangida, franziu o cenho e fingiu não estar pouco à vontade.

— Ah, sabe como é — respondeu baixinho —, no lugar de sempre. Um bar.

— Opa — disse Sally, divertida —, *isso* soa interessante!

— Não muito.

Brad, sentado ao lado de Emma no sofá, pousou a mão em sua coxa. Achei que ela estava muito bonita naquela noite, com a maquiagem adequada, para variar, e os cabelos presos em uma trança. Tinha se arrumado bastante também — eu não me lembrava da última vez em que a tinha visto de saia. Devia gostar de Brad; não costumava se cuidar tanto para os namorados. Brad disse:

— Bem, eu a achei muito interessante. Ela bancou a difícil e tive que usar todo o meu charme masculino.

— Teve que pagar um monte de drinques.

— Ela está brincando — assegurei a Sally; o humor de Emma pode ser difícil de entender quando as pessoas não a conhecem bem. E mesmo quando a conhecem direito.

— Eu estava com alguns amigos do escritório, e Emma, com uma amiga...

— Quem? — interrompi, curiosa. Nunca escutara esta história.

— Você não a conhece — respondeu Emma. — Uma colega do jornal. Sabe, na verdade, não houve nada de...

— Foi no Shannon, na rua L, durante a semana, numa quarta à noite — continuou Brad —, naquele horário entre a happy hour e o jantar, quando você ainda não decidiu se vai ficar para curtir a noitada ou se vai para casa. — Ele é engenheiro e sempre muito detalhista. Exceto pela boa aparência, eu não diria que faz o tipo de Emma. Certinho demais. — Minha mesa estava próxima à dela. Fiquei de olho nela a noite toda, claro, e, quando se levantou para ir ao banheiro, eu me levantei também. Perguntei: — Vai, conte.

— Não, conte você — respondeu Emma rapidamente. Estava muito pálida.

— Está bem... Eu perguntei "Posso te contar uma piada?", e ela disse "Por quê?", e eu respondi "Porque você tem uma risada linda e queria escutá-la de novo".

— Nossa, que *bela* cantada — comentou Sally. — Não foi ótima essa? — perguntou ao marido, que disse que sim, muito boa.

— Então, levei uma hora para convencê-la a jantar comigo, não foi, Emma? E àquela altura já estávamos meio altos e...

— Viram só? — interrompeu Emma, cruzando as pernas para fazer com que Brad tirasse a mão. — Não tem nada de mais.

—... Daí levei mais umas *duas* horas para convencê-la a me deixar levá-la para casa. E então a gente...

— Fim da história — interrompeu Emma bruscamente. — E vivemos felizes para sempre.

— Está legal, está legal — disse Brad, rindo. — Fechem as cortinas. Captei a mensagem de que o resto é censurado.

Sally riu com conhecimento de causa.

— E faz quanto tempo que estão juntos?

Emma encolheu os ombros.

Brad respondeu:

— Faz quatro, quase cinco meses agora. É isso mesmo, porque foi uma noite depois do Dia da Independência e o metrô ainda estava imundo. Lembra, Emma?

— Lembro — respondeu ela, negando com a cabeça.

Examinei Emma com mais atenção, para ver se ela realmente estava enrubescendo. *Estava!* Abaixou a cabeça, mas vi as bochechas ficarem rubras. Que interessante! Ela não tem o costume, que eu saiba, de pegar homens em bares e levá-los para casa; por outro lado, não é do tipo que se importa se alguém *pensa* que agiu dessa forma. Falaria um palavrão qualquer e seguiria em frente. Mas aqui estava ela, corando de vergonha porque aparentemente ela e Brad tinham dormido juntos no primeiro encontro. Interessante mesmo!

Talvez por causa de Sally, que é tão pura e centrada. Emma, na certa, não queria ofendê-la.

— Bem — disse Sally, segurando Mick pelo braço —, *a gente se* conheceu quando ele me salvou. Meu ilustre paladino. Evitou que um ladrão arrancasse a bolsa do meu ombro na Praça McPherson.

— Uau, que *incrível*! — exclamei. Mick inclinou-se para acariciar Lettice, que estava cochilando com o focinho apoiado em seu sapato; não pude ver o seu rosto. Ele e Sally formavam um casal muito bonito, com seu contraste físico acentuado: ele era alto, moreno e reservado; ela era clara, pequenina e extrovertida. Pareciam ter sido feitos um para o outro.

— Esperem, e tem mais — continuou Sally, inclinando-se para a frente —, ele nem me deu a chance de agradecer, disse que estava atrasado, que tinha que ir; só se certificou de que eu estava bem e foi embora. Bem, fiquei consternada. Ele me pareceu tão bonito em seu terno de três peças. E usava suspensórios. Eu sou louca por homens que usam suspensórios!

Ri.

— Nunca pensei nisso.

— É mesmo? Emma, você não gosta de homens que usam suspensórios?

— Às vezes. Acho.

— E *coletes*... adoro quando tiram os ternos e ficam só de colete e camisa, com as mangas amassadas. É tão sexy! — Sally arqueou as sobrancelhas para Mick, o qual passou o dedo pelos próprios lábios, com um meio-sorriso.

— Não posso me esquecer disso — disse Brad, cutucando Emma.

— Lembre-me de tirar o paletó com mais freqüência. — Ela dirigiu-lhe um de seus famosos olhares fulminantes, mas ele apenas riu.

— Então, isso foi numa quinta; na sexta, adivinhem com quem cruzei na festa de Natal do escritório?

— Não! É mesmo? — exclamei. — Mick?

— Acontece que ele trabalhava no mesmo prédio, na avenida Vermont. Dá para acreditar? No mesmo escritório de advocacia.

— E a gente nunca tinha se cruzado. — Mick pigarreou antes de continuar. — Porque ela era nova, e eu estava viajando muito a trabalho, passando pouco tempo no escritório.

— Ainda assim, uma baita coincidência — comentou Brad.

— Acho que foi um milagre — disse Sally, recostando-se no ombro de Mick. — Com certeza, um sinal de que a gente estava destinado a ficar junto. Sina.

— Muito romântico — afirmei.

— É, Romeu e Julieta. — Emma levantou-se. Nós a fitamos; parecia estar meio surpresa por ter se levantado. — É uma pena, mas tenho que ir. Eu me esqueci que tenho que trabalhar amanhã.

— No sábado? — surpreendeu-se Brad.

— Que posso fazer? O jornal funciona de segunda a domingo.

Então, *todos* decidiram ir embora também e o jantar terminou cedo demais. Enquanto eu segurava seu sobretudo, Emma pediu desculpas por entre os dentes.

— Lamento, Lee, ter dado início à debandada do seu ótimo jantar.

— Bem, gostaria que tivesse me dito.

— Eu sei, estava me divertindo tanto que me esqueci completamente. Lamento mesmo, foi ótimo, tudo perfeito, como sempre. Você é a *melhor* anfitriã do mundo.

Sussurrei, de costas para os demais, que estavam ocupados colocando os sobretudos e conversando:

— É uma pena que não tenha gostado dele.

— De quem?

— Do Mick.

Emma pestanejou e meneou levemente a cabeça.

— *Como?*

— Psiu. Vou ligar para você e então conversamos.

— Está bem. — E então riu alto, jogando a cabeça para trás. Todos pararam de falar e olharam-na.

— Qual foi a graça? — Henry quis saber.

— Nada — respondi e virei-me para abrir a porta. E pensei: Bem, talvez esteja equivocada. Mas então Sally deu um abraço em todo mundo, Brad despediu-se com um aperto de mãos de Henry e Mick,

Henry deu um abraço em Emma e Mick também me deu um abraço; no entanto, Mick e Emma nem se olharam. Acho que apenas murmuraram um "boa-noite" e foi só. Então, tive certeza. Raramente falho nesse tipo de coisa.

— Jantar agradável — disse Henry mais tarde, naquela noite, examinando os dentes no espelho do banheiro.

— Foi. — Eu preparara *thaazi saag aur narial* (carne com espinafre ao curry e coco); a receita dizia "para dez pessoas", mas nós seis comemos tudo. Essa é a minha definição de um jantar bem-sucedido. Perguntei: — Sally é muito agradável, não é? — Henry resmungou algo. — E você e Mick realmente se deram bem. — O que não me surpreendeu; estou para conhecer alguém que não goste de Henry.

— É, gostei dele. Cara legal. Sabe o que é que ele me falou? Pode ser que não dê em nada, mas disse que ia indicar a minha firma pro dono do ateliê dele, pra gente fazer trabalhos de encanamento. E adivinha quem é que é o dono?

— Quem?

— Carney Brothers. Se a gente conseguir entrar naquele mercado do centro, num daqueles prédios antigos, que são uma verdadeira mina de ouro para os consertos, já que sempre têm alguma coisa estourando, bastarão alguns contratos e estaremos feitos. Não ia ser legal?

— Ia.

— Vou ligar pra Jenny amanhã; agora já está muito tarde. Pode ser que não dê em nada — repetiu —, mas gostei do fato de Mick ter se oferecido para ajudar. Isso nem passaria pela cabeça da maior parte das pessoas.

Henry chama a mãe de Jenny. No início, achei estranho — não posso me imaginar chamando minha mãe de "Irene". Mas ele cresceu em uma comunidade de mulheres, na Carolina do Norte, nos anos 1960, então teve muitas mães. Nenhum pai, mas várias mães. Em vez de usar "mãe" para todas elas, ele as chamava pelos nomes, incluindo sua própria mãe. Creio que faz sentido.

— É, foi uma reunião bacana, mas senti que tinha alguma coisa no ar — comentou Henry, dando um passo para o lado, de modo que eu pudesse remover a maquiagem. — Achei que a Emma não tinha gostado da Sally, ou talvez que ela e o Brad tivessem brigado. Seja como for, não sei o que é que ela vê nele.

— No Brad? Ah, acho que ele é interessante. Não, a Emma gosta de pessoas cultas, e a Sally é muito inteligente, então não foi esse o caso. Ela não gostou do Mick.

— Do Mick? Você acha?

— Bem, você os viu trocarem alguma palavra?

E Henry deixou escapar um "hum", pensativamente.

— Eles se entreolharam, mas não conversaram. É óbvio que a entrevista para o jornal não foi bem.

— Hum.

Terminei de escovar os dentes e bocejei.

— Cansada? — Henry estava me observando pelo espelho. Estava cansada, mas dei de ombros e disse "Ah", de forma evasiva. Caso ele tivesse algo em mente...

Mas então estraguei o clima ao perguntar:

— Sabe aquela galinha recheada com frutas que eu faço? Você acha que seria uma boa pedida para servir aos meus pais, quando vierem em dezembro?

Ele estava massageando minhas costas. Retirou as mãos e respondeu:

— Acho que não. — E afastou-se. Em seguida acrescentou, por sobre os ombros: — Mas, então, o que seria?

Concluí o que estava fazendo e segui-o, com Lettice arrastando as patas no corredor, na minha frente. Henry já estava deitado, com a luz do abajur apagada, os olhos fechados e as mãos apoiadas na barriga. *Essa não! Não, senhor*, pensei. Coloquei Lettice em seu cesto de dormir e, em seguida, me sentei no colchão, no lado de Henry, para que ele pudesse olhar para mim.

— Você não quer que eles venham? Vão passar apenas duas noites.

— É claro que eu quero que eles venham. São os seus pais.

— Quer mesmo?

— Claro. Mas vão passar quatro, não duas noites.

— Não, duas.

— Duas quando vierem, duas quando voltarem. Quatro.

— Não, *uma* quando vierem, uma quando voltarem. — Meus pais estavam planejando ficar em nossa casa na ida e na volta de sua viagem anual para a Flórida.

— Ah.

Ficou tão aliviado que eu ri. Girei as pontas de seu bigode nos dedos, tentando fazer com que apontassem para cima. Sorriu e fechou os olhos de novo. Meu marido lembra um hippie em fase de amadurecimento. Seria de pensar que esse tipo de aparência não faria o meu gênero, mas fica bem nele. Usa um rabo-de-cavalo arrumado e impecável, mas à noite deixa os cabelos soltos, e eles se espalham no travesseiro, como uma bandeira escarlate brilhante, vultosa e linda. Não consigo tirar as mãos deles.

— De qualquer forma, não vai ser tão ruim assim — disse-lhe eu. — Eles gostam de você, gostam mesmo.

— Claro que sim.

— *Gostam!*

— Lee, desista. Você se casou com um cristão proletário. Um cristão proletário e *caipira*. Seus pais teriam preferido que você tivesse se casado com um árabe.

— Minha nossa, *isso* demonstra o quanto você sabe das coisas. — Levantei-me e fui para o meu lado da cama, deitando-me com impaciência, puxando o lençol preso debaixo do quadril dele para me cobrir.

— Você se casou com uma heterossexual e sua mãe não *me* detesta!

Boa. Ponto para Lee.

Henry começou a rir. Como não achei nada engraçado, fiquei séria. Quando viu que eu não estava achando graça, virou-se, cruzando as mãos sobre a testa e fitando o teto. Meditando.

Detesto ter de dizer isso, mas minha família intimida Henry. Eles realmente gostam dele, mas ele não vê isso. Não sabe lidar com o fato de que meu pai é físico, minha mãe, economista, um de meus irmãos, psicólogo, e o outro, cardiologista. E ele é um encanador sulista, órfão de pai, que trabalha com a mãe. É verdade que tenho mais dinheiro do que ele, mas não em virtude de meu salário. Trabalho na área de desenvolvimento da primeira infância, uma profissão considerada como de mulher, o que significa nenhum status e nenhum dinheiro. Mas estou bem de vida porque minha mãe me dá dicas sobre quais ações da Bolsa comprar e quase nunca erra. Lamento dizer que esse é outro ponto delicado com Henry. Ele não me culpa, culpa a si próprio e então se retrai e fica mal-humorado. Nossas dificuldades para conceber um filho também não estão ajudando, creia-me.

Toquei seu tornozelo com a lateral do pé e fiquei quieta, fingindo ter sido um acidente. Toda noite ele põe cuecas e camisetas limpas antes de dormir. Adoro o cheiro de amaciante e o odor fresco da secadora. Sempre me deixam excitada.

Mas o sexo entre nós se complicou bastante. Quase não tem mais a ver com amor, mas com gráficos de temperatura e períodos férteis. Tem a ver com levantar cedo para urinar em um recipiente e pôr a perder um teste de apenas três etapas. Pergunte-me qualquer coisa sobre LH urinário — hormônio luteinizante. Tenho três kits para previsão de ovulação no banheiro. Agradecemos a Deus quando descobrimos que Henry tinha varicocele — uma veia varicosa no escroto que aumenta a temperatura testicular e é a causa mais comum de infertilidade masculina. Então, ele fez uma microcirurgia para repará-la e recomeçamos. Nada. Agora voltamos a utilizar os termômetros basais, gráficos de períodos de fertilidade e bastõezinhos rosa que se tornam azuis. É preciso fazer amor quando eles se tornam azuis, querendo ou não.

Movi um pouco o pé, afagando, acariciando os pêlos de sua panturrilha. Eu estava em um bom momento, hormonalmente falando. Mas ele sabia disso — havia lhe contado pela manhã. Se eu sugerisse algo naquele momento, ele acharia que este era o motivo. E a verdade é que era mesmo. Em parte.

Ah, meu Deus, o que vai acontecer? Às vezes, o Henry falha. Não sempre — só aconteceu em duas ocasiões. É por causa do estresse, claro, ambos sabemos disso. Na segunda vez, ele disse:

— Nunca, em toda a minha vida, fui brocha!

E eu disse:

— Bem, eu também estou impotente, só que não dá para ver! — Isso nos ajudou um pouco. Não voltou a acontecer desde então.

Puxa vida, quero tanto ter um filho! É como se eu estivesse imobilizada, minha vida está paralisada, não posso dar continuidade a ela até resolver esse problema. Sei que não é justo com ninguém, especialmente com Henry, mas não sei o que fazer. Não sei como escapar dessa sucessão de tentativas e fracassos, tentativas e fracassos.

Suspirei e apaguei a luz. Sempre nos beijamos, nosso último ato antes de dormir. De vez em quando, isso acaba levando a outra coisa, mas, em geral, é apenas um selinho doce de boa-noite. Tateamos no escuro em busca um do outro e, por fim, nossos lábios se encontraram.

— Boa-noite.

— Boa-noite.

Comecei a rolar de volta para o meu lado, mas Henry continuou a segurar minha mão e puxou-me à altura de seu peito. Ele tem um peito bastante robusto. Não é confortável dormir sobre ele — já tentei, mas é como dormir em um travesseiro alto demais.

Eu disse:

— Querido...

Mas ele abaixou as mãos e segurou-me pelos quadris, puxando todo o meu corpo para cima dele:

— Sabe, estive pensando.

Bem, isso era melhor. Eu me estiquei, acomodando-me.

— Pensando em quê?

Ele deslizou as mãos grandes por baixo da calça do meu pijama.

— Pensando que você talvez pudesse me fazer delirar.

Bocejei.

— Poderia, mas estou muito cansada.

Tentou avaliar minha expressão no escuro. Não sou o que se pode chamar de grande brincalhona — ele não sabia se eu estava falando sério ou não.

— Está mesmo?

— Não, na verdade, não. — Coloquei meus braços em torno de seu pescoço.

Então fizemos amor. E foi bom, sempre é bom, mas na hora H não atingi o orgasmo. Não creio que Henry tenha notado. Eu queria, mas minha mente estava distraída. Não conseguia pensar em outra coisa: *Desta vez vai dar certo. Desta vez. Desta vez, com certeza.*

9
Isabel

Kirby beijou-me ontem à noite. Se ele tivesse apontado uma arma para mim e disparado, eu não teria ficado mais surpresa. Pensei que fosse gay.

Foi o que achei durante meses, e agora vejo que a suposição se baseou em muito pouco, em quase nada. Por um lado, nunca o vira marcar encontros ou falar sobre as mulheres com as quais saía; por outro, trabalhava meio período como ator. (Estou muito envergonhada. Sério, odeio estereótipos.) Ele se comporta quase como um padre, transmite um ar de quem medita. É um homem incrivelmente gentil, muito amável e calmo, que prefere me ouvir a falar de si mesmo.

Pensando bem, o que mais eu poderia achar?

Caminhávamos de volta para casa após uma peça no teatro de uma igreja, na rua Dezessete, uma produção experimental de um teatrólogo local, na qual Kirby atuara como um caixa mudo de pedágio de auto-estrada. Eu não entendi nada da peça, e ele estava tentando explicá-la para mim com visível timidez e muito tato. Tinha acabado de começar a nevar — a primeira vez naquela estação — e paráramos para contemplar os flocos densos e molhados circundarem o halo de um poste de luz. Nunca nos tocáramos antes, nada além de mãos dadas. Ainda assim, pareceu-me natural inclinar minha cabeça e apoiá-la, de leve, em seu ombro, e dizer:

— Não é lindo? — Parecia cena de filme, pois ele me fitou dentro dos olhos e respondeu:

— Lindo! — E tocou minha face com as pontas dos dedos enluvados. Beijou as maçãs de meu rosto. Tudo o que pude fazer foi fitá-lo, perplexa e repentinamente tímida, procurando em minha mente uma explicação para essa mudança brusca e confusa. Pensei: *Mas você é gay!* E então ele me beijou na boca, e soube que não era. Foi como descobrir que uma pessoa que você julgava conhecer era, na verdade, alguém totalmente diferente. Isso mesmo — como descobrir que uma amiga sua era, na verdade, um homem.

Ele retrocedeu, a fim de sorrir para mim, mas não pude retribuir o sorriso, não pude nem falar. Estava completamente embasbacada. Pouco a pouco, meu silêncio começou a envergonhá-lo.

— Lamento — disse-me —, Isabel, lamento muito.

— Tudo bem — respondi automática e insipidamente. Recomeçamos a caminhar. Ele retomou o tema da peça, mas é óbvio que naquele momento o constrangimento era muito grande. E não consegui fazer nada para aliviar a situação. Estava ocupada demais tentando reorganizar tudo o que pensara dele.

Moramos no mesmo prédio, no coração barulhento de Adams-Morgan. Seu apartamento, no terceiro andar, fica exatamente sobre o meu. É um vizinho silencioso, e, apesar disso, os pisos e paredes são tão finos, que posso escutá-lo com uma facilidade bastante desconcertante; por exemplo, sei em que quarto está e quase sempre sei o que está fazendo. Ouso dizer que ele pode me escutar quase tão bem — na primeira vez que nos falamos, ele me ligou para pedir que eu *aumentasse* o volume do som de forma que ele pudesse ouvir a "Appassionata" sem distorção. Sua voz culta e profunda intrigou-me, embora eu tivesse pensado, a princípio, que estivesse sendo sarcástico. Outra suposição falsa.

Quando nos conhecemos, sua aparência não confirmou nem contradisse a impressão errônea, que foi aumentando, devagar e sempre, à medida que o conhecia melhor, de que era homossexual. É alto, muito magro, quase totalmente careca. Seus olhos seriam cortantes, em virtude da forma intensa como fita as pessoas, se não tivessem um tom castanho suave. Seu nariz é arrebitado, afilado e pontudo, mas os lábios são macios. Incrivelmente macios. Conforme descobri. Ele parece ser meio fraco, mas, na verdade, é muito forte — sei disso devido às mudanças de móveis e consertos domésticos que ele vem fazendo para mim desde que o conheço. O que nos uniu, nossa paixão pela música, ainda é nosso vínculo mais forte. Adoramos assistir a concertos juntos, e agora nos parece incrível não termos nos conhecido antes ou ao menos reparado um no outro, já que invariavelmente ocupamos as poltronas mais baratas do Centro Kennedy, do DAR, do Lisner e do Auditório Baird.

Ontem à noite, após nossa caminhada constrangedora na neve, Kirby me acompanhou até a porta, como sempre faz, para se certificar de que eu estaria bem e desejar boa-noite. Mas é claro que desta vez foi diferente.

— Você quer entrar? — perguntei.

— Não, obrigado, vou subir. Já está tarde.

Quase o deixei ir, mas então não pude. Alguma coisa tinha de ser dita. Fingir que nada havia acontecido seria uma grosseria e covardia de minha parte. Mas, por outro lado, e se eu estivesse achando que havia mais ali do que realmente havia? Será que aquele beijo fora um mero impulso, um gesto de amizade e nada mais? Não, *tinha significado* mais para ele, eu tinha certeza.

— Minha vida está mudando, Kirby, *eu* estou mudando, tão rápido nestes dias que nem eu mesma consigo me acompanhar. Estou numa fase completamente egocêntrica agora. É o momento errado para eu começar uma relação... uma relação amorosa. Estou em um momento egoísta, preocupada demais comigo mesma para apreciar devidamente outra pessoa. Adoro nossa amizade, não quero que mude. E gosto muito de você. Por favor, entenda.

Falei mais, já não me lembro do quê, e durante todo o discurso ele escutou atentamente, com o corpo inclinado em minha direção, a cabeça empertigada em sinal de atenção respeitosa. Ele é, de fato, um ouvinte maravilhoso.

Por fim, calei-me. Senti-me envergonhada e insatisfeita, como se estivesse perdendo alguma coisa.

Então, ele falou, com a voz baixa e controlada:

— Isabel, a última coisa que eu queria era perturbá-la. Não imaginei que se surpreenderia tanto. A verdade é que faz tempo que queria beijá-la.

Devo ter enrubescido.

— Eu não fazia idéia — respondi.

Franziu o cenho, como se isso o surpreendesse. Seja lá o que aconteça entre nós, nunca, jamais, posso contar a ele o que pensei. Já me parece quase incompreensível ter achado, até ontem, que esse homem era gay.

Colocou a mão no bolso do sobretudo e olhou para os pés.

— Você poderia pensar um pouco mais. Deixar o choque passar. Então... — Fez um gesto casual e esperançoso, olhando-me de soslaio através das pestanas.

— Posso garantir, com toda sinceridade, que hoje à noite não vou pensar em outra coisa.

— Então, seremos dois.

O jeito certo de se despedir. Ele se inclinou ligeiramente, murmurou boa-noite e foi embora. No momento certo, também. Deve ter algo a ver com a experiência no teatro. Ele é o oposto de Gary nesse sentido, que sempre escolhia o momento errado. Mas também é o oposto dele em quase todos os aspectos.

Mantive minha palavra e pensei muito nele. É possível que tenha chegado a hora de encontrar alguém. Já faz quatro anos que me separei de Gary e não tive mais ninguém desde Richard Smith. "Codinome Babaca", como Emma sempre o chama. Evito pensar nele; traz à tona demasiadas lembranças ruins. Um ano e meio após o divórcio, três meses depois que Richard e eu começamos nossa relação — ele foi meu professor na universidade —, achei o nódulo no seio. Ou melhor, Richard o encontrou, passando a mão em mim no cinema. "O que é isso?", sussurrou, durante uma cena emocionante de *Razão e Sensibilidade.*

Eu soube de imediato do que se tratava. Na verdade, soube de tudo em um piscar de olhos, de tudo o que iria acontecer, incluindo minha morte. Felizmente, eu estava cinqüenta por cento errada. Mas isso foi suficiente para o Babaca. Ficou até a minha cirurgia, mas depois me disse que "Não via nossa relação indo a lugar nenhum". Não me zanguei — deixei isso por conta de Emma. O que eu faria sem ela? Minha "detestadora" de homens e carregadora de rancor substituta.

Mas Richard e eu terminamos há dois anos e, desde então, não houve ninguém mais. Não senti falta; desfruto dos prazeres de minha vida solitária. Adoro meu apartamento minúsculo. Pintei-o em tons de branco, marfim e verde-azulado; tirei os tapetes velhos e mantive o piso de madeira arranhado. Deixei uma grande quantidade de móveis em minha casa de Chevy Chase; Gary que fique com eles. Tenho minhas estantes, minha cadeira de balanço. Um sofá velho, um monte de abajures instáveis de pé e, para as minhas amigas, almofadões nos quais se acomodam quando vêm me visitar. Tenho pratos e talheres em quantidade suficiente para um jantar de oito pessoas, o número perfeito. Tenho vizinhos rancorosos, vizinhos calmos, vizinhos excêntricos. Minha senhoria, a sra. Skazafava, mal fala inglês. Lee diz que estou vivendo como uma hippie, e acho que estou — perdi essa época quando jovem. Ramakrishna afirma que nossas vidas se movem ao longo de fases em uma ordem não-específica.

Estou passando por uma fase que meus contemporâneos experimentaram trinta anos atrás. Não importa; o importante é a jornada.

Estava perdida em devaneios em minha escrivaninha à tarde, acariciando Graça e contemplando a paisagem pela janela, em vez de estudar para minha prova sobre famílias em grupo de risco, quando escutei a porta do apartamento de Kirby abrir e fechar. Escuto isso o tempo todo, involuntariamente, e sem querer acabo seguindo seus passos desde a hora em que chega. Dali a pouco, escutei passos no corredor e uma batida à minha porta.

Graça parou de latir assim que abri a porta e ela viu Kirby. Estava com seu uniforme: calça de veludo cotelê e suéter folgado. E carregava algo.

— Olhe o que eu trouxe — disse e entregou-me um CD ainda na embalagem. Era de Beethoven, o Triplo Concerto. — Quer escutá-lo?

Então fiz chá, e nos sentamos e escutamos o concerto, e foi quase como nos velhos tempos. Quase. Quando o CD parou de tocar, resolvi não falar de banalidades e fiz uma pergunta direta. Sem meias palavras.

— Já foi casado?

— Já.

— É mesmo? — ocultei minha surpresa concentrando-me no coador de chá. — Você nunca tinha me dito.

— Fui casado durante dezenove anos. Tive um filho e uma filha. — Colocou açúcar na xícara e mexeu. — Eles faleceram há onze anos. Todos os três, em um acidente de carro. A Julie tinha doze anos, o Tyler, oito.

— Lamento muito. — Por que essas palavras sempre soam frágeis, tão tragicamente inadequadas? Você anseia e procura melhores, mas não as encontra. Ainda assim, a gratidão de Kirby foi sincera e pôs fim àquele ritualzinho melancólico.

— Onze anos — repetiu ele, após um momento. — Tempo demais para permanecer só. Foi conveniente para mim no início. Mas não mais — e lançou-me um olhar bastante significativo sobre a xícara.

Levantei-me e fui até o equipamento de som, retirei o CD e recoloquei-o na capa. Inclinei-me e percorri com os dedos meus CDs, em busca de algo adequado como fundo musical para acompanhar o que eu ia lhe contar. Não achei nada.

— Kirby... — Apoiei-me no peitoril da janela. — Você já sabe sobre meu câncer de seio. — De fato, eu lhe contara havia meses. Não costumo guardar segredo, mas, por outro lado, tampouco saio por aí contando para todas as pessoas. Mas eu contara para Kirby. Só o fato de ter tido a doença e nada mais. — Achei que... é possível que você tenha achado que só removeram o tumor, com uma lumpectomia. Ou que fiz uma reconstrução. Mas não. Eu não tenho... nada. Aqui. — Fiz um gesto. — Só uma prótese no sutiã.

Afora profissionais da área médica, ninguém tinha visto meu peito assimétrico nu. Ultimamente, eu estava começando a aceitar, sem muita dificuldade, que ninguém o veria. E então parei de me imaginar tendo essa conversa incrivelmente constrangedora com um amante potencial.

Kirby descruzou as longas pernas e levantou-se do chão, ficando diante de mim. Cruzei os braços à altura do peito. Seu rosto magro parecia sombria e ligeiramente impaciente.

— Isso não me importa nem um pouco. Não estou nem aí. Não faz a menor diferença.

— Certo — disse eu. Acreditei nele.

— Isabel, estou me apaixonando por você.

Afastei-me dele, chocada. Nisso eu *não* acreditava. Não estava a fim de me apaixonar por ninguém. Isso já me aconteceu. Hoje em dia, estou muito velha, egoísta demais; quero me concentrar em mim mesma, e não em alguém que está *se apaixonando* por mim.

— Ah, Kirby, preferiria que não tivesse dito isso.

Ele se virou e foi um alívio imenso ver que não aparentava estar infeliz, bravo ou constrangido. Parecia pensativo. Sorriu.

— Então eu preferiria não ter dito isso também. — Tirou algo do bolso e veio em minha direção, mostrando o objeto. Um anel... dei um passo atrás, horrorizada. — Trouxe algumas arruelas para testar — disse-me com suavidade.

— Você... o quê?

— A torneira da cozinha. Ainda está vazando, não está?

Assenti estupidamente.

— Vou tentar consertá-la. — Saiu da sala, foi para a cozinha e começou a martelar.

Eu me deixei cair no chão, no lugar onde estava. Graça saiu de seu lugar costumeiro, perto do aquecedor, e deitou-se, silenciosamente, ao meu lado. Graça adora Kirby, pensei, acariciando seu focinho cinza-claro. Fora isso, não havia um só pensamento coerente em minha mente.

Na terça-feira, eu faria meu último exame semestral. Depois disso, supondo que tudo estivesse bem, eu só veria meu oncologista uma vez por ano. Mais um marco do câncer no seio. Acariciando Graça, distraída, dei-me conta de que tomara uma decisão. Se eu estivesse bem, sem nenhuma metástase, nenhum cisto ou caroço, sem quaisquer raios X suspeitos — e eu tinha certeza de que não seria esse o caso —, então consideraria, *consideraria* a possibilidade de me relacionar com Kirby. Só pensaria no assunto. Sem pressões, horários ou programações. Iria pensar.

Enquanto isso, era bom sentar ali com a Graça e escutar os ruídos, baques e estalidos de um homem fazendo um serviço doméstico para mim na cozinha. Sons misteriosos e masculinos. Revigorantes. Fizeram-me sentir feminina. Algo que não sentia havia muito tempo.

10

Rudy

O Curtis acha que eu não deveria procurar um emprego de verdade porque não preciso da grana. Diz que o meu trabalho voluntário (exceto o Disque-Ajuda) ajuda os outros e me completa, e que qualquer tipo de carreira com salário e horário integral me enlouqueceria, pois não saberia lidar com o estresse.

Sei lá. Não tenho certeza. De repente, ele tem razão.

Mas aí olho para a Lee, uma Ph.D., diretora de creche pública. Sempre soube o que queria e tudo o que ela teve que fazer foi dar um passo racional atrás do outro para atingir seus objetivos. Não consigo nem *imaginar* como seria ser tão responsável assim ou ter tanto discernimento. E olho para a Isabel, que voltou a estudar aos cinqüenta anos, investindo metodicamente num diploma que vai levá-la exatamente aonde quer ir. Como é que elas *sabem* o que querem? Até a Emma tem algo em perspectiva, mas toma o cuidado de não espalhar seu segredo.

Como eu, ela tem medo. No entanto, seu temor vem do orgulho e de não querer fazer papel de boba. O meu vem da consciência da minha própria incompetência.

Tentei explicar isso para ela, quando voltávamos do cinema ontem à noite, mas não consegui. O Curtis é o único que realmente entende. A Emma e eu quase brigamos. Parei o carro na frente da casa dela, desejando ter ido tomar uns tragos, em vez de sorvete, após o filme, porque, dessa forma, eu conseguiria discutir melhor.

Ela me lançou um olhar feroz; com uma das mãos, segurava a maçaneta da porta, com a outra, apagava o cigarro no cinzeiro. Emma costuma usar uma boina de lã preta quando o tempo está fechado, deixando-a cair sobre praticamente toda a testa, quase abaixo das sobrancelhas; seus cabelos ruivos selvagens, então, espalham-se como fogo em volta.

— Rudy, você é uma *artista*. Tem um talento incrível, pode fazer o que quiser, mas é como se estivesse imobilizada ou algo assim. Está paralisada e, por mais que eu tente, não consigo entender o que a está segurando.

Covardia. Inadequação. Inércia. Eu me coloquei na defensiva, mas não quis discutir, até porque a Emma ia se magoar se eu jogasse seus próprios temores na sua cara.

— *Tenho* minhas opções. Acho que vou mandar umas fotos para um concurso de fotografia na Universidade Corcoran. Ah, e querem que eu dê aulas de cerâmica na escola pública no ano que vem.

— Aulas de cerâmica? Mas você nem faz mais cerâmica!

Outro assunto delicado. A Emma culpou o Curtis quando vendi o meu torno. Eu o mantinha no porão, e é verdade que os equipamentos de ginástica dele tinham apinhado o ambiente, mas não foi por causa disso que desisti. Gastava horas com aquilo; além do mais, o Curtis afirmava que, como eu não ia trabalhar com cerâmica em horário integral, seguir uma carreira na área, não deveria perder meu tempo com isso. Por fim, concordei com ele.

— Eu não faço cerâmica o tempo todo — disse para a Emma —, mas posso perfeitamente dar aulas para iniciantes. Então, como eu estava dizendo, tenho algumas opções, mas nem sempre conto para você.

— Está legal. Eu sei que tem. — Ela estava recuando; sabia que tinha me magoado ao ser tão incisiva. — Desculpe se falei como se fosse a sua mãe. Bem, não exatamente como a *sua* mãe. Como uma mãe normal.

— É, não como a minha mãe. — Ri para fazê-la sorrir, e aí tudo voltou ao normal. Mas, quando ela me perguntou se eu queria entrar, disse que era melhor não. Apesar daquele abrandamento no último minuto, a Emma estava irritada, e fiquei com medo de que ela retomasse o assunto se eu ficasse.

— Boa-noite — disse ela, dando-me um leve tapinha no ombro; não costuma dar abraços. Esperei, enquanto ela ia correndo até a varanda, na chuva. Quando entrou, apagou e acendeu várias vezes a luz da varanda: era nosso sinal de que estávamos seguras, sem estupradores escondidos nas moitas. Buzinei e fui embora.

A chuva virou neve em Rock Creek, no caminho de casa, e então me dei conta de que foi bom — e não ruim — não termos acabado a noite num bar. E, quando cheguei perto de casa e vi todas as luzes do térreo acesas, achei melhor ainda.

Graças a Deus que eu estou sóbria, pensei, ao contornar o quarteirão, procurando uma vaga. Curtis tinha voltado de Atlanta um dia antes do planejado e eu já deveria estar lá. Ele odeia quando não encontra ninguém em casa.

Pensei no conselho do Eric sobre o sentimento de culpa sem fundamento — teoricamente, devo me perguntar o que fiz de errado, e a resposta, afirma ele, quase sempre será: nada. Bem, pode ser, mas nunca me *sinto* inocente. Tenho sempre a sensação, em especial com o Curtis, de que eu poderia, deveria fazer algo mais, e melhor.

— Curtis?

Tinha deixado as luzes acesas, mas não estava embaixo. Fui tirando o sobretudo à medida que subia. Não estava no quarto, não estava no banheiro.

— Curtis?

Escutei um barulho no estúdio, que estava às escuras. Entrei, mas ele não se virou; continuou sentado à escrivaninha, fitando a tela escura do computador.

— Curtis?

Ainda estava de terno. Toquei seu ombro. Como ele não se moveu, fiz carinho em sua nuca, sentindo os tendões tensos moverem-se e contraírem-se.

— O que está fazendo, querido? Por que está sozinho aqui no escuro?

Seus cabelos formam um V perfeito na nuca. Ele odeia isso e pede para o seu cabeleireiro carésimo, de Capitol Hill, apará-lo a cada duas semanas; apesar disso, o formato não muda totalmente. Eu gosto de brincar com essa pontinha, mas ele não me deixa. Isso o aborrece.

— Onde é que esteve? — perguntou com seu peculiar sotaque do Sul.

— Pensei que você só ia chegar amanhã. — Ele aguardou a resposta. — Só fui ao cinema.

— Sozinha?

— Não, com a Emma. Ela queria ver um filme francês, uma história romântica, já nem lembro o nome dele. Ela gostou, mas eu achei bobo. — A verdade não era bem essa. — Mal consegui enxergar as legendas — acrescentei, para deixar ainda mais claro que eu não tinha me divertido muito.

Deslizei os dedos por debaixo da gola da jaqueta dele e comecei a massageá-lo, vagarosa e suavemente. Podia sentir o cheiro de sua colônia, ainda presente após um longo dia, e da mousse com essência de almíscar que ele passa no cabelo bonito e sedoso. Sua cabeça foi se inclinando pouco a pouco e senti que estava começando a relaxar.

— Como foram as coisas em Atlanta? — perguntei.

Um erro. Não deveria ter perguntado isso para ele, não ainda. Todos os seus músculos se retesaram.

— Um desastre.

Por que eu me sentia responsável? Seja lá o que aconteceu em Atlanta, não teve nada a ver comigo, mas, ainda assim, tomei suas palavras como uma acusação.

Aguardei, mas ele não deu detalhes.

— O que aconteceu? — perguntei.

— Morris.

— Essa não! — Deixei escapar um gemido de desgosto, compreensivo, apertando seus ombros. Frank Morris é o inimigo de Curtis. Ele trabalha há muito menos tempo, mas está de olho no cargo do Curtis e sempre tenta rebaixar suas qualidades diante do deputado. — O que foi que ele aprontou?

Nenhuma resposta.

— Hein? O que é que o Morris aprontou?

— E você lá liga para isso?

Um sentimento de culpa forte e sufocante foi se estabelecendo aos poucos, fazendo com que eu me sentisse para baixo. De onde vinha? Por quê?

— Sabe que eu ligo. — Mas o que eu tinha feito? Alguma coisa, sei que tinha feito alguma coisa. O Curtis sabia o que era, mas não ousei perguntar para ele.

Um longo minuto passou e percebi que ele não ia me dizer. Aquela era a sua pior forma de punir: não me contar nada. Mas por que ele não se dava conta de que isso acabava por puni-lo também?

Abracei-o, inclinando-me para encostar o rosto em sua orelha.

— Ah, querido! — sussurrei. Se ao menos eu conseguisse alegrá-lo, aplacando sua ira. — Curtis é...

Ele se levantou. Deixei minhas mãos caírem, quando dei um passo atrás. Sem me olhar, o Curtis passou ao meu lado e saiu do estúdio.

Temos um ritual. Isso foi apenas uma parte dele, ia passar. Ele não estava realmente me excluindo. Ninguém entende que o Curtis precisa de mim tanto quanto eu dele. Às vezes, até mais. Mas é o forte. Estaria perdida sem ele. O Eric diz que não, mas eu estaria.

Mais tarde, levei para ele um cálice de conhaque na cama.

— Não quero — disse, recusando-o.

Sorvi a bebida, observando-o. Tinha colocado a camisola que ele mais gostava, curta, de veludo fino e amassado.

— Cansado?

Deu de ombros. Quase sorriu para mim.

— Seus dias são tão longos. — Coloquei o cálice na mesa-de-cabeceira. Ele me deixou tirar a revista de sua mão e colocá-la também na mesa. Um cacho de seus cabelos tinha caído na testa; seu semblante parecia o de um menino, e me lembrei dos primeiros dias, em Durham, quando começamos a morar juntos. A época mais feliz e segura da minha vida. Ele me amava muito naquele tempo. — O Morris é um verdadeiro idiota — comentei. — Não consigo suportar esse sujeito! — Curtis resmungou algo. — E ele vai ficar careca super-rápido! — Deu uma fungada, um meio-sorriso e segurou minha mão. Seu sorriso significava o início do perdão.

— Vou dar o fora de lá — disse ele, puxando o laço de fita preto no alto da minha camisola. — Vou trabalhar com Teeter e Jack.

— Vai o quê? O quê? — Continuou a puxar os laços; tive que cobrir sua mão para fazê-lo parar. — Quer dizer que vai sair?

— Decidi hoje à noite.

— Mas...

— São uns babacas, Rudy, não consigo mais lidar com isso. Não preciso.

— Não... não, você *tem* mais é que sair mesmo, faz séculos que não está feliz. — Que surpresa! Nem consegui pensar direito. Mas ele *não* estava feliz com aquele trabalho; dizia que davam muitas punhaladas pelas costas no gabinete do deputado Wingert e que todos eram muito hipócritas. Teeter Reese e Jack Birmingham eram velhos amigos da faculdade de direito. Tinham aberto um escritório de lobistas e estavam ganhando rios de dinheiro, segundo o Curtis. Talvez isso fosse perfeito. Ele não sabia lidar bem com autoridade. Mas, se pudesse ser sócio, ser seu próprio chefe, em vez de escravo de alguém, prosperaria.

Ele estava tirando a alça da camisola dos meus ombros, começando a me acariciar.

— Que Wingert vá se foder! — praguejou, com os olhos brilhantes e os dentes brancos reluzentes. — E que leve junto Morris também! Ambos podem se foder!

Aquela vulgaridade me chocou — ele raramente falava palavrões. Puxou-me. Deixei que me tocasse de forma rude, mas ele precisava, por causa de seu estranho estado de espírito. No entanto, a certa altura, parou, quando se deu conta de que eu não o estava acompanhando, de que eu não estava pronta. Então, suavizou as mãos, tornou-se mais terno.

Ternura — faz com que eu perca o controle, e ele me conhece muito bem. Sabe que farei o que ele quiser, se for terno comigo. Enxugou minhas lágrimas com os dedos, sussurrando "Rudy, está tudo bem", forçando, com os joelhos, minhas pernas a se abrirem. Queria que me preenchesse, que ocupasse todo o espaço vazio dentro de mim. Ele nunca, jamais, se solta, jamais perde o controle, mas me excita muito. Eu estava ofegante, chamando-o de amor, gritando "Meu Deus, meu Deus", querendo muito. Ele mergulhou a face em meus cabelos. Então parou.

— Porra!

Fiquei imóvel também, chocada com seu tom exasperado.

— O que foi?

Seus lábios se encresparam, ainda molhados pelos meus beijos.

— O que foi? Vou dizer para você o que foi. Está fedendo a cigarro. — Tentei tocá-lo. Ele ignorou minha mão e rolou para longe.

— Desculpe. — Minha pele ficou toda arrepiada, eu estava congelando. — Desculpe. Pensei que tinha parado, mas a Emma e eu, nós apenas... ela fumou alguns, e eu acabei não resistindo, fumei no carro. Desculpe... — Eu me obriguei a parar. Aquilo não tinha nada a ver com o fumo, de qualquer forma.

Sussurrei para ele, que estava de costas para mim:

— *Detesto* quando você faz isso. — Toquei com um dedo seu quadril, mas ele puxou bruscamente o cobertor e afastei a mão depressa. — Curtis, *por favor!*

Não me responderia, nem mesmo se eu ficasse de joelhos e implorasse. É fácil para mim me odiar, mais difícil odiá-lo. Mas, às vezes, ele faz com que isso aconteça.

Eu me levantei e tomei um remédio para dor de cabeça e dois comprimidos de Nembutal para esquecer. O sono pesado e profundo é o único analgésico para esse tipo específico de dor. É uma pena que nunca chegue naturalmente. Preciso me garantir.

Na manhã seguinte, minha mãe ligou.

Não falava com ela fazia uns três meses. Imagino que pareça um período longo demais, mas isso é comum entre nós. Ela soou péssima. Fechei os olhos e pensei: *Droga, droga, ela voltou a beber.*

— Rudelle? Ah, que bom ouvir a sua voz. Tudo bem, querida?

— Tudo bem, mãe. Aconteceu alguma coisa?

— O August está no hospital.

— Essa não! O que é que ele tem? Mãe? — Um ruído forte ressoou no meu ouvido, tive que afastar o aparelho. — Você está aí?

— Deixei cair o telefone. — Começou a chorar.

Levei o telefone até o corredor que dava para o quarto. Eu me deitei de lado, no chão, curvando-me no tapete violeta macio.

— Por favor, mãe, não chore. O que é que o August tem? — Meu padrasto tinha feito oitenta anos em setembro. É dezesseis anos mais velho que minha mãe.

— O coração. Na madrugada de ontem. Liguei para o Allen, mas ele não vem. Oh, Rudelle, se você pudesse vir...

— Mãe...

— Não tenho bebido. Não estou bebendo.

Talvez sim. Talvez não.

— Ele teve um infarte?

— Falaram que foi um episódio. Não entendi direito o que mais disseram, não ouço bem.

— Mas... então ele vai ficar bom?

— Estão dando alta para ele hoje.

— Estão... — Abri os olhos. — Ah, então ele está bem. Foi só um aviso. Não pode ser sério, mãe, ou não iam deixá-lo sair. — Fiquei quieta, pensando: *Ligou para o Allen primeiro*, enquanto ela assoava o nariz. Meu irmão é um alcoólatra, tem duas ex-esposas, usa drogas e não trabalha, e minha mãe liga primeiro para ele para pedir ajuda. Podia sentir que meus músculos começavam a se descontrair, relaxando, e minha face estava se abrandando. O início do meu próprio "episódio".

— Você pode vir? Faz tanto tempo, Rudelle.

— Acho que não vou poder agora.

— Pode vir passar o Natal. É tão lindo aqui. Você se lembra de como fica lindo nessa época? Você e o Curtis. Faz tanto tempo!

— A gente não pode. O Curtis tem que trabalhar. — Isso provavelmente não era uma mentira. — Mãe, eu ligo de volta para você.

— Rudelle...

— Está entrando outra chamada. Tenho que atender, depois a gente conversa. — Desliguei o telefone e o retirei da tomada.

Ela era linda. Eu me pergunto se ainda é. Não a vejo desde o meu casamento, há quase cinco anos. Quando estou com minhas amigas, eu a chamo de Felícia, e não de "mãe" ou "minha mãe", então é assim que elas costumam chamá-la. "Como vão a Felícia e o playboy?", pergunta Emma. O playboy de oitenta anos. August é suíço; minha mãe o conheceu em Genebra um ano antes do meu pai se matar. Foram amantes, claro. Devem ter sido.

De vez em quando, minha mãe resolve entrar em contato. Então me liga para comentar que faz muito tempo que não nos encontramos, que seria ótimo nos revermos e que sente muito minha falta. Nunca consigo dar continuidade à ligação, marcando um encontro. O Eric acha que eu deveria. Crê que tenho assuntos pendentes com ela que preciso resolver. Mas não tomo uma atitude. Não consigo.

Fiz uma imagem mental da posição em que estava, encolhida como uma tartaruga no chão do corredor. O Eric me ensinou a fazer isso — a me ver, a visualizar meu semblante, quando acho que estou adoecendo. Funciona às vezes. Ocupa a minha mente.

Eu me levantei e me dirigi ao banheiro. Passei pelo vão da porta, mas, assim que acendi a luz, não pude caminhar mais. Fiquei imóvel, com o pé ainda levantado a centímetros do piso branco ladrilhado. *Pare*, pensei em pânico, e não entrei. Consegui movimentar a mão e apaguei a luz do banheiro. E aí recuei, voltando para o corredor. Continuei a retroceder, entrei no quarto e me sentei na beira da cama.

Ainda segurava o telefone. Apertei a tecla de memória e o número dois. A recepcionista do gabinete do Wingert disse que o Curtis estava numa reunião. Perguntou se queria deixar recado; eu disse "Não, obrigada". Não reconheci minha voz. Desliguei rápido e disquei outro número.

A voz da Emma na secretária eletrônica me deu forças. Podia visualizá-la com tanta clareza, esforçando-se para não rir, os olhos vivazes, enquanto gravava sua mensagem alegre e espirituosa. Quando deixei o recado, minha voz soou quase normal:

— Oi, sou eu. Achei que você estava em casa. Acho que deve estar trabalhando. Não é nada... nada importante. — Tive que sussurrar "Tchau", porque, de repente, estava quase chorando.

Rudy. Rudy. Rudelle. Como eu odeio esse nome. Quer dizer "a famosa" em alemão. Nasci na Alemanha. Meus pais gostavam mais da Europa do que dos Estados Unidos. Eu me autodenominava de Rudie quando era pequena. Era Rudie O'Neill até minha mãe se casar com August. Depois, tive que adotar o nome dele, Lacretelle. Rudelle Lacretelle. Na universidade, adotei o nome da minha mãe,

Surratt, e transformei Rudie em Rudy. Rudy Surratt. Gostei. Eu me sentia bem daquele jeito. Mas, quando me casei, Curtis me pediu para adotar o seu nome, então agora sou Rudy Lloyd. Emma adora dizer o meu nome. Ela me chama de "Ruuudiiii", em tom alto e agradável, como se estivesse cantando, sem mais nem menos — quando estamos indo para algum lugar, por exemplo. Simplesmente canta o meu nome.

Eu me levantei da cama e apertei a tecla de memória um. Caiu na secretária eletrônica do Eric, mas, durante a mensagem, ele atendeu a ligação e me saudou.

— Você pode me ver hoje?

— Rudy? Aconteceu alguma coisa?

— Não, na verdade, não. Eric, posso ir até o seu consultório? Aconteceu algo, sim, mas não sei bem o quê.

— Às quatro fica bom para você?

— Obrigada. Obrigada mesmo.

— Os dois primeiros anos após a morte do meu pai foram os piores. A gente estava morando na Áustria por algum motivo, numa estação de esqui nas montanhas. Já contei isso? Meu irmão estava morando com a gente, porque tinha levado bomba no ensino médio da escola particular em Rhode Island. A Claire e eu estudávamos num colégio de freiras na vila. O August ficava com a gente quase o tempo todo, mas ainda não tinha se casado com minha mãe. A gente morava num hotel. Mas eu já contei isso para você, não?

— Não importa.

— Já ouviu esta parte. Sobre a minha mãe. Naquele dia em que eu a encontrei.

— Conte de novo.

— Estou precisando... tenho que... quero contar! Naquele verão, eu estava com doze anos, e Claire, com catorze. Allen, meu irmão, saía todos os dias, ninguém sabia para onde. Dizia que ia dar uma volta. Minha mãe não conseguia controlá-lo. Não conseguia fazer nada direito. Ela bebia e dormia o tempo todo, mas, quando tomava os medicamentos certos, era uma pessoa superquerida e agradável. Eu a amava muito, Eric. Nunca senti tanta dor por alguém. Não desde aquele verão. Acho que... foi naquela época que comecei a ficar desorientada.

Parei de falar e cerrei os olhos. O Eric permaneceu quieto e calado, esperando por mim. Por trás das pálpebras, a cena veio como um filme antigo, em preto-e-branco, com exceção do sangue.

— Eu e minha irmã a encontramos juntas. Achamos que estava morta. Nua sobre os azulejos brancos, a banheira repleta de água ensangüentada. "Busca ajuda, chama um médico", eu gritei para a Claire. Mas devia ter adivinhado, ao olhar para a sua face inexpressiva, com aquele meio-sorriso, como se estivesse entorpecida. A Claire simplesmente se mandou. Algumas pessoas a encontraram e a trouxeram no dia seguinte. Estava andando de bicicleta, disseram.

— Rudy — disse Eric.

— Estou bem. Eu não tinha falado isso para você antes, tinha? Que eu fiquei com a minha mãe, sozinha, durante horas? Ela estava quase tão branca quanto os azulejos. E fria, parecia de borracha. Achei que, se eu a deixasse, ela morreria. Tinha um machucado na face, no local que golpeou na queda, mas o sangue, espalhado como moedas vermelhas no chão, era menstrual. Porque ela tinha usado pílulas, não uma navalha. Pílulas e vodca. Será que não fazia idéia? Ah, como poderia fazer idéia de quem ia encontrá-la! Suas filhotas, suas bebês. Ah, mãe. Eu a segurei e a segurei, pensando que tínhamos trocado de lugar, mãe e filha, e que minha filha estava morrendo, e eu não conseguia evitar, não ia poder ficar com ela.

Caí em prantos, minha cabeça latejava. O Eric segurou a minha mão e a apertou com força, e parei de soluçar.

— Tudo bem. Já estou bem. — Quando me acalmei, contei a ele sobre o telefonema da minha mãe naquela manhã. — Então... é por isso que todas essas lembranças voltaram. Engraçado. Os anos passam e você acha que elas desapareceram, mas não é o que acontece. Será que um dia vão embora?

— Acho que não.

— Não. Eu sabia — disse.

— Mas não precisam machucar tanto.

— O que faz com que parem de machucar? Não é o tempo. Já faz trinta anos. Trinta anos. Eric?

— Sim?

Sorri para ele para que pensasse que eu estava brincando.

— Algum dia vou melhorar?

Não esperava que respondesse. É o tipo de pergunta que ele costuma ignorar. Mas eu o assustara naquele dia. Sua face, enquanto segurava minhas mãos, estava serena naquele momento.

— Acho que está melhorando — respondeu, meneando a cabeça solenemente em sinal de aprovação. — Eu não a veria se não acreditasse nisso.

— Não me veria? — Esfreguei meus braços gelados.

— Eu não continuaria a vê-la. Se não achasse que vai se recuperar.

Mas estou pior agora do que quando começamos. Terapia de casal é o que ele quer tentar a seguir. Já lhe disse que é impossível, mas não parece fazer diferença, ele não entende. O Curtis não viria para cá. Mesmo que eu estivesse morrendo e pudesse salvar minha vida, ele não viria.

— Tenho que ir — disse eu, embora ainda tivéssemos dez minutos. — O Curtis ficou de voltar cedo hoje à noite e gosta que eu esteja em casa na hora em que chega.

O Eric não disse nada. Comprimiu os lábios e me deixou ir.

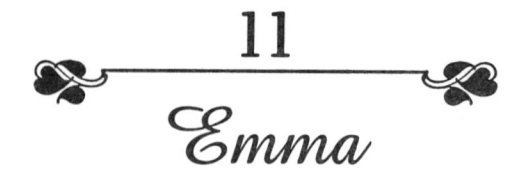

11

Emma

— Não vale a pena ter todo este trabalho só para a mulherada!

Foi isso o que falei, em alto e bom som. Claro, eu tinha um bom motivo: limpar camarão traz à tona o lado ruim de qualquer pessoa, e vinte e cinco minutos dessa tarefa, debruçada sobre a pia com nada além do programa de rádio *Considerando todos os detalhes* como companhia, poderia enlouquecer a feminista Patricia Ireland, ou seja lá quem for a líder agora. Ainda assim. Eu sou supostamente uma feminista. Faz parte da minha identidade, do meu caráter, combina com democratas relapsas, agnósticas e irlandesas. Solteironas. Teoricamente, eu já devia ter *superado* a idéia de que descascar maçãs, limpar ervilhas tortas e montes de camarões só valia a pena se homens estivessem vindo jantar.

Nooossa, como eu adoooro essas minhas amiiigas! Estava pensando num sotaque bem forte, porque tinha acabado de escutar a entrevista de um cara na estação NPR, um tal Lonnie McNão-sei-das-quantas. Um escocês que escreveu um romance profano sobre o advento da maioridade, grande coisa, e agora está sendo tratado como se fosse a reencarnação do Messias. Não há inveja aqui, de jeito nenhum. Desliguei o rádio usando a lateral do meu pulso e comecei a limpar outra pilha de camarões.

Seja como for, quando é a minha vez de receber o grupo de mulheres, eu me esforço tanto quanto se estivesse recebendo casais. E muito mais do que quando recebo namorados, que podem se considerar sortudos se eu oferecer um cafezinho de manhã, antes de enxotá-los. Educadamente, claro, eu sou sempre educada. E adoro cozinhar para as minhas amiiigas. Três de nós competem de forma tácita pelo lugar de segunda melhor chef (o primeiro lugar da Isabel é indiscutível), e o camarão ao curry com ervilhas tortas e maçãs desta noite vai ser um forte candidato. E fiz um bolo. Não parti do zero — por acaso faço o tipo Ofélia? —, mas acrescentei corante vermelho à cobertura branca e escrevi em letras grandes, sobre uma representação muito artística de uma ampulheta: "Já se passaram dois anos — É isso aí, amiga!" Vai fazer dois anos neste mês que Isabel achou o nódulo no seio. Dizem que só se pode relaxar mesmo depois de cinco anos, mas este continua sendo um aniversário e, por Deus, claro que a gente vai comemorar.

Sete e quinze. A Rudy está atrasada. Pedi para ela vir às sete, para que a gente pudesse conversar. Devia ter adivinhado; devia ter dito seis e meia.

Quando terminei de limpar os camarões, lavei as mãos com detergente e fiquei imaginando quantas pessoas se lembram da Susan Sarandon ao tirar o cheiro de peixe das mãos. Ei — não daria para aproveitar isso nalgum lugar? Iconografia do cinema americano: como o filme se intromete no nosso dia-a-dia. Uma dessas revistas pseudointeligentes poderia topar a idéia, se eu acrescentasse bastante sarcasmo. Minha especialidade. Mas prefiro dar um tom natural. Meigo. Deve haver centenas de exemplos — conexões psíquicas indeléveis entre, digamos, o som de um assobio e a atriz Lauren Bacall. Entre triciclos e extraterrestres. Pergunta: Por que você sente uma atração irresistível quando vê um sujeito da seita Amish numa plantação? Resposta: Harrison Ford, em A *Testemunha*. Está bom, exemplo banal, mas, ainda assim, deve haver centenas.

Nada a ver, pensei. Óbvio demais, não tem nada por trás disso; uma vez salientado, não há mais o que acrescentar. É o que acontece com cerca de noventa por cento das minhas idéias de histórias. Mesmo assim, registrei: "Sarandon/limões/assoc.cult." no bloco de anotações pendurado na geladeira. Porque nunca se sabe.

A campainha tocou. Ao acender a luz da varanda, vi a Rudy pelo vidro lateral bisotado; parecia alta e atraente em seu longo sobretudo preto — o mesmo que ela usou para aquecer a Graça oito anos atrás, na avenida MacArthur. O sobretudo que continuo a cobiçar. O semblante da Rudy pareceu fechado e distraído, até me ver através do vidro; aí um sorriso largo e reluzente fez seus olhos se estreitarem e iluminou seu rosto. Abri a porta e a Rudy entrou junto com um jato de ar, caxemira, perfume e... gasolina?

— Fiquei sem gasolina. Você acredita? No meio da rua Dezesseis, e ninguém parou, ninguém me ajudou, tive que me despencar até o Euclid e depois voltar só por causa de uns míseros litros.

— Nossa, que péssimo! — Mas que ótima desculpa e tão inesperada. Os atrasos da Rudy são patológicos e ela não está nem aí, nunca pede desculpas. Fiquei desconcertada. — Eu não entendo — afirmei, com impaciência — como alguém pode ficar sem gasolina. Você não checa o marcador quando liga o carro?

Ela riu.

— Uau, você está ótima! Cortou o cabelo!

Não sou muito de dar abraços, ao menos é o que o grupo vive me dizendo. Fiquei rígida ao receber o abraço forte, de um só braço, da Rudy, imaginando o que estávamos esmagando no pacote de supermercado que ela carregava com o outro braço.

— Cortei — respondi. — Tinha que fazer algo com ele. Você acha que está curto demais? Falei para ele que queria um comprimento médio. Olha o meu novo cabide de pé; um presente de Natal que eu me dei. Então, vamos para a cozinha tomar um drinque.

Peguei as taças, abri o vinho e pus amendoins numa tigela, enquanto a Rudy perambulava pela cozinha em busca de objetos novos, que não estavam ali na última vez em que veio.

— Ah, você a pendurou — exclamou, apontando para a colagem de cozinha que ela tinha me dado de Natal. — Achou um bom lugar, em cima da porta.

— Eu adorei essa colagem. — É mesmo uma obra-prima: uma composição de apetrechos culinários dos anos 1950 que, de alguma forma, se assemelha a uma face. Os olhos são duas colheres de medir; o nariz e as sobrancelhas, raladores de queijo; os lábios, a tampa torcida de um frasco de geléia; ah, caramba, não consigo nem descrever, você teria que ver para entender. Mas, acredite, não dá para olhar para ela sem sorrir. A Rudy poderia viver disso. — É incrível como eu adoro morar na minha casa própria — disse para a Rudy, passando-lhe uma taça de Merlot, seu preferido. — Eu me encho daquele orgulho de classe média revoltante.

Já morei em lugares mais elegantes — Georgetown, Foggy Bottom, Woodley Park —, mas não eram *meus* apartamentos, então não contam. Quem olha de fora não dá muito por minha casa geminada de oitenta anos, que fica em Mt. Pleasant; a vizinhança é o que chamam de temporária, o que significa que todos têm de usar a cabeça e não sair à noite sem seu pit bull pessoal. Mas a casa é só minha.

— Aos Sloan! — brindei.

— Aos Sloan!

Brindamos aos proprietários anteriores, que reformaram minha casa quase completamente, mas aí resolveram dar o fora daquela vizinhança eclética quando a esposa engravidou, achando melhor o júnior crescer no subúrbio.

— Eu me dei bem com a paranóia deles. Estou até começando a gostar das grades nas janelas.

— E por que não? — disse Rudy. — Ferro batido branco é bonito. É questão de unir o útil ao agradável.

— E não ficar histérica.

— Olha. Se você quer viver na adorável e histórica capital deste país...

— Tem que arcar com as conseqüências.

Brindamos de novo.

— E aí? — comecei a perguntar, sentada à mesa da copa, abrindo espaço para Rudy. — Como foi a consulta com o Greenburg? — Às vezes, dá para sacar quando ela foi para o analista, porque seus olhos ficam vermelhos e inchados. Não naquela noite. — Você esteve no consultório hoje?

— Estive. — Tirou dois cigarros do maço e me ofereceu um. — Foi bom. Conversamos sobre o meu pai. Tema sempre muito pesado. O Eric diz que não tem problema achar que ele pode não ter se matado.

— Pode não ter se matado? Espere aí... mas ele se matou, não? Foi o que você sempre disse. Quer dizer que não foi o que aconteceu?

— Eu só estou falando que é possível que ele não tenha se matado. Ninguém sabe. O mito corrente na minha família é que foi de propósito, mas ele pode muito bem ter enchido a cara e caído do barco.

Não era só um mito na família; era também um mito no grupo de mulheres. Escutei essa história anos atrás e agora faço uma imagem dela tão clara quanto a de um filme caseiro. Aconteceu no lago Como há uns trinta anos, quando a Rudy tinha onze anos. Posso ver o céu azul e o barco à vela branco, a luz branda do farol italiano. Está anoitecendo. O pai da Rudy, Allen Aubrey O'Neill, usa calças largas e suéter branco. Está descalço; fuma Camels; parece com o ator Joseph Cotton. Toma o restinho de vodca do cantil de couro de bolso. Apóia-se no balaústre e se levanta. Gaivotas mergulham e planam, ele ouve seus grasnidos durante alguns segundos e dá uma última aspirada na brisa suave e refrescante. Então pula no lago fresco e calmo.

Assim acaba o filme — sem pancadas n'água ou gritos sufocados lastimáveis; nunca o sigo, tampouco tento imaginar seu pânico ou seus arrependimentos. O pai bem-afeiçoado e aristocrático da Rudy simplesmente resolveu partir.

— Bem, eu acho... — comentei, devagar. — Ele bebia muito, não bebia?

— Ah, meu Deus.

— É. Então... — Comecei a menear a cabeça. — Por que não? Você tem toda razão, ele pode muito bem ter caído no lago. E nesse caso, meu Deus do céu, tudo muda. Nossa, Rudy! — Eu me inclinei, começando a me dar conta do que isso significava para ela. — Então ele não se matou. Pode ser. Isso é ótimo, porque, se ele era apenas alcoólatra, não...

— Ainda assim, ele era maníaco-depressivo. Não quer dizer que ele não fosse louco, Emma.

— Não, eu sei, mas mesmo assim...

— É só algo a ser considerado, só isso.

— É.

— Não é nada de mais.

— Está bem. — Disfarcei com uma piada. — Aposto que o Greenburg está escrevendo mais artigos para os informativos da Associação de Psicologia sobre a sua família do que sobre todos os outros pacientes do consultório juntos.

Ela sorriu, inclinando o pescoço para expelir a fumaça em direção ao teto.

— Bem — disse, e então riu de forma acanhada. — Pensei que eu estava preparada para ter esperanças nesse sentido, mas parece que não estou. Ao menos não para espalhar aos quatro ventos. Não para tornar público.

— Eu não me enquadro nessa categoria.

A Rudy tem belos olhos acinzentados, como se costumava dizer nos livros sobre governantas inglesas. Observei-os suavizarem-se e enternecerem-se, tornando-se meigos.

— Não, você não se enquadra. — Colocou a taça na mesa. — Está bem. Espero que ele tenha ficado de porre e caído no maldito lago e se afogado, porque aí só vou ter que me preocupar com minha predisposição genética ao alcoolismo, à depressão, ao vício em drogas, à esquizofrenia paranóica. Mas não com o suicídio.

Nenhuma de nós mencionou a mãe dela; demos a risada alta, prolongada e revigorante que fazia parte de nosso repertório terapêutico, e era tão importante para nós, para a nossa relação, quanto palavras amáveis ou comiseração — não, significava mais do que isso. Àquela altura, não restava mais nada a dizer, ao menos não naquele momento, com relação à morte do pai da Rudy. Tínhamos coberto todos os detalhes.

Nós nos servimos de mais vinho, de porre novamente. Uma vozinha me dizia que devia me levantar e começar a picar as cebolas ou algo assim, já que a Lee, a Isabel e a nova participante, Sharon, chegariam a qualquer momento. Mas aquilo estava bom demais: sentar na copa com a Rudy, fumando, bebendo e falando da vida — como diz o slogan da propaganda de cerveja, melhor do que isso, só dois disso.

— Bem, eu tive um dia péssimo — afirmei, alegre, contando para ela que estava queimando os miolos com um artigo de jornal, o qual eu não estava conseguindo terminar, apesar de ter que entregá-lo até segunda-feira. A Rudy me deu forças e mencionou um curso de paisagismo do qual queria participar. O curso ia começar na primavera e duraria dois anos; os participantes receberiam um diploma em projetos de paisagismo residencial e daí poderiam treinar com um paisagista ou empresa do setor para então partirem para um trabalho independente. Ela estava muito animada, mas relutou no final, afirmando que era só uma idéia, que provavelmente não o faria, que seria muito caro e demoraria muito.

— Nossa, mas parece legal, acho que você ia gostar muito. E ia se sair superbem. Paisagismo? Você adora jardinagem e adora desenhar. Puxa, Rudy, é perfeito para você.

— Não sei, não sei. E, de qualquer forma, acho que não vou ter tempo. O horário vai ser integral, vai ser um curso muito puxado, então, sei lá, eu acho que não... — Ela cruzou os tornozelos e abaixou para estirar as costas, ágil como uma gazela. O que ela *podia ter sido* era modelo. — Provavelmente não vou fazer. A gente nem conversou sobre isso.

"A gente" quer dizer o Curtis. Já me acostumei tanto a morder a língua nesse tipo de situação que já nem tenho que fazer muito esforço.

— Como vai o Curtis? — perguntei em meu melhor tom neutro. Mas já estava me despedindo do nosso papo agradável.

— Vai bem. — Olhou fixamente a ponta acesa do cigarro. — Mandou um abraço para você.

Com certeza. O Curtis morre de amores por mim.

— Diga que eu também mandei um para ele. — Menti da mesma forma e me levantei para picar as cebolas.

Aprendi há muito tempo que, quando o tema é o marido dela, a amizade com a Rudy se mantém à custa de sorrisos, mentiras e boca fechada. Detesto isso, odeio hipocrisia e falsidade, mas sigo esse ritual como se fosse um juramento solene. Que escolha eu tenho? É a Rudy. Mas eu não faria isso por nenhuma outra pessoa no mundo.

Escutei-a se levantar.

— E aí, Emi. Conta para mim. E o lance do Mick Draco, como é que está indo?

Não pude acreditar — meu coração deu um salto. Ainda bem que minha faca de descascar está cega; caso contrário, eu teria cortado o dedo. Tive que abaixar a cabeça para evitar que a Rudy me visse corar. *Meu Deus, é pior do que pensei.* Além do mais, eu não tinha me dado conta do quanto queria falar com ele.

Mas mantive a calma.

— Ah, não tem muita novidade. A gente tomou café de novo na sexta. Na quinta ou na sexta. Na sexta. Fomos de novo para aquela espelunca na frente do ateliê dele. Sabe, nós só batemos papo.

— Bateram papo.

— É, sobre vários assuntos. O filho dele, meu trabalho. A pintura.

— A esposa.

— Ah. Não.

Já faz três meses que o conheci. Três meses. De tortura. Estou acostumada com homens me atormentando, mas não dessa forma. Nós trocamos telefonemas para dizer coisas do tipo: "Olha, por acaso estou aqui perto, está a fim de tomar um café?", se sou eu que ligo, ou: "Acabei de aprender litografia, quer vir aqui dar uma olhada?", se é ele que liga. Como nenhum de nós gosta tanto assim de café, e eu nem sei bem o que é litografia, não há como negar que são subterfúgios. Embora inofensivos. Excruciantemente inofensivos. Estou um caco.

A Rudy se debruçou, apoiando os cotovelos no balcão, com seu Acqua di Gió dando um toque de requinte ao odor das cebolas.

— Bem? O que está acontecendo? Conta para mim os detalhes sórdidos.

— *Nada.* Nada mudou. Sabe, a gente só se encontra de vez em quando e conversa. Somos amigos. Só isso. — Larguei a faca e fitei Rudy. — Ah, eu acho que vou enlouquecer.

Ela sorriu e seus olhos semi-abertos se mostraram compreensivos.

— Pobre Emma.

— Não agüento mais. Não nos tocamos. Mas estou me apaixonando, estou mesmo, e acho que ele também, apesar de nunca admitir. E nada pode mudar, nada pode acontecer. Nunca.

— Olhe para você — disse Rudy, admirada. Quando ela me abraçou pela cintura, tive vontade de cair em prantos, feito uma boba.

Então me esquivei, murmurando:

— Oh, estou bem.

Sorri para disfarçar. Não conseguia me decidir entre abrir todo o jogo — embora, honestamente, não haja nada a contar — e guardar tudo para mim. Mas o que eu mais queria era esquecê-lo e recapitular aquilo tudo para a Rudy: *Você não faz idéia do quanto eu estava louca por aquele cara, o Mick, lembra dele?*

— Se está deixando você tão arrasada — comentou —, devia parar de se encontrar com ele.

— Não estou arrasada. Não o tempo todo. — As sensações de tristeza e euforia se entremeiam. — Mas sei que tenho que parar de vê-lo. Mas aí Lee faz seus jantares e convida o Mick e a adorável Sally... ela já fez isso duas vezes...

— Você tem que contar para a Lee quem ele é.

— Não posso, agora já é tarde, esperei demais. Então, mesmo quando *tento* não vê-lo, eu o vejo, estou... perdendo a cabeça! E ele é...

A campainha tocou.

— Droga! — exclamamos ao mesmo tempo.

— Mas é isso aí, estou bem, estou sim. Conto o resto pra você depois. Escuta — pedi, retrocedendo na direção do corredor —, não comente nada, o nome dele ou qualquer outra coisa... — A expressão da Rudy, de quem diz *Me poupe*, fez com que eu risse nervosamente e corasse de novo. — Eu sei... estou baratinada. Caramba, Rudy!

A confusão é total durante os primeiros vinte minutos de todos os encontros do grupo de mulheres, enquanto todas se beijam e se abraçam, começam a se servir de vinho, tentam encontrar a tábua de carne, uma faca, trocam de lugar na pia, põem as notícias em dia — tudo isso ocorre ao mesmo tempo em cozinhas, que com exceção da casa da Lee, são do tamanho de um banheiro grande.

— Ainda vai usar o coador?

— Emi, seu cabelo está ótimo.

— Que delícia este queijo... é o Saga?

— Posso tomar um banho? Acabei de vir da aula de balé.

— Isabel, faça o seu arroz no microondas, está bem? Vou usar todas as bocas do fogão. E não conversem comigo enquanto eu estiver preparando este camarão. Preciso de cinco minutos de paz e tranqüilidade.

— Ah, esquece, não vou tomar banho não.

— Ela fica tão mandona quando cozinha!

Adoro isso. Preparar um jantar gostoso para as minhas melhores amigas, escutá-las brincar, rir e falar sobre suas vidas, acrescentando de vez em quando um de meus comentários espirituosos — são momentos *maravilhosos*. Vinhos, queijos, fofocas e amigas. Se de alguma forma fosse possível acrescentar sexo nisso, não seria preciso mais nada.

O telefone tocou.

— Alguém pode atender? — Estava preparando o molho de mostarda e creme fresco, muito delicado.

Lee atendeu e disse:

— Residência dos DeWitt. Ah, oi, Sharon. Não, é Lee. Essa não, é mesmo? Ah, lamento.

— Eu *sabia* — disse Rudy, em voz baixa.

— Eu nem gostei tanto assim dela, de qualquer forma — comentei. Lee fez uma careta para mim e foi, com o telefone, para a sala de jantar. — Não gostei. Ela arranca a sobrancelha e depois traça o contorno com um lápis. Que é isso?

— Mas essa bateu o recorde. Normalmente elas vêm a pelo menos dois encontros.

A Lee voltou, com o semblante fechado.

— Mais uma mulher ao mar. — Sentou-se num banco. — Será que estamos fazendo algo errado? — Ela parecia tão desanimada que a Rudy e eu começamos a rir. — Não, é sério! — Virou-se para Isabel. — Ela foi a terceira em... quanto tempo?

— Uns dois anos.

— Sabia que ela não ia ficar — afirmei.

— Eu também — concordou Rudy.

— Ela falou que não ia mais voltar? — perguntou Isabel.

— Disse que não tinha tempo.

— Hum-hum.

— Hum-hum — replicou Rudy. — E o que mais ela disse?

— Nada. Bem, comentou que achou que a gente ia tratar mais de alguns assuntos. Temas.

— Temas? Dá um tempo! — Ri com desdém. — Mulheres no trabalho. O pós-feminismo na era da pré-liberação. Como tirar o máximo proveito de sua vida. A organização do trabalho e da família numa...

— Você não contou para ela — interrompeu Isabel, com suavidade — que desistimos de tratar de temas alguns anos atrás?

— Contei, mas...

— Temas... — disse Rudy — são necessários quando as pessoas não se conhecem muito bem.

— Os homens — comentei — é que precisam de temas.

Lee meneou a cabeça, desapontada.

— Acho que deve ser difícil para uma novata entrar em nosso grupo — argumentou Isabel. A Sharon tinha sido mais um dos achados da Lee; a Isabel não queria que ela se sentisse mal. — Nós já estamos estabelecidas, formamos uma unidade. Qualquer novata está fadada a se sentir uma intrusa, por mais que tentemos ser agradáveis.

— Bem, não vejo por quê. — É claro que a Isabel tinha razão, mas eu queria dar continuidade à discussão: — Não somos um grupo divertido? — Eu me dirigi a Rudy: — Lembra daquela careca? A que estava numa espécie de crise da meia-idade. Como era mesmo o nome dela?

— Moira, e ela era legal — respondeu Rudy, na defensiva; tinha sido ela que a apresentara ao grupo.

— Não disse que não era legal, disse que era careca. Careca como um pneu, como uma bola de bilhar. Careca...

— Faz quanto tempo que nos reunimos? — perguntou Isabel, a fim de mudar de assunto.

Alguém faz essa pergunta a cada quatro ou cinco encontros. A Lee sempre sabe a resposta, e todas sempre demonstram surpresa e incredulidade.

— Em junho vai fazer dez anos — respondeu Lee.

— Dez *anos*!

— Meu Deus!

— Quem diria!

A Rudy ergueu a taça.

— A nós.

— A nós. — Todas brindaram e beberam. Eu só pensava em duas coisas: *Nossa, somos tão sortudas* e *Quero que isso dure a vida inteira.*

— Então, amanhã — Lee concluiu — Henry vai fazer a terceira e última análise de sêmen. Como as demais foram inconsistentes até agora, esperamos que os resultados desta sejam melhores.

— O sêmen dele é inconsistente? Detesto quando isso acontece.

— Os resultados das análises. Depois da primeira, disseram que a contagem dele estava baixa, mas, depois da segunda, disseram que estava normal. A morfologia estava boa na segunda, atípica na primeira. E nas duas análises apresentou grau II de motilidade, o que significa mobilidade lenta e não-linear.

— O que é morfologia? — quis saber Rudy.

— O estudo da forma. Se o espermatozóide estiver muito afilado, pode estar sem acrossoma, a bolsa de enzimas presente na cabeça, que o ajuda a penetrar na membrana do óvulo.

— Ei, estou comendo! — Eu só queria amenizar o clima. Já faz uns dois anos que a Lee luta contra a infertilidade, metade do tempo em que está casada, e isso está começando a afetá-la. Como estou acostumada a vê-la como a normal, alegre e competente do grupo, é duro testemunhar sua participação num jogo no qual está sempre perdendo. Sabe quando algumas pessoas são tão prolongada e escandalosamente bem-sucedidas que você não consegue evitar sentir uma ponta de satisfação se por fim elas fracassam de alguma forma? Bem, eu sei. Mas não com a Lee. Ela tem um ótimo emprego, muita grana, um marido gato que a adora. Eu a conheço há quase dez anos e, na minha opinião, ela merece tudo o que tem. Nunca quero vê-la desapontada ou desiludida, nunca. Isso me *dói*. Num encontro nosso pouco tempo atrás, durante seus quinze minutos, Lee ficou com os olhos cheios de lágrimas ao revelar o quanto queria ter um filho. Foi só isso, mas eu não agüentei. Tive que me levantar e ir para a cozinha. Não pude encará-la.

— Bem, ao menos depois de amanhã você vai saber em que pé está a situação — comentou Isabel.

— A incerteza deve ser a pior parte.

— A pior — concordou Lee.

Passou as mãos nos cabelos castanhos curtos e os despenteou, uma linguagem corporal de mudança de assunto. A Lee tem um metro e cinqüenta e oito, estrutura miúda e compleição delicada, mas é tudo, menos frágil. Joga golfe e tênis, nada, dança — esportes de classe alta — e é boa em todos eles. Certa noite, depois de tomar muito gimtônica, eu a chamei para disputar uma queda-de-braço comigo. Ela desdobrou o meu braço em segundos.

— Muito bem, já terminei — disse ela, animada. — Rudy, você é a próxima.

— E isso é tudo? O trabalho vai bem, seus pais quase a enlouque-ceram no *Chanuca* e o Henry tem que fazer uma análise de sêmen amanhã?

— Isso é tudo. — Lee abriu um largo sorriso. — Agora você tem vinte minutos, os quais tenho certeza que vai usar.

A Rudy riu, mas era verdade.

— Está bem, eu vou. Uma coisa que está acontecendo comigo... — Ela se inclinou na direção da Lee e tocou sua mão. — Eu e o Curtis temos pensado muito nisto ultimamente, e...

— No quê?

— Bem, a gente chegou à conclusão de que está na hora de ten-tarmos ter um bebê.

Ela manteve o olhar fixo na Lee e não me fitou após dar essa notí-cia. Participei das exclamações de surpresa e dos votos de boa sorte, mas, por dentro, estava chocada. Enquanto não tivessem filhos, o inevitável colapso do casamento da Rudy e do Curtis só ia ferir duas pessoas, e eu só me importava com uma delas. *Essa não! Um bebê não!* Machucaria mais e mais. Do outro lado da mesa, a Isabel me lançou um olhar dissimulado, de relance. Estava pensando o mesmo que eu. A opinião que ela tem do Curtis Lloyd é mais gentil e amá-vel que a minha, mas, quando a pressiono, concordamos no funda-mental: ele é um babaca.

— Pensei muito se deveria contar para você agora — disse Rudy para Lee —, mas achei pior esconder. Como se eu não achasse que você poderia lidar com isso ou algo assim...

— Ah, não, ainda bem que me contou. Rudy, estou muito, *muito* feliz por você.

— E, depois, pensei, bem, e se eu engravidar? Vou ter que escon-der isso dela também?

Começaram a rir, fazendo piadas a respeito de como o bebê seria dado para uma família de ciganos, que o criaria secretamente. Lee podia ou não estar fingindo, não deu para dizer. Se alguém nessa situação ficaria feliz pela Rudy, seria Lee. Mas, caramba, que hora a Rudy foi escolher. Lee é humana. Se a Rudy engravidar, para Lee será uma punhalada no coração.

Eu me levantei para buscar mais pão e, quando voltei, Rudy estava falando sobre o curso de paisagismo novamente. Fiquei quieta e deixei que a Lee e a Isabel a estimulassem a se matricular. Mas aposto como ela não vai fazer isso. No ano passado, ficou toda animada por causa de um trabalho que envolveria consultoria sobre aquisição de obras de arte no mundo corporativo para uma das grandes associações da cidade, de construtores ou donos de franquias, não me lembro bem. Teria sido um milagre se tivesse conseguido esse emprego, já que ela abandonou o mestrado em história da arte quando só faltava preparar o trabalho de conclusão. Mas foi bom vê-la interessada em algo, e todas nós a encorajamos. No final, ela não se inscreveu, tampouco mandou o currículo. Quando perguntamos para ela por que não, justificou-se dizendo que teria que viajar muito. Então, era óbvio que o Curtis não tinha gostado da idéia.

Eu não suporto aquele imbecil traiçoeiro e psicótico.

Quando chegou minha vez, contei uma história muito engraçada sobre um encontro às escuras que tive no Ano-novo — o qual, creia-me, não foi nem um pouco engraçado quando aconteceu. Lee riu tanto que teve que usar um lenço para enxugar os olhos.

— Ah, Emma, isso é impagável — comentou ela, ofegante —, onde você *encontra* esses tipos?

— Eu atraio encontros desastrosos, eles grudam em mim como chiclete. Vocês não fazem idéia de como são sortudas. Bem, então é isso aí, acabei; Isabel, sua vez. Não tenho mais nenhuma novidade. Só tenho esse prazo de entrega para o jornal na segunda, nada mais. Vai, Isabel.

Lee disse:

— Espere aí, não tão rápido. E aquele sujeito casado? Tem alguma coisa acontecendo?

Algumas semanas atrás, num acesso de estupidez, cometi o erro de mencionar o Mick para a Lee e a Isabel. Mas não disse o seu nome, tampouco dei detalhes que permitissem sua identificação. Apenas disse que, de vez em quando, me encontrava com um cara casado e que nada tinha acontecido, mas que eu me sentia muito atraída por ele e que isso estava me tirando do sério. O que banaliza os meus sentimentos, mas acho que o grupo me conhece o suficiente para decifrar meus códigos de autoproteção. De qualquer forma, simplesmente deixei escapar isso — não pude me controlar. E nem me satisfiz por completo, pois não entrei nos detalhes sórdidos. A Lee faz aulas de balé junto com a Sally agora, o Henry está se tornando amigo do Mick, e a bagunça é total. Então, eu disse a elas que era "alguém do trabalho", o que, diga-se de passagem, tecnicamente é verdade.

— Não — respondi —, não há nada de novo no que diz respeito ao cara casado.

— Parou de vê-lo?

— Ah, ainda me encontro com ele de vez em quando. Só batemos papo.

— Então, quer dizer que continua interessada nele?

— Ah, sabe como é... não tem jeito, então... — Abri um largo sorriso, dei de ombros e me concentrei em arrumar os talheres.

Lee entendeu a insinuação.

— Tudo bem, só fiquei curiosa, porque você não tem mais falado sobre ele. Mas você está bem, não está?

— Claro, estou ótima sim, e não falo mais sobre ele porque não há o que dizer.

— Tudo bem.

— Tudo bem — repliquei, rindo. A Rudy me lançou um olhar bastante severo, que ignorei. — Isabel, conta pra gente como vão os estudos.

— Os estudos vão muito bem. Tirei 9 na prova sobre famílias em grupo de risco. — Todas se alegraram e bateram na mesa. A Isabel está cursando o mestrado em assistência social da Universidade Americana. — Além disso... — Aguardamos, mas ela se limitou a menear a cabeça e sorrir. Eu me dei conta de que ela estava mais quieta do que o normal naquela noite. Olhei-a com mais atenção. A meu ver, Isabel está cada vez mais jovem e bonita. Quase todo o cabelo grisalho dela caiu quando fez a quimioterapia e, quando cresceu novamente, nasceu ondulado e sedoso, como o de uma jovem. Fica bem para ela, não parece inapropriado ou juvenil demais, já que sua face serena quase não tem rugas. Não que tenha um semblante impassível, não é isso que estou querendo dizer. É sereno. Altruísta. Ela transmite uma paz que eu associo mais aos santos medievais do que a mestrandos. Não é como as demais pessoas. É incomparável.

— Não está acontecendo *nada* mesmo? — pressionou Lee.

— Não. Nada de mais.

— E o seu vizinho? E você não tinha uma consulta no médico...

— Bem, eu *estava* pensando em Gary hoje — respondeu rapidamente. Houve um burburinho. — Ou, para ser mais específica, na infidelidade e no perdão. Na infidelidade sexual e como é encarada de forma diferente por homens e mulheres. Para nós, é praticamente imperdoável. Para eles, não é nada.

— Não para todos! — corrigiu Lee.

— Não. — A suavidade em sua voz quando pronunciou essa palavra, a forma como tocou o braço de Lee durante um segundo; as duas se gostam tanto que senti uma ponta de inveja. — Com certeza, não para todos. — Apoiou o queixo nas mãos. — Vou contar para vocês uma história nestes meus quinze minutos. Eu tenho pensado em Gary ultimamente. Quero que saibam sobre sua última amante.

— Está falando da Betty Cunnilefski? — perguntamos, entre risadinhas, como fazemos quando surge o nome da Betty.

— Não, Betty foi sua primeira amante. Ou, ao menos, a primeira da qual me dei conta. Mas ele teve outras.

— Outras? No *plural*, Isabel? — Olhei de esguelha para Rudy, que parecia tão surpresa quanto eu. Lee não disse nada; ela já devia saber.

A Rudy fez a pergunta que estava na ponta da minha língua:

— Por que você não contou pra gente?

— Foi... eu simplesmente... — A Isabel deu de ombros, impotente. — Porque não quis. Até agora.

— Você se sentiu envergonhada? — teorizou Rudy, com delicadeza.

— Não. Bem, sim. Sim, em parte. É difícil para uma mulher admitir que amou um homem que lhe foi infiel durante quase todos os seus vinte e dois anos de casamento.

— Ah, mas...

— Mas, acima de tudo, acho que tinha de conseguir perdoá-lo antes de contar a vocês.

— *Perdoá-lo?* Perdoar aquele infeliz? Isabel, já foi ruim o bastante, quando só tinha aquela maldita piranha. Agora... estamos falando de quantas mulheres? — Eu estava xingando o Gary, mas a verdade é que estava brava com a Isabel também, por ter mantido em segredo esse detalhe da sua vida. Ela sabia disso; estendeu uma das mãos na minha direção sobre a mesa.

— Emma, foi terrível demais. Se eu tivesse contado para vocês, haveria mais raiva, mais rancor.

— Você tem toda razão.

— Mas será que não vê? Não teria ajudado. Só teria aumentado o sentimento negativo.

— Ah, está bem. Entendi. Equilíbrio, você queria equilíbrio cósmico. Bem, não precisa dizer mais nada.

Sua expressão era resignada.

— Não fique brava. Tem hora para tudo e a hora de contar a vocês esse detalhe não havia chegado. Até agora.

— Tudo bem. — Sorri. Sem ressentimentos. E não mencionei que a hora de contar isso para *Lee* tinha chegado há muito tempo, pelo visto. Mas isso teria sido o mesmo que admitir um ciúme infantil, um dos meus defeitos de caráter que prefiro guardar para mim mesma.

A Rudy quebrou o silêncio desconfortável para perguntar:

— Então, quem foi a última galinha, Isabel?

— O nome dela era Norma e não era muito assanhada. Era contadora, mais uma das conquistas do trabalho de Gary. Depois de Betty, eu sempre intuía quando ele começava a sair com outra, mas isso...

Não consegui ficar calada:

— Meu Deus, Isabel, quantas foram? — *Gary Kurtz?* Não dava nem para imaginar. É um cara atarracado, de meia-idade, barbudo, estilo Papai Noel, mas sem jovialidade. Um funcionário público, provavelmente em posição de chefia, cujo trabalho no Departamento de Comércio é tão insípido que nem me lembro do que faz exatamente. Quando eu conversava com ele, costumava falar muito sobre sua aposentadoria.

— Sei lá quantas foram — Isabel respondeu, arqueando a sobrancelha para mim numa rara demonstração de mau humor. — Só sei que a última não queria acabar a relação. Então fui vê-la.

Ficamos pasmas.

— É mesmo?

— Você foi *vê-la*?

— Procurei o endereço na lista telefônica e lá estava: Norma Stottlemeyer, em um apartamento na estrada Colesville.

— Como descobriu o nome dela?

— Gary me contou. Nunca negou nada, esse crédito eu dou a ele. Nunca mentiu para mim.

— Mas acho que isso piora a situação — afirmou Lee, aborrecida.

— Escolhi uma manhã de sábado, quando ele estava em casa, e disse-lhe que ia ao supermercado. Fui ao Silver Spring, um desses condomínios de apartamentos de tijolos aparentes com jardins que ficam próximos à estrada em Colesville. Crianças do lado de fora, brinquedos de plástico espalhados; fiquei com medo de que ela fosse casada e eu acabasse destruindo o *seu* lar. Mas eu tinha uma desculpa, caso um homem ou uma criança atendesse: estava arrecadando fundos para leucemia.

— Boa.

— Só que não tinha identificação — observou Lee, sempre prática.

— De qualquer forma, ela atendeu a porta, com um roupão de veludo cor-de-rosa. Antes mesmo de entrar, intuí que ela morava sozinha. Algo nela me disse.

— Quantos anos? — perguntei.

— Uns trinta.

— Aquele imbecil! Como era ela?

— Ainda estava cedo, então eu a peguei desprevenida, não tinha se arrumado.

Eu e a Rudy meneamos nossas cabeças, entreolhando-nos. *Ouviu isso?* Só a Isabel mesmo para dar justificativas em nome da vagabunda que estava trepando com o marido dela.

— Então ela era feia — afirmei.

— Não, feia não, mas não era atraente. Nem sexy, nem interessante. Bastante comum. Quando eu disse que era Isabel Kurtz, empalideceu. E quando acrescentei "a esposa do Gary", achei que ela fosse desmaiar.

— Ela não *sabia*?

— Sabia sim, sabia que ele era casado, mas ficou chocada, sem conseguir pensar rápido. Ela deu um passo para trás, fez sinal para eu entrar e foi aí que me dei conta de que nenhuma cena dramática iria acontecer. Ela não queria brigar.

— Covarde. Aquela vaca.

— O apartamento estava repleto de móveis do tipo descartável; você teria escrito algo mordaz e engraçado sobre ele, Emma. — Resolvi tomar aquilo como um elogio. — Ela me levou para a cozinha, não para a sala. Dava para ouvir uma música vindo do apartamento vizinho, mas só o som do baixo. Lembro que havia um prato quase vazio de sopa no balcão; ela estava tomando sopa no café da manhã. De feijão com bacon. — Sorriu com o canto dos lábios, ao mesmo tempo irônica, melancólica e ressentida. — Perto do fogão, havia um daqueles porta-temperos baratos com seis frascos. Frascos de vidro com etiquetas. Ela os comprou e encheu-os de temperos, escrevendo CANELA, PIMENTA-DO-REINO e ALHO EM PÓ. Só seis. — Nos olhos da Isabel, liam-se compaixão e perplexidade, mas não sei o que lhe pareceu mais patético: o fato da Norma etiquetar os temperos ou de ter apenas seis frascos. — E havia ímãs de gatinhos na geladeira. Um deles tocava música. Ela esbarrou em um, que caiu no chão e começou a tocar "Você é minha luz do sol".

— Isabel — disse eu —, você está me matando de curiosidade!

— E aí, o que foi que *aconteceu?* — perguntou Rudy.

— Notei que ela não ia começar a conversa, então falei: "Só queria ver que tipo de pessoa você é." E, de fato, esse havia sido o motivo, por isso eu tinha ido até lá, para *vê-la*, para tentar entender o que havia atraído Gary. Mas ela tomou o comentário como uma censura e começou a chorar.

— Nossa!

— E o que você fez?

— Chorei junto. Chorei, sim. Nós viramos as costas uma para a outra e escondemos nossos rostos; bem, eu usei um lenço, ela, um papel-toalha.

A Rudy estava segurando o riso.

— Meu Deus, dá para imaginar!

— Depois disso, perdi o interesse. Era uma inimiga tão patética que não consegui nem odiá-la. Mas, pela primeira vez, senti desprezo por Gary. Desprezo total.

— O Gary é um idiota — disse eu.

— Norma parou de chorar e disse que sentia muito, que sentia tanto que iria parar de vê-lo. Perguntei se estava apaixonada, e ela disse que sim. — Isabel sorriu ligeiramente. — Mas, sabem, acho que não estava. E acho que se deu conta naquele momento. Afirmei que não fazia diferença para mim se ela continuasse com ele ou não, porque eu o estava deixando. E ainda disse que achava que ela poderia conseguir alguém melhor.

Bati palmas.

— *Boa!*

— Depois disso, fui para casa e falei para o Gary que estava tudo acabado entre nós. Meu único erro...

— Foi tê-lo deixado em vez de tê-lo expulsado de casa — Lee completou a frase para ela, e todas nós concordamos, taciturnas. Aquela atitude gratificante custara a Isabel a casa no acordo de divórcio. Gary, o babaca, ainda está desfrutando do luxo suburbano, ainda está cortando a maldita grama, enquanto a Isabel está morando num conjugado mínimo, numa rua perigosa em Adams-Morgan. Ela teve câncer dois anos depois de tê-lo deixado, e o Gary mostrou que tipo de homem era ao tentar excluí-la do seguro-saúde do seu trabalho. No final ela ganhou, mas não precisava ter enfrentado aquela batalha naquele momento de sua vida. Acho que eu o odeio mais por causa disso do que por qualquer outra coisa, apesar de ser um maldito mulherengo.

— Bem, não sei bem por que contei essa história — ponderou Isabel, meneando a cabeça. — Honestamente, há séculos que não penso em Norma.

— É uma história triste — disse Rudy.

— Você falou que tem pensado sobre infidelidade — lembrou Lee.

— É, mas não por um motivo específico.

Foi minha consciência pesada ou a Isabel de fato me olhou de soslaio naquele momento? Um olhar de relance, avaliador, para ver se eu tinha captado a mensagem? Porque também tenho pensado em infidelidade. Mas não sei se eu poderia cometer adultério. Se ela estava tentando me dizer alguma coisa, conseguiu. É bom lembrar que, se eu começar a ter um caso com o Mick Draco, a única coisa que me diferenciaria das Normas Stottlemyers da vida seriam os móveis descartáveis.

A Isabel apoiou os antebraços na mesa, inclinando-se.

— Não, não sei por que contei para vocês. — Seu tom de voz era baixo e solene; nós nos inclinamos em direção a ela, sentindo sua veemência. — Queria que soubessem que já o perdoei. Não, esperem...

— Devo ter deixado escapar algum suspiro de desdém. — Olhem, é importante. Ninguém sabe por que os homens agem assim...

— Isabel, há *valores*, há... — ela me cortou com um gesto brusco. Calei a boca.

— Ninguém sabe por que as pessoas agem de determinada forma, ninguém conhece todos os motivos, nem as compulsões ou estímulos que as levam a agir assim, tampouco as armas que elas guardam em seu íntimo para lutar contra a tentação. Não dá para saber. Olhem, tudo o que eu quero dizer é o seguinte: a vida é curta demais. É curta demais e não quero desperdiçar a minha com ressentimentos. O perdão não é sinal de fraqueza, não significa que a pessoa já não tem senso de moral. Buda disse que buscar a vingança é como cuspir no vento: a pessoa só fere a si mesma. — Fez um gesto amplo com as mãos. Juro que ela parecia um anjo em meio ao odor de baunilha das velas e às suas luzes. — Acredito que é verdade que somos todos iguais, somos... indissociáveis. — Esboçou um sorriso seco e constrangido, totalmente consciente de que isso soava bastante absurdo para alguém como eu, por exemplo. — As separações são uma ilusão. Quando eu perdoar Gary, estarei perdoando a mim mesma.

Sem comentários!

— É verdade, só que você não fez nada — afirmei, mais do que tudo para romper o silêncio. O sorriso triste de Isabel indicava que eu não tinha entendido, mas que ela gostava de mim de qualquer forma. Eu me levantei para fazer café.

Apaguei algumas luzes para levar a sobremesa — o bolo caseiro com velinhas preparado pela Isabel. Fez um sucesso enorme. Cantamos "Porque ela é uma boa companheira" e ela soprou as velinhas.

— Ah, por que não trouxe minha filmadora? — lamentou Lee. — Estou tão orgulhosa de você! — disse ela a Isabel, dando-lhe dois beijinhos.

— Eu também — concordou Rudy, inclinando-se para abraçá-la. — Estou gostando de ver você fazer algo por *si mesma* para variar. E daqui para a frente, as coisas vão melhorar cada vez mais.

— É isso aí! — exclamei. — A segunda metade da sua vida vai ser ótima!

— À nova fase da vida de Isabel — saudou Lee, e brindamos com nossas xícaras de café, copos d'água e restos de vinho.

Não achei que ela ia conseguir dizer algo. Nunca vi a Isabel tão emocionada; quase chorei. Seus olhos azuis-claros estavam brilhando, mas, por fim, conseguiu dizer:

— A nós!

— A nós — repeti, acrescentando minha saudação preferida: — Que vivamos para sempre!

A Rudy não foi embora depois que a Lee e a Isabel saíram. Pus meu casaco e fomos para a varanda fumar cigarros e admirar a lua. Um terço da minha vizinhança é constituído de negros, um terço, de brancos, e o outro, em grande parte, de hispânicos, e gosto disso. É autêntica. Às vezes autêntica demais, como nas ocasiões em que acordo com as sirenes e os receptores de rádio dos policiais às quatro da madrugada ou descubro que houve um assalto no quarteirão vizinho ou me deparo com uma venda de drogas na frente do supermercado dos latinos. Ainda assim, gosto da mistura de cores e classes entre nós, cidadãos que, em sua maioria, cumprem as leis e tentam conviver bem, como disse Rodney King. Naquela noite, reinava a paz, a calma intensificada pela luz fraca amarelada nas janelas dos vizinhos; ninguém estava na rua, salvo os que levavam os cachorros para passear.

— A Isabel estava muito calada, não estava? Com exceção da história sobre a Norma — comentou Rudy, e eu disse que tinha reparado nisso também. — Emma, você acha que a Lee realmente não vai ficar chateada com o fato de eu e o Curtis querermos ter um filho?

Respondi com cautela:

— Acho que vai ser difícil para ela, quer queira, quer não. Acho que ela e o Henry vão passar por momentos difíceis. — Rudy suspirou. Observei meu hálito se condensar no ar gelado e prateado. — Então, um bebê. Pensei que o Curtis não queria ter filhos.

Ela estava com aquele semblante agradável e resoluto que adotamos quando falamos dele.

— Não queria no início, mas agora mudou de idéia. Aquele novo emprego deve sair mesmo e, quando isso acontecer, nossa renda vai praticamente dobrar. E isso é só o começo.

— Está se referindo ao trabalho de lobista? Então, ele vai ser lobista? — Perfeito.

— Isso, daí o dinheiro não vai ser mais um problema.

— Era o dinheiro que o estava segurando? — E eu que achei que fosse total preocupação consigo mesmo.

— Em grande parte. Ah, Emma, estou tão animada! Não quis demonstrar isso por causa da Lee. Mas, meu Deus, dá para imaginar? Eu, mãe?

Evitei responder perguntando:

— O que é que o Greenburg acha?

Deu uma tragada nervosa e bateu as cinzas do cigarro do outro lado do parapeito da varanda.

— Ele não diz nada, só pergunta qual é a minha opinião. Então... — Ela riu amargamente. — Acho que ele é contra.

— Bem, você não pode viver sua vida de acordo com o que seu psiquiatra acha. — Embora, em algumas ocasiões, isso não fosse má idéia. Sempre tento descobrir, de forma sutil, usando a cabeça, o que o Greenburg acha do Curtis. Como a Rudy nunca me conta, das duas, uma: ou ela é mais esperta do que eu ou o Greenburg é mais esperto do que ela. Nem sei bem se *quero* que o Greenburg abra os olhos da Rudy com relação ao Curtis. Às vezes, acho que ele está envolvido no mesmo esquema que eu, o que significa não fazer nenhum comentário negativo sobre o Curtis para evitar magoar a Rudy.

— É isso aí, e não posso protelar a idéia de ter um filho até minha mente estar totalmente sã. Meu Deus, com certeza vou *morrer* antes disso!

— Espero que seja uma menina e que se pareça com você, não com o Curtis — disse eu, fingindo que era uma brincadeira.

Ela abraçou o próprio corpo, rindo. Seus olhos brilharam, cheios de esperança e nostalgia, e só então me dei conta do quanto ela queria um filho.

— Ah, já pensou, Emi? Eu posso ser mãe de uma criança daqui a nove meses. — Ela olhou para lua e, quando estremeceu, não foi por causa do frio.

— Tomara! — exclamei, com sinceridade. — Tomara mesmo, e acho ótimo. Espero que aconteça logo.

— Obrigada. De verdade. Isso significa muito para mim. Bem, poxa, já está tarde, é melhor eu ir andando.

A Rudy me deu um abraço apertado, ao qual correspondi sem muito entusiasmo. Ela tinha se esquecido de me perguntar sobre o Mick. E minha situação com ele é tão complicada que não quis ser a primeira a trazer à tona esse assunto.

— Você tem mesmo que ir? São apenas onze horas. — Dica: *Fique mais e pergunte como vão as coisas com o homem por quem estou obcecada.*

— Não, tenho que ir. O Curtis não gosta que eu dirija à noite. — Começou a descer a escada.

— Quer que eu ligue para ele? — Que asco! — Para avisar que já está a caminho?

— Não, tudo bem, estou com o celular. — Deu uns tapinhas na bolsa. — Obrigada pelo jantar, estava ótimo. Ei, você quer ir ver um filme na segunda?

Eu me animei.

— Claro. Eu te ligo no domingo.

— Domingo está ótimo. — Ela me soprou um beijo. — Boa-noite, Emi.

Ela tinha deixado o carro a meio quarteirão dali. *Caramba*, pensei, observando-a usar a calçada, o meio-fio e a faixa de grama para se esquivar dos cocôs de cachorro com a agilidade de uma experiente moradora de Washington. Desconsideração, egocentrismo, obsessão, negligência — é o que se espera da maior parte dos seus conhecidos, mas não da sua melhor amiga. Dela, você exige perfeição. Quer que ela leia sua mente.

Achar um lugar para estacionar na minha rua é um inferno. O carro atrás do jipe cáqui da Rudy a tinha deixado sem espaço. Ela teve que fazer uma manobra complicada, avançando e recuando umas dez vezes, antes de conseguir tirar o carro. Quando estava começando a sair, um carro passou em alta velocidade, tirou um fino da lateral do jipe e parou bruscamente a quinze metros, diante da minha calçada. Meu coração também parou, mas voltou a bater, disparando, quando vi que carro era — uma caminhonete da Volvo — e quem estava saindo dela: Lee.

Eu e a Rudy fomos correndo até ela.

— O que aconteceu? Cadê a Isabel? O que houve?

Ela nos segurou com força e não nos soltou. Estava chorando e não conseguia falar; tive que sacudi-la.

— Eu a levei para casa... ela se abriu comigo. Eu não devia contar...

— O *quê?*

— Sobre o câncer.

— Ah, meu Deus.

Ela estava ofegante. Eu estava segurando sua mão, que tremia.

— Uma recaída. O médico tem quase certeza. Vai ter que fazer uma tomografia óssea. — Lee caiu em prantos e Rudy a abraçou. Eu abracei as duas; ficamos ali, no meio da rua, tentando agüentar firme.

Um carro veio e buzinou. Mandei-o passear com um gesto.

— Vamos. — Eu me dirigi ao carro da Lee, que ainda estava ligado. — Rudy, dirija você.

— Para onde? Para a casa da Isabel?

— E para onde mais?

— Mas não era para eu ter contado a vocês! — gritou Lee. — Vocês não deviam estar sabendo!

Eu me limitei a fitá-la.

— Está bem — disse ela, saindo do transe. — Vamos.

12

Isabel

A maior parte de minha juventude é uma incógnita, com grandes porções simplesmente ausentes, como se eu tivesse tido amnésia periodicamente, junto com os costumeiros sarampos e cataporas infantis. Apesar disso, a lembrança da noite na qual deixei de depositar esperanças em meus pais é tão clara e vívida em minha mente quanto uma cena real. Eu tinha oito anos. Sei disso porque a arquivei na memória como se tivesse um marcador de livros, muito consciente de que algo significativo acontecera. *Eu tenho oito anos,* pensei, *e isto é verdade. É uma coisa que eu sei acerca do papai e da mamãe.*

Foi em Marshalltown, Iowa, no final de uma tarde de inverno. Lembro-me das luzes acesas na sala, do cheiro de poeira quente vindo de um aquecedor barulhento. Do som de páginas virando e da tosse seca e desnecessária, *uh-hum*, de minha mãe. Movendo-me furtivamente pela escada, parei para olhar os meus pais, espiando-os sobre o corrimão. Nossa casinha não tinha escritório; meu pai costumava escrever os sermões na sala, sentado em sua cadeira com espaldar ajustável, usando os amplos braços como escrivaninha, com o bloco de anotações de um lado e a Bíblia do outro. Sentava-se e apoiava o cotovelo no joelho, a testa na palma da mão, os pés em um tamborete bordado. De um modo lento, decidido e ininterrupto, escrevia o sermão seco, invariavelmente maçante, que pregaria em um monólogo sem emoção no domingo seguinte, na Igreja Evangélica Luterana Concórdia.

Havia um tapete trançado, com detalhes azuis, de formas ovais, próximo ao qual costumava ficar minha mãe. Lá estava ela, sob a luz dourada de uma lâmpada barata de sessenta volts, debruçada sobre um tecido grosso que jazia em seu colo — bordando cortinas, talvez, ou alguma peça de roupa sem graça e escura de meu pai. Sua testa enrugava-se ligeiramente a cada atravessada da agulha e, em seguida, relaxava a cada puxada suave do fio. Não havia música tocando, nem rádio, nem televisão. Com certeza, nenhum diálogo. Em silêncio e imóveis como uma moeda, meus pais se olhavam sem se encarar, de perfil.

Naquele momento compreendi — sem conhecer a palavra, claro — o que era sentir impotência. E o quão inútil era ter esperanças de que algo mudaria; não ali, não naquela sala dominada pelo silêncio, inundada de silêncio. Não havia qualquer diálogo entre eles ou entre nós. Meu pai falava mais na igreja, no domingo, do que em casa no restante da semana. E eis o discernimento que, no fim, acabou me salvando: *Tem alguma coisa errada. Os outros adultos não agem assim.*

Absorta, desci a escada e fui até onde minha mãe estava, parando ao seu lado. Ela fez um gesto qualquer, deu de ombros ou inclinou a cabeça, porém não me olhou ou falou comigo. Estava com um suéter de lã ocre e uma camisa de cor mostarda, meia branca três-quartos e mocassins. Tinha cinqüenta e três anos. Eu me encostei em seu ombro rígido e magricelo, observando as mudanças em seu rosto, notando que seu cabelo ondulado e seco estava ainda mais grisalho. Quando pressionei meu braço contra o dela, ela me olhou, sobressaltada, e perguntou: "O que foi?" E colocou a mão gelada e esquelética em minha testa, a fim de ver se eu estava doente.

Pensei em uma resposta do tipo "Não estou me sentindo bem". Já tinha dito isso outras vezes. Eu era uma garota esperta e não descartava a hipótese de me fingir de doente para chamar atenção. E também recorria à hipocondria.

Mas aquela noite foi diferente; foi a noite em que amadureci. Respondi "Nada não" e fui me afastando. Meu pai não ergueu os olhos, tampouco parou de escrever. Desisti deles. Naquele momento, perdi a esperança.

Como isso soa lúgubre! Pobre de mim! Na verdade, não foi tão terrível assim. E acho que foi muito melhor desistir abertamente, naquele momento, do que protelar e sentir falta, desejar e alimentar falsas esperanças com relação a uma aproximação que jamais aconteceria. Meus pais não eram monstros. Nunca os odiei. Anos mais tarde, quando meu pai estava morrendo, minha mãe, minha irmã e eu o velamos no leito do hospital, petrificadas e mais caladas do que nunca. A certa altura, eu disse a ele — apenas uma vez — que o amava. Ele ainda estava consciente. Fitou-me com seus olhos azuis-claros e piscou. Molhou os lábios com a língua, e pensei que ia dizer algo. Mas não disse. No entanto, inclinou ligeiramente a cabeça. E pensei que talvez julgasse que as palavras eram dispensáveis. Todos esses anos, é possível que ele sempre tenha considerado que estivessem subentendidas, julgando ser desnecessário expressá-las em alto e bom som. Talvez.

Minha irmã é igualzinha a eles. Mal a conheço. Como é dezoito anos mais velha, parece mais uma tia do que uma irmã, uma parente que raramente vejo. Envio-lhe cartões de agradecimento alegres e triviais, quando ela se lembra de me escrever em meu aniversário. Mas ultimamente ela tem se comunicado um pouco mais comigo. "Você acha que devemos colocar a mamãe em um asilo?", perguntou. Ah, eu acho que sim. Mamãe tem noventa e quatro anos e está caduca. Estranho: minha mãe nunca se dedicou muito a mim, só fez o básico, sem quaisquer opções extras, como abraços, trivialidades, risos e conversas. Ainda assim, agora que ela praticamente se foi, sinto muita falta dela. De meu pai também. É estranho.

Por que não cresci fria e distante, nem amedrontada e emocionalmente dependente, trocando um homem errado por outro em busca do apoio ilusório da aceitação? Talvez seja só nos livros de auto-ajuda e nos programas de entrevistas de televisão que esse destino esteja traçado para toda criança solitária. A vida real é bem mais complicada. Ou bem mais simples. Uma coisa é certa: o amor, ou a busca do amor, é mais forte do que o abandono, a indiferença e a rejeição. Eu o busquei em outros lugares, não na casa de meus pais, e o encontrei. Esporadicamente.

As Graças, no fim das contas, não foram me ver naquela noite em que Lee voltou correndo para a casa de Emma e contou a ela e Rudy o que eu acabara de lhe pedir para não revelar. Elas chegaram a vir até a minha rua e a estacionar diante de meu prédio, onde ficaram cerca de dez minutos discutindo o que deveriam fazer. Então, resolveram investigar, dando a volta pela viela para ver se as luzes dos fundos estavam acesas. Se estivessem, estacionariam, tocariam a campainha e pediriam para entrar.

As luzes estavam apagadas.

Discutiram novamente e, por fim, voltaram para a casa de Emma. Ficaram mais de uma hora sentadas no carro de Lee, conversando sobre mim. Essa foi a melhor solução, já que falar de mim naquela noite deve ter sido muito mais reconfortante para todas do que conversar comigo. "Ninguém queria sair do carro", comentou Lee depois. "Não queríamos *enfrentar a realidade*. Não queríamos entrar, sentar, tomar café e nos entreolhar sob a luz forte. Então, ficamos ali conversando, vendo o que acontecia através do pára-brisa, como se estivéssemos em um drive-in."

Emma se ressentiu por eu ter contado a Lee e não a ela. (Ela não me disse isso, claro; Rudy me contou. Emma ainda acha que, se esconder seus pontos fracos, ninguém vai notá-los.) Mas não havia nada a fazer; não podia ter agido de outra forma. As notícias estavam frescas demais, e eu, muito sensível. Nem devia ter ido ao jantar de Emma naquela noite, mas mudei de idéia no último minuto. Sabia que me sentiria aquecida lá, e eu estava congelando.

— Uma metástase, tenho quase certeza — afirmou o dr. Glass. — Lamento muito. — Foi difícil prestar atenção depois disso. Mas deu para ouvir "estágio quatro". E também "ósseo", e pensei na dorzinha que estava sentindo no quadril, mas que achei estar relacionada a uma distensão muscular. Depois disso, não consegui pensar em mais nada. Uma coisa bem estranha. Meu corpo todo gelou, fiquei baratinada e petrificada. Lembro-me de ter saído do consultório do dr. Glass, mas não de ter entrado no elevador e saído do prédio. Lembro-me de ter visto operários fazendo buracos no asfalto com britadeiras na rua P. O barulho era tão ensurdecedor que me tirou do torpor, e dei-me conta de que estava chovendo. O ponto de ônibus ficava a alguns quarteirões dali. Pensei: *Não seria melhor pegar um táxi?* Mas ele só me levaria para casa, e de que adiantaria isso? De que adiantaria tudo o mais? Fiquei na calçada e observei os pedestres irem e virem no sinal e a luz do Pare/Siga passar do verde para o vermelho, do vermelho para o verde. Uma mulher esbarrou em mim. "Ah, perdão", disse, com um rápido sorriso, e eu a fitei com um toque de surpresa apática. "Você acha que faz diferença?", perguntei-lhe, retrocedendo. Se você me dá um encontrão ou pede perdão, ou usa um sobretudo de lã grosso, ou compra uma valise cara, ou lê o jornal — se marca uma hora no oftalmologista para mudar a prescrição, ou prepara o jantar, ou dorme muito, ou sonha com suas férias, ou conhece um homem, ou toma vitaminas, ou compra rosas no florista da esquina? *Não faz nenhuma diferença.* Eu sei disso; como é possível que você não se dê conta?

Eu chegara ao mesmo recôndito no qual tinha caído na última vez em que alguém me dissera que eu tinha câncer. Um hábito. A chuva fria ensopando a parte de cima da minha capa impermeável me tirou do torpor, tal qual as britadeiras. A realidade mundana me forçou a mover-me. Eu podia ir para casa, aquecer-me, seguir em frente. Enquanto você não estiver morta, está viva. Ergui a mão. De imediato, um táxi parou na minha frente, jogando água em meus sapatos. Dei ao motorista o meu endereço e ele me levou para casa.

Desde então, sobrevivo vivendo um dia de cada vez. Alimento a cachorra, pego a correspondência, limpo os farelos da pia. Ao contrário do que senti, minha vida não parou no consultório do dr. Glass; ela continua, com o futuro mais misterioso do que nunca. Bem, não, não é bem assim. Na verdade, a única coisa boa que me vem à mente sobre a minha situação é que ao menos o suspense acabou. Pelo visto, Isabel Thorlefsen Kurtz vai morrer de câncer no seio, não de acidente de carro, não de velhice, dormindo calmamente, não de AIDS ou de infarte, não atingida por uma bala perdida. Não é mais necessário especular; por fim, sei. Já é alguma coisa.

Quero ter bastante consciência da verdade, não quero fingir, nem me esconder, tremendo, por trás da ironia e da passividade. Entretanto, a aceitação será a última a sucumbir — perdão pelo trocadilho — na famosa lista de cinco estágios. Primeiro vem a negação, mas, pelo visto, já superei essa fase. Imagino que por causa da recente experiência; já ter tido câncer antes me deixou mais calejada, de certa forma. Qual a diferença entre a esperança e a falsa esperança? Quem pode afirmar qual é "a melhor forma" de morrer? Como é que eu, como é que alguém pode saber disso? Ah, pelo visto, isto é só o começo — em breve, terei a maior familiaridade com essas e todas as demais perguntas irrespondíveis.

Mas tenho muito o que fazer, decisões a tomar. Tenho de manter a mente aberta e não enchê-la de pensamentos de pavor e perda.

Haverá bastante tempo para isso também. Não estou pronta para a comiseração das pessoas que me amam (é o que Emma não conseguiu entender; no entanto, vou fazê-la entender, só que não ainda, não posso fazer isso agora). Tenho de me apoiar um pouco mais em minha impessoalidade, em meu anonimato. Por isso não telefonei para ninguém. Tenho de organizar minha casa. É imprescindível continuar a trabalhar, planejar, levar a vida tal como antes, como se ainda tivesse um propósito. E devo confessar que uma voz dentro de mim me diz que ainda posso sair dessa. É uma voz fraca e obstinada que afirma: *Você só tem cinqüenta anos, não vai morrer. Não pode ter chegado ao fim da linha.*

Os últimos dois anos foram maravilhosos e não teriam sido assim se eu não tivesse ficado doente. Então, é inevitável eu me perguntar se valeu a pena. Se a troca foi justa. Por fora, parecia que o melhor estava por vir: trabalho gratificante, por fim certa segurança e estabilidade, talvez até um homem para amar. Mas, por dentro, eu já tinha tudo. A vida é para viver, não para ser apreciada em retrospectiva. Ganhei dois anos maravilhosos de incerteza enriquecedora e angustiante, inesperadamente satisfatórios. Foi suficiente?

Tenho medo dessa pergunta. Eu disse que não faria isso. Mas tudo está conspirando contra mim, tudo o que eu amo. Preparei chá indiano e tomei-o com mel e açafrão, e saboreei como nunca a mistura forte e fumegante. Se eu tivesse uísque, serviria uma dose e o sorveria lentamente, deixando o ardor quente e masculino me queimar a garganta. Ontem nevou, um total de três centímetros. Abri a janela e enchi a mão, deixando-a derreter na palma. Pus a língua para fora e provei-a; estava suja, brilhante e deliciosa. A vontade de desfrutar a vida é ilimitada. De ouvir música, por exemplo. Mas acabei colocando a sonata para piano de Beethoven que sempre me faz chorar e, quando chegou a hora do adágio, caí em prantos.

A Graça suspeita de algo. Ela me observa. Ergo os olhos e pego-a fitando-me, leal e preocupada, com seus olhos castanhos. Doce velhinha. Está com dez anos, acho, e é possível que viva mais do que eu. Nunca achei que isso fosse acontecer.

Pequenas coisas. A idéia de perdê-las faz com que se tornem extremamente preciosas. Em momentos como estes, é fácil esquecer que na vida há também crueldade, indiferença, brutalidade, perversão, fanatismo, fome, ganância, venalidade, loucura, corrupção. Eu só penso no lado agradável. Nas pequenas coisas. Na lua crescente, no sabor de uma laranja. No cheiro das páginas de um livro novo. Se eu paro para escutar, posso ouvir Kirby se mover em seu quarto, bem acima do meu. Será que ele teria sido meu amante? Ouço as vozes de minhas amigas, que ligam e deixam mensagens: "Isabel, meu Deus, não sei o que dizer", "Isabel, por favor, liga pra mim, te adoro", e sei que não posso ficar muito tempo longe delas. Tenho que contar ao meu filho, à minha mãe, à minha irmã. Oh, meu mundo está desmoronando, meu coração está despedaçado, vou ficar arrasada se não tomar cuidado.

Uma tomografia óssea na terça — mera formalidade; o dr. Glass já sabe — e terei de ir novamente ao seu consultório na quarta. Disse-me que vai me contar tudo. Vou levar um caderno para anotar o que disser. Terei de usar a cabeça e me manter atenta. Vou com uma lista de perguntas. Talvez... não.

Isso. Vou pedir para Lee me acompanhar.

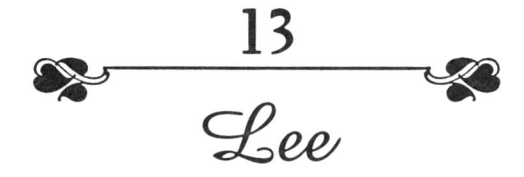

13
Lee

No início, achei que era a única que não suportava o dr. Glass, mas depois descobri que todas o detestávamos. Entretanto, com exceção de Emma, agimos educadamente.

— Não estou entendendo o que está dizendo — afirmou ela, inclinando-se com a cabeça bem para a frente, como se uma coleira em seu pescoço a estivesse segurando. — Como é o único médico aqui presente, será que pode ser mais claro?

Nunca vira sua voz tão aguda. Eu teria ficado embaraçada — na maior parte das vezes, creio que a hostilidade não resolve nada —, se não estivesse brava também. À sua maneira, Emma estava falando em nome de todas nós.

Vários diplomas emoldurados estavam pendurados na parede atrás da escrivaninha do dr. Glass. Seu consultório era bem decorado, tinha muitos funcionários e convênios com vários hospitais de prestígio. O que lhe faltava era tato ou uma atitude que demonstrasse que se importava com as pessoas que ali estavam para receber as piores notícias. Talvez se importasse, mas era impossível saber, em virtude de seu olhar inexpressivo e do meio-sorriso, e também por causa de sua voz virtualmente inaudível. Seus lábios moviam-se como os de um ventríloquo — de forma quase imperceptível. Tivemos de nos debruçar para ouvi-lo — eu, com o bloco comprimido contra o peito, já que fora encarregada de anotar tudo — e precisamos nos esforçar para entender seu sussurro apressado.

— Disse que não há tratamento cirúrgico para um câncer que já se espalhou. Não obstante, a paciente que apresenta câncer de mama metastático em estágio quatro tem várias opções de tratamento, que variam de acordo com cada caso. Neste caso específico, temos...

— No caso da *Isabel*. Ela é a "paciente" em questão e se chama Isabel.

— Emma. — Isabel estava branca como a neve, porém tranqüila, mais calma do que nós. Mesmo quando o médico enumerou as metástases na espinha dorsal e na pélvis, mantivera-se sentada com as mãos juntas no colo, olhando-o fixamente, sem pestanejar. Quase não consegui anotar nada, pois minha mão tremia muito; porém, não foi só a notícia dada pelo médico que dificultou a escrita. Minha mente se ligava e desligava, era uma sensação estranha, como se meu temor estivesse provocando um curto-circuito no cérebro.

Não fui a única a chorar. Rudy também, só que para disfarçar levantou-se e foi até a janela, fingindo observar o movimento na rua Reservoir. Mas vi quando tirou o lenço do bolso e levou-o ao nariz. Tive vontade de gritar para ela: *Faça-me o favor de não perder o controle!* Era só o que faltava. Mas a indelicadeza de Emma acabou servindo como uma distração, pois, em vez de nos concentrarmos nas palavras terríveis e devastadoras proferidas incessantemente pelo dr. Glass, concentramo-nos nela.

— No caso de *Isabel* — disse ele, estreitando os olhos por trás dos bifocais Ralph Lauren —, em que temos carcinomatose em um local distante, uma paciente na menopausa, com receptor de estrógeno positivo e progesterona negativo, e uma história clínica de uso de citotoxina, ou quimioterapia, o que estou querendo dizer é o seguinte: que as opções de tratamento diminuíram, tornando-se mais limitadas.

— E o transplante de medula óssea? — Emma continuava a apertar os braços da cadeira com ambas as mãos, como se fosse sair voando se os soltasse. — Isso a curaria, não?

O médico juntou as pontas dos dedos e contraiu os lábios em um ritmo lento e irritante, como um peixe.

— Há alguns fatores a serem considerados, antes que se possa recomendar um TAMO, ou seja, um transplante autólogo de medula óssea ou de células sanguíneas — explicou, quando Emma descruzou as pernas e bateu o salto da bota com força no piso atapetado. — Há alguns fatores a serem considerados — repetiu, dirigindo o olhar frio a Isabel. — Para começar, eu não descartaria a terapia antiestrógeno; no entanto, como você já utilizou tamoxifeno, com resultados obviamente negativos, não tenho muitas esperanças com relação a ela. Há o tratamento quimioterápico.

Neste momento, não temos como saber se a melhor opção em seu caso será a QTDA...

— Quimioterapia em altas doses. Pode-se optar também pela dosagem convencional — interrompi. — Li sobre isso na Internet.

Ele sorriu.

— Muito bem. — Mas a surpresa em sua voz era ultrajante, e fiquei feliz por Emma ter sido ríspida com ele. — Agora ainda é cedo demais para sabermos, mas, a certa altura, você poderá optar por se submeter ao que chamamos de quimioterapia de indução, uma espécie de preparação para pacientes que escolheram a dosagem alta com TAMO. Não se trata, em si, de um tratamento, mas em algumas situações ajuda a determinar se o câncer responderá aos medicamentos que utilizamos na quimioterapia de dosagem alta. Por outro lado, uma resposta positiva na quimioterapia de indução não significa que a dosagem alta com TAMO será mais efetiva do que a dosagem convencional; simplesmente demonstra que o câncer é sensível à quimioterapia. Além disso, não significa que você terá uma qualidade de vida igual ou melhor ou que viverá mais com a alta dosagem do que com a convencional.

— Então, na verdade, não significa nada.

— Significa exatamente o que eu expliquei.

Nosso olhar ia de Emma ao dr. Glass, que se encaravam. Ele parecia estar irritado, e Emma parecia uma bruxa, uma das Fúrias, antigas divindades; eu podia jurar que ela estava de cabelos em pé. Até Rudy se virou, sentindo a hostilidade no ambiente, o ar pesado.

Durante o incômodo silêncio, Isabel levantou-se.

— Eu telefono para você depois. Para tratar da terapia hormonal e marcar o exame. Os exames. O que você falou, a indução... — Ela fez um gesto com a mão, demonstrando que o nome correto não era importante. Todos nós, inclusive o dr. Glass, estávamos arrependidos e constrangidos porque, em alguns momentos, foi mais fácil nos comportarmos como se o que estivesse em jogo fosse um conflito de personalidade, e não a vida de alguém. A vida de Isabel.

No elevador, o silêncio foi inusitado e constrangedor, até Rudy perguntar se não queríamos almoçar. Decidimos ir ao Sergei, em Georgetown, porque podíamos ir caminhando. Apesar de evitarmos nos entreolhar, mantivemo-nos juntas no elevador, com braços e ombros encostados uns nos outros, como ativistas em uma passeata. Isabel havia pedido que *eu*, e não Rudy e Emma, fosse ao consultório do dr. Glass com ela. De alguma forma, elas descobriram e insistiram em nos acompanhar. Eu tinha ficado aborrecida com aquela atitude; *Quanto abuso*, pensei, *quanta insensibilidade*. Entretanto, naquele momento... Ah, meu Deus, naquele momento não dava nem para imaginar o que eu teria feito sem elas.

Pedimos uma mesa em um canto afastado do restaurante e fui telefonar para a creche, a fim de avisar à minha assistente que demoraria mais do que havia imaginado. Quando voltei, Rudy estava pedindo as bebidas.

— Uísque duplo, com gelo — pediu, tal qual um homem, tal qual meu pai. Isabel e eu pedimos mate gelado. — Poxa, gente... — Rudy começou a protestar, mas Emma disse:

— Eu bebo com você, Rudy. Uma cerveja, por favor, do barril.

Quando as bebidas chegaram, ninguém brindou. O que sempre fazíamos, ao menos na primeira vez. Mas limitamo-nos a sorvê-las, ainda sem nos olharmos. Como todos os assuntos que me vinham à cabeça pareciam ser leves demais ou muito pesados, fiquei quieta.

Por fim, Emma perguntou:

— Foi impressão minha ou aquele sujeitinho é um tremendo babaca? — E todas começamos a falar ao mesmo tempo.

O dr. Glass fora terrível, mas eu não ia dizer nada, pois Isabel ainda podia ter consideração por ele, que era seu oncologista havia dois anos. Mas ela nos disse:

— Eu fui ao consultório dele porque me disseram que era bom, e depois do tratamento não vi motivo para mudar de médico, já que achava que estava curada. Mas sempre o achei arrogante.

— *Arrogante*? Ele é um verdadeiro canalha! — exclamou Emma. — Eu o odiei assim que o vi. Viram só a forma como ele abriu a porta para a gente? Cara sarcástico.

De fato, ele tentara nos impedir de entrar. "Só uma", pedira, dando um sorriso falso. "Não lhes parece melhor?" Querermos ficar juntas podia ser uma bobagem nossa, coisa de mulher mesmo, mas tínhamos a melhor das intenções. Então não, não nos pareceu melhor. Parte de mim pôde entender o lado dele, mas, apesar disso, fui eu quem afirmou: "Nós achamos que é importante ouvirmos juntas o que tem a dizer, doutor. Estamos aqui representando a família de Isabel." Ele soltou uma risadinha e fez um gesto com as mãos, tentando sugerir que aquilo era absurdo. Nós o fitamos, sem arredar pé, e, por fim, ele não pôde fazer nada. Emma tinha toda razão: o dr. Glass segurara a porta de forma sarcástica.

Pedimos o almoço. *Estamos comendo*, pensei. Como sempre fazemos, como se algo terrível não tivesse acontecido. Isabel pediu uma salada de frutos do mar. Podíamos conversar sobre algumas coisas, mas não sobre outras. Por exemplo, ninguém podia perguntar: "Como se sente agora? O que sentiu quando ele fez aqueles comentários sobre o câncer? Está com medo?" Nossa única saída, pelo visto, era permanecermos unidas, sermos nós mesmas e agirmos com naturalidade.

Emma fez a primeira pergunta pessoal:

— Você já contou para o Terry ou para a sua mãe?

— Ainda não. Estava aguardando a confirmação. — Isabel soltou o garfo e recostou-se. Mal havia tocado na comida. — Minha mãe não vai entender; provavelmente nem vou lhe contar. Não vejo por quê. — Sua mãe acabara de ir para um asilo; estava com Alzheimer. — Mas vou ter de contar para a minha irmã. E para o Terry. Ah, meu Deus — exclamou, cerrando os olhos.

Rudy ficou rubra; levou a mão à boca. Emma desviou o olhar.

— Se você quiser, posso falar com Terry — eu disse.

Isabel tocou o meu braço e acariciou-o, com firmeza, sorrindo com a boca contraída.

— Obrigada. Eu vou ligar para ele hoje à noite. É melhor assim. — Ela apertou meu cotovelo. — Obrigada — repetiu. Foi o mais perto que chegou de cair no choro.

— Posso começar a pesquisar na Internet — comentei, tentando soar animada. — Já fiz isso no trabalho. É incrível quanta informação está disponível e é fácil acessá-la.

— Na verdade, Kirby já está fazendo isso.

— Kirby? Seu vizinho?

Isabel assentiu.

— Espere um momento. Kirby já *sabe*? — Não pude acreditar. *Kirby* já sabia, e Isabel nem tinha contado para Terry?

Sua face corou ligeiramente. Ela começou a virar a colher na mesa.

— Não cheguei a contar para vocês. Não tive oportunidade.

— Não contou o quê?

— Kirby... — Olhou-nos e riu. — Kirby se declarou para mim.

— O *quê*?

— Mas ele é gay!

— Você *disse* que ele era gay!

— Disse, sim, mas, pelo visto, estava enganada.

— Caramba! — Emma recostou-se e começou a rir.

— E aí? — perguntou Rudy, dando um largo sorriso, satisfeita. — Você gosta dele?

Isabel deu de ombros.

— Oh! — exclamou, sem acrescentar nada.

— Bem, vocês são, sabe...

— Amantes? Não.

Emma ficou séria ao perguntar:

— Vão ser?

O semblante de Isabel tinha se animado por um momento, mas então se fechou.

— Poderíamos ter sido. Eu não tinha me decidido ainda. Então... — Meneou a cabeça. — Ele é um amigo, um bom amigo.

Um bom amigo. Era a primeira vez que escutava isso. E ela lhe contara sobre a doença antes mesmo de contar ao filho. Mas me contara primeiro, e isso foi...

Talvez não. Talvez tenha contado a Kirby primeiro. Antes mesmo de mim.

Odeio o ciúme. É, em si, um castigo, porque faz com que eu me sinta péssima.

Após algum tempo, começamos a tratar de outros assuntos, de assuntos corriqueiros. Perguntei-me se todas tinham ficado tão surpresas com essa notícia quanto eu. *É assim que vai ser*, dei-me conta. Seja lá o que acontecesse, Isabel tentaria tornar tudo mais fácil para nós.

Durante o café, ela pediu notícias de Henry.

— Como foi a análise de sêmen, Lee? Já recebeu os resultados?

— Já — respondi. — A enfermeira ligou ontem. Descobriram o que estava acontecendo.

— É mesmo?

— E o que foi que disseram?

Eu vinha me sentindo culpada por me sentir feliz, por ter momentos de felicidade em meio à crise de minha melhor amiga. Mas, naquele momento, os semblantes alegres e cheios de expectativa das Graças e o entusiasmo de *Isabel* eximiram-me de culpa.

— Vocês não vão acreditar! Henry tem espermatozóides *demais*!

Elas ficaram boquiabertas e então riram, reagindo tal qual imaginei.

— Ele está tão aliviado! A contagem normal gira em torno de vinte a duzentos milhões por milímetro, e Henry tem mais de um bilhão.

— Que é isso!

— Um bilhão?

— É uma condição rara.

— Nossa, mas que homem viril! — comentou Emma, sem fôlego. — Diga para ele que fiquei abismada!

— E o que vai acontecer agora?

— Bem, provavelmente não vou poder engravidar da forma convencional. Temos o problema da motilidade, porque, como há espermatozóides demais, eles se amontoam e não conseguem se mover. Então, teremos de fazer IA. Inseminação artificial.

— Com sêmen de um doador?

— Não, podem utilizar o de Henry.

— Oh, Lee, que maravilha!

— Estou feliz por você.

— A enfermeira disse que eu posso engravidar em seis meses.

Isabel inclinou-se e deu-me um beijo. Essa fora a notícia que me mantivera para cima. Como podia perder as esperanças no caso dela quando essa bênção estava acontecendo comigo?

— Que ótimo! Mas, sabe — comentou Emma —, cinqüenta anos atrás você não teria tido a mesma sorte. Temos que dar graças a Deus pelo milagre da medicina moderna. — Notei quando ela fez menção de pegar o copo, mas desistiu.

Fez-se um silêncio constrangedor. Emma ia propor um brinde ao milagre da medicina moderna, mas então lembrou: quem mais precisava de um milagre ali era Isabel.

— Muito bem — disse-lhes, empurrando meu prato —, qual será nossa estratégia? Como vamos lidar com isso? Vou dar uma olhada na Internet. Kirby também, o que é ótimo, duas cabeças pensam melhor do que uma. — Era o que eu de fato sentia. — Parece que você tem de se decidir primeiro com relação à terapia hormonal, então começarei por aí. Teremos bastante tempo para aprender tudo sobre as dosagens altas e baixas, e o TAMO, se você escolher esse caminho. Meu pai conhece um dos oncologistas que dirigem o Sloan-Kettering. Eles costumavam jogar golfe juntos, então posso ligar para ele e pedir algumas referências, de preferência nesta região. Você vai precisar de pelo menos outras duas opiniões, certo? Uma diferente da do dr. Glass, seja lá qual seja a dele, e uma que sirva de desempate, o que seria ideal, mas vamos ver o que acontece. Como está seu seguro de saúde? Deu uma averiguada para ver se fazem distinção entre a prática normal e a experimental? — Emma começou a rir. — O que foi? — Isabel também riu, e até mesmo Rudy parecia estar se divertindo. — Qual é a graça?

— Nada. — Isabel colocou o braço em volta de meu ombro.

— Estou sendo autoritária?

— Não.

— Não, está sendo muito legal — respondeu Emma.

— Está mesmo — confirmou Rudy.

— Bem, *alguém* tem de organizar tudo. E suponho que não temos tempo a perder. Certo ou errado?

Elas pararam de sorrir.

— Certo — respondeu Isabel calmamente, quando as demais se mantiveram caladas.

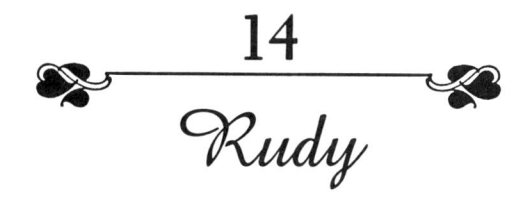

14

Rudy

— Ela tem que estar bem, Emma. Sua aparência está ótima, meu Deus, está muito bonita!

— Eu sei. Está mais bonita do que nunca.

— Como é que isso foi acontecer? Como pode estar tão doente?

— Não sei. — Emma meneou a cabeça, infeliz. Só ficamos nós duas, eu e ela, e nem nos movemos. A Isabel e a Lee saíram juntas do Sergei às três da tarde. Concordando tacitamente, nós duas ficamos ali. Como nos velhos tempos.

A garçonete apareceu.

— Querem mais café?

— Não, mas quero outra dose de uísque — respondi. — Não precisa ser dupla desta vez.

Emma arqueou as sobrancelhas.

— É isso aí! Pelo visto, vou ter que tomar outra cerveja!

Então, continuamos a beber. Algumas vezes, a bebida é a resposta para meus problemas; noutras, não. Não sei bem o que acontece, não dá para explicar direito — deve ter algo a ver com a forma como cai bem, desce fácil, gelada e *forte*. Às vezes, tenho certeza de que vai surtir um efeito maravilhoso.

Naquele dia, foi ela que me fez criar coragem de confessar:

— Estou morrendo de medo. É só o que venho sentindo. Ah, Emma, e se ela morrer? — Só consegui sussurrar: — E se a Isabel morrer?

A Emma saiu de seu lado da mesa e veio para o meu, empurrando-me para dar lugar a ela.

— Também estou com medo. Não consigo parar de pensar nisso.

— Não dá para acreditar. Ainda não caiu a ficha. Na semana passada, ela estava bem; nesta, pode estar morrendo. Como é que pode?

— Ela não está morrendo. Há pessoas que conseguem vencer essa doença, permanecem em remissão por anos, décadas. Ficam totalmente *curadas*, leio isso o tempo todo.

— É verdade.

A Emma desenhou linhas verticais na condensação do caneco de cerveja.

— Meu pai morreu de câncer.

— Você era pequena, não era? Não chegou a acompanhar tudo.

— Tinha oito anos, e meus pais já tinham se separado. Não sei de detalhes, só que morreu de câncer. De fígado.

— Odeio câncer.

— Porque é lento, sabe. Meu Deus do céu, preferiria ser atropelada por um ônibus. Qualquer outra coisa.

Parei de rasgar o guardanapo para fitar minhas mãos. E se eu estivesse morrendo? Examinei a pele... O formato dos dedos, as veias azul-acinzentadas dos pulsos. Como eu poderia sumir? Ser algo e, depois, puf! Deixar de existir.

— Ela não vai morrer — afirmei. — É jovem demais. — Mas quis dizer: *Eu sou jovem demais*.

— Tem cigarro? — perguntou Emma.

— Parei de fumar.

— Ah. É isso aí, legal, vamos...

— Vamos comprar um maço.

— Está bem. — Ela se levantou e voltou com um.

— Você acredita que tenho um encontro hoje à noite? — perguntou, fazendo círculos com a fumaça do cigarro. Já tinha voltado para seu lado da mesa e estava mudando de assunto, mudando o tom da conversa. Por minha causa. Ela cuida de mim.

— Com quem?

— Brad. Aquele mesmo cara.

— Achei que tinham terminado.

— Terminamos, mas aí acabamos voltando. Pura inércia. Mas hoje vou deixar claro, de uma vez por todas, que está tudo terminado.

— O que há de errado com ele?

— Nada.

Sorrimos, cientes de que já tínhamos tido esse tipo de conversa, sobre homens diferentes, um milhão de vezes. "O que há de errado com ele?" "Nada." A Emma poderia escrever um livro e intitulá-lo dessa forma.

Ela estreitou os olhos, arrancando, com a unha do polegar, o rótulo da garrafa de Sam Adams. Estava com o cabelo preso para mostrar os brincos esmaltados que eu tinha dado para ela no seu aniversário. A Emma acha que sua pele é pálida demais, que os quadris são largos demais, que os cabelos têm um tom avermelhado ou acobreado demais ou algo assim — nunca entendi bem essa queixa. Nada disso é verdade. Antes eu me preocupava muito com sua baixa autoestima, mas hoje em dia já aprendi a aceitá-la. É o jeito dela. De qualquer forma, acho que são os sentimentos de inadequação que fazem as pessoas serem mais gentis e tolerantes umas com as outras. Eles nos mantêm educadas.

— Você está apaixonada?

— Se estou *apaixonada*? — Sorriu de forma afetada, fingindo ter achado que eu ainda estava falando do Brad. Fazia bolinhas com pedacinhos de rótulos e as jogava no cinzeiro. Por fim, parou de brincar e disse: — Como poderia estar? Eu quase nunca o vejo.

— E por que ainda se encontra com ele?

— Bem, ele está me dando umas dicas para um artigo que eu talvez tenha de escrever sobre o mundo da arte em Washington.

— *Outro* artigo?

— Este é diferente, é um trabalho independente. A idéia não foi minha — afirmou, na defensiva. — O diretor do *Capital* gostou do artigo que escrevi para o jornal e sugeriu que eu escrevesse algo para eles. A situação da arte em Washington.

— E você faz idéia de qual é a situação da arte aqui?

— Não. — Ela riu. — Então, o Mick se ofereceu para me ajudar.

— Mas não é difícil para você, Emi? Não seria melhor...

— Somos *amigos*, Rudy.

— Eu sei, mas... amigos *secretos*.

Eu me arrependi de ter dito isso. Ela empalideceu. Acendeu um cigarro sem me olhar e parou de falar.

Pensei na noite em que, por fim, resolvemos nossa discussão sobre o Curtis. A Emma me ligou às duas da madrugada e fui me encontrar com ela. Estava sentada no sofá da sala do antigo apartamento em Foggy Bottom, chorando muito e xingando Peter Dickenson, que acabara de expulsar dali. Ela tinha ficado um bom tempo com ele, tendo uma relação muito mais séria do que com qualquer outro homem desde que eu a conhecera. Chegaram até a falar em casamento.

Fiquei preocupada com ela naquela noite, mas acho que agora ela está pior. Não estava com aquela sensação de desgosto, aquela raiva de quem está com o coração partido, da qual nunca vou me esquecer — estava sofrendo por dentro. Aquilo a estava consumindo, deixando-a arrasada.

Pedimos mais bebida. A Emma se animou e, por conseguinte, me animei também. Quando eu bebo, curto muito a sensação gostosa de torpor se espalhando pelo meu corpo. Ela começa em lugares inusitados: nas bochechas, nos tríceps e nas coxas, e depois toma o corpo inteiro. Não é à toa que as pessoas dormem com qualquer um quando enchem a cara. Sinto uma calma incrível, uma compreensão, como se eu fosse igual a todos, e todos fossem iguais a mim. Eu me controlo agora, mas, quando era mais jovem, dormia com qualquer um. Qualquer um mesmo. Após alguns tragos.

Naquele momento, uns caras vieram do bar para falar com a gente. Um era bonitinho. O Sergei é bom para almoçar, só que mais tarde vira um ponto de encontro de solteiros. A Emma lançou um olhar mal-humorado para os dois, que eram mais jovens do que nós e pareciam ser advogados. Ela esticou a mão para me tocar.

— Putz, o que é isso? A gente está tentando terminar nossa relação. Caramba, é impressionante a falta de sensibilidade de alguns machos.

E eles exclamaram "Nossa!" e voltaram para o bar.

Pedimos mais uma rodada.

— Caramba, como é possível que já seja happy hour? — disse Emma.

— Essa não! Essa *não*!

— O que foi?

— O Curtis deve estar chegando. Tenho que ir pegá-lo! Ah, meu *Deus*!

— A que horas? Calma, ele pode voltar sozinho. É o que ele faz todo...

— No aeroporto! Tenho que ir pegá-lo no *aeroporto*!

— Ah, no aeroporto. Então está bem. — Ela riu. — A que horas?

— Às cinco e cinqüenta.

— Opa. Más notícias, Rudy. São seis da tarde.

Pressionei as mãos nos olhos, escurecendo tudo. A risada da Emma era cativante, mas a minha soava histérica.

— Qual companhia?

— A Delta.

— Muito bem, não se mova. Vou ligar para o aeroporto e mandar um recado. Eles vão chamá-lo; ele vai gostar disso. "Sr. Curtis Lloyd, sr. Curtis Lloyd, queira se dirigir ao telefone branco de cortesia."

— E o que vai dizer?

— Ora, que você está de porre e não pode dirigir, o que mais poderia dizer? — Devo ter feito uma expressão horrorizada, pois ela apertou meu pulso. — *Estou brincando*. O que você quer que eu diga?

— Diga... que estou com a Isabel.

— Boa. Não tem nada de mais. Ele pode pegar o metrô até o Mercado Oriental e depois seguir caminhando, não pode?

— Não, ele vai pegar um táxi.

— Claro que vai — reiterou ela, com aquele tom banal, irônico, estilo Curtis. — Não se preocupe, Rudy, vou dar um jeito.

Mas, quando ela voltou, parecia preocupada, absorta e desconcertada.

— Você está ferrada!

— Por quê?

Ela se sentou ao meu lado de novo.

— Eu tive que deixar um recado.

— E?

— Eles estão com um sistema novo, um correio de voz. Então, ele vai saber que fui eu que liguei. Sabe, vai escutar a *minha* voz, e não a de uma telefonista passando uma mensagem sua. Vai saber que fui eu que liguei, não você. Eu devia ter desligado.

— O que você falou?

— Disse que estávamos todas no Sergei, consolando a Isabel, e que você quis ir buscá-lo, mas que ela estava muito mal e não deixamos você sair.

— Ah, Emi! — Uma mentira já era ruim o bastante, mas ela tinha contado umas três.

— Eu sei, mas, como já tinha começado, não deu para parar.

Dei uma risada vacilante. Eu sabia que estava ferrada, mesmo que o Curtis acreditasse na mentira da Emma.

A garçonete veio perguntar para a gente se devia trazer outra rodada. Nós nos entreolhamos. De repente, eu me senti ótima.

— Fazer o quê? — falamos ao mesmo tempo. Foi como nos velhos tempos, quando chegamos em Washington. Passávamos horas conversando, começando no almoço e terminando umas sete, oito horas depois, na hora do jantar. Mas isso antes de eu me casar.

— Ei, Rudy. Você não está com medo dele, está? — Ela devia estar de porre. Nunca me faria essa pergunta sóbria.

Eu devia estar de porre também, pois não liguei. Nem menti.

— Às vezes eu fico, mas não é culpa dele.

— Por que não?

— Porque tenho medo de tudo.

— Por quê?

Dei de ombros.

— Ele já bateu em você? — ela perguntou.

— *Não!* Que é isso, Emma?

— Está bom, eu só quis saber. Sinto muito. Não quis ofender.

— Bem, agora já sabe.

— Tudo bem.

— Tudo bem, então.

Mas ele tinha batido sim, uma vez. Só uma vez, mas fazia tanto tempo que nunca mais tinha pensado nisso.

— Então, do que tem medo?

— De tudo.

— Do quê? Pode enumerar.

— Hum... Dele deixar de me amar. De nunca ter filhos. E de arruinar a vida dele, se não tiver filhos. — Apoiei o rosto nas mãos e fitei minha bebida. — De um dia desses ficar louca e me matar ou algo assim. Da Isabel morrer. De nunca ser nada na vida. De ficar igual à minha mãe. Do meu irmão morrer de overdose.

— Porra, Rudy. — Emma me abraçou. — Já chega.

Parei de pensar no que me dava medo.

— E isso é só o início da minha lista — comentei, e começamos a rir. Dei gargalhadas até as lágrimas que escorriam salgarem meu uísque. — Tem gente olhando para cá. — Observei, assoando o nariz com um guardanapo.

— Agora mesmo é que vão pensar que somos lésbicas.

Ficamos ali à mesa, sorrindo distraidamente, observando as pessoas. Pedimos uns tira-gostos.

— Acho melhor a gente ir — disse Emma.

— É. Não se esqueça de que você tem aquele encontro.

— *Esqueci* completamente! Merda! É melhor eu ligar para ele e desmarcar. — Ela se levantou, meio cambaleante.

— Vai desmarcar?

— Com certeza! Do jeito que estou, ou ia começar a brigar ou ia pedi-lo em casamento. E qualquer que fosse a opção, cairia em cima dele antes. — Foi telefonar.

Esperei, despreocupada. Estava me sentindo bem. Um dos advogados voltou.

— E aí, a sua amiga foi embora e deixou você sozinha?

— Não, ela foi dar um telefonema.

— Ah, é? Qual é o seu nome?

— Rudy.

— Oi, Rudy. Meu nome é Simon.

Simon tinha um sorriso meigo, com a barba já começando a aparecer de novo. Usava uma gravata amarela. Sem dúvida alguma, era advogado.

— Vocês não são mesmo lésbicas, são?

Pareceu amigável, não soou hostil ou paquerador. Então, eu respondi:

— Não, a gente não é lésbica. Mas eu sou casada.

— Ah, que pena! — Ele se sentou do outro lado da mesa e cruzou as mãos no colo. Gostei da sua linguagem corporal não-agressiva. Mas, então, ele olhou para o bar e inclinou a cabeça, arqueando as sobrancelhas. Um sinal. Seu amigo se levantou, pegando as bebidas, os cigarros e o troco, e veio em nossa direção. A *Emma vai me matar*, pensei enquanto o Simon perguntava:

— E aí, vocês trabalham aqui perto?

Três coisas aconteceram ao mesmo tempo. O amigo do Simon se sentou ao meu lado, a Emma voltou, trazendo duas bebidas e franzindo o cenho, e meu olhar cruzou com o do Curtis, assim que ele entrou.

Devia ter vindo direto do aeroporto, pois trazia a valise pendurada no ombro. Veio em minha direção vagarosamente, os olhos escuros e imensos transmitindo um brilho calculista e indignado. Tentei me levantar, mas, como o tal sujeito, o amigo do Simon, era grande e pesado e não sabia o que estava acontecendo, não se moveu.

— Curtis — Emma disse alegremente, colocando as bebidas na mesa e encarando-o. Serviu de escudo entre mim e ele. — Que surpresa agradável! Então, recebeu o meu recado? Legal, legal. Quer sentar? É uma pena que tenha se desencontrado da Isabel. Ela acabou de sair. Esses caras... — Ela mordeu os lábios. O tom de voz voltou ao normal, ela desistiu de tentar contornar a situação. — Quem são vocês?

— Curtis, por favor, não... — O quê? Seu sorriso tenso e furioso me deixou paralisada.

— Está pronta para ir para casa? — Educado. Sensato. Por trás da dor em sua face, transparecia certa exaltação resignada. *Eu te peguei agora*, devia estar pensando.

O amigo do Simon, por fim, se levantou. Eu me levantei também, em câmera lenta, buscando às cegas o sobretudo, as luvas e a bolsa.

— Não a deixe dirigir! — avisou Emma.

O Curtis se virou.

— Não venha me dizer o que fazer com a minha esposa. — O ódio escancarado entre os dois me chocou, mas não me surpreendeu. *Você acha mesmo que o Curtis gosta da Emma?* Foi o que o Eric me perguntara certa vez.

A Emma passou pelo Curtis e me tocou.

— Você está bem?

— Estou sim. — Tentei rir, tentei controlar o nervosismo. Ela parecia estar irritada, porém hesitante. Seus olhos faiscavam.

— Ei, por que a gente não senta para acalmar os ânimos? — perguntou inesperadamente, e me dei conta de que ela estava com medo, por mim. O Curtis não se moveu, nem disse uma palavra. Eu queria dizer a Emma que não havia nada a temer da parte dele. Era eu que temia *por* ele.

— A gente já vai. Tchau. — Eu a abracei. — Liga pra mim. Não vai *você* dirigir, hein?

Ela assentiu. O Curtis nem a olhou quando me virou, apoiando as mãos de leve nas minhas costas e me fazendo caminhar na sua frente.

Na rua, fiquei imóvel por alguns instantes, pois me deu um branco. Não lembrava onde tinha estacionado o carro. Comecei a ir para a Wisconsin e então me lembrei: o terreno da rua K.

— Ah, não, por aqui — disse calmamente, e o Curtis mudou de direção sem dar uma palavra. Mas ele sabia. Eu estava de porre e ele sabia.

Meu marido dirigiu.

— Lamento, lamento muito não ter ido ao aeroporto — comentei, encolhendo-me no banco gelado do carro, tremendo, porque o aquecedor do jipe tinha acabado de ser ligado.

Em vez de responder, ele ligou o rádio.

Seu rosto atraente parecia bem definido e harmonioso contra os clarões que iluminavam a janela. Nunca vai parecer velho. Vai morrer com a boca de criança, com as entradas de menino. Tentei não amá-lo, só por um segundo, como teste. Para a minha surpresa, funcionou! Passei a contemplar a paisagem, os postes de luz no shopping vazio e coberto de gelo. O aquecedor começou a fazer efeito. Mesmo tendo colocado na temperatura máxima, não parei de tremer.

Em casa, eu me sentei na cama e o observei, enquanto desfazia a mala. As meias e as cuecas foram jogadas no cesto, as camisas foram empilhadas, a fim de serem levadas para a lavanderia, os sapatos foram colocados na sapateira e o terno foi pendurado num cabide forrado. O Curtis tem até um porta-gravatas elétrico. Dei de gozação, mas ele o adora.

Tentei de novo:

— Olhe. Sinto muito. Aqueles caras no bar... você *sabe* muito bem que não aconteceu nada de mais.

Nenhuma resposta.

— E eu *estava* mesmo com Isabel antes, mas ela foi embora. Antes de você chegar. — Quatro horas antes. Vi meu reflexo no espelho da cômoda. Olhos avermelhados, rímel espalhado como pegadas de animais. Um desastre. Parecia bêbada, e de fato estava. A ressaca estava apenas começando.

— Como foi lá em Atlanta? — perguntei.

— Terrível. — Virou as costas e foi para o banheiro. Não fechou a porta.

— Essa não! — exclamei. — O que aconteceu?

— Eu ia lhe contar esta noite. Tinha planejado sair com você para conversarmos.

A culpa me dá a sensação de estar sendo enterrada viva debaixo de um monte de cascalho, argamassa e cacos de vidro. Enterrada viva.

— A gente ainda pode ir. Vou me vestir. São só oito da noite.

— Estou sem fome, agora. — Ele saiu do banheiro de pijama e roupão; um xadrez chamativo, azul-marinho, com pontilhados brancos. Parecia um modelo: faces rubras, louro, saudável e sofisticado. Fiquei surpresa e agradecida quando ele se sentou ao meu lado na cama.

— Sinto muito. — Às vezes, quando repito isso, ele se acalma. — A culpa é toda minha. Bebi demais e não me dei conta da hora. A Emma inventou aquilo, que a gente ainda estava com a Isabel. Ela foi embora bem mais cedo. Ah, Curtis, tadinha da Isabel, foi horrível lá no consultório do médico, ouvir o...

— Então, a Emma mentiu — interrompeu-me.

— O quê? Ah, mas não foi... ela não...

— Rudy. Eu sei o quanto você gosta dela, mas não acho que ela seja tão boa amiga quanto você pensa.

— Ah, não...

— Olhe — disse suavemente. Curtis me tocou e eu me recostei nele, suspirando de alívio. Ele tinha me perdoado. O mundo havia parado, quando ele entrara no Sergei e me vira, e agora começara a se mover de novo.

Eu me virei para dar um beijo no seu pescoço cheiroso, abraçando-o pela cintura, mas ele se retesou. Recuei.

— Não quero que se encontre muito com ela.

Eu o olhei com ingenuidade.

— Está falando da Emma?

— Olhe só o que está acontecendo com você. — Tocou meu rosto borrado com aversão. Até mesmo eu podia sentir o cheiro de fumaça de cigarro no cabelo, na roupa. — Sei que a conhece há muito tempo. Não quero que rompa totalmente a amizade.

— Romper totalmente?

— Mas acho que seria melhor você não se encontrar com ela fora do grupo. — Ele me fitou, segurando minha face com ambas as mãos. — Para o seu próprio bem, Rudy. De certa forma, acho incrível que o Greenburg não tenha sugerido isso ainda.

Minha mente estava dando voltas. Segurei as suas mãos.

— O Eric gosta da Emma, ele jamais ia propor isso.

Ele suspirou e fez menção de se levantar.

Tentei continuar segurando suas mãos.

— Não fique bravo. Não...

Ele se levantou e foi até a porta. Virou-se.

— Quer dizer que não vai fazer o que estou pedindo. Para o seu próprio bem.

— Parar de me encontrar com a Emma? Ela é a minha melhor amiga!

— Então, não vai?

— Curtis, não faça isso. *Por favor*, não! — Já podia ver a porta batendo, e eu, gelando. Ele ia embora, levando seu amor, levando tudo. — Por favor! — implorei. — Curtis, por favor!

— Vai ou não vai?

Para o meu próprio bem, tinha dito, mas era cruel.

— Não, não vou. Sinto muito. Por favor... Emma é a minha melhor amiga. Curtis!

Ele já tinha me dado as costas e saído.

Escutei os chinelos de couro na escada. Ia para a cozinha preparar um sanduíche de queijo quente, com margarina light de um lado e nada do outro. Ia comê-lo à mesa da copa e tomar um copo de leite semidesnatado, enquanto folheava revistas sobre política e economia.

Fui ao banheiro e tomei três comprimidos para dormir. Fiquei com medo de tomar mais por causa do uísque. Três devem bastar, pensei. Quando me deitei, cobri o rosto com a coberta. Escuridão, por favor. Precisei meditar para relaxar; escolhi *Está começando*. Uma época de penitência estava por vir, e só o Curtis podia dizer quanto tempo ia durar. Meu futuro estava em suas mãos.

Mergulhei no meu sonho sobre Deus. Ele estava sentado num trono de ouro, cercado de anjos adoradores, de faces indefinidas. Olhou para o relógio, um Rolex, como o do Curtis. "Ela está atrasada", comentou, com incrível tristeza. "Lamento, mas de fato está." Derramou lágrimas justas e virtuosas. Ergueu Sua mão por trás da cabeça e puxou o fio de um enorme abajur da Tiffany; o mundo ficou escuro.

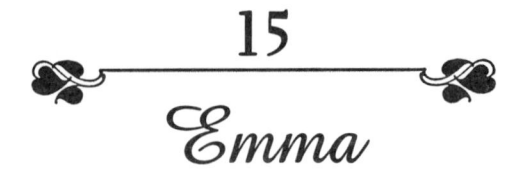

15

Emma

Em março, eliminei três itens onerosos da minha lista principal de tarefas. Em ordem crescente de dificuldade, terminei com o Brad de uma vez por todas, fui até a Virgínia ver a minha mãe e pedi demissão do jornal. Na verdade, os dois últimos empataram em termos de dificuldade.

Estou brincando. Minha mãe não é tão ruim assim. Depois que ela parou de reclamar e de me xingar de idiota por ter abandonado o emprego, foi quase legal comigo. Acho que descobri o segredo da civilidade entre nós: a gente só se vê duas vezes por ano.

A parte mais assustadora da visita foi descobrir o quanto estou ficando parecida com ela. Ou o quanto ela está ficando parecida comigo: é uma possibilidade. Minha mãe — Kathleen — se pareceria comigo se eu ficasse uma semana acordada, bebendo, fumando, injetando heroína e me prostituindo. E me preocupando. Acho que é o que acontece aos sessenta e cinco anos, pois o único passatempo dessa lista ao qual minha mãe realmente se dedica (que eu saiba) é o último. Mas nisso ela é excelente.

Ah, sou severa com ela, sei disso. Força de hábito. Mas já estou ficando velha demais para reagir às suas maquinações e manipulações como a adolescente amuada e insuportável que fui. De qualquer forma, eu me considero uma vencedora. E faz muito tempo que venci. Dei o fora de Danville, Virgínia; não me casei; não entrei numa universidade estadual e me tornei professora "para ter uma garantia", caso o meu marido resolvesse me deixar, como aconteceu com ela. Ah, e criei essa adorável fachada de dona da verdade de propósito, só para encher o saco dela.

Pedir demissão do trabalho foi mais difícil do que pensei. Por causa da grana. Tinha me acostumado a ter uma quantia razoável e a comprar os produtos que via nas vitrines: passar, parar, olhar, entrar e *comprar*. "Quero aquela." "Vou levar." Eu me habituei a achar que ser adulta se resumia a isso e usava o Visa Gold e o MasterCard Platinum a torto e a direito. Mandei de presente de Natal para a minha mãe um DVD. Estava planejando comprar um carro novo na primavera, um modelo esportivo, talvez um Miata. As gorjetas que eu deixava para as garçonetes tinham se tornado definitivamente filantrópicas.

Mas uma coisa estava me causando mais mal-estar do que a pobreza — a desculpa que eu inventava para não escrever um romance, meu suposto sonho secreto: "Não tenho tempo." Não importava que fosse verdade: trabalhar para o jornal, fazer bicos como freelancer e escrever contos que ninguém comprava me deixavam bastante cansada no final do dia. Era preciso eliminar um deles. Então, abandonei o do expediente integral, mantive o de freelancer para pagar a hipoteca e aposentei o dos contos. Agora, vamos ver do que sou capaz.

Afirmo isso com tremenda satisfação e incrível entusiasmo, como se não tivesse protelado ao máximo essa decisão. Será? Será que eu finalmente tinha amadurecido?

Infelizmente, não. O motivo fora mais pusilânime e não me dava tanto crédito. Teve a ver com a Isabel. No decorrer dos anos, ela me dera várias lições, mas esta eu definitivamente não queria aprender, não com ela, não daquela forma. Esta deixava claro que a vida é curta demais e que seríamos bastante idiotas se a desperdiçássemos.

Fico me perguntando por que isso aconteceu com ela, e não comigo ou com a Rudy ou a Lee. Por que a Isabel? Ela é muito melhor do que nós. É a mais bondosa. Acredita em tudo — eu não acredito em nada. Foi por obra do *acaso* que isso aconteceu com ela, não foi? Ela diz que não, que nada acontece por acaso, que tudo tem uma razão. Qual razão? "Talvez eu possa tolerar, e você, não", disse-me. Mas isso é um disparate, não é?

Ela se livrou daquele babaca, o dr. Glass, e está com um novo oncologista, o dr. Searle. Ele recomendou a terapia antiestrogênica e um medicamento chamado Megace, o qual a fez ganhar peso e ter ondas de calor, e nada mais. Agora a Isabel está tomando dois medicamentos novos, o Aridimex e um outro, já não me lembro mais do nome, e estamos todas torcendo para que dêem certo. Imagine só: no início, a Isabel queria deixar de lado a medicina convencional em prol da autocura. *Autocura.* O que inclui: lavagens com clorofila e café, sauna indiana, acupuntura e hipnose. Exercícios imagéticos. O maldito *biofeedback*.

Mas não abri a boca. Mordi a língua e não disse uma só palavra. Por fim, a Rudy e a Lee a convenceram a desistir com, aparentemente, a colaboração do Kirby — o-cara-gay-que-virou-gatão-hétero. (Lamento; isso não foi legal. Foi mal, Kirby, que, por sinal, ainda não conheci. A Isabel diz que não há nada entre eles agora, que são amigos. Pode ser, mas, por algum motivo, não gosto dele. E daí se for por ciúme e por estar sendo possessiva?)

É difícil lidar com o que está acontecendo com ela. Quando eu ligo, nunca sei bem o que dizer. Fico sem jeito e me sinto estúpida, porque este assunto, do qual não queremos tratar, adquiriu proporções tão grandes que não conseguimos contorná-lo. Então, protelo as ligações para ela, e aí se passam dias sem que eu nem mesmo pense nela. Isso é o pior: eu conseguir esquecer por completo a minha amiga mais bondosa e verdadeira, cuja vida virou um pesadelo.

Não, não é bem isso! A *minha* vida viraria um pesadelo se eu estivesse na pele da Isabel. Não dá para saber ao certo, mas, *pelo visto*, ela está enfrentando a doença com a mesma dignidade com que enfrentou as demais experiências ruins que a vida lhe reservou. E por falar no Gary — ele não telefonou para ela, nem se dignou a mandar ao menos um cartão desejando que a Isabel se recuperasse. O Terry queria vir de Montreal, passar um fim de semana prolongado, mas a Isabel disse a ele que não viesse. Que bom rapaz. Sempre gostei dele. Sempre desejei que fosse uns quinze anos mais velho.

Ah, eu, eu, eu. Nada como a crise de uma pessoa querida para realmente fazer aflorar o próprio egoísmo. A doença da Isabel é inteiramente relativa: relativa a mim. Como a *minha* vida vai mudar se ela piorar em vez de melhorar. Como *eu* vou viver sem Isabel se ela morrer? Ah, sentimento de culpa, sentimento de culpa, sentimento de culpa. Eu pensava que eram os judeus que passavam a vida atormentados com o sentimento de culpa, e não nós, ex-católicas agnósticas. Lee é judia e é a mulher com menos sentimento de culpa, e menos neurótica, que já conheci. É irritante, mas não neurótica. A situação da Isabel só está tornando a Lee mais eficiente e organizada. E mais autoritária.

Ela ainda não engravidou, por sinal, mas está animada. Ultimamente, em vez de me ligar, tem me enviado e-mails. Acho que é mais eficaz.

Para: Emma [Dewitt@pontocom.com]
De: L. P. Patterson [Leepatt@pontocom.com]
Assunto: Corrente de cura

Oi, Emma:

Só para lembrar da quarta à noite, entre 21h00 e 21h30. Já avisei umas duas vezes para a Rudy, mas, se vc falar com ela antes disso, pode lembrar-lhe? Sabe como ela é.

Bjs, Lee.

Na quarta, estamos organizando a segunda "corrente de cura" para a Isabel. Num horário predeterminado, todo mundo — não só as Quatro Graças, como também seus outros amigos e parentes em todo o país, bem como quaisquer outros conhecidos que queiram participar — pára de fazer o que estiver fazendo para meditar sobre a Isabel e sua recuperação. Alguns rezam, outros visualizam a destruição das células cancerígenas, outros "enviam uma luz", seja o que for que isso signifique. A Rudy fita a luz de uma vela num quarto escuro e entoa cânticos — foi o que me contou. "Que cânticos?", perguntei, fascinada. "Cânticos. É algo meio pessoal." Ora, bolas! Eu só queria uma orientação. Porque sou um verdadeiro desastre nessa área. O fato de eu ser um zero à esquerda no que diz respeito à Nova Era nunca fez muita diferença antes; na verdade, eu sou a garota propaganda da Velha Era. Mas agora, quando tento rezar ou entoar cânticos, ou enviar luz e acabo sonhando acordada com o Mick, ou com bolo de chocolate, ou com a vistoria do meu carro, fico aflita por achar que estou decepcionando a Isabel.

Para: Emma [Dewitt@pontocom.com]
De: L. P. Patterson [Leepatt@pontocom.com]
Assunto: Aniversário

Oi, Emma:

A casa de praia em Cape Hatteras vai estar disponível no segundo fim de semana de junho. Eu preferiria o terceiro pq, como vc sabe, é nessa data que as Quatro Graças vão fazer dez anos, mas ela já estava reservada. Henry está querendo ir no domingo, depois que todas forem embora, e vamos ficar mais três dias.

Talvez convide outro casal. Quer ficar conosco? Pode levar, se quiser, um pretendente; vc é quem sabe.

Até sexta,
Bjs, Lee.

Para: Emma [Dewitt@pontocom.com]
De: L. P. Patterson [Leepatt@pontocom.com]
Assunto: Sexta à noite

Oi, Emma:

Vc vem ao meu coquetel na sexta, não vem? (Pergunto pq vc ainda não me confirmou.) Se vier, será q poderia me fazer um favor? É q eu e o Henry temos uma inseminação artificial marcada para amanhã, às 15h30. (É a quarta vez, e esta vai dar certo, tenho certeza!) Então vamos ter q correr e pode ser q não tenhamos tempo de passar no Fresh Fields para pegar a musse de salmão. Como fica no seu caminho, será q poderia pegá-la para mim? Obrigadíssima. Já está paga, basta pegá-la.

Adivinhe quem vem COM UMA AMIGA!
Bjs, Lee.

Ah! Deve ser Jenny, a sogra da Lee. E vai "COM UMA AMIGA". Vai ser interessante. Adoro ver o superego liberal da Lee lutando contra o seu *id* conservador.

E eu que achei que a única a ficar ansiosa na festa da Lee seria eu, tentando agir naturalmente perto do Mick e da Sally, os Draco, *en famille*. Nossa, a noite promete!

Não vou negar que fiquei olhando o tempo todo para a porta e, mesmo assim, não vi quando Mick chegou. Quando o vi, ele estava apoiado na arcada da varanda, segurando uma bebida. Os raios do sol, que estava se pondo, atravessavam as venezianas como fogo, iluminando indiretamente a mesa repleta de comida e a silhueta alta e ereta do Mick. Nossos olhares se encontraram, como costumam dizer. Comecei a sorrir, mas alguns corpos se interpuseram entre nós, um emaranhado de gente conversando que abriu espaço para Lee e sua bandeja com bolinhos de siri. Quando o caminho ficou desimpedido novamente, ele estava inclinado, sussurrando algo no ouvido da esposa.

A Sally é tímida nas festas. Precisa de um ou dois drinques para desgrudar dele e conversar com as pessoas por conta própria.

Como é que sei disso? Ele me contou. Não me lembro qual foi o contexto. Mas não houve malícia. As nossas conversas nunca são maliciosas; o Murray's, a sórdida espelunca, continua sendo nosso ponto de encontro. O Mick não me ajuda a tirar o sobretudo nem segura meu braço quando atravessamos a rua. Com exceção das vezes em que nossos joelhos se esbarram debaixo da mesa, nunca nos tocamos. Mas estou tendo o caso mais ardente, arriscado e intenso da minha vida. Tenho a impressão de que ele também.

Lee se aproximou.

— Obrigada por trazer a musse, Emi. Não foi complicado, foi? — Parecia a anfitriã perfeita com sua saia longa e camisa de seda de Emanuel Ungaro, segundo me disse num e-mail.

— Não, imagine! — respondi. — Não tive nem que sair do meu caminho. Ei, você está muito bonita. E a sua casa também.

— Você também! Lindo esse conjunto!

Acho que ela foi sincera, já que o sarcasmo faz mais o meu estilo do que o da Lee. Mas, agora que eu estava ali, me sentia meio insegura com relação à minha escolha: não tinha colocado nenhuma blusa por baixo da jaqueta decotada, e a saia do conjunto era curta. Mostrava muito mais do que eu estava acostumada a revelar.

— Bem, é um coquetel — disse, na defensiva. — Onde mais uma mulher pode exibir seus dotes?

— Na praia? — Lee riu, satisfeita com a piadinha. — Ah, Emma, estou querendo conversar sobre isto há algum tempo... não podemos conversar direito agora, mas queria que você já fosse pensando...

— Sobre o quê?

Ela olhou à sua volta e falou mais baixo:

— O que você acha de convidar Sally para se juntar ao grupo? Ao grupo de mulheres. Às Graças — especificou, quando tudo o que consegui fazer foi fitá-la. — Acha uma boa idéia?

Fiquei sem fala.

— Você já se encontrou com ela algumas vezes a essa altura. Gosta dela? Acho que é uma ótima pessoa. Inteligente e interessante. E bem diferente das demais, o que fará com que traga algo novo ao grupo. — A diversificação era importante para Lee. Certa vez, ela vetou uma colega minha do jornal porque tínhamos o mesmo trabalho. Segundo ela, "Teríamos *duas* jornalistas. É redundante. Não queremos um grupo diversificado?".

A Sally traria um toque de diversidade. Eu podia ver isso. Uma mãe jovem, sulista, o ganha-pão da família: todos traços distintos. O problema com a Sally — isso já tinha me passado pela cabeça várias vezes — era que não havia nada de errado com ela.

Recorri a um subterfúgio covarde, porém óbvio:

— Bem, você acha mesmo que é o momento certo de pensar numa nova participante? Por causa da Isabel? Cadê ela, por falar nisso?

— Ela avisou que poderia se atrasar. Acho, eu acho que estamos...

— E aí, gata, está lindona esta noite, hein? — Henry quase me sufocou com um abraço apertado. Franzindo o cenho por causa da interrupção, a Lee segurou distraidamente o braço do Henry e se apoiou nele. Lembravam os personagens Mutt & Jeff. Henry era tão alto que podia enfiá-la no bolso. Formavam um lindo par, bastante... convencional ou algo assim. Se ele *realmente* a colocasse no bolso, nenhum dos dois acharia nada de mais.

— Não vejo nenhum problema, não mesmo — comentou Lee. — Assim que descobrirem a medicação ideal para Isabel, o pior ficará para trás. Então, acho que será bom para ela *e* para o grupo ter contato com uma pessoa diferente. E ela já conheceu Sally — acrescentou, falando baixo de novo. — Quando pedi a opinião de Isabel, disse-me que tinha gostado dela.

— Você perguntou para ela? Pediu sua opinião sobre...

— Não sobre Sally se unir ao grupo, só sobre o que achava dela. E ela disse que gostava.

— Ah. — Mas a Isabel gosta de todo mundo. Ela é como Deus nesse aspecto. — Ah, Lee, sei lá. Não tenho nada contra a Sally, mas é que... ainda acho que não é um bom momento para a gente falar numa nova participante.

— Bem, não concordo, mas se é assim que pensa. Vou pedir a opinião de Rudy, claro.

Isso mesmo.

— Claro — assenti com veemência. A Rudy não ia me decepcionar. — E a opinião da Isabel também.

— Naturalmente.

Foi cumprir suas obrigações de anfitriã. O Henry ficou por ali, batendo papo comigo, contando algumas das suas piadas vulgares e sujas. Então, disse:

— Sabe, Emi, tomara que eu esteja enganado, mas... — Mexeu no tapete com a ponta do sapato.

— O quê?

— Não acho que a Lee esteja sendo realista quanto à Isabel, quanto à saúde dela. Eu procuro não comentar nada, porque não quero cortar o seu barato. Além do mais, milagres acontecem. —

Inclinou a cabeça, massageando a parte posterior da nuca. — O que é que você acha?

— Acho que cada uma de nós lida com a situação à sua maneira. Como a Lee é otimista, está sendo otimista. — Uma forma educada de dizer que ela se recusa a encarar a realidade. — A Rudy está com medo, mas tenta disfarçar.

— E você?

Olhei-o com franqueza.

— Sou pessimista.

— É. — Seu semblante de traços duros se abrandou, solidário. — Tenho medo da Lee ser pega desprevenida. Sabe, se algo acontecer. Ela não vai estar preparada.

— Eu sei. — Nem eu. Se algo ruim acontecesse. — Bom — continuei —, ainda bem que ela tem você para tomar conta dela. — Aproximei-me. — E aí, sr. Garanhão? Sr. Gatão cheio de amor para dar? Como andam as coisas no departamento da fertilidade ultimamente?

O Henry é um cara muito legal; ele se diverte com as brincadeiras que faço desde que a Lee nos falou da contagem de espermatozóides. Acho que se sente aliviado por finalmente poder conversar sobre isso, o que não podia fazer antes. Não é ridículo? Era considerado um assunto tabu, quando havia possibilidade da contagem de espermatozóides ser *baixa*, mas agora já não é mais.

Após mais algumas piadinhas sem graça sobre sêmen, ele ficou sério e disse:

— Apesar de tudo o que está acontecendo, a gente está num momento propício. A Lee está achando que vai dar certo desta vez. Mesmo que não dê, a gente vai ter mais duas chances. Sabe, se ela engravidar, vai ter mais possibilidades de segurar as pontas se...

— Vai dar certo — interrompi, sem querer entrar nos pormenores do "se". — Porque você é incrível, Patterson. E é tão potente que provavelmente vão ter trigêmeos. Todos meninos.

Ele jogou a cabeça para trás e riu. E ficou rubro. Ah, eu adoro o Henry. Ele é como um urso grande e sonolento, calmo e seguro, tão constante quanto o dia e a noite. É bom para Lee e atenua sua mania de perfeição como... sei lá, como se fosse um bom sedativo. A prescrição vitalícia de calmante para Lee.

A festa se tornou um pouco mais barulhenta, um pouco mais desordenada. Mas não muito; os coquetéis da Lee nunca fogem de seu controle. Ali estavam todas as suas amigas da creche e da área de educação: mulheres inteligentes, interessantes e de bom coração, cujos maridos ganhavam mais do que elas. Bati papo com as que eu já tinha encontrado antes e me apresentei para algumas novas. Sempre há pouquíssimos solteiros nos coquetéis da Lee, não sei bem por quê. Minha única teoria é que suas amigas são tão legais que quase nunca se separam.

Naquela noite, eu não estava atrás de solteiros, claro. Apesar de nunca olhar para o Mick, sempre sabia onde ele estava. Radar. Nós circulávamos, mas sempre mantínhamos alguns metros entre nós, uma aglomeração de gente se movimentando. Eu, de propósito; ele, não sei ao certo. Mas que jogo doloroso e vicioso era aquele! É verdade que eu estava arrasada com a falta de perspectiva dessa minha obsessão, mas, ao mesmo tempo, nunca tinha me sentido tão cheia de vida.

Para variar, a Rudy e o Curtis chegaram tarde. Ele pode ser um babaca — não, definitivamente é um babaca —, mas não resta dúvida de que Curtis Lloyd é um cara bonitão, embora faça o gênero jovem nazista sério. E a Rudy, bem, além de ser bonita, transmite aquele ar natural e elegante de modelo que faz com que os simples mortais se sintam desengonçados e fiquem embasbacados ao seu lado. Pessoas como eu. Acenei para ela, esperando que se livrasse do Curtis e viesse sozinha. Até parece! Eu devia ter imaginado; ele raramente larga do pé dela nas festas. Ou não confia nela ou tem medo de ficar sozinho. Com certeza, ambos.

A Rudy me deu dois beijinhos, e o Curtis e eu conseguimos nos abraçar sem de fato nos tocar.

— Cadê a Isabel? — perguntou Rudy após algum tempo.

— Não chegou ainda. A Lee disse que ela avisou que poderia se atrasar.

— Estou louca para conhecer o tal do Kirby.

— Eu também.

Não consigo bater papo com a Rudy com o Curtis por perto. É como tentar falar ao telefone com um vidro na frente e um carcereiro observando. A única coisa pior é conversar com o próprio Curtis, quando a Rudy não está por perto.

É por isso que eu quis estrangulá-la, quando disse:

— Ah, olhem lá a Allison Wilkes. Faz anos que não a vejo! Já volto! — E foi até lá.

Estando com qualquer outra pessoa de que não gostasse muito, eu teria dito, num momento assim, "Enfim sós", supondo que, quando você se livra logo de uma situação desagradável, mesmo que recorrendo à ironia, isso ajuda a aliviar a tensão. Mas guardo debaixo de sete chaves o que penso sobre o Curtis — o que aconteceu no Sergei foi uma exceção. A Rudy afirma que não tem medo dele, mas eu tenho. Um pouco. Porque ele é assustador. Então, ajo de forma civilizada e superficial, deliberadamente neutra, com ele, chegando a parecer um zumbi de tanto que me controlo. É um comportamento digno de admiração, já que o que eu gostaria de fazer mesmo era dar um soco no seu nariz. Qualquer coisa pela Rudy.

Com as mãos vazias — o Curtis não bebe em público, pois pode perder o controle —, ficou nas pontas dos pés para examinar os convidados. Na certa para ver se havia alguém que pudesse fazer algo por ele. É um político nato, salvo um pequeno detalhe: não gosta de gente.

— E então, Emma — animou-se ele a dizer —, Rudy me contou que você pediu demissão do emprego.

Eu confirmei a informação.

— E que você está pronta para escrever um livro. Um romance. — Soltou sua gargalhada pesada, abrupta e ruidosa: — *Ah, ah, ah, ah*.

— É engraçado? Você acha isso divertido? — Continuei sorrindo, sorrindo, deixando transparecer hostilidade apenas no olhar. Ele não se deu ao trabalho de responder. Minha raiva tinha passado do limite, mas o Curtis era um exímio atirador, um arqueiro com pontaria perfeita. Com uma só tentativa, conseguira atingir meu ponto fraco.

— Como está o *seu* novo emprego? — contra-ataquei. — Como lobista? Parece ter sido feito para você, Curtis. Realmente uma... — Fingi buscar a palavra certa. — Uma profissão *nobre*.

Ele deu um sorriso afetado. Minha flecha não tinha nem arranhado o alvo. Pensei que nossa competição tinha acabado, mas ele perguntou:

— Seu livro vai ser sobre o quê?

Ah, a pergunta mais odiada pelos escritores. Como ele sabia?

— Está em fase embrionária — respondi, ainda sorrindo. Não podia estar mais longe da verdade. — Preferiria não falar dele. — Vi o Mick conversando com o Henry do outro lado da sala. Rindo, com aqueles trejeitos e meneios típicos masculinos. Sua amizade recente me surpreendeu um pouco. São tão diferentes um do outro!

— Dizem que se deve escrever sobre o que mais se sabe — disse-me Curtis.

— É, pode ser. De certa forma.

— Então, sua história provavelmente vai ser sobre... — franziu o cenho e comprimiu os lábios, pensando no que ia dizer. — As fantasias depravadas de adultério de uma solteirona promíscua... algo nessa linha, certo? — Eu me virei para ele, que arqueou suas sobrancelhas douradas despretensiosamente, com um meio-sorriso. Seus olhos me percorreram de cima a baixo, detendo-se de forma insolente nas áreas desnudas.

Arrependimento e fúria formam uma combinação letal. Senti um nó na garganta. Eu o odiava, desprezava aquela expressão calculista do seu rosto presunçoso. E sabia que, se abrisse a boca, seria para xingá-lo.

— Bem. Acho que vou procurar minha esposa. Cuide-se, Emi. — E se afastou calmamente, com as mãos nos bolsos.

A caminho do banheiro, cumprimentei alguns convidados, troquei algumas palavras com outros, sorri. Mas, quando cheguei, tranquei a porta e apertei com força as laterais da pia, contemplando-me no espelho. Será que o Curtis chegou a ver essa expressão ofendida? Não é à toa que pareceu ter ficado tão satisfeito. *Não caia nessa*, adverti, procurando o rímel e o batom na bolsa. Era o que ele queria: que eu ficasse magoada com a Rudy e me sentisse traída por ela.

Mas por que cargas-d'água ela foi contar o meu segredo para ele? Não que eu tenha pedido que não comentasse nada. Não imaginei que fosse necessário! Pensei que tratava os meus segredos como eu tratava os dela: com respeito, considerando-os sagrados. "Solteirona promíscua", ah, dá um tempo, vai! Deixa para lá, isso só prova que ele é tão doente da cabeça quanto eu imaginava. Mas, ah, Rudy, como você pôde falar do Mick para ele?

Alguém bateu à porta.

Merda.

— Já vou! — Me dê uns minutos, pelo amor de Deus! Eu ainda estava com cara de choro.

— Sinto muito, não se apresse.

Reconheci a voz jovial e animada da Sally Draco.

Beleza!

Abri um largo sorriso. Joguei a cabeça para trás e imitei uma gargalhada alegre. Minha cara de festa. Alisando a saia, tomei a decisão de tirar satisfação com a Rudy depois, não naquela noite, não ali, quando ambas estávamos bebendo. Isso aconteceu uma vez. Para nunca mais.

Sally estava encostada na parede do corredor, examinando a sala cheia, e se virou quando ouviu a porta abrir.

— Ah, oi! É você!

O segundo drinque já devia ter surtido efeito; ela realmente parecia feliz em me ver. Na verdade, se eu não tivesse cruzado os braços, acho que ela teria me abraçado. O que teria sido um exagero, considerando que só a tinha visto duas vezes na vida, ambas em jantares oferecidos por Lee.

— Oi, Emma, tudo bem? Estou para te ligar há algum tempo, mas aí, sabe como é...

— Sei sim — respondi debilmente. — Trabalhar *e* cuidar do seu filho devem mantê-la bastante ocupada. Como vão as coisas no trabalho? — indaguei, quando me dei conta de que ela queria bater papo mesmo e não se limitar a uma rápida saudação.

Sally revirou os olhos.

— Não é bem o emprego ideal!

— Não é? — O que ela era mesmo? Assistente jurídica? Nunca consigo me lembrar das ocupações das pessoas. Não, ela era assistente jurídica quando o Mick a conhecera, agora exercia alguma função no Ministério do Trabalho.

— Mas acho que só um membro da família consegue ter o emprego perfeito! — Deu uma risada aparentemente bem-intencionada, mas percebi que se tratava de uma indireta maldosa. — Nossa, que conjunto mais *lindo*, onde o comprou?

Então, conversamos enquanto eu a examinava e devolvia o cumprimento obrigatório sobre seu vestidinho de noite branco. Era uma mulher atraente, não restava dúvida, com seu cabelo louro liso e sedoso, cujo corte curto era mais apreciado por mulheres do que por homens. Os olhos afastados e as maçãs do rosto salientes tornavam sua face exótica. A boca era enorme e não deixava entrever alegria, mas preocupação. No entanto, era sensual, tal como toda a face. Seu rosto sobressaía em relação ao corpo, que parecia estranhamente assexuado, quando comparado a ele: quase não se notava.

— O Mick me contou que você quase terminou o artigo. Fico feliz por ele ter podido ajudá-la.

— Ah, sim, ele tem sido ótimo. Não poderia tê-lo escrito sem a ajuda dele.

— Quando vai ser publicado?

— É difícil dizer. Talvez em junho. Quem sabe quando vão resolver publicá-lo?

— Estou louca para lê-lo — afirmou, com seus olhos grandes e sinceros.

Só Deus sabe como tentei ser objetiva. Já tinha me perguntado: Será que eu gostaria da Sally Draco se o Mick não existisse? Se a conhecesse numa festa e começássemos a conversar, será que iria querer fazer amizade com ela? E a resposta sincera é não, mas não por uma razão específica; ou seja, ela não é diabólica ou algo assim. Transmite um calor humano que não se sabe ao certo se é real e, quanto mais se fala com ela, menos autêntico parece aquele arroubo inicial de autoconfiança. Ela parece observar tudo com cuidado, com esperança, como se estivesse à espera de algo. Por trás dos olhos grandes, noto profundas carências.

Aquele nosso bate-papo foi terminando aos poucos. A Sally entrou no banheiro e eu saí dali, pensando nela. Por que tinha se casado com o Mick? São verdadeiros opostos: ele é autêntico; ela, não. (Não que eu esteja tomando partido.) Ele quase nunca se refere a ela e, quando o faz, é para fazer algum comentário segundo os preceitos mais politicamente corretos possíveis. Exatamente a atitude que eu esperaria dele. É frustrante, mas gosto da discrição, da polidez do Mick. Mas tampouco é um sr. Rochester, aquele personagem de Charlotte Brontë. Acho que logo no primeiro encontro ele diria a Jane Eyre que havia uma mulher louca no sótão.

Vi Lee no meio da sala, segurando uma bandeja de espetinhos de carneiro, com o semblante aflito. Segui seu olhar — fitava a entrada da cozinha.

Ahá! A Jenny estava lá, com UMA AMIGA. Dava para notar que estavam juntas, porque estavam de mãos dadas.

— Uau, que casal surpreendente! — não pude resistir.

Lee cerrou os olhos por alguns instantes.

— Venha comigo, está bem?

— Claro! — E fui na sua frente, inclusive. Gosto da Jenny.

O Henry estava conversando com ela e com sua *amiga*, enquanto tirava miniquiches do forno e os arrumava numa bandeja. — Ah, Lee! — exclamou Jenny quando nos viu. — Lee e a amiga. Ah, Phyllis, esta é a Lee, minha querida nora. — E deu um abraço apertado na Lee, levantando-a completamente do chão. Recebi um tratamento parecido, embora percebesse que ela não se lembrava do meu nome. Não consegue distinguir bem as Graças, mas adora cada uma de nós.

— Emma — apresentei-me para ajudá-la, oferecendo a mão para a bonita Phyllis, que devia ser cinqüentona. Era bem mais jovem do que a Jenny. Phyllis me lançou um olhar entusiasmado e me cumprimentou.

A pista para o fato de que a Jenny estava apaixonada foi dada pelo vestido — nunca a tinha visto usando um. Era bonito e lhe caía bem, mas era uma visão tão incongruente que, na verdade, lembrava um travesti. A Jenny tem um metro e cinqüenta e cinco de altura — um e oitenta quando está com as botas de trabalho, adora dizer — e a ossatura larga. Pinta o cabelo de castanho-escuro e ainda usa um antiquado penteado à Pompadour. Exceto pelo forte sotaque, ela me lembra a chef Julia Child.

— Lee, esta é a Phyllis Orr, minha amiga do peito. — Só que ela disse "mia miiiiga du peeitu", com sua pronúncia arrastada, uma versão feminina do senador Jesse Helms. O sotaque do Henry não era tão forte quanto o dela.

— Olá, como vai? É um prazer conhecê-la, um grande prazer — saudou Lee, alvoroçada, reagindo exageradamente. — Bem-vinda à nossa casa! Claro, qualquer amiga da Jenny... — A frase foi esmorecendo quando a Lee caiu em si. Eu e o Henry trocamos um olhar divertido. — E como foi que se conheceram? Se isso não for muito... Vocês não têm que... Só fiquei curiosa...

— A Phyllis é a síndica do meu prédio — respondeu Jenny, num tom de quem está maravilhada com os inesperados presentes da vida. — Alguém tentou arrombar meu apartamento... eu te contei, Henry, lembra?... mas tudo o que conseguiram fazer foi quebrar o ferrolho. A Phyllis foi lá e deu um jeito na porta. — Deu um soco brincalhão, mas orgulhoso, no ombro dela.

— Nossa, que incrível! E então se tornaram amigas depois disso — admirou-se Lee. — Acho que isso é mesmo fantástico!

Phyllis, uma mulher magra, mas forte, e enigmaticamente atraente, aparentava mesmo ser do tipo que conserta ferrolhos. Ela fitou Lee com curiosidade.

— Olhe só quem está falando de *amigas* — comentou Jenny. — Lee, querida, conta pra Phyllis a história do seu grupo, conta. Ela fundou um clube só de mulheres, *anos* atrás, Phil, e continua firme e forte. A Emma é uma das participantes. — *A Eeeema é uma das parrrticipantis.* — Quanto tempo faz que vocês se reúnem?

— Vai fazer dez anos em junho — respondeu Lee.

— É mesmo? — perguntou Phyllis.

— Vamos comemorar em Cape Hatteras — afirmei. A família da Lee tem uma casa de praia que costuma alugar, exceto por um período de duas semanas, entre junho e setembro. As Graças já comemoraram quatro dos seus nove aniversários lá, então é quase parte da nossa tradição ir até esse parque nacional.

— Bem, vou te contar, não é incrível isso? — *Num é incrrrível issu?*

A Jenny apoiou o cotovelo com carinho no ombro do Henry. Patterson & Filho formavam um par charmoso, ambos vestidos elegantemente naquela noite, o que era bastante raro. Lee olhou ao redor, friccionando as mãos e sorrindo com ansiedade. Algumas das suas colegas professoras entraram em busca de gelo ou algo assim e ficaram por ali, escutando a conversa.

— Quando eu tinha a sua idade... Henry, quando foi isso? — indagou Jenny.

Ele pensou um pouco e respondeu:

— No final dos anos 70.

— É isso aí... há vinte anos, quando eu tinha a sua idade, fiquei de saco cheio de morar com outras mulheres. Você sabia que eu vivia numa comunidade? — perguntou-me. — No campo, perto de Asheville, um lugar *lindo*. O Henry cresceu lá. Eu ficava preocupada por ele não ter um pai... o dele morreu no Vietnã, sabe... mas olha só como ele está. — Ela prendeu o pescoço dele com o braço e o apertou.

— Hum-hum! — exclamei, como se já não tivesse ouvido Lee, Henry e Jenny contarem essa história milhares de vezes.

— Quiche? — Lee segurou a bandeja próximo à sogra, esperançosa.

— Mulheres unidas! Superamos qualquer obstáculo quando trabalhamos juntas! Não é, Emma? Hein, Lee? Ah, a gente formava um grupo e tanto naquela época! Amor livre, sem homens por perto. O grupo de vocês tem um nome? O nosso era "As Machonas".

— Mas, sabem — disse Lee, em meio às risadas —, o nosso... ah, ah.... grupo não é desse tipo. — Ela ergueu a mão e a apontou para o Henry, o único ali com pênis, como quem diz: *Eis aqui a prova de que eu sou heterossexual.*

— E radicais? Meu Deus do céu, a gente participava de manifestações a torto e a direito, desde que fossem em defesa das nossas causas. Eu lembro que uma vez fomos participar de um comício contra a guerra em Raleigh, e nos autodenominamos de "Lésbicas pró-

Mao". Minha namorada e eu tiramos as blusas e amamentamos os nossos filhos na escada do Capitólio. Henry, você já viu essa foto.

— Já. Eu tinha oito anos.

— Está brincando! — exclamou Lee, horrorizada.

— Ah, mas não durou muito. Nem podia, acho. Além do mais, a gente era muito novinha. Fomos saindo, uma a uma, e, pelo que sei, a fazenda já não está mais lá. Naquele lugar maravilhoso. Lembra da Sue Ellen Rich? — perguntou para Henry. — Recebi uma carta dela no Natal passado. A gente ainda mantém contato. Ela falou que tem uma concessionária de carros lá agora. Hum-hum! — Meneou a cabeça pesarosamente.

Phyllis lhe deu uns tapinhas no braço e exclamou:

— Hã!

— Nós não falamos muito de política — comentou Lee, rapidamente. — Apenas jantamos juntas.

— Mas ainda estão *juntas*, é disso que eu tenho inveja. Dez anos, e se mantêm unidas. Continuam a gostar umas das outras.

— Ah, com certeza — concordei, abraçando Lee pela cintura. — A gente ainda se gosta *muito*. — No último minuto, a Lee se deu conta do que eu ia fazer, dar um selinho na sua boca, e desviou o rosto em pânico. Acabei acertando na bochecha.

— Bem, acho melhor passar isto aqui logo — sussurrou, livrando-se do meu abraço afetuoso. — Antes que esfrie. Com licença. — Mas me lançou um olhar fulminante quando saiu.

— Desculpe o atraso. Kirby me deixou aqui na frente — Isabel disse, sem fôlego. — Foi estacionar o carro. — Lee fez menção de lhe tirar a jaqueta, mas ela falou: — Acho que vou ficar com ela. — Então, ela me viu. — Oi, tudo bem? — perguntou, e eu a abracei suavemente, com um braço só. Ela parecia estar forte, como sempre esteve, e não frágil ou algo assim.

A Rudy veio rápido, radiante, e deu-lhe um forte e longo abraço, típico dela.

— Estava preocupada, achei que nunca ia chegar.

— Eu estou bem. Só que não consegui me organizar.

— Como vão as coisas? — quis saber Lee, segurando ambas as mãos da Isabel e olhando-a com atenção.

— Você *parece* ótima! — disse Rudy.

Era parcialmente verdade. A Isabel estava com um vestido lindo, do tipo que nos lembra que o pretinho básico é sempre tudo de bom, e estava com um penteado novo que lhe caiu muito bem. Mas seu aspecto não era bom, estava meio amarelada e os olhos pareciam grandes demais. Disse que não tinha ganhado ou perdido peso com a nova medicação, mas, se era assim, por que estava com o pescoço meio inchado? Nada muito aparente. Quem não a conhecia bem provavelmente não ia notar, mas não pude deixar de perceber. Eu a venho observando como uma mãe observa a filha doente. Todas nós estamos agindo dessa forma. Ela detesta.

— Como está se *sentindo*? — insistiu Lee, ainda fitando-a.

— Muito bem, não podia estar melhor. Sua casa está tão linda! — Isabel olhou ao redor, desvencilhando-se da Lee. — Aquele espelho é novo, não é? Eu daria tudo para ter o seu bom gosto, Lee. Como é que consegue?

Tu-do bem. Até a Lee captou a mensagem: *Não vamos falar sobre a minha saúde.* Então, nós quatro ficamos na sala, formando um círculo fechado, protetor, rindo e batendo papo, falando dos vistosos brincos da Isabel, dos meus sapatos novos, dos planos da Lee para a Páscoa, querendo saber se o perfume da Rudy era o Obsession, de forma que até eu acabei me esquecendo de que algo obscuro e ameaçador estava afetando nossa preciosa harmonia, mudando-nos para sempre.

O Kirby chegou. A Isabel o apresentou para mim e para a Rudy —
Lee já o conhecera — sem demonstrar nenhuma ansiedade ou
apreensão do tipo ah-tomara-que-vocês-gostem-dele, tal como eu
teria sentido numa situação semelhante. Ele era do tipo que causava
um certo impacto. Embora fosse superalto, não devia pesar mais do
que sessenta e oito quilos, setenta se estivesse encharcado. Era totalmente careca, suas feições eram ossudas e salientes, e tinha os
ombros caídos. Era desengonçado, mas nem um pouco frágil; parecia
ter vigor físico, sendo talvez até atlético, apesar de esquelético. Os
olhos meigos e tristes se destacavam no rosto solene.

Eu disse apenas:

— Oi, tudo bom? — e fiquei calada. Formamos um grupinho na
varanda, nós quatro e o Kirby, e levamos aquele papo simples, meio
limitado, de quem está se conhecendo. Ele não falou muito, embora
não tenha se mantido à parte ou estranhamente calado. Devia saber
que nós o estávamos avaliando. Por incrível que pareça, a Lee disse
que gostou dele, e ela é mais possessiva com relação à Isabel do que
com qualquer uma de nós. Mas é também famosa por seus julgamentos equivocados de caráter (não quero dar uma de preconceituosa,
mas veja o caso da Sally), então sua opinião não fez diferença para
mim. Para ser sincera, eu estava decidida a não gostar dele, mas eu
estava tentando ser imparcial, em consideração à Isabel.

O Kirby não chegou a dizer nada fora do normal e, se eu não estivesse observando atentamente, tal como um gato vigia a toca de um
rato, suas atitudes teriam passado despercebidas. Ele não se limitava
a ficar próximo da Isabel: agia como um *guardião*. A linguagem corporal dizia tudo. E outra coisa: Lee tinha tirado todas as cadeiras da
varanda para aumentar o espaço; o Kirby desapareceu por alguns instantes e voltou com um tamborete da cozinha, o qual posicionou
atrás da Isabel quase imperceptivelmente. Toda a cena se desenrolou
de forma inconspícua, como uma mágica bem-feita. Além disso, ele

lhe trouxe um copo de água com gás com uma rodela de limão. Depois, foi até o bufê e lhe preparou um prato, e fez caretas, de brincadeira, até ela começar a beliscar. Parecia um anjo da guarda. Discretamente altruísta.

Seria fácil descrevê-lo como um sujeito estranho devido à sua aparência, ou como sinistro por ter se ligado a uma mulher cujo estado de saúde era, no mínimo, muito grave. Pude entender por que a Isabel teve a impressão de que o cara era gay: não porque fosse afeminado, mas sim porque era diferente e não se encaixava em nenhum estereótipo. Por trás da excentricidade, no entanto, cheguei à conclusão de que havia um homem meigo. Resolvi confiar nele. Depois de meia hora, eu me senti feliz pela Isabel. Mais diferente do que Gary Kurtz, impossível!

O Kirby sugeriu que a gente fosse se sentar na sala e, àquela altura, eu sabia que era porque achava que Isabel estaria mais confortável lá. Quando começamos a andar, ela parou no vão da porta e me chamou.

— E então?

— E então o quê? — Ela fez uma expressão impaciente e eu ri. — Gostei dele, gostei.

— Gostou mesmo, Emi?

Não dá nem para explicar como me senti ao saber que a Isabel se importava com a minha opinião sobre o seu namorado. Foi como se a papisa em pessoa estivesse me consultando a respeito de um encontro às cegas, a fim de se decidir! Fiquei muito comovida. A Isabel é *minha* mentora, embora essa condição nunca seja explicitada e essa palavra nunca seja utilizada. É ela quem me apóia, e não o contrário.

— É claro que gostei dele, quem não gostaria? Mas... — Não resisti e perguntei: — O que aconteceu com "apenas amigos"?

— Mas somos amigos. Nada mais do que isso.

— É mesmo? E você já disse isso para ele?

Ela sorriu ligeiramente, com uma expressão abatida nos olhos.

— Ele está apaixonado por você, Isa.

— Se já esteve, está tudo acabado agora.

— Por quê?

Não respondeu.

— Por quê? Porque teve uma recaída? Bem, se ele é tão...

— Emma, a situação se complicou, isso é tudo. Você entende, não?

— Tudo é complicado, Isabel. Está querendo me dizer que o Kirby só gosta de você quando está esbanjando saúde?

— Não, não é isso que estou querendo dizer. — Pareceu estar chocada. — Você realmente não entende!

Comecei a compreender.

— É você que está evitando.

— Evitando o quê?

— É *você* que está evitando aprofundar a relação, porque está doente. Isso não tem nada a ver com o Kirby. — Que alívio, já que eu tinha acabado de chegar à conclusão de que confiava nele.

A Isabel me olhou, pensativa, considerando o que falei. Meneou a cabeça e voltou a insistir:

— Não, é muito mais complicado do que isso. Sério.

— Bem, se você acha mesmo. Mas é melhor manter a mente aberta, Isa. — Incrível como me meto na vida dos outros após certo estímulo. — Está certo que eu só vi o Kirby uma vez, mas ele não parece ser do tipo que não agüenta complicações. Em outras palavras, não parece ser do tipo que desiste facilmente.

A Isabel fez menção de dizer algo, mas Lee a interrompeu:

— Hora da filmagem! — exclamou alegremente e mostrou a abominável câmera. — Vamos todas para a sala. Henry quer todas nós no sofá.

Ri.

Lee franziu o cenho.

— O que foi?

— Nada não. — Nunca conheci alguém tão alheia ao duplo sentido.

O Henry é muito gente boa mesmo para agüentar isso. Fazer filmes amadores improvisados era uma das diversões mais chatas da Lee. Era ruim o bastante quando ela mesma filmava, mas, quando ela o fazia filmar também, ele provava ser um santo.

Nós quatro nos espremmos no maldito sofá. A Isabel e a Rudy estavam ao meu lado. A Rudy não estava bêbada, mas já parecia meio alta. Posou para a câmera, fez caretas, fingiu meter a língua no meu ouvido. Tentei evitar rir — estava brava com ela —, mas acabei achando graça. Vi o Curtis se movendo entre os convidados que estavam assistindo à cena. Não riu junto com eles, nem mesmo sorriu. Aquilo me ajudou a tomar uma decisão.

Dei uma de idiota e ingênua ao supor que a Rudy não contaria meus segredos para o Curtis. Cresça, Emma. Maridos e esposas contam coisas entre si. O casamento é mais forte do que a amizade, mesmo o casamento com um imbecilizado. Eu já não estava zangada com ela, não ia fazer uma tempestade num copo d'água, nem tocaria no assunto. Era o que ele queria. Que se dane! Eu não ia estragar a minha relação com a Rudy e acabar saindo prejudicada.

Percebi que ele estava olhando. Enquanto nos observava, abracei a Rudy e dei um beijo estalado na sua têmpora. Aqui para você, seu babaca.

Mas não foi uma vitória total. Por causa do Curtis, a partir daquele momento, eu ia ter que policiar o que contaria para Rudy sobre o Mick. Só de pensar nisso, fiquei brava de novo.

— Oi.
— Olá.

Durante toda a noite, eu tinha me sentido como um pássaro circundando o arbusto espinhento de um matagal, incapaz de pousar em virtude dos espinhos. O quintal dos fundos da casa da Lee é um prado vasto e ameno que eu descobrira com minha visão de pássaro, e o Mick estava lá, esperando por mim.

Bem, não sei se ele estava me esperando. Simplesmente se encontrava ali, fumando um cigarro ao lado da cerca — disfarçada com bom gosto sob uma hera-japonesa — que separava a casa dos Patterson da dos vizinhos. Ele não estava só; no fundo do quintal, outros convidados, uns três ou quatro homens e uma mulher, riam, bebiam e fumavam charutos perto de um balanço enferrujado tão velho quanto a casa. Estava quente e nublado, e a lua estava difusa no céu escuro e sem estrelas. Ao contrário da minha vizinhança e da de Mick, a da Lee era tranqüila nas noites de sábado.

— Não lembra nem um pouco os nossos bairros, lembra? — perguntei, e ele sorriu, dando um passo para trás e me convidando a ficar do seu lado no último pedaço cimentado antes do início da grama. Sorri também, mas olhei para baixo para que ele não notasse. A euforia me fez sentir um aperto no peito. Era alarmante a tensão entre nós. Significava que tudo era verdade, tudo o que eu esperava e temia.

— Não sabia que você fumava!

Ele olhou atentamente para a ponta acesa do cigarro.

— Filei este aqui. Eu não fumo. Só uma vez na vida, outra na morte.

— Eu fumo, mas só com a Rudy.

— Quer um? Posso filar um para você.

— Não. — Ri; a tal euforia de novo.

Os insetos voavam em direção à luz do quintal. A alguns metros dali, o cachorro de alguém latiu, de puro tédio. Deu para escutar um avião passando, mas não foi possível vê-lo. Pouco a pouco, apesar de não conversarmos, começamos a relaxar. Estávamos tecendo uma teia ao nosso redor, preparando um casulo. Agimos assim no Murray's, então sabíamos o que tinha de ser feito. Ainda assim, fiquei impressionada. Como foi fácil.

— Estou quase terminando o artigo — comentei. — Só está faltando dar mais uma repassada e checar algumas coisas.

Ele assentiu. Notei que não disse "Que bom!". Quando eu concluísse o artigo para o *Capital* sobre o mundo da arte em Washington, não teria mais desculpas para ligar para o seu ateliê ou ir tomar café com ele e fazer perguntas. Já não haveria uma desculpa legítima para manter contato. Com exceção da amizade. Da amizade secreta, como a Rudy tinha feito a gentileza de ressaltar. O que, de certa forma, não a legitimava.

— Obrigada pela ajuda — agradeci formalmente. — Não conseguiria tê-lo escrito sem você.

— Eu não fiz nada.

— Não é verdade. Eu não ia saber com quem falar e com quem deixar de falar se você não tivesse me dito. Não ia saber nem por onde começar. — O editor do jornal tinha me pedido para relatar a história a partir do ponto de vista de uma pessoa leiga, o que foi ótimo, porque só dessa forma eu teria conseguido escrevê-lo.

— Você é uma repórter — disse Mick. — Teria dado um jeito.

— Por que não diz simplesmente "de nada"?

Ele abaixou a cabeça, sorrindo.

— De nada.

— É claro que eles podem não gostar. Não há garantias. Podem até rejeitá-lo.

— Então, você pode dizer que foi tudo culpa minha.

— Ah, imagine!

Isso foi um pouco falso da minha parte. Eu estava muito satisfeita com o artigo; se eles o rejeitassem, ficaria surpresa. Mas quem sou eu, se não me subestimar? É uma maneira de suavizar a queda, mantendo a esperança num nível intermediário, para que a decepção não doa tanto. Ao menos não em público.

Através das portas fechadas da varanda, víamos a movimentação lenta dos convidados, do bar para a mesa, de um grupo a outro. Suas bocas se moviam, inaudíveis, exceto pelo esporádico som de uma gargalhada. Vi que a esposa do Mick estava conversando animadamente com o Curtis, e minha mente pôs-se logo a fantasiar, imaginando que podiam se apaixonar, deixar os cônjuges e fugir juntos para Ibiza.

— Eu conversei com sua amiga, a Isabel — comentou Mick.

— Mas você já a tinha conhecido. — Aqui mesmo, na verdade, no último jantar oferecido por Lee.

Assentiu.

— Mas a gente nunca tinha batido papo. E foi o que fizemos hoje, um pouco. Gostei muito dela.

— Não há como não gostar dela.

Ele me observou.

— É difícil — disse.

Certa vez, no Murray's, comecei a contar para ele o quanto eu estava assustada e acabei chorando. O que *detesto*, prefiro comer terra a deixar que me vejam chorar. Então, o Mick estava sendo diplomático, mostrando-se solidário, mas sem dizer nada que pudesse desencadear uma reação.

Disse:

— A Lee falou para a Sally da corrente de cura, e a Sally me contou.

— Você participou?

— Participei — assentiu. — E você?

— Claro! Por assim dizer. Onde estava? — Tentei imaginá-lo junto com a Sally, cantarolando em harmonia diante de uma vela.

— No metrô, voltando da aula de desenho. Quando me lembrei, já eram nove e quarenta e cinco.

— O que foi que fez?

— Bem, meditei. O que você fez?

Era bom poder conversar dessa forma. Com a Rudy e a Lee, tive a sensação de que o assunto era íntimo demais, e é óbvio que conversar com a Isabel estava fora de cogitação.

— Bem — comentei —, eu *tentei* meditar, mas não sou muito boa nisso. Como é que você consegue se desligar? Eu começo a pensar em outras coisas.

— Não sei se cheguei a meditar de verdade — disse, tentando me fazer sentir melhor. — Só pensei nela. Fechei os olhos e desejei que melhorasse.

— Foi o que fiz também. *Desejei que ela melhorasse.*

Uma mulher que eu não conhecia abriu a porta da varanda e deu uma espiada na semi-escuridão. Alguém — Lee, na certa — tinha tirado o CD do Henry, dos Drifters, e colocado Stephane Grappelli; o ritmo *staccato* e jazzístico rompeu o silêncio, como quando se passa num colégio na hora do recreio. A mulher sorriu, decidiu não sair e fechou a porta. O silêncio voltou.

Ficamos calados também. Salvo quando tirei os sapatos e o Mick me perguntou se eu queria entrar e me sentar.

— Não — respondi. — Está ótimo aqui. A menos que você queira.

— Não. — Ele me olhou em seguida. Passou os olhos pelo meu corpo. Algo que ele faz o possível para evitar ou ao menos é o que me parece.

Como é possível que alguns homens a olhem e façam com que se sinta a mulher mais sexy do mundo e outros lhe provoquem o ímpeto de meter o salto do sapato nos seus pés? No caso do Mick, eu repentinamente tomei consciência de mim mesma. Uma fantasia insistia em se intrometer nas minhas tentativas incansáveis de jogar conversa fora, uma fantasia em que eu o abraçava. Na ponta dos pés, com os braços sobre seus ombros, apoiada nele. Minha boca ficou seca e esqueci o que ia dizer. Meu traje pareceu irrisório ou íntimo demais. Muito insinuante. Estava mostrando muito o corpo e queria que ele o tomasse. Queria ser sua.

Coloquei a bebida sobre o suporte de plantas de ferro batido. Não era como se eu estivesse flertando com um cara bonito numa festa. O que eu estava sentindo era um desejo ardente que poderia arruinar vidas. O potencial desastroso fez o efeito do entorpecimento passar, como se tivessem me jogado um balde de água fria.

— Em que está trabalhando ultimamente? — perguntei, satisfeita com o tom confiante, não-disparatado.

— Em algo novo. Alguns retratos em aquarela. Por que não vai lá vê-los? — convidou. — Um dia desses? Qualquer dia desses, Emma.

E lá estávamos, no mesmo lugar de antes.

Não me comprometi.

— Seria ótimo. Gostaria muito. Um dia desses.

Ele não me perguntou como andava meu processo criativo, porque muito tempo atrás eu lhe pedira para não perguntar. "Nove entre dez vezes, é a última coisa da qual quero falar", disse-lhe. "O que há para dizer, de qualquer forma? Anda bem, anda mal. Seja como for, é frustrante." Mas, naquele momento, eu tinha um comentário a fazer e, por culpa minha, seria obrigada a tratar do assunto.

— Não estou conseguindo escrever direito — afirmei. Sim, essa franqueza me surpreendeu também. Tão rara! — O texto em que estou trabalhando não está bom. Estou começando a achar que foi um erro sair do jornal.

— Não. Eu não acho que foi.

— Bem... — disse eu, para que ele continuasse. Até agora, tinha dito exatamente o que eu queria ouvir.

— Seja como for, ainda é cedo demais para avaliar. Quanto tempo faz?

— Um mês.

— Não é o bastante.

— Quanto tempo vou levar para descobrir que foi um erro?

— Mas quanto otimismo! — exclamou, sorrindo. — Um ano, no mínimo. Cerca de dois anos.

— Quanto tempo você levou para saber que não tinha cometido um erro?

— Ainda não sei.

— Eu não teria feito isso se... você me inspirou! — comentei, com um sorriso sem graça. — Não teria feito isso se não tivesse conhecido você. Agora, se eu quebrar a cara, posso pôr a culpa em alguém.

— Isso não vai acontecer. Vai se sair bem.

— Acha mesmo?

— Acho. Antes de mais nada, é uma mulher de personalidade forte.

— Às vezes, até forte demais.

— E decidida, além de estar sempre para cima.

Porque estou com você, pensei.

— É cheia de... nem sei qual a palavra certa. É cheia de disposição, e isso atrai as pessoas, as pessoas inteligentes.

Ainda bem que estava escuro, porque fiquei corada.

— Eu daria tudo para que isso fosse verdade — admiti, meio sem fôlego. — Mas ainda nem sei sobre o *que* deveria escrever.

— A inspiração vai chegar. Você quer tudo no mesmo instante.

— Quero, detesto esperar. Será que vou conseguir? No fim vai dar certo? Vou fazer sucesso? Eu quero as respostas *agora*.

— E se as respostas fossem não e você já soubesse? Que diferença ia fazer? — Meneei a cabeça. — No meu caso — disse ele —, eu me dei conta de que tinha de pintar quando vi que era a única coisa que queria, mesmo que não desse certo. Essa foi a prova. Não teve nada a ver com o que as outras pessoas achavam; foi parte do *meu* processo. Sentir que estou melhorando, compreender coisas que antes eram verdadeiros mistérios para mim. Mudar de ares. Seguir em frente.

Assenti o tempo todo. Papos como esse me fazem sentir alegre e inquieta, além de animada e inadequada. Eu os absorvo e deixo para pensar neles depois.

Mas me confirmaram uma coisa, algo de que eu vinha suspeitando há algum tempo. O Mick é mais maduro do que eu.

— Bem, só queria deixar claro que, se não tivesse conhecido você, provavelmente não teria largado o emprego — eu disse. Achava que era um tremendo risco. Você deve ter passado pela mesma situação e eu nem tinha me tocado. Mas agora a ficha caiu e o admiro por isso.

O Mick abaixou a cabeça; eu só conseguia ver a parte de cima. Meteu a mão no bolso de trás da calça e por um longo instante pensei que ia pegar seu lenço, por estar chorando. Eu me senti uma verdadeira idiota, mas fiquei aliviada quando puxou a carteira e perguntou:

— Quer ver uma foto do Jay?

Seu filho era lindo, claro. O que mais poderia ser? Louro, com maçãs do rosto rosadas e um sorriso ao mesmo tempo de anjo e de traquinas.

— Ele se parece com você — julguei. — Mas não sei por quê. Nenhum dos seus traços...

— Não. Todo mundo sempre diz que se parece com a Sally.

— Sim, mas tem alguma coisa, alguma coisa... — O Jay estava fazendo um boneco de neve com o pai no jardim. Reconheci a casinha cinza geminada nos fundos porque, Deus que me perdoe, passei por lá de carro um dia. De propósito. Quis ver onde o Mick morava, quis preencher aquela lacuna inofensiva. Na foto, o Jay estava com tanta roupa — macacão azul acolchoado, cachecol, um gorro com orelheiras, luvas de lã encharcadas, botas amarelas reforçadas — que parecia estar imobilizado, entalado ao lado de três montinhos de neve empilhados. Minha mãe tirou uma foto minha no mesmo cenário, uma pose clássica da criançada; estou segurando a corda do meu trenó e um garotinho que vivia ali perto está atrás de mim, mais alto, mais velho, com olhar sapeca. Mas não me lembro da ocasião, nem das circunstâncias. Será que o Jay vai olhar para esta foto um dia sem se lembrar de nada relacionado a ela?

— Ah, Mick, ele é lindo. Tem seis anos?

— Cinco e meio, vai fazer seis em dezembro.

— Você sempre quis ter filhos?

— Na verdade, não. O Jay foi... uma surpresa. — Olhei-o. Seu semblante estava sério, fechado. Estava medindo as palavras com cuidado. — Nunca pensei que a vida de outra pessoa pudesse significar mais para mim do que a minha própria. Acho que o Jay é feliz. Acho que é. Mas tenho medo da sua inocência. Quero protegê-lo e sei que não posso. — Falou ainda mais baixo: — Emma, eu seria incapaz de fazer algo que magoasse o Jay. Por mais que eu quisesse. Por mais que...

Não terminou a frase. Devolvi a foto para ele, sem ter o que dizer. Captei a mensagem.

Foi um verdadeiro alívio. Como uma criança, funciono melhor se alguém estabelece limites. Agora que conhecia as regras, ia segui-las ao pé da letra. *Onde é que eu estava com a cabeça?*, eu já estava me perguntando.

Ouvimos o barulho da porta do quintal se abrindo e nos viramos, sem qualquer peso na consciência. A Sally veio até nós, seguida da Lee. O Mick pareceu esperar até a esposa estar a seu lado para guardar a foto do filho na carteira. Mais uma demonstração de consciência limpa.

Conversamos — as mulheres. O Mick ficou quieto. Eu estava entorpecida e desnorteada, com o pensamento longe dali. A Lee comentou que a Sally queria que eu conhecesse um cara do escritório dela. Advogado, quarentão, separado, prestava assessoria jurídica.

— Emi, não vá recusar sem pensar, porque parece que ele é muito legal, é...

— Está bem.

Lee pestanejou.

— Hã?

— Obrigada, Sally. Pode dar para ele o meu telefone. Diga que pode me ligar.

A Sally pareceu ter ficado tão surpresa quanto a Lee. Minha reputação me precedia.

— Vou dar sim — disse ela. Segurou o braço do Mick com ambas as mãos e se inclinou sobre ele, apoiando a cabeça em seu ombro. Mensagem de esposa: *Vamos logo, querido, estou cansada.*

Cometi o erro de olhá-lo. Eu queria saber de quanto sofrimento eu teria me poupado se ele tivesse desviado o olhar naquele momento ou se ele tivesse escondido o que sentia, ou mesmo se a iluminação estivesse fraca. Mas estava forte o bastante, e o Mick não é tão bom quanto eu no quesito dissimulação. Vi toda a sua dor, e era grande, e intensa, e mortificante. O tempo todo eu estivera reprimindo meu amor por ele. A ilusão de que eu tinha escolha se esvaiu.

Duas lições importantes que eu teria dispensado: não posso ficar com ele e estamos apaixonados.

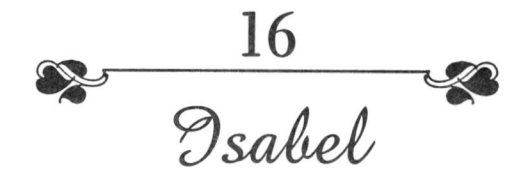

16

Isabel

A primavera é minha estação favorita, e maio, meu mês favorito. Adoro a inocência, o frescor, o otimismo sincero que ele traz após as incertezas de abril. Porém, não sei dizer se, por ironia do destino ou por pura má sorte, a pior experiência de minha vida se desenrolou justamente no alegre e afável mês de maio.

A terapia antiestrogênica não deu certo. Considerando meu histórico clínico, o dr. Searle não tivera muitas esperanças desde o início, mas ambos queríamos, por motivos diferentes, adiar ao máximo a quimioterapia. Eu já a tinha feito antes e por isso a temia. Não só não evitara minha recaída, como também me deixara mais doente do que nunca na época.

Mas eu não fazia idéia do que era ficar doente. O coquetel formulado pelo dr. Searle é diferente do que eu tomei na última vez. Chama-se CAF — Citoxan, Adriamicina e 5-fluorouracil — e, se não me matar primeiro, já posso quase sentir pena de minhas pobres células cancerosas.

Kirby quis ir comigo no primeiro tratamento, mas eu o dissuadi; disse-lhe que já tinha passado por isso antes e que sabia o que esperar. De qualquer forma — não lhe contei isso —, se houvesse problemas, começariam mais tarde, cerca de sete a dez horas após as infusões.

Minha consulta era à uma e meia. Mas, ao meio-dia e quinze Lee bateu à porta.

— Tirei a tarde de folga para ir com você — afirmou. Eu sabia, antes mesmo de tentar, que, ao contrário de Kirby, Lee não iria mudar de idéia e acertei em cheio. Mas devo confessar que, por trás da fachada de exasperação, senti um enorme alívio.

O médico já me tinha dado o receituário das quimioterapias, mas era preciso lidar com a parte burocrática antes de iniciar o tratamento: preencher a papelada, conhecer a enfermeira, checar os sinais vitais, fazer uma contagem de células sanguíneas e aguardar a preparação dos medicamentos. Só fui me sentar na poltrona confortável, familiar demais, em meu cubiculozinho particular, um pouco depois das três. Lee se sentou em um tamborete duro ao meu lado, conversando. Sabe-se lá sobre o quê, eu estava tensa demais para prestar atenção. Acho que nem mesmo ela tinha idéia, porque estava mais nervosa do que eu. Mas podia ter-lhe dito que, relativamente falando, receber a quimioterapia não era nada. Era *depois* que a diversão começava.

A equipe tinha mudado nesses dois anos; eu não conhecia Dorothy, a enfermeira morena, bonita e pequenina que entrou cheia de energia, sorridente e eficiente, com a bandeja de medicamentos.

— Trouxe sua amiga, hein? Isso é bom — disse com um agradável sotaque inglês, enquanto dava uns tapinhas à altura de meu cotovelo em busca de uma veia. A picada foi rápida e suave. Ainda bem, pensei, que ela é boa nisso. Algumas são terríveis!

— Qual o conteúdo desta? — perguntou Lee, observando a seringa vermelho-escura que a enfermeira Dorothy estava incorporando ao cateter.

— Adriamicina. Esta é a substância que provoca queda de cabelo, querida. — Ela me olhou, o semblante dócil como o de uma mãe. Sua comiseração era real, quase excessiva. Meus nervos estavam à flor da pele e nada no mundo me fazia sentir mais pena de mim mesma do que a quimioterapia. Creio que, se Lee não estivesse ali comigo, eu teria caído em prantos. Porém, como sempre me sinto obrigada a animar as pessoas bondosas que tentam me colocar para cima, disse uma piadinha sem graça:

— Cabeluda hoje, careca amanhã — e fechei os olhos, enquanto Dorothy monitorava a infusão lenta e constante do medicamento em minha veia.

O Citoxan foi o próximo, gota a gota. Eu já o conhecia; estava preparada para o seu efeito colateral desconcertante e instantâneo, para a impressão de ter acabado de comer mostarda indiana, para a sinusite imediata e sua sensação de gelo e dilatação. O 5-FU foi o último, e depois a enfermeira retirou o cateter e pediu que eu continuasse ali, pois voltaria em seguida, a fim de checar meus sinais vitais e me dar orientações derradeiras sobre os efeitos colaterais.

Fechei os olhos, melancolicamente atenta a cada sensação, tentando avaliar o que sentia. Nada de mais — ainda estava cedo. Lee se calara. Pensei que recomeçaria a falar, quando a escutei aproximar mais o tamborete de mim. Em vez disso, ela pousou a mão, que estava meio trêmula, na minha.

— Vamos fazer um trabalho de visualização — sussurrou. — Vamos imaginar a quimioterapia exterminando as células cancerígenas. Você topa?

Não sei que forma a visualização dela assumiu, mas a minha me fez sorrir.

— Qual é a graça? — perguntou-me, mas só meneei a cabeça. Não me pareceu que ela a acharia tão encantadora como eu: Lee em uma plataforma, vestida como gladiadora, trajando uma malha com a bandeira dos Estados Unidos e destruindo, com o auxílio de uma espada gigante de isopor, as terríveis células cancerígenas, uma a uma.

— Eu e o Henry estamos brigando muito — contou-me Lee durante um jantar em um restaurante espanhol próximo ao meu apartamento. Eu estava faminta; fiquei observando-a separar no canto do prato pedaços de vieira e camarão, que retirava do arroz de açafrão. Apesar da fome, pedi apenas uma sopa de lentilha e uma salada pequena; ainda assim, achei que seria muito.

— Por que estão brigando?

— Por qualquer motivo. Tudo o que ele diz e faz me deixa furiosa. Não consigo evitar.

— Está estressada. Ambos estão...

— Sei disso. Eu disse a ele ontem à noite que tinha de parar de beber, e nós não nos falamos desde então.

— Parar de beber? Mas o Henry não bebe muito, bebe? O *Henry*?

— Às vezes, ele toma uma cerveja depois do trabalho. O álcool afeta o sêmen, Isabel, já se sabe disso. Acho que não é pedir muito. Sou *eu* que estou fazendo tudo. Ele só tem que... que... gozar num recipiente de vez em quando, enquanto eu tenho que... fazer todo o resto... — Ela deixou o garfo cair no prato e cobriu a face com as mãos.

— Lee, ah, minha querida... — Fiquei tão surpresa que tudo o que pude fazer foi segurar seu braço.

— Sinto muito. — Revirou a bolsa em busca de um lenço. — Tive um dia horrível. — Olhou-me, a face rubra. — Fiquei menstruada. — Sussurrou e debulhou-se em lágrimas.

— Essa não. Ah, lamento!

— Não sei o que está havendo comigo. Desculpe contar tudo isso para você neste momento, mas...

— Não tem problema.

— Mas não consigo evitar. Já não sou *a mesma* ultimamente, não consigo controlar minhas emoções e só quero chorar e chorar e *soltar* os cachorros. Estou morrendo de medo, Isabel, morrendo de medo de não conseguir engravidar, e se isso acontecer... — Ela levou as mãos ao pescoço, olhando ao redor, assustada, temendo que alguém pudesse tê-la ouvido.

— Mas há outras alternativas, não há? Caso a inseminação não dê certo...

— Há um *milhão* de alternativas. *In vitro*, transferências intra-falopianas de zigotos e de gametas, algo chamado ICSI, maternidade de aluguel... estamos apenas engatinhando, e tudo demora um século e custa uma fortuna. O Henry vive perguntando "Como é que as pessoas *sem grana* fazem?" e eu sei que ele está aborrecido com o custo exorbitante, mas é o *meu* dinheiro, e, quando eu digo isso, ele fica bravo e magoado. Ah, meu Deus!

Jamais a vira assim antes. Emma e Rudy fazem piadas carinhosas a respeito de sua autoconfiança, de sua racionalidade, de sua tendência a ver as coisas em preto-e-branco e a não perder tempo com sutilezas — mas a verdade é que ela pode ser tão emotiva como qualquer uma de nós. Sua opinião sobre quais sentimentos podem ser explicitados é estrita e antiquada, e é exatamente por isso que a explosão daquela noite foi tão insólita.

Ela se recuperou logo e então não parou de pedir desculpas. Eu ainda queria tratar daquele assunto, pedir-lhe que concluísse a frase em que disse "Se isso acontecer...". Mas o momento e o local não eram apropriados.

Quando terminamos a refeição, ela insistiu em ir para casa comigo.

— Você pode passar mal, Isabel, e é bom ter alguém ao seu lado.

Protestei, sabendo que não adiantaria, mas senti, de novo, um alívio por dentro. Provavelmente passaria mal — na verdade, já estava contando com isso —, porém disse-lhe que não havia nada que ela pudesse fazer.

— De qualquer forma, e o Henry? É melhor você ir para casa, Lee, afinal, é noite de sexta-feira.

— E daí? Henry pode ficar sozinho. Vou ligar para ele e avisar que vou chegar mais tarde, não se preocupe.

Sua forma de punir o marido por se sentir péssima. Seria bom se todos os casais conseguissem brigar dessa forma tão inofensiva, pensei, lembrando-me de Gary e eu.

Em casa, apesar de serem apenas oito da noite, tirei a roupa e fui me deitar. Provavelmente não dormiria, mas ao menos poderia relaxar por algumas horas antes de passar mal — *se é que* passaria mal; eu estava tentando ser otimista. Comecei a me sentir indisposta.

— Como está se sentindo? — perguntou Lee, debruçando-se sobre mim, endireitando o lençol sobre o cobertor. Ajeitando-me.

— É difícil descrever. Meio quente, e minha pele parece estar se retesando. Estou me sentindo estranha. Parece que há um zumbido.

Sentou-se na ponta da cama.

— Não está com febre — observou, pousando a mão em minha testa. — Não se preocupe, Isabel, vou ficar com você. Vamos superar isso.

— Claro que vamos. — Queria dizer a Lee que ela teria sido — seria — uma mãe maravilhosa, mas achei que acabaríamos chorando.

— Você quer água?

— Quero. Quero sim. Eu me esqueci, tenho mesmo que beber muita água.

— Faz sentido. Não quer que o veneno permaneça mais do que o necessário em seu organismo — disse pragmaticamente e levantou-se. — Quer que apague a luz?

— Apague sim, por favor.

— Está bem. Vou trazer sua água, e aí você deve tentar dormir.

— O que vai fazer?

— Vou meditar um pouco. Posso ligar a televisão com o volume baixo?

— Claro!

— Está certo, então. Boa-noite, Isabel.

— Boa-noite. Obrigada por tudo.

Soprou-me um beijo da porta.

Alguns minutos depois, eu a escutei conversando baixinho ao telefone. Com Henry, supus. Tomara que tenham feito as pazes. Quis escutar, ver a quantas andava a reconciliação pelo rumo da conversa, mas devo ter cochilado. Acordei surpresa com o telefone tocando.

Lee atendeu imediatamente, antes que eu pudesse me levantar.

— Ela está bem — escutei-a dizer em um tom de voz formal e cortante, quase indelicado, o que me fez ter certeza de que estava falando com Kirby. Minutos depois, senti uma onda de náuseas.

Levantei-me atordoada. O banheiro era contíguo ao quarto, logo após um corredor curto e estreito. Ficava a apenas uns dez ou doze passos, não mais do que isso, mas não consegui chegar lá.

Vomitei no tapete do corredor, no piso de ladrilho cor-de-rosa e no tapete redondo diante da pia. Um jato. Tudo o que eu comera — café da manhã, almoço, jantar e uma grande quantidade de bile escura e espessa — saíra como um gêiser, totalmente incontrolável. Apoiei-me no vaso sanitário, ainda com ânsia de vômito e tossindo, e Lee, abraçando-me pela cintura, disse:

— Isso. Vai passar.

— Caramba — comentei quando pude. — Não limpe nada... eu limpo, só que...

— Psiu, Isabel. Já terminou?

Não. Vomitei novamente, segurando a barriga, regurgitando até não sobrar mais nada. Porém, quando tentei lavar a boca na pia, senti-me enjoada mais uma vez e voltei ao vaso sanitário.

Por fim, Lee me ajudou a voltar para a cama, onde me deitei, molhada de suor, e a escutei lavar o tapete e limpar o piso. O cheiro de desinfetante embrulhou-me o estômago. Ela quase não teve tempo de sair do caminho antes de eu vomitar no vaso sanitário limpíssimo.

Não parava.

— Como é possível? Não pode haver mais nada! — E finalmente não havia mais nada; porém, isso não evitou as náuseas.

— Vou ligar para o médico — ameaçava Lee, mas eu lhe dizia que não havia motivo, já que eu tomara o remédio antienjôo.

— É assim mesmo, é isso o que acontece, ele não pode fazer nada. — Mas esta vez fora pior do que a experiência anterior. Devia ser por causa da adriamicina, o novo medicamento do coquetel. Voltei engatinhando para a cama e tentei descansar, só que não consegui; foi-me impossível encontrar uma posição na qual me sentisse confortável por mais de alguns segundos. Meus músculos abdominais estavam sensíveis e doloridos, meus nervos estavam à flor da pele. Lee queria que eu tomasse água, mas não pude... só de pensar, senti náuseas.

Alguém bateu à porta. Olhei para o relógio: meia-noite e vinte. Lee correu para atender, e dali a pouco ouvi a voz baixa e grave de Kirby fazendo perguntas solícitas. Virei a cabeça para o travesseiro, tolamente mortificada. É claro que ele me ouvira; era como se tivéssemos banheiros interligados, pois a parede que separava os nossos era o mesmo que nada. Não lamentei quando Lee o despachou.

— Está certo, eu ligo para você, mas não há nada que possa fazer. Obrigada, de qualquer forma. — Ela fechou a porta com firmeza.

Desejei nunca ter tido aquele interlúdio meio romântico e infrutífero em dezembro, desejei nunca ter sido beijada por ele, nunca ter escutado aquelas palavras apaixonadas. Dessa forma, a evidente ausência de uma continuidade não seria tão embaraçosa para nós dois. Emma não estava de todo errada quando afirmara que eu não tinha permitido que a relação seguisse adiante. Mas tampouco estava de todo certa. Depois que contei ao Kirby o novo diagnóstico, ele sumiu, não me ligou, não me visitou por seis dias. Um período longo para nós, que nos víamos todos os dias. Quando reapareceu, comportou-se como se nada houvesse acontecido e, desde então, tem sido a bondade em pessoa, um exemplo de comiseração e amizade altruísta. Obviamente, o que o motivava era a integridade, e não o "amor", e eu não o culpava. Perdera a esposa e os filhos cedo, de forma trágica. Teria de ser louco, teria de ser doentio e autodestrutivo ao optar pela intimidade com uma mulher na minha situação. Não, não, não, não o culpava, mas odiava lamentar mais essa perda.

Quando me tornei o tipo de pessoa que coloca *amor* entre aspas?

— Vá para casa — pedi a Lee por volta de uma da manhã. — Creio que já está passando. — Mentira; eu estava corada, sentindo ondas de calor e calafrios devido ao mal-estar. Estava exausta, mas não conseguia ficar quieta.

— Já liguei para Henry para avisar que vou dormir aqui. Só queria poder fazer alguma coisa. Quer que eu faça uma massagem em suas costas?

Meneei a cabeça.

— Não, obrigada. Não quero nada me tocando.

— Que tal uma música relaxante? Para fazê-la espairecer?

— Não sei. Melhor não.

— Bem, podemos tentar. Está bem?

Respondi que sim, para satisfazê-la.

— Terry me enviou um CD de Glenn Gould interpretando os *intermezzos* de Brahms. Pode colocá-lo.

Foi o que fez e, logo depois, fui correndo para o banheiro.

— Desligue, oh, meu Deus, não o estrague. — Eu estava chorando de fraqueza e frustração, temendo, naquele momento, que aquela náusea miserável me fizesse odiar algo tão bonito, algo que eu tanto adorava. — Ah, tire o CD, Lee, tire, tire...

Parecia assustada quando voltei ao quarto e me sentei gentilmente ao seu lado.

— Acho que deveríamos ligar para o médico — repetiu. — Isso não pode ser normal.

— Não é. Essa é a idéia. É veneno. — Dobrei as pernas, aproximando-as do estômago dolorido, e abracei-as. — Todo esse processo me faz pensar nele dissolvendo o câncer. Como ácido.

— Mas é demais. Deixe-me ligar, Isabel, e perguntar.

— Não precisa, estou falando para você. É assim mesmo que atua.

— Deixe-me *ligar*.

— Está bem, ligue. — Estava fraca demais para continuar discutindo.

Ela se levantou e telefonou. Ouvi-a sussurrando ao telefone, mas não escutei, não dei muita importância.

— Eu deixei recado no serviço de mensagens dizendo que era urgente — anunciou, satisfeita, da porta. — O médico vai entrar em contato.

Soltei um gemido. Ao menos uma de nós se sentia melhor.

Após alguns instantes, o telefone tocou.

— Ele vai enviar uma receita para a farmácia vinte e quatro horas de Columbia — informou Lee, após outra conversa em voz baixa. — Vou buscar a medicação. Não tem problema você ficar sozinha nos próximos vinte minutos, tem? Vou...

— Você não vai dirigir até a farmácia de madrugada! — O esforço para falar provocou uma nova onda de enjôo.

— Não seja boba. Eu vou...

Sentei-me.

— Não, Lee, estou falando sério. Não deixo.

Ela não riu. Para o bem dela. Fitou-me inquisidoramente por alguns instantes.

— Está certo. Então vou ligar para o Kirby e ele pode ir até lá.

Eu disse que não e comecei a praguejar, mas ela se limitou a arquear a sobrancelha e esperar até eu me deitar, gemendo.

Foi assim que, às três da manhã, eu me achei deitada no sofá da sala, com um cobertor, escutando a conversa educada entre Lee e Kirby e começando a me sentir um pouco melhor. Os intervalos entre os vômitos duravam agora trinta minutos e eu já não me sentia febril. No entanto, ainda não conseguia tomar água, e minha reação à sugestão inocente, não repetida, de Kirby, de que eu comesse um biscoito salgado foi previsível. Lee fez chá; sorveram-no calmamente e comeram disfarçadamente alguma coisa, creio que um biscoito recheado, quando eu não estava olhando. Mas, no que diz respeito ao mal-estar, aquela noite foi a pior possível; ainda assim, por incrível que pareça, não senti necessidade de me enfiar em um canto para passar mal sozinha; não tive o menor interesse de bancar a virtuosa e não sobrecarregar ninguém. Na verdade, estava louca para ter companhia.

Kirby sentou-se no chão como um iogue, com as pernas cruzadas e os pulsos repousando de forma elegante sobre os joelhos. Ao lado dele, na poltrona, Lee bocejou sem cobrir a boca, um deslize grave para ela, e um sinal garantido de cansaço.

— Há quanto tempo mora em Washington? Kirby... é seu nome ou sobrenome?

— Sobrenome. Desde 1980. Minha esposa e eu viemos de Pittsburgh.

— Ah, Pittsburgh, tenho amigos lá. Conhece os Newman? Mark e Patti?

Kirby negou.

— Então você é *de* Pittsburgh? — perguntou Lee.

— Não, nasci no norte de Nova York. E você?

— A minha família é de Boston.

— Ah.

Pausa.

— Como conheceu Isabel? — perguntou ele, amigável.

— Nós morávamos a dois quarteirões uma da outra em Chevy Chase. Isso foi quando ela era casada com Gary. Conheci seu filho, Terry, primeiro. Numa noite de Halloween.

Sorri levemente ao lembrar.

— Quando vi Isabel pela primeira vez, ela estava conversando com uma mendiga que acampava na esquina do nosso prédio — disse Kirby. — A mulher estava sentada na calçada, com tudo o que possuía empilhado ao seu lado, e Isabel estava acocorada à sua frente para que pudessem se olhar nos olhos. Isabel estava com uma saia verde-escura, uma blusa azul-clara e sandálias baixas. A mendiga falava mais do que ela. Riram juntas algumas vezes. Isabel não deu dinheiro a ela, mas, quando a conversa terminou, deu uma apertada em seu tênis. Suavemente. Esse gesto me pareceu... adorável.

Virei-me para fitá-lo.

— Na segunda vez que a vi — continuou com o mesmo tom baixo e trivial —, ela sentou-se ao meu lado no ônibus 42. No começo, não a reconheci, achei que poderia ser a mulher que conversara tão amavelmente com a mendiga, mas não tive certeza. Naquele dia, ela estava de calça e suéter marrom. E de botas. Carregava um monte de livros, livros didáticos, mas não consegui ler os títulos. Os dedos estavam sujos de tinta. Na rua F, tirou um CD player da bolsa e colocou os fones. Eu a observei com o canto dos olhos. Seu semblante se suavizou e ela sorriu. Levemente. As mãos relaxaram sobre a perna. Mal se escutava a música; por mais que eu me esforçasse, não conseguia ouvi-la. Eu já tinha chegado à conclusão de que ela era perfeita e, ainda assim, eu estava com medo de ela estar ouvindo algum grupo de rock pesado, tal como o Megadeath. Imagine o meu alívio quando, em Dupont Circle, ela abriu o aparelho para trocar de CD e reparei que tinha escutado uma sinfonia de Mozart. Em sol menor.

— Nossa! — exclamou Lee debilmente.

— Ela desceu do ônibus no meu ponto e caminhou pela rua Ontário, indo em direção à Euclid. Eu fui atrás. Quando ela subiu os degraus deste prédio e abriu a porta da frente, eu me perguntei se estava vendo coisas. Uma fantasia que se tornou realidade. Ela me viu, pela primeira vez, já dentro do elevador e segurou a porta para mim. Subimos até o andar dela em silêncio. Tudo o que me vinha à cabeça para lhe dizer me soava... frívolo. Inadequado para a ocasião. A porta se abriu e então eu fiz algum comentário, não lembro mais sobre o quê, já bloqueei, e então ela me disse o seu nome. E eu o meu. Quando a campainha do elevador soou, deixando claro que a porta estava aberta havia muito tempo, Isabel deu um passo para trás e se despediu com um tchau e um aceno.

Parou de falar. A história tinha terminado. Ele não me olhou, mas Lee sim, com olhos arregalados e fascinados.

Sentei-me. *Devagar*, pensei. Não sabia o que dizer, mas algum comentário se fazia necessário. Porém, apesar de meu esforço, eu me movera rápido demais. O pior aconteceu — senti o estômago embrulhar sem mais nem menos e só tive tempo de sussurrar:

— Não é nada pessoal... sério... — disse antes de jogar o cobertor e correr enlouquecida e sem o mínimo de dignidade para o banheiro.

Quando voltei, Kirby e Lee estavam conversando e rindo com muito entusiasmo sobre um outro assunto, totalmente neutro. O momento carregado havia passado e, claro, foi um alívio — apesar disso, um lado meu, sensível e fora de uso, queria tratar dele de novo, não importando o quão embaraçoso fosse. Deitei-me de lado e observei Kirby, examinei seu rosto estreito, a pele fina e pálida que lhe cobria as feições ossudas, os olhos castanhos semicerrados e meio fundos. Escutei-o contar uma história sobre sua filha, Julie, que falecera quando tinha doze anos. À medida que ele falava, vi como, vagarosa e pacientemente, decerto sem se dar conta, foi fazendo Lee passar de crítica desconfiada e ciumenta a amiga. Meus olhos ficaram embaçados, pestanejei e cochilei.

Amanheceu.

— Vocês dois, vão para casa!

Kirby caíra no sono no chão. Lee, na cadeira. Eu me encolhi debaixo das cobertas, com calafrios; já não sentia calor, estava morrendo de frio.

— Você quer tomar chá agora? — perguntou Lee, levantando-se atordoada, espreguiçando-se.

Consegui tomar. Um milagre. Sorvemos o chá e não conversamos. Não sei qual de nós estava com a aparência pior; provavelmente eu, mas não ia me olhar no espelho.

— Que noite! — Usei ambas as mãos para coçar a cabeça. — Estou sentindo coceiras no couro cabeludo — expliquei, então congelei. Olharam-me sem entender. Afastei as mãos. — Adriamicina — disse, tentando rir. — Todos os que a tomam ficam totalmente calvos. Sem exceção. Vou ficar careca daqui a duas semanas.

— Ah, Isa. — Lee se aproximou e se sentou ao meu lado, abraçou-me e me deu um beijo na cabeça. Retesei-me, sentindo que ia começar a chorar. Teria sido uma boa forma de desabafar se Kirby não estivesse ali.

— Por que você mesma não o corta? — perguntou ele.

Eu o fitei.

— Como?

— *Isso!* — Lee se sentou. — Corte-o antes que comece a cair.

— Cortá-lo eu mesma? — Toquei meus cabelos sedosos e ondulados com as pontas dos dedos. — O quê? Agora?

— Mostre quem é que manda — afirmou Lee, com um ânimo implacável nos olhos. — Mande essa doença se danar antes que ela a mande.

— Posso raspá-los para você — disse Kirby calmamente, observando-me. — Com o meu barbeador elétrico. Poderíamos fazer isso agora, nós três.

Então deixei as lágrimas caírem, mas não por muito tempo. Chorei pelas perdas que eu iria sofrer, pelo amor de meus amigos e porque, às vezes, a bondade é tão devastadora quanto a crueldade. E também chorei — um pouco — pelos meus cabelos.

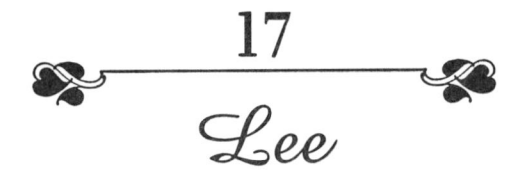

17
Lee

Como nosso grupo comemorou mais aniversários (quatro) em Neap Tide — a casa de praia de minha família em Outer Banks — do que em qualquer outro lugar, decidir onde celebraríamos o décimo foi simples. Saímos na sexta-feira pela manhã, mais tarde do que o planejado, porque Rudy teve dificuldades para pegar emprestado o carro de Curtis. Depois, acabamos demorando um século para chegar, porque Rudy e Emma tinham de parar o tempo todo para ir ao banheiro. Elas negaram, mas não descarto a possibilidade de elas terem compartilhado um cantil no banco da frente.

— Vocês duas não estão bebendo, estão? — perguntei, após a terceira parada rápida. Emma virou-se e olhou-me como se eu tivesse enlouquecido. Então, sei lá! Só sei que, à medida que o tempo passava, foram falando mais alto, rindo à toa e entoando as canções dos CDs que Rudy levara: músicas antigas de rock, das quais nunca fui fã, e músicas country ainda piores, cantadas por Tammy Wynette e Dolly Parton e sabe lá Deus por quem mais. Por fim, tive de dizer-lhes que Isabel estava tentando dormir — o que era verdade. Ela tirava uma soneca toda tarde agora que estava em tratamento quimioterápico, e Rudy e Emma não seriam imaturas a ponto de desrespeitar isso.

Neap Tide é, na verdade, Neap Tide II, já que Neap Tide I foi tão castigada pelas tempestades durante o furacão Emily que teve de ser reconstruída. A nova casa de praia é maior e mais confortável — com ventiladores de teto, uma varanda adicional no andar de cima e eletrodomésticos novos — embora, de modo geral, tenha se mantido tão simples e aconchegante quanto a original. Em outras palavras, nem um pouco parecida com as mansões de meio milhão de dólares que estão construindo à beira-mar ultimamente. Eu e Henry costumamos vir duas vezes por ano; creio que meus pais vêm uma vez a cada dois anos; meus irmãos, nunca, pois preferem Cape Cod. No resto da temporada, minha família aluga a casa para turistas.

Estávamos exaustas quando Rudy finalmente ultrapassou a cerca da longa e desgastada entrada da casa. Emma foi olhar o mar imediatamente, enquanto Rudy e eu subíamos os dois lances da escada externa com a nossa bagagem (e com a dela) e decidíamos onde dormiríamos. Sugeri que eu e Isabel ficássemos em quartos separados e Rudy e Emma dividissem o terceiro quarto. Ninguém se opôs. Depois que Emma voltou e todas desfizeram as malas, fomos para a cozinha, a fim de organizar (mais uma vez por sugestão minha) a divisão de tarefas, refeições e outros assuntos domésticos. Foi então que tivemos nossa primeira briga.

Não foi bem uma briga — eu não deveria dizer isso. Nosso primeiro momento de estresse. Eu estava explicando por que seria mais lógico comermos ali mesmo naquela noite e sairmos para jantar no dia seguinte (estávamos cansadas de dirigir e tínhamos filés prontos para grelhar) e também sugerindo algumas tarefas que pareciam mais apropriadas para umas do que para outras (Emma, por exemplo, cozinha bem, mas é muito bagunceira; já Rudy é um pouco menos criativa, mas organiza tudo, à medida que vai preparando a comida), quando Emma, que já tinha aberto uma cerveja e tomado metade, levantou-se e bateu continência.

— Senhor! — bradou, tal qual uma fuzileira naval.

Bem, como estou acostumada com seu sarcasmo não muito disfarçado, deixei passar. Mas, alguns minutos depois, quando eu tentava organizar turnos de limpeza para as áreas comuns, a sala de estar e a de jantar, a cozinha e as varandas — e não peço desculpas por isso, *não* quis dar uma de autoritária, mas *alguém* precisa tratar disso logo no início, para evitar mal-entendidos depois —, Emma fez uma piada. À meia-voz, e supostamente só para si mesma, mas todas escutamos. Fazia referência à minha vida sexual. E a quem a "dominava", eu ou Henry.

Virei o rosto. Fez-se silêncio, até que Isabel disse, muito delicadamente:

— Emma! — Não sei se foi a piada de Emma ou o tom gentil de censura de Isabel, mas, por algum motivo, comecei a chorar.

E não consegui parar. Quis virar as costas para todas, mas Isabel me impediu. Sentei-me à mesa da cozinha e cobri o rosto.

Emma ajoelhou-se ao meu lado.

— Lee, sinto muito, sinto muito mesmo — disse, com a voz realmente assustada. E Isabel ficou atrás de mim, fazendo carinho em meus cabelos. Rudy trouxe-me um copo d'água.

Senti-me constrangida.

— São os medicamentos para fertilidade — contei-lhes. — Estou tomando Clomid, o que provoca essa flutuação de humor. Não consigo evitar.

— Não, a culpa é minha — comentou Emma. — Foi um comentário infeliz. Lee, por favor, não me leve a sério.

— Não, sou eu. Não está dando certo, não consigo engravidar e me sinto uma idiota. Esperei muito, estou com quarenta e um anos! A culpa é minha e não estou agüentando!

— Não é culpa sua — salientou Rudy. — É o sêmen de Henry.

— Pode não ser. O médico disse que poderia haver algum outro problema, pois eu já deveria ter engravidado a essa altura do campeonato. Creio que ele acha que sou eu. E sinceramente acho que o Henry ficou *contente* ao saber disso! Porque não se trata mais só dele.

— Tentei parar de chorar, porque vi que as estava assustando, mas não consegui. Tampouco consegui parar de falar. — O que foi que eu fiz? Foi alguma atitude minha? Será que isto está acontecendo porque fui muito promíscua quando era mais jovem? Porque uma vez dormi com um homem na noite em que o conheci? — exclamei impetuosamente, fazendo Emma e Rudy rirem; até mesmo Isabel sorriu. — Posso ter pegado uma infecção sem nem ter me dado conta. E coloquei o DIU aos trinta, para ter relações sem me *preocupar*, e agora *seus* efeitos colaterais são conhecidos!

— Lee, isso não é...

— Se ao menos eu não tivesse esperado tanto, mas não, eu tinha que ter tudo perfeito, a carreira, a casa, o marido... Por que não me casei quando tinha vinte? Ah, meu Deus, é que sempre soube o que queria, sempre planejei e trabalhei para concretizar tudo, e sempre consegui me realizar. E agora nada está dando certo. É como se eu estivesse paralisada. Não consigo fazer nada, não consigo encontrar uma solução. — Mais lágrimas. Estava constrangida demais para falar.

Rudy puxara uma cadeira para se sentar perto de mim.

— E deve ser difícil à beça para você — comentou — trabalhar com todas aquelas crianças. Sabe, dentre todas as áreas que poderia escolher.

— É — concordei, feliz por alguém ter por fim dito isso em alto e bom som. Talvez fosse óbvio demais, mas, por algum motivo, ninguém mencionara antes que o fato de eu ser diretora de uma creche era uma ironia cruel, uma peça que a vida estava me pregando por nenhuma outra razão além de maldade. — É *terrível*. Não sei se vou poder continuar lá. Dói muito.

— Pobre Lee. — Emma abraçou minhas pernas.

— É demais, é uma tortura constante, mas o que mais posso fazer? Posso dar consultoria, escrever artigos, talvez até um livro didático... Mas ainda assim...

— Ainda assim, lidando com crianças — completou Rudy. — O tempo todo.

— É verdade, mas, de qualquer forma, que diferença faz? Mesmo que fosse bancária, veria bebês em carrinhos, bebês sendo amamentados no banheiro em Nordstrom, bebês andando de carro. Veria mães comprando fraldas no supermercado e leria histórias sobre adolescentes jogando recém-nascidos no lixo.

Isabel abraçou-me por trás, encostando a maçã do rosto em minha bochecha úmida.

— Desabafe, é bom chorar. Você tem conversado com Henry? Aposto como ele está louco para se abrir com você!

Afastei-me. Eu me sentia envergonhada, indigna de sua comiseração, mas tive de comentar:

— Estou muito *brava* com ele! Tento não ficar, sei que não faz sentido, mas não consigo evitar. Estou tomando um monte de remédios, fiz um milhão de testes, urinei em um milhão de recipientes, meteram sondas em mim e me perfuraram, espetaram e penetraram, e tudo o que ele tem de fazer é se masturbar. — Tive de sorrir quando Emma pressionou o rosto contra a minha coxa e deu uma risada. — É verdade! No fundo, estou furiosa com ele, e não importa que não seja culpa dele, *sei* que esta história toda é tão ruim para ele quanto para mim. Para Henry, o sexo é algo íntimo, ele não tolera toda essa franqueza, todas as respostas que tem de dar a enfermeiras e médicos sobre nossa relação pessoal. Ele chegou até a fazer um comentário presunçoso sobre o grupo.

— Não! Fez mesmo?

— Não sobre alguém especificamente, mas só disse que tinha consciência de que vocês sabiam tudo sobre ele, que conheciam cada um de seus segredos, e que *abomina* isso. E odeia ir à clínica para fazer exames de sêmen, já que todos sabem o que está fazendo. Sente-se ridículo. E, para completar, é seu sêmen que está provocando tudo isso, então...

— Ele se sente culpado — disse Rudy. — Quer dar tudo para você e sente que está falhando na área mais importante.

Assenti.

— Não quer conversar sobre isso, mas sei que um dos motivos que o levam a querer ser pai é compensar a ausência paterna em sua vida. Acho que muitas mágoas de sua infância estão voltando. O que piora tudo.

— Meu Deus! — exclamou Emma. — Dois abacaxis juntos.

— Isso mesmo. — Foi ótimo colocar tudo isso para fora e sentir que podia contar com o apoio e a compreensão delas. Mas havia ainda mais que eu não *podia* dizer. Como minha vontade secreta de ter me casado com outro homem, qualquer um, desde que me desse filhos. E é claro que não podia lhes contar que as relações sexuais entre mim e Henry estavam péssimas. Já não transávamos, a menos que fosse necessário. Por que haveríamos de transar? Por "paixão"? Já não sentíamos nenhuma. Eu me sentia sem atrativos e assexuada, e Henry sentia-se um fracassado. Fazer amor era por demais mecânico, por demais embaraçoso; na última vez em que tentamos, não atingi o orgasmo e ele mal conseguiu. Eu deveria ter fingido, mas nem me esforcei. Foi um episódio tão constrangedor que não dormimos juntos desde então.

— E que tal fazer análise? — perguntou Rudy. — Por que não vão juntos a um psicólogo para conversar sobre isso?

— Henry não vai. E eu não vou sozinha.

— Vai dar certo — afirmou Emma. — Sabe, Lee, tudo pode mudar da noite para o dia. Um telefonema da clínica. Um bastãozinho azul.

— Mas é disso que venho tentando me convencer há meses! Tenha paciência e esperança, tenha paciência e esperança... minha vida se resume a isso.

— Lee — disse Isabel, calmamente —, você nunca menciona a possibilidade de adoção.

— Não, porque Henry não quer. Ele quer ter seus próprios filhos. E eu e meus pais também...

— Seus pais?

— Espere aí! — exclamou Emma. — O Henry não quer adotar? Por que não?

— Jenny diz que o pai de Henry faleceu no Vietnã, mas a verdade é que... isto é *segredo*, hein?!... Henry acha que ela nem sabe quem foi o pai dele. Então ele... ele realmente gostaria de ter seu próprio filho. Conversamos sobre isso há muito tempo e nos pusemos de acordo.

— Bem, mas talvez agora...

— Não. Estou nisto e não vou desistir. Vou engravidar.

— Mas se isso a está deixando louca...

— Não está me deixando *louca*, Rudy. Sou uma mulher determinada, só isso. Não vou fracassar. Há uma diferença entre ser louca e ser determinada.

— Claro que sim, não quis dizer louca de verdade. Não como eu, Lee. Você é a mais sã daqui.

— Eu protesto! — exclamou Emma, e rimos, felizes com a frivolidade.

— Ah, já chega! — disse eu. Estava pouco à vontade por ter sido o centro das atenções por tanto tempo e, além disso, não queria falar sobre meus pais. Lamentei ter deixado aquilo escapar. Eles querem que eu lhes dê um neto biológico, outro Pavlikzinho para carregar o gene brilhante. Tenho vergonha de sua atitude; posso até adivinhar o que Emma diria a respeito.

— Vocês têm toda razão, de alguma forma vai dar certo. — Levantei-me. Todas se reacomodaram, afastando-se de mim. — Mas leva tempo e é exaustivo. Vocês são ótimas! Então, é isso aí, foram meus quinze minutos! — brinquei, rindo. — E estou me sentindo muito melhor!

Não acreditaram muito nisso, mas pararam de ficar atrás de mim e começaram a preparar drinques para tomar na varanda. Era como se todas nós tivéssemos nos dado conta ao mesmo tempo de que a comemoração de nosso aniversário tivera um início perigoso e de que tínhamos de dar uma guinada antes que estragássemos tudo. Mas que elas iam falar de mim assim que eu desse as costas, isso era certo: "Ah, coitada da Lee, nunca imaginei, nunca a vi assim, não é do feitio dela." Eu também nunca me vi assim. Mal me reconheço. Quero minha antiga vida de volta.

O pôr-do-sol foi extraordinário; viramos nossas cadeiras até vê-lo sumir na linha enevoada do horizonte. Alternamo-nos exclamando "Isto é que é vida!", recostadas indolentemente, com os pés descalços apoiados no parapeito. "Nada como curtir momentos como estes!" Rudy não se lembrava se era a terceira ou a quarta vez que íamos a Hatteras comemorar, e todas se entregaram a reminiscências.

— Por que não vamos andar na praia? — sugeri. Eu tinha uma surpresa para elas, mas só a revelaria na noite seguinte; muita nostalgia, a essa altura do campeonato, poderia estragar tudo.

A maré estava baixando. Caminhamos ao longo do mar em pares, Rudy e Emma no raso, com as calças enroladas, Isabel e eu mais em cima, na areia molhada. Isabel estava com um lindo lenço vermelho e verde na cabeça, e parecia estar ótima, ninguém suspeitaria de que havia algo de errado com ela. Disse que a medicação a estava engordando, mas não vi gordurinhas a mais.

— Como está se sentindo? — perguntei.

— Ótima!

— Foi uma viagem longa. Eu mesma estou cansada. Tem certeza de que está bem?

— Estou bem.

— Como vai, Kirby?

— Muito bem. Mandou lembranças.

— Gosto muito dele. — Sorriu. — No início, tive dúvidas a seu respeito — admiti. — Mas depois daquela noite... daquela primeira noite de quimioterapia...

Ela assentiu.

— Que noite, hein?

Seu segundo tratamento acontecera na semana passada e correra bem melhor do que o primeiro. Não ficara tão doente e o enjôo tampouco durara muito. Emma ficou com ela, mas não precisou passar a noite lá.

— Então — comecei a perguntar —, ele ainda está apaixonado por você?

Ela meneou ligeiramente a cabeça, não para negar, mas para evitar a pergunta.

Nunca falava de Kirby, a não ser para dizer que seu interesse amoroso chegara na hora errada e que se sentia agradecida por ainda contar com sua amizade. Era impossível dizer se ela estava triste ou não com aquela situação. A serenidade de Isabel nem sempre era uma bênção. Às vezes, atuava como um muro.

Comecei a andar mais devagar para acompanhá-la, até que, a certa altura, ela parou.

— Vá em frente, Lee, acho que vou me sentar um pouco e contemplar o mar.

— Você se cansou. Vou me sentar com você.

— Não, vá lá, vá atrás de Emma e Rudy. Vocês me pegam na volta.

Abomino esses pequenos incidentes. Isabel me transmite a falsa idéia de que não há nada de errado e, às vezes, acabo me *esquecendo* mesmo — então, quando vejo, ela se cansa rápido demais ou a pego sentando-se cuidadosamente em uma cadeira, como se fosse uma velha com artrite. Então me dou conta disso, levando um novo susto a cada vez. Acho que a mesma coisa acontece com ela, só que pior. Ah, muito pior.

Jantamos na sala, à luz de velas, escutando uma música agradável, com um arranjo de flores silvestres que Emma pegou do jardim do vizinho. Tudo estava uma delícia, até as batatas assadas no microondas. Brindamos muito e, no final da refeição, já estávamos bem alegres. Não vou dizer que meu desabafo na cozinha tinha sido esquecido; na verdade, creio que perdurou durante toda a noite e nos fez interagir com mais cautela. Emma, em especial, estava se comportando muito bem, tratando-me com amabilidade, sem sarcasmo; tocava-me o tempo todo, ora pousando a mão na minha, ora apertando meu braço para compartilhar uma piada. Devo tê-la assustado muito.

Tomamos café do lado de fora, sentadas nas cadeiras da varanda, a fim de escutar a rebentação e observar as nuvens passarem diante da lua. A noite estava agradável, amena e estrelada; havia uma brisa constante vindo do mar. Neap Tide não ficava de frente para o mar, no entanto, da varanda, era possível ver com facilidade o Atlântico à esquerda e a lagoa Pamlico Sound à direita, e à noite, quando o tráfego na avenida 12 diminuía, era possível ouvir as ondas quase tão bem quanto se se estivesse na praia.

— Bom, eu também não engravidei — disse Rudy, do nada, durante uma pausa em nossa conversa despreocupada. — Caso alguém esteja querendo saber. — Estava com as pernas esticadas na espreguiçadeira, com os braços cruzados de forma graciosa atrás da cabeça. Estávamos na penumbra, apenas nos vislumbrando, mas o clarão da lua iluminava os cabelos negros de Rudy e seus olhos acinzentados brilhavam. Até mesmo no escuro ela chamava atenção. Fiz menção de dizer algo, porém ela se levantou e inclinou-se em minha direção, dizendo: — Não queria que você achasse que eu estava escondendo o jogo, mantendo segredo para não machucá-la. Porque eu não faria isso, seria...

— O cúmulo! — arrematou Emma. — E desnecessário. — Sorriu para mim.

— É isso aí! — exclamou Rudy. — Daí eu queria que soubesse disso.

Para ser sincera, tinha até me esquecido de que ela e Curtis estavam tentando. Acho que simplesmente tirei da cabeça.

— Está preocupada? — perguntei-lhe. — Faz quanto tempo?

— Desde janeiro. Estou sim, um pouquinho. Porque li em algum lugar que, se não acontece nada em seis meses, pode haver algum problema.

— Bem, é o que dizem. — Algo que eu mesma gostaria de ter sabido há dois anos.

Emma esquadrinhou Rudy na penumbra.

— Acha mesmo que tem alguma coisa errada? Está fazendo tudo direitinho, medindo a temperatura *et cetera* e tal?

— Olha, no início não, mas nos últimos dois meses, sim.

— Ah, dois meses não são nada — afirmou Isabel.

— Eu sei. — Rudy soltou um de seus longos, pesados e contrariados suspiros.

— E Curtis, como vai? — perguntei. — Está gostando do emprego novo?

— O Curtis... — hesitou por tanto tempo que todas paramos de olhar para o vazio e a fitamos. — Hã... — Mais silêncio. Por fim, disse, em um tom casual: — Ele está bem. — Levantou-se. — Vou pegar uma cerveja, alguém quer uma?

Que estranho. Enquanto ela estava na cozinha, entreolhamo-nos e deixamos escapar exclamações do tipo "Hum!" e "Hã!", porém não fizemos nenhum comentário. Era um fato novo demais, ainda não sabíamos o que pensar. Se é que havia algo em que pensar. Emma, em especial, parecia desnorteada.

— Que noite linda! — exclamou Isabel. — Sintam esta brisa! Alguém se importa se eu tirar o lenço?

Gracejamos e negamos, Emma chegou até a dizer: "Meu Deus, Isabel, isso é *pergunta* que se faça?", mas a verdade é que sempre causa certo impacto ver Isabel careca pela primeira vez. Mas nós nos acostumamos logo; acho, inclusive, que ela ficou muito bem. Acho mesmo. Ela não concorda, claro, e até para mim é difícil separar sua aparência da razão pela qual está assim — difícil olhar para ela e deixar de lembrar o motivo que a levou a ficar como está.

— Então, como vão as coisas? — perguntou Emma com suavidade, colocando a mão no encosto da cadeira de Isabel e mantendo-a ali. — Conte os detalhes para mim.

Isabel fitou-a e sorriu.

— Está tudo correndo bem. Eu me canso rápido. Essa é a pior parte.

— E o seu quadril? — Isabel vinha sentindo dor naquela região ultimamente. Ela a minimizava, mas era tão forte que a fazia mancar.

— Quando piorar, o médico falou que posso fazer radiação. Vão cuidar dela.

— Você quis dizer: *se* piorar — corrigi.

— Isso.

— Porque a quimioterapia deve curá-la. É para isso que está sendo aplicada, ou seja, é esse seu *objetivo*.

Ela assentiu. Às vezes, acho que sou mais otimista do que ela.

— Pois bem, falamos do corpo — disse Emma. — Como está o espírito?

— Também está bom. E tenho esperanças.

A palavra pareceu ressoar. Isabel sempre diz a verdade. Se assim pensava, não podíamos esperar outra coisa.

Rudy levantou-se e ficou em pé atrás de Isabel.

— Vamos fazer uma coisa. Tenho lido sobre o toque terapêutico.

— Acha que tem esse dom? — Emma sorriu com o canto dos lábios.

— É possível. Você também pode ter, srta. Sabe-tudo! Só dá para saber tentando.

— Suponho que funciona quando a pessoa acredita nele — afirmei um tanto friamente.

Às vezes, o ceticismo de Emma me irritava. Isabel fechou os olhos e sorriu.

— Psiu! — pediu Rudy. — Gente, vamos nos concentrar em pensamentos de cura. Vou colocar minhas mãos aqui, quase tocando você, sentindo sua aura, Isabel. — Ela moveu as mãos longilíneas devagar, inclinando-as a poucos centímetros da cabeça de Isabel. Foi abaixando-as pouco a pouco, contornando o pescoço, os ombros e os braços. — Vou passar por todo o seu corpo — sussurrou Rudy, e Isabel assentiu vagarosamente. — Está sentindo alguma coisa?

— Sinto calor onde suas mãos estão.

Virei-me para Emma e lancei-lhe um olhar triunfante, mas ela estava com os olhos cerrados. Estava se concentrando.

— Estou conseguindo captar sua energia — afirmou Rudy, confiante. — Qual parte do quadril dói?

— Esta aqui — apontou Isabel, e Rudy concentrou o toque naquela região.

Fechei os olhos e concentrei-me em minha meditação terapêutica favorita. Penso em uma espécie de pelotão de fuzilamento mexicano. As células cancerígenas de Isabel são os bandidos, vestidos de preto, com cintos de munição cruzados no peito — não que tenham peito, na verdade se parecem mais com feijões, mas com chapéus — e formam uma longa fileira, enquanto um grupo de bons soldados lhes aponta espingardas negras e atira. Tombam, mortos, e surge outra fileira de células cancerígenas. *Pá*, morrem, e vem outra fileira. É muito eficiente e pode continuar indefinidamente.

Rudy concluiu o toque terapêutico e sentou-se.

— Quer tentar? — perguntou a Emma.

— Eu, hein? A Isabel é minha amiga, posso fazer com que tenha uma recaída!

Elas riram, mas achei que a piada fora de mau gosto.

Levantei-me para ir ao banheiro. Até com a porta fechada era possível ouvir perfeitamente o tom de voz de Emma aumentar cada vez mais, esganiçado pela raiva. Quando voltei apressada, ela estava de pé, de costas para o parapeito. Fumegante.

— Para ser sincera, detesto a conexão corpo-mente e não suporto aquele sujeitinho, o Shorter. Acho que ele prejudicou mais pessoas doentes do que qualquer outra coisa desde as ventosas.

— Quem diabos é Shorter? — perguntou Rudy.

— Aquele médico que escreveu um livro sobre...

— Ele é um babaca e me tira do sério. Se você cair na conversa dele, então vai passar a acreditar que foi a própria Isabel que provocou o câncer, por estar perturbada emocionalmente. Bem, vá para o inferno, Shorter! A Isabel não tem culpa de ter câncer.

— Emi, não foi bem isso que...

— O que me deixa pasma é como um *médico* pode ignorar tanto a *medicina*. E ser tão destrutivo. Agora, toda vez que a Isabel se sente deprimida... que parece ser um estado bastante normal, não acham, dadas as circunstâncias?, o Shorter afirma que ela está provocando o crescimento dos tumores! Que idiota!

Isabel tentou novamente:

— Eu não acho que ele esteja dizendo de fato...

— Sabe, que tremenda *lorota*! O que aconteceu com a ciência? Isabel, como é que um cara pode afirmar que você provocou a própria doença? E os germes? Hein? E os fatores genéticos? E o fumo e o amianto? O nitrito! A neblina tóxica! — A brisa marinha fez com que seu cabelo se eriçasse como a vassoura de uma bruxa. Movia-se constantemente diante do parapeito; algumas vezes, chegou a dar uns murros no peitoril para dar ênfase ao que dizia. Não estava nem um pouco bêbada, mas pura e simplesmente furiosa. — Há alguma diferença entre a declaração do Shorter de que a neurose das pessoas provoca câncer e a afirmação do Jerry Falwell de que os pecados causam AIDS? O câncer *acontece*. Você não é responsável. A vida não é justa; meu Deus, é preciso *dizer* isso? O que aconteceu, Isa, é que a vida pregou uma peça em você. Só isso. Um capricho de Deus. Lamento, tomara que tenha mais sorte na próxima vez.

— Entendo o que está dizendo. — *Sente-se, Emma. Quer parar de andar de um lado para outro?*, pensei. — Às vezes, penso assim também. Mas, quer queira, quer não, há uma ligação entre o corpo e a mente. Só a título de exemplo: as pessoas que não têm religião morrem mais cedo. Isso já foi comprovado.

— Não para mim.

Isabel estalou a língua.

— Bem, não posso explicar para você, mas sei que tem a ver com neuropeptídeos, células T e endorfinas ou algo assim. O cérebro se *comunica* com o corpo. É verdade. Pode acreditar.

— Está bem. — Emma deixou-se cair em uma cadeira, taciturna.

— Sei o que está querendo dizer — disse Rudy, compreensiva. — Eu também não gosto da idéia de que alguém possa causar a própria doença...

— Que a *Isabel* teria causado a própria doença — recomeçou Emma. — Balela! Você vai levando, vivendo da melhor forma possível, tentando não fazer mal a ninguém e, *bum*, um dia tem câncer. E aí vem esse *imbecilizado* e escreve um best-seller afirmando que a culpa é sua. Jogando sal na ferida!

— Sabe que está exagerando — repreendeu-a Isabel. — Em nenhum momento esses escritores, Shorter ou seja lá quem for, afirmam que a *culpa* é da pessoa.

— Mas é o que está implícito.

— Emma, você acha que as nossas correntes de cura são uma farsa? Acha que a Isabel medita à toa? — perguntou Rudy.

— Não, não acho.

— Pois bem, se acha que eu posso auxiliar minha cura com pensamentos positivos, por que se recusa a aceitar o oposto: que minha própria energia negativa pode ter contribuído para a minha doença? — comparou Isabel.

Emma perguntou-lhe, inflexível:

— Você acredita nisso?

— Não sei. Acho que é possível.

— Bem, eu não acho. Uma outra pessoa, talvez, mas você, não, Isabel. *Você não.*

Houve um silêncio longo e pesado, durante o qual eu não tive certeza do que poderia acontecer. Talvez todas começássemos a chorar ao mesmo tempo.

Rompi o silêncio ao dizer:

— Concordo com Emma. — Minha voz saiu fina e estranha; elas me olharam com curiosidade. Pigarreei e disse com mais firmeza: — Acho que em algumas ocasiões provocamos nossas doenças; em outras, elas simplesmente acontecem. Mas a Isabel não causou a sua. Não há ninguém — procurei a palavra e, por fim, pensei em uma — mais pura. É verdade. Ninguém mais amável. — Tive de sussurrar: — E ninguém que merecesse isso menos do que ela.

Isabel estendeu a mão. Eu a segurei e ela me puxou para perto de si. Em vez de chorar, nós nos entreolhamos de forma intensa e penetrante. Senti ao mesmo tempo medo e entusiasmo. Não sei o quanto acredito na conexão corpo-mente, mas, se tudo o que dizem é verdade, sei que havia tanta energia espiritual circulando e sendo transmitida entre nós naquele momento que poderíamos ter curado um hospital cheio de pacientes terminais.

Passamos a manhã de sábado na praia, escutando Emma nos advertir o tempo todo dos efeitos da exposição ao sol.

— Não se deixem enganar pelo céu nublado — repetiu várias vezes, espremida em uma cadeira de praia, coberta com uma toalha e cheia de protetor solar e loção à base de zinco. Não a culpo. É muito branca; fica cheia de sardas, depois se queima e descasca. Mas soava como um disco quebrado. — Está bem, mas, quando a gente estiver velha e perguntarem o que uma jovenzinha como eu faz cuidando de três velhas enrugadas, vocês vão se...

— A gente vai se arrepender — murmurou Rudy por baixo do braço dobrado, deitada de bruços em uma toalha listrada. Rudy nunca seria uma velha enrugada. Ao olhar para ela, magra, alta e bronzeada em seu biquíni, tive inveja de seu corpo; bem, todas nós tínhamos inveja, quem não teria? E, até ontem à noite, eu invejava sua vida amorosa também. Quer dizer, sua vida sexual: definitivamente não a vida amorosa, nem o casamento, tampouco nada relacionado a Curtis Lloyd. Mas sempre imaginei que ela e Curtis deviam ter uma relação tremendamente ardente e satisfatória na cama, embora eu só supusesse isso pelo fato de ambos serem bonitos. Agora, descobrir que, pelo menos até o momento, ela não estava conseguindo engravidar fez-me sentir tola e fútil, por misturar impensadamente aparência física com fertilidade. Era de supor que eu não caísse nessa, sendo casada com Henry.

E tenho outra confissão difícil a fazer. Um lado meu, escuro e feio, ficou secretamente feliz quando ela nos revelou seu problema. Tenho até vergonha de admitir isso. Mas é verdade. Quero que Rudy tenha um filho, claro que sim, *mas quero que eu e Henry sejamos os primeiros a ter filhos.*

— Vou caminhar um pouco — comentou Isabel, tirando a areia da toalha e colocando-a nos ombros.

— Quer companhia? — perguntei.

— Não, obrigada. Não vou demorar muito. — Ela se afastou. Nós a observamos e, quando estava longe o bastante, trocamos idéias sobre ela.

É o que fazemos quando estamos juntas, nós três. A princípio, parecia desleal, mas já superamos isso. Conversamos sobre tudo o que sabemos, o que escutamos ou lemos recentemente sobre o câncer, o que Isabel disse na última vez em que a vimos, como ela estava, como soava ao telefone.

— Ela está ótima.

— Mas está caminhando tão devagar!

— Não nadou ainda.

— Acha que vai? Adora nadar!

— Não está com muita energia. Se for nadar, uma de nós tem que ir junto.

— Acho que está comendo muito pouco.

— Ela disse que a quimioterapia deixa um gosto ruim na boca.

— Mas parece que está bem otimista.

— Não acham que está fingindo? Assumindo uma atitude otimista para não deixar a gente preocupada?

— Mesmo que esteja, é bom para ela. Lembra aquela pesquisa que demonstrou que sorrir faz com que as pessoas se sintam mais felizes?

— Ela vai ficar boa. Está seguindo tudo à risca e a quimioterapia está funcionando.

— Se não matá-la antes...

— O Kirby caiu do céu!

— Vocês acham que eles vão ficar juntos?

— Eu acho. Quando ela melhorar.

— Já viram o mural que ela fez?

— Não.

— Mural?

— Está no quarto dela. Selecionou vários momentos de sua vida. Cenas do passado e planos para o futuro, eventos importantes, marcos. Colocou fotos dela quando criança, dos pais, do casamento, de Terry, da gente.

— Da gente?

— E desenhos dela com câncer e do que está fazendo para combatê-lo.

— A Isabel não sabe desenhar.

— São apenas quadrinhos, esboços de figuras que a representam.

— O que ela incluiu nos planos?

— Fotos de folhetos de viagens, lugares como Índia e Nepal. O desenho de um diploma. Uma foto dela com Terry. Outra com a gente. Ah, e um emblema tirado de um periódico da Associação dos Aposentados. No final, a foto de uma neném.

— De uma neném?

— Disse que é ela. Reencarnada.

— Ah! — exclamou Rudy, meneando a cabeça.

— Sem comentários! — exclamou Emma, sorrindo. Com esperança.

Fomos jantar fora, como planejado, em um novo restaurante de frutos do mar, ainda não muito conhecido em Hatteras. O tempo ficou fechado o dia todo; quando estávamos voltando para casa, começou a chover.

— Lá se vai nosso passeio na praia ao luar — lamentou Rudy. — Vamos dar um pulo na locadora para alugar um filme. — A única que protestou fui eu.

— Ah, não, não vamos não. Vamos fazer outra coisa — sugeri, mas, quando perguntaram o quê, não soube responder. A conversa foi ficando cada vez mais ridícula. Por fim, tive de dizer a elas: — Está bem, então, estraguem a surpresa. Eu *trouxe* um filme para vermos hoje.

— Você trouxe?

— Qual é?

— Não vou ver nenhum desenho animado musical — avisou Emma, já farta de ser boazinha comigo. Foi uma referência indelicada à última vez em que eu alugara filmes ali. Pegara *O Corcunda de Notre-Dame*, *Pocahontas* e *Aladin*. Eu devia ter imaginado que ela era do tipo que odiava filmes da Disney.

— Não é desenho. É um filme sobre nós — expliquei. — Sobre esses nossos dez anos juntas. Mandei fazer uma edição de nossos filmes antigos em um só DVD, em homenagem ao nosso aniversário. Dura vinte e seis minutos.

— Ah, que maravilha! — exclamou Isabel, e Rudy soltou o volante para bater palmas.

Até Emma parecia satisfeita, porém, como não podia deixar de ser, virou-se para comentar, brincando:

— Puxa vida, adoro filmes caseiros! — Mas estava feliz, assim como todas nós, e isso foi gratificante. De vez em quando, não com a freqüência ideal, os esforços da participante solícita, organizada e competente do grupo são devidamente reconhecidos.

— Solte o cabelo, DeWitt.

Emma fez uma careta ao ver sua imagem na tela.

— Nossa, mas meu cabelo estava um horror. Por que ninguém me disse nada?

— Psiu, assim não consigo escutar!

— Quero saber quem foi que me deixou sair de casa com aquele vestido! — exclamou Rudy. — Não fico nada bem de bege.

— Meu Deus, lembram quando a gente pintou o cabelo?

— Acho que vocês ficaram ótimas — comentou Isabel. — Todo mundo achou!

— Uau, vejam como eu estava magra! — admirou-se Emma, apontando para a TV. — Isso foi em que ano?

— Está magra agora, você é que não vê! — ressaltou Rudy.

— Ah, com certeza!

— Li em algum lugar que as mulheres que gostam do próprio corpo têm duas vezes mais orgasmos do que as mulheres que não gostam.

— Imagino, mas não se preocupem comigo, estou ótima naquele...

— *Psiu* — repeti. Quando ficavam caladas e prestavam atenção, às vezes dava para escutar o que dizíamos no DVD. Mas, na maior parte do tempo, o que se ouvia era um vozerio incompreensível, porque falávamos todas ao mesmo tempo. Isso sempre me surpreende quando assisto aos nossos filmes antigos: nunca nos calamos e o que dizemos raramente soa importante ou faz muito sentido. Entretanto, na época, sempre penso que somos muito articuladas e sucintas.

— O acampamento da boa forma! Lembram? — Emma apontou para si mesma na tela. — Perdi três quilos em seis dias.

— Eu perdi um quilo e meio.

— E eu, dois, mas logo depois recuperei tudo.

— Na primeira semana.

— A gente devia ir para lá de novo — sugeriu Rudy. — Foi tão divertido!

Rimos das imagens de Emma e Rudy fazendo bagunça na cabana rústica na qual passamos uma semana, em 1990. O "acampamento da boa forma" — o spa das mulheres de baixos recursos — era apenas um acampamento da Associação Cristã de Moças, em Poconos. Decidimos ir até lá, e não a um lugar melhor, porque, na época, Emma estava sem dinheiro.

— Você é tão palhaça! — disse Rudy, afetuosa, despenteando o cabelo de Emma. — Por que você nunca fica natural?

É verdade — sempre que filmo Emma, ou ela vira as costas ou faz caretas, ou faz algum gesto sutilmente obsceno, como apoiar o queixo nas mãos e estender o dedo médio na bochecha. Tudo com um sorriso matreiro que é engraçado, suponho, mas imaturo: já perdi a conta de quantas fotografias ótimas do grupo ela arruinou ao colocar "chifres" na cabeça de alguém no último minuto.

Quase não apareço nessas filmagens; sou sempre eu quem filma, um trabalho ingrato de que as pessoas não gostam muito, até verem o resultado final. Então, não se pode tirá-las da frente da TV.

—Ah, lá vem. Tomara! — comentou Emma, esfregando as mãos.

— Lee, você colocou aquela parte? Colocou? Aposto que a tirou!

Eu deveria tê-la tirado, mas não tirei, e espero que isso cale a boca de uma vez por todas dos que afirmam que não tenho senso de humor. E é por isso que eu mesma gosto de filmar; veja só o que acontece quando outra pessoa (Emma) põe as mãos na câmera.

Estávamos em um de nossos encontros de quinta-feira na casa que Rudy e Curtis tinham acabado de comprar em Capitol Hill, e eu levara a câmera para filmá-la, com a intenção de dar a fita para Rudy quando terminasse, de modo que ela, por sua vez, pudesse enviá-la para a mãe, a irmã ou quem quisesse. Como a família dela nunca ia visitá-la, achei que seria a única forma de conhecerem sua casa nova. Um outro detalhe é que eu acabara de vir da aula de balé; estava com calor, suada e meio cansada. Por isso, tinha perguntado a Rudy se poderia tomar um banho antes do jantar.

— Ah, lá vem, lá vem! — exclamou Emma alegremente. Rudy e Isabel já estavam rindo. A câmera, segurada incorretamente, oscilava e mostrava uma porta fechada, e alguém esticando a mão para girar a maçaneta. A voz inocente de Emma no DVD dizia: "Hum, quem será que está aqui? O que há por trás desta porta? Vamos ver?" Quando ela abriu a porta, uma enorme quantidade de vapor saiu. Deu para escutar a pergunta que fiz com o som de água correndo: "Sim?"

Elas sempre morrem de rir; sôo muito formal ou algo assim.

A câmera continuou a se aproximar. Através do vapor, as listras azuis e brancas da cortina do chuveiro se tornaram visíveis. "O que houve?", perguntei por trás da cortina. Emma respondeu: "Só vim pegar um..." e disse algo inaudível, e eu falei, ainda amável, "Ah, tudo bem".

A mão de Emma abriu a cortina e lá estava eu. Totalmente nua. Porém, como estava lavando o cabelos, meus olhos estavam fechados e levei uns quinze segundos para me dar conta daquele ultraje. (Eu sei disso, porque uma vez o Henry cronometrou.) Quinze segundos é um tempo longo demais para ficar nua em um filme sem saber. Teria durado ainda mais se Emma, por fim, não tivesse indagado, com uma voz baixa e sensual: "E aí?"

Abri os olhos, a boca e gritei.

A tela ficou escura.

Ah, que divertido! Minhas amigas caíram umas sobre as outras no sofá, morrendo de rir. Até mesmo Isabel. Ri também, mas não com tanta vontade quanto elas. Faz sete anos que isso aconteceu e ainda estou tentando pensar em uma maneira de dar o troco. Ainda não me ocorreu nada que chegasse aos pés disso, mas um dia ocorrerá. Ah, com certeza.

Agora o filme mostrava o casamento de Rudy.

— Meu Deus, olhem só para o Henry! Prestem atenção nos *cabelos*!

— Que gato!

Este era o meu trecho favorito do vídeo — nosso primeiro encontro. O casamento de Rudy foi bem formal e, ainda assim, Henry foi com um blazer de veludo e calça marrom, sem gravata — e *não fez a menor diferença para mim*. Nem me importei! Quando me dei conta disso, soube que estava apaixonada. E os seus cabelos, oh, estavam compridos e esvoaçantes, cheios de mechas e lindos, mais bonitos do que os de Emma e quase da mesma cor.

— Nossa, que *paixão ardente* a de vocês! — comentou ela, e tinha toda razão. Alguém, creio que Isabel, tinha nos filmado dançando na recepção de Rudy. A banda estava tocando "Mar de Amor" e eu e Henry parecíamos ter nos isolado do mundo. Se eu tivesse me dado conta da forma como nos movíamos, da impressão que causávamos, teria morrido de vergonha. Porque era constrangedor. Mas bonito também. Gosto de ver essa parte, de repassar várias vezes esse rápido momento, porque, em minha opinião, não dura o bastante. Fico admirando a forma como Henry me aperta, abraçando-me pela cintura, a forma como minhas mãos, com os dedos movendo-se ágeis, acariciam seus cabelos. Nossas faces estão próximas, parece que vamos nos beijar, mas não nos beijamos. Aquela dança equivaleu às nossas preliminares, feitas em público. Algumas horas depois, estávamos na cama, em minha casa, fazendo amor pela primeira vez.

A cena seguinte foi uma festa realizada no quintal de Isabel, no verão de 1995. Emma assobiou quando viu Gary, mas Isabel pareceu ter ficado apenas um pouco triste. Acho que ela, de fato, o perdoara. Ele parecia gorducho e presunçoso — dizem que a câmera nunca mente — com a calça xadrez e o suéter de mangas dobradas mostrando os antebraços rechonchudos e peludos. Quando ele viu a câmera, deu um largo sorriso, abrindo bem os braços, como quem diz *Olhe para mim, pareço um urso de pelúcia.* Lembro-me de quando eu gostava dele; achava sua atitude galanteadora, diria até que meio lisonjeira. Agora, só de vê-lo, comprimo os lábios.

— Lisa Ommert! — exclamou Rudy. — O que será que anda fazendo? Alguém tem notícias dela? Quanto tempo ela ficou, Lee, um ano?

— Nove meses — respondi, observando Lisa conversar animadamente com Gary, Emma e o namorado de Emma na época, Peter Dickenson. Ela participou do grupo até se mudar para a Suíça com o marido.

— Gostaria de saber — comentou Emma em um tom baixo e soturno incomum — sobre o que a gente estava conversando.

— A festa já estava acabando — salientou Rudy. — Com certeza, a gente já devia estar de porre.

— Ah, sem dúvida.

Olhei de soslaio para Emma. Ela e Peter terminaram de repente — paixão num dia, rompimento amargo no outro — e ainda não podíamos perguntar por quê. Rudy sabia, mas eu e Isabel, não. Bem, é possível que Isabel soubesse de algo, mas só por suposição. Minha intuição me levava a crer que fora outra mulher e que Emma descobrira de uma forma desagradável e humilhante. Não sei o que mais poderia tê-la ferido tanto, a ponto de ela não querer tocar no assunto nem mesmo anos depois.

— Como vão as coisas com Clay? — perguntei, casualmente. Clay é o sujeito que Sally Draco quis apresentar a Emma. Não pude acreditar quando ela concordou em se encontrar com ele, e fiquei ainda mais surpresa quando saíram juntos em uma segunda ocasião. Sally e Mick deveriam ter participado do primeiro encontro, mas no último minuto cancelaram; parece que ele não estava se sentindo muito bem.

— Bem — sussurrou Emma.

— Só "bem"?

Ela deu de ombros e concentrou o olhar na TV. Em sua face, via-se uma expressão rebelde e determinada, como sempre faz ultimamente com qualquer tema relacionado a homens. Significa: não se meta!

Então me pergunto por que indaguei:

— Faz algum tempo que você não fala daquele homem casado. Já não tem mais nada com ele?

— Bom, considerando que eu *nunca tive* nada com ele, acho que já não resta coisa alguma — sussurrou entre os dentes. — Lee, será que a gente pode ver o filme?

— Nossa, sinto muito! Não sabia que estava tão sensível!

— Gente! — exclamou Rudy.

Emma sentou-se encurvada, apoiando os antebraços nos joelhos, parecendo tensa.

— Sinto muito — disse, endireitando-se subitamente e sorrindo.

— Não se preocupe — respondi, querendo dizer *Eu também*. Não tinha idéia do que estávamos lamentando, mas foi bom fazer as pazes.

Os últimos minutos do DVD tinham sido filmados há exatamente um ano, lá mesmo em Neap Tide, onde tínhamos ido comemorar nosso nono aniversário. Assistindo a eles, dei-me conta de que eram o final perfeito para uma retrospectiva das Graças, porque a câmera tinha captado nossas... idiossincrasias, acho que a palavra é essa. Nossas particularidades. Lá estavam Emma, sentada em uma cadeira de praia na areia, enrolada em uma toalha e usando um casaquinho leve com capuz, lendo um livro; Rudy, morena e belíssima ao lado de Emma, sorvendo *bloody mary* de uma garrafa térmica; e Isabel voltando de um mergulho, o cabelo pingando, os lábios azulados, rindo à toa — de pura felicidade. Acho que até mesmo a tomada que Rudy fez de mim era típica: estou na cozinha, prendendo na geladeira um esquema que havia acabado de elaborar: "Sugestões de tarefas/Divisão de trabalho, 14/6 — 17/6." (Lembro-me de que Emma acrescentou outra categoria mais tarde: "dormir", e escreveu seu nome em todas as colunas.) Tinha sido um fim de semana agradável, sem dúvida, mas ver a filmagem de nós quatro, com todas as nossas sandices e bizarrices e doçuras entristeceu-me naquela noite. Parecíamos tão inocentes. O destino reserva-nos muitas surpresas, mas estávamos ocupadas demais sendo "nós mesmas" — e tomando por certo que sempre seríamos — para pensar no futuro.

Modéstia à parte, a última tomada foi muito artística. Foi feita por trás das cabeças escuras de Isabel, Rudy e Emma, enquanto admiravam um poente em tons avermelhados da varanda. Os contornos negros de suas cabeças contrastavam com o carmim, e era possível escutar as vozes baixas e as exclamações de deslumbre. Quase no final, Isabel ouviu-me e virou-se. A luz que restava ainda permitiu entrever seu sorriso.

A imagem foi sumindo gradativamente.

— Vocês se lembram do que estávamos falando naquela noite? — perguntou Isabel após alguns momentos de apreciação e silêncio.

— Eu lembro. — Emma pegou o controle e desligou a TV.

— Eu também — disse Rudy.

— Das nossas metas — respondi.

— Isso. — Isabel sorriu. — Eu disse que queria viajar, concluir o mestrado, conseguir um trabalho no qual ajudasse idosos.

— Eu disse que queria ter um filho.

— E eu que não conseguia pensar em nenhuma. — Rudy dirigiu-se a Emma: — *Você* disse que queria morar numa fazenda e ver um show de James Brown.

— E dormir com o Harrison Ford — recordou-se Emma. — Aliás, agora prefiro o David Duchovny.

Lembrei-me melhor da conversa. Tivera início com uma discussão sobre as metas de cada uma, mas mudara para o que queríamos fazer antes de envelhecermos demais — coisas das quais nos arrependeríamos, no leito de morte, de não termos feito. Eu queria dar a melhor oferta em um leilão da PBS e dançar no *Quebra-nozes*. Aquele tema nos parecera seguro, há apenas um ano. Uma brincadeira divertida.

Não pude olhar para Isabel.

Ela rompeu o silêncio para dizer:

— Minhas metas não mudaram muito desde aquela noite. Estranho, não? Eu me arrependo de algumas coisas, mas mantenho as mesmas ambições.

— Do que se arrepende? — quis saber Rudy, timidamente.

— Ah... — Ela estava usando um lenço naquela noite. Tocou uma das pontas que lhe caíam à altura do ombro, sorrindo com uma expressão doce e melancólica. — Bem, ainda me arrependo de não ter me esforçado mais para manter meu casamento. Por causa de Terry... — esclareceu quando ameaçamos interrompê-la. — Talvez esteja delirando, mas, se eu e Gary tivéssemos conseguido ficar juntos, talvez Terry não tivesse ido morar tão longe. Não sei.

— Não, não sabe. — Emma comprimiu os lábios.

— E agora tenho outros arrependimentos — prosseguiu Isabel. — Que nunca me ocorreram antes.

— Tais como?

— Tais como... Não ter aprendido a tocar piano. A mexer com aquarela. Não ter estado com Carlos Castañeda para perguntar se foi tudo verdade. — Enumerou, rindo. — Não ter aprendido a ler as estrelas, nem a reconhecer cantos de passarinhos; não sei nem qual é a diferença entre um pintassilgo e um rouxinol. Tampouco entre as flores silvestres. — Rudy segurou o braço de Isabel e apoiou a cabeça em seu ombro. — Não ter conseguido me tornar a garota do tempo do Canal 5. — Refletiu suavemente. — Não ter atuado, cantado e dançado, não ter feito um poema. Não ter tido netos.

— E o que a está impedindo? — perguntou Emma, após uma pausa triste. Tive vontade de lhe dar um beijo. — Pode fazer tudo isso, talvez não ser a garota do tempo, mas são eles que vão sair perdendo.

— Ouvi dizer que Carlos Castañeda já morreu — lembrou Rudy.

— Tudo bem, mas as outras coisas... por que não ir atrás, Isabel? Estou falando sério! Pode escrever um poema neste instante, nada de mais. Eu ajudo você. Na semana que vem, pode comprar aquarelas e um livro sobre astronomia e... o que foi? — Isabel começou a rir. — Com relação aos pássaros, é só comprar um daqueles CDs que reproduzem cantos, com um cara de voz grave da Sociedade Audubon explicando qual é qual. Sobre flores selvagens, grande coisa, pode comprar outro livro e dar uma volta no parque Rock Creek. O que mais? Netos? Aí você me pegou! Vai ter que conversar com o Terry sobre isso.

— Entendo. — Isabel repousou a cabeça no sofá. A tristeza sumira; parecia tranqüila, entretida e conformada. Para ser sincera, não sou uma pessoa invejosa, mas adoraria mudar o humor das pessoas como a Emma faz (às vezes; quando está disposta).

— Quer saber do que me arrependo? — Emma levantou o dedo indicador. — De nunca ter dirigido um carro a cento e sessenta quilômetros por hora! — Ergueu também o polegar. — De nunca ter batido um papo longo, para dar um jeito no meu comportamento, com o Papa. De nunca ter visitado Graceland...

— Espere — interrompeu Rudy. — Espere aí. Eu quero dizer uma coisa. Para você, Isabel, e *para* nós. Sei que estou falando em nome de todas, não tenho nem que perguntar. Só quero dizer em alto e bom som que nós... bem, em primeiro lugar, que sabemos que você vai ficar boa; isso é o mais importante. — Emma e eu assentimos com veemência. — E a outra coisa é que acho que seria bom a gente assumir um compromisso agora mesmo. Sei que já está subentendido, mas, às vezes, é importante deixar tudo bem claro. Então, o que estou querendo dizer para todas vocês é que, aconteça o que acontecer, estamos aqui. Sabe, estamos aqui para o que der e vier. Nunca vão ficar sozinhas. Jamais. Acho que não estou conseguindo me expressar...

— Está sim — disse Emma. — É uma boa deixar claro que você não vai ter que enfrentar nada sozinha, Isabel. Nada. Na verdade, você não vai conseguir se livrar da gente.

Não consegui fazer coro com o que estavam dizendo, concordando em voz alta, tal como esperado. Fiquei com tanto medo de chorar que não pude abrir a boca. Se eu chorasse, seria mais por raiva do que por pesar. Como ousavam falar daquela forma com Isabel, como se estivesse morrendo? *Não está.* Está se recuperando. Mas elas mentiram, *não* acreditam nisso, o que me fez sentir traída, juntamente com Isabel.

Ela ficou ernocionada, claro. Abraçou-as, esforçando-se para não chorar. Eu queria protegê-la do pessimismo delas, mas o que podia fazer? Quando sorriu para mim, com os olhos embargados, e estendeu a mão, eu me levantei.

— Vamos tomar sorvete — sugeri e retirei-me. Chorei na cozinha.

18

Rudy

— Você acha que a Lee está ficando maluca?

A Emma perguntou em voz baixa, quase cochichando; o quarto da Lee ficava do lado do nosso e o da Isabel do outro lado do corredor, mas tínhamos deixado a porta entreaberta para deixar a brisa marinha passar.

— Você está se referindo à sua vontade de engravidar? Não está maluca — opinei. — Acho bom ela ter contado tudo aquilo para a gente. Ela guarda muita coisa...

— Não, não estou falando do desabafo. Eu também acho, foi bom para ela, muito saudável. Estou falando de toda essa história de ter filhos.

— Ah!

— Sabe, parece que ela ficou cega, não consegue enxergar mais nada, só isso. E acredito nela quando diz que nunca vai desistir. Por que eles não adotam uma criança, Rudy? Por quê? Mas não, ela está decidida, seguindo um rumo específico, tão obcecada pelo mundo da concepção de um bebê que não consegue pensar noutra coisa.

— Eu sei. O que ela estava dizendo sobre os pais dela?

— Não faço idéia. Algum outro motivo para não sair do rumo. Se houvesse alguma coisa que a gente pudesse fazer...

— Mas o quê?

— Nada. A gente não pode fazer nada.

— Só apoiá-la — disse eu.

— É. — Ela me olhou. — Rudy, foi legal aquilo que você falou para a Isabel.

—Ah, sei lá, sabe? Eu só tentei me colocar no lugar dela e pensar no que seria pior, se eu achasse que estava morrendo. E cheguei à conclusão de que seria ficar só. Então, quis que ela soubesse que nunca ficaria.

— Isso é o que mais te assusta?

— É o que eu acho.

Havia um lampião de vidro na mesinha entre os nossos beliches. Sua luz, juntamente com o clarão da lua, permitia que eu vislumbrasse Emma, que estava deitada com sua velha camisola azul da Universidade da Carolina do Norte, pressionando o dedo na coxa branca para ver se tinha se bronzeado demais naquela tarde.

— Na minha opinião — comentou —, o que mais assusta é cair no esquecimento. Estar aqui e depois não estar. Mesmo quando todos os seus amigos ficam com você no final, segurando a sua mão e dizendo que a amam, que está tudo bem e tudo o mais, você fica só naquele último momento. Aonde quer que esteja indo, ninguém vai com você.

— Nossa! Isso soa tão tétrico!

— Não, não é. Por quê? Vai me dizer que não pensa nessas coisas?

— Penso sim! — Mas tinha melhorado muito nos últimos tempos. — Sabe que ontem fiquei pasma, quando a Lee insinuou que a gente estava bebendo? — Parecia que eu tinha mudado totalmente de assunto, mas, depois que acabei de falar, entendi qual era a conexão.

— Ah, você sabe como a Lee é, se a gente está se divertindo muito, é porque está de porre.

— Quase não tenho bebido ultimamente — comentei. — O que bebi ontem foi muito mais do que bebi nos últimos meses.

— Eu notei. Algum motivo especial?

— Bem... acho que estou me sentindo mais forte. Mais à vontade com a vida real.

— Por quê?

— Sei lá. Bom, uma coisa é certa, eu e o Eric estamos fazendo um ótimo trabalho. É difícil, sabe, mas parece que as coisas estão se encaminhando, finalmente. Ele disse que não é incomum o tratamento permanecer um longo tempo estagnado, e daí, de uma hora para a outra, acontecerem avanços.

— Como aquelas fases de estagnação das dietas.

— Isso mesmo.

— Como se você fizesse idéia! — ironizou Emma. — O Eric... É muito amável, não é? Paciente. Ele não se importa de avançar devagar.

Achei ter captado um duplo sentido.

— Quer dizer que acha que não estou progredindo, que ele não está fazendo nada? Acha que a terapia é perda de tempo?

A Emma virou a cabeça no travesseiro para me olhar.

— Eu achava isso sim — respondeu, e fiquei surpresa; achei que ia negar. — Mas agora acho que o Greenburg pode ser até mais inteligente do que eu.

— Ah, Emma, um elogio e tanto. Vai adorar quando eu contar para ele.

Sorrimos na penumbra.

— Emi?

— O quê?

— Sabe aquele curso de paisagismo? Lembra, aquele...

— Claro que eu lembro.

— Então, decidi me matricular.

Ela se sentou.

— Nossa, *Rudy*!

— Começa em setembro.

— Que ótimo! O que foi que o Curtis falou?

— Hã... bem...

Deitou-se de novo, mas ainda de frente para mim.

— Não contou para ele ainda?

— Ainda não. Eu venho esperando o momento certo.

— Entendi. Mas, Rudy, você tem consciência de que não disse nada por saber que ele não vai gostar? Sabe, que tipo de...

— Eu sei aonde quer chegar. Você soou igualzinha ao Eric quando disse isso, Emma, parece incrível!

— E aí, qual é a resposta?

— A resposta é... não gosto da pergunta. Não gosto do que ela diz sobre mim *ou* o Curtis.

— *Ou* o Curtis. Gosto disso.

— A gente tem que conversar sobre algumas coisas, sei disso. Tenho que dizer para ele o que penso. Uma coisa é contar para o Eric ou para você. Outra é contar para *ele*. É o que preciso fazer.

Ela se inclinou na minha direção.

— Isso é uma novidade, Rudy, muito boa, por sinal. É uma atitude bem diferente da que você costuma ter.

— Eu sei. Já estava na hora, não acha?

Não respondeu. De vez em quando, a Emma tem tato.

— E não é só por causa do remédio.

— O quê?

Meti os pés no colchão de cima, fazendo pressão, dobrando os joelhos.

— Estou tomando um... antidepressivo. — Um antidepressivo *novo*, poderia ter acrescentado. — E é verdade que não tenho me sentido deprimida, mas acho que essa não é a única razão. Como diz o Eric, o fato das pílulas psicotrópicas funcionarem não quer dizer que você seja doida.

Essa frase nunca me pareceu engraçada antes, mas a Emma riu tanto que tive que lhe pedir para não fazer tanto barulho.

O Eric costuma dizer que o riso não só purifica a alma como também é bom para o corpo; afirma também que, quando ele é sincero, é melhor do que o sexo. Eu me pergunto quantas horas de gargalhadas sonoras e profundas dei com a Emma nos últimos treze anos, a ponto da barriga doer. Se sou maluca *agora*, imagine se não a tivesse conhecido!

Um outro detalhe sobre o riso compartilhado é que se origina da confiança. Deve ter sido por isso que comentei, sem mais nem menos:

— Não transamos nem uma vez sequer em dezembro.

— Em dezembro... do ano passado?

— É.

— Você e o Curtis.

— E quem mais poderia ser?

— Hum... — Emma me olhou fixamente, escolhendo as palavras com cuidado. — Algum motivo em especial?

— Bom, esse é o problema. Se foi por algum motivo, não faço a menor idéia. Não fiz nada que pudesse tê-lo levado a querer me dar um gelo. Ele não... nós simplesmente não transamos. Eu não disse uma palavra. Sei que deveria, mas não disse. Nem contei para o Eric.

— Não disse absolutamente nada para o Curtis?

— Não. — Deixei escapar uma expressão de dor. Foi constrangedor. Uma covardia da minha parte. — E então, no *Réveillon*, a gente transou. Como se nada tivesse acontecido. Daí eu disse "Bem, feliz Ano-*novo*", ou algo desse tipo, sabe, para ver se ele falava alguma coisa. Mas ele... só me olhou friamente, e aí... desde esse dia, a gente ficou bem, não aconteceu mais nada, tudo voltou ao normal. Sexualmente.

— Sexualmente.

— É.

— Mas não nas outras áreas?

É engraçado como às vezes é mais fácil falar da sua vida sexual, por mais que seja um assunto íntimo, do que das outras coisas que estão acontecendo na sua vida.

— Ah — respondi —, sempre tem uma série de coisinhas, sabe, que vão se somando com o passar do tempo. Nada específico. Só que tenho pensado em algumas ultimamente e estou querendo conversar com o Curtis sobre isso. Em breve.

A Emma suspirou.

— Como o quê? Dá para você me dar um exemplo, para que a gente possa conversar sobre isso?

— Está bem. Hoje, vendo a filmagem, reparei naquela parte em que a gente estava do lado de fora da minha casa, quase pronta para ir ao acampamento da boa forma. Sabe, aquela tomada do Curtis me dando um beijo de despedida me chamou a atenção.

— É, foi meio estranho.

Elas me pegaram por último, e estávamos animadas e excitadas, ansiosas para pegar a estrada. Cada uma de nós tinha uma meta de perda de peso, mas parte do plano era pararmos no caminho para enchermos a pança — com uma saborosa comida engordativa — num restaurante selecionado num guia para turistas; dessa forma, pensamos, estaríamos mais pesadas quando nos checassem naquela primeira noite do acampamento. Então a gente estava se divertindo, fazendo a maior palhaçada, com a cabeça na viagem, sem pensar noutra coisa. Eu devia ter imaginado, e no fundo provavelmente imaginava, que, quando não dou a devida atenção para o Curtis e o deixo de lado, ele se magoa. E digo mais: fica assustado. Ele requer a minha total dedicação, precisa ser o centro das atenções o tempo todo. Caso contrário, ele se sente rejeitado.

Então, como eu estava dizendo, quando ele me beijou, não foi aquele selinho doce e íntimo que os casais costumam trocar, quando estão cientes de que tem gente por perto observando. Estou me referindo àquela troca de cumprimentos do tipo "Tchau, querida", "Cuide-se", "Te amo", juntamente com um beijinho rápido, no máximo um abraço ligeiro e sem graça. Um beijo despreocupado e carinhoso, mas bastante impessoal. Não, o dele não foi assim. Muito pelo contrário. Sem nem me afastar um pouco do grupo, consciente de que a Lee estava filmando tudo, o Curtis me abraçou e me deu um beijo *cinematográfico*, lento e demorado, muito apaixonado, erótico e intenso — quando tentei interrompê-lo, não me deixou. Obrigou todos os meus pensamentos a se concentrarem nele, de propósito. O beijo e o controle que exercia sobre mim eram a sua forma de dizer "Pense no seu *marido*" para mim e "Ela é *minha*" para as Graças. De certa forma, tinha sido pior rever o filme naquela noite, tantos anos depois, do que fora vê-lo na época. Porque agora ele se juntaria a várias outras lembranças. Lembranças parecidas, algumas até mais desconcertantes.

— Estou chegando à conclusão de que não quero mais ser dominada — comentei, devagar. — E costumava ser.

— Dominada? Não, eu sei o que quer dizer, mas é uma palavrinha tão feia...

— É verdade. Mas estou com medo, também, de que as coisas mudem. Eu detesto mudanças.

— Acha mesmo? Tem certeza de que não é o Curtis que odeia mudanças e de que o que você realmente detesta é desafiá-lo? E contrariá-lo?

— Hum. — Algo para meditar.

— Bem, você está progredindo aos poucos, mas não faz mal, acho que é até melhor. Repito, não que esta analogia faça muito sentido para você, mas é como perder peso por causa de uma dieta. O importante é que haja algum tipo de progresso. Temos que supor que o seu psiquiatra sabe o que faz.

— Tenho fumado na frente dele — afirmei.

— De quem? Do Eric?

— Do Curtis.

— Não me diga!

— Não em casa, quando ele está lá, porque acho que isso é falta de educação, mas quando ele não está. Mas já não faço gargarejos ou ponho desodorizador de ar nas cortinas para ele não se dar conta; nada disso. E fumo bem na frente dele, quando estamos ao ar livre ou num restaurante ou num bar. O Eric achou ótimo. Bem, ele diz que fumar é *terrível*, detesta quando eu fumo, mas gosta do fato de eu não estar escondendo isso do Curtis. Acha muito mais saudável.

— É, pode crer. Acho que você está sendo muito corajosa, Rudy, de uma forma perversa. Acabando com seus pulmões, enquanto se impõe. Crescimento pessoal através do enfisema.

— Quer um cigarro?

— Quero.

Fumamos.

— Nunca tive isto quando era jovem — contei para ela.

— Nunca teve o quê?

— Isto aqui. — Apoiando a cabeça nos cotovelos, de frente uma para a outra nos beliches, esticando-nos de vez em quando para compartilhar o cinzeiro no chão, parecíamos adolescentes passando a noite juntas. — Nunca tive uma grande amiga. Não contava os meus segredos no escuro, nem fumava escondido. Simplesmente nunca tive isso.

— Porque estava fodida — disse Emma, realista. — A sua família acabou com você, mas agora você está dando a volta por cima. Agora está se recuperando. Aos poucos.

— Acha mesmo?

— Acho.

Ela falou com tanta firmeza que me recostei, saindo do alcance da luz do lampião para que não pudesse ver meu rosto, com esperança renovada. Não queria parecer ridícula.

— Tomara! — exclamei.

— Ah, com certeza, já estou vendo a diferença. Fumar na frente do Curtis, meu Deus! Uau, Rudy, você está se revelando! — Não estava sendo sarcástica. — Isso é fantástico!

E pensar que o Curtis tinha chegado a me pedir, um dia, para acabar a amizade com a Emma. "É para o seu próprio bem", dissera. Uma proposta bastante *desprezível*, quando se pára para analisá-la. Não contei para a Emma; seria constrangedor demais. Senti vergonha pelo Curtis. Mais tarde, eu me dei conta — com a ajuda do Eric

— de que isso provava que ele fingira o tempo todo gostar da Emma, apesar do seu antagonismo. Não é uma atitude legal. Nada parecido com a Emma, que morde a língua e não diz o que realmente acha dele. E faz isso por minha causa. Por ter discernimento, gostar de mim e me respeitar. Já o Curtis finge, porque *é* desonesto. É uma outra forma de exercer *domínio* sobre mim.

A Emma bocejou. Apagamos os cigarros e o lampião.

— A gente sempre fala sobre mim — afirmei, sonolenta.

— Eu sei. — Já tinha fechado os olhos. — Quem manda ser egocêntrica?

Dei uma risada.

— A culpa é sua! Você me obriga a *perguntar* tudo. Nunca fala por livre e espontânea vontade. Eu tenho que arrancar tudo de você. Ah, esqueci de dizer, a Lee me perguntou o que eu achava de convidar a Sally para participar do grupo.

— Perguntou mesmo? É, ela tinha me dito que ia fazer isso. E o que foi que você disse?

— Eu disse que dava a maior força.

— O *quê?*

Ri.

— Sua babaca — resmungou Emma, deitando-se de novo; quase bateu a cabeça na cama de cima quando se sentou. — Conta para mim o que realmente disse.

— Eu falei a mesma coisa que você, que achava que não era um bom momento, por causa da Isabel.

Emma se tranqüilizou.

— Acha que a Lee ficou desapontada?

— Não, nem um pouco. Não sei nem por que me perguntou. Acho que só para ser imparcial. Mas aquela amizade está esfriando, sabe? — O que me fez lembrar: — Aliás, por que você disse para a Lee que ia ficar mais dois dias aqui? — A Emma abriu um olho. — Não acho que isso seja sensato, Emi. Na verdade, não é uma atitude típica sua.

— E por acaso eu sou sensata?

— Bem, comparada comigo!

—Ah, comparada com você! — Mesmo no escuro, podia vê-la rir.

Naquela noite, a Lee tinha implorado para ficarmos até terça, dizendo que poderíamos voltar com ela e o Henry. Queria de todo jeito que ao menos uma de nós ficasse... mas ninguém se ofereceu. Perguntamos várias vezes por quê, e por fim ela admitiu: já não morria de amores pela Sally Draco. Mas ela tinha convidado os Draco para irem à casa de praia meses atrás e não queria passar dois dias inteiros na companhia exclusiva da Sally, com ninguém mais além dos maridos para quebrar a intimidade.

"Por que não gosta mais dela?", perguntara Emma, tentando soar indiferente. E Lee respondera: "Ah, sei lá, por nenhum motivo específico. Não há nada de errado com Sally, mas já não me sinto tão à vontade com ela. Só isso."

Bem, eu também não, mas, de qualquer forma, nunca me senti à vontade com ela. Pode ser que o ditado "o roto falando do esfarrapado" se aplique neste caso, mas acho que a Sally tem um monte de problemas. E a Emma é provavelmente o menor deles.

Eu e a Isabel não podíamos ajudar a Lee, tínhamos que estar em casa no domingo. Senti que a Emma estava pensando no assunto, mas quase caí para trás quando ela disse: "Está bem, eu fico, se quiser. Tenho trabalho a fazer, mas posso escrever tanto aqui como lá em casa."

Eu a fitei, só que ela evitou me olhar. A Lee agradeceu a Emma, que lhe disse que não havia problema algum, pois a Sally era legal, não havia nada de errado com ela e, daquela forma, tudo ficaria mais fácil. A Isabel não disse uma palavra sequer.

— E aí, Emi, por que você disse que ia ficar? — perguntei. — Não acha que é perigoso? Não acha que vai acabar se magoando se passar todo esse tempo com o Mick e a Sally? Hein, Emi? — sussurrei. — Está dormindo?

Talvez sim, talvez não. Mas não respondeu.

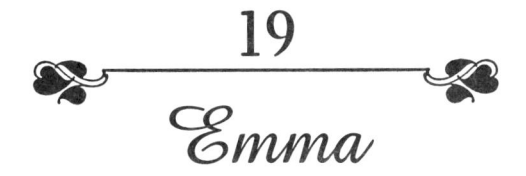

19
Emma

A Rudy e a Isabel acabaram saindo tarde no domingo, no final do dia. Assim que foram embora, fui dar uma volta na praia. Eu devia ter ficado para ajudar a Lee a dar uma arrumada na casa, já que a Mick, a Sally e o Henry iam chegar dentro de uma hora, mas não fiquei. Por que não? Não foi por preguiça: simplesmente não queria estar lá quando eles chegassem. Não podia me imaginar ao lado da Lee à balaustrada, olhando para eles, acenando e sorrindo abertamente, perguntando: "E aí, fizeram boa viagem? Que bom!" Além disso, eu queria que o Mick tivesse algum tipo de aviso. Ele não estava me esperando, e seu semblante costuma ser muito transparente; seria terrível demais se ele ficasse muito feliz em me ver, mas pior ainda se ficasse... qual seria a palavra? Circunspecto.

O dia tinha sido maravilhoso. Céu azul, com nuvens brancas, mar tranqüilo, gaivotas e maçaricos-brancos, conchas. Areia. A maré estava subindo, sei disso porque as pessoas estavam colocando os guarda-sóis e as toalhas mais para cima. Mas, de modo geral, eu estava distraída; podia estar caminhando pelas ruas do centro de Poughkeepsie que não ia fazer a menor diferença. "Você não acha que vai acabar se magoando?" Sim, Rudy, é bem possível. Por que não pensei nisso antes? Acho que porque o amor não só é cego, como masoquista.

Desde a festa da Lee, eu o tinha visto apenas uma vez, no ateliê dele. E também nos falamos numa outra oportunidade ao telefone.

Nas duas ocasiões, o clima entre nós ficou pesado, deixando algo no ar, algo oculto. Por incrível que pareça, os problemas que tenho com os homens não são uma necessidade minha, não sou uma dessas mulheres que vivem procurando os mesmos defeitos, sejam quais forem eles, nos sujeitos com os quais se relacionam e inconscientemente acham isso o máximo. Não, eu pego uma disfunção diferente a cada vez e, assim que a descubro, dou o fora o mais rápido possível. Então por que estou me atormentando com o Mick, que não tem qualquer disfunção? Por que ele continua a me ligar? Não somos irresponsáveis — por que estamos agindo assim?

Quando se corta caminho pelos quintais das três casas que ficam entre a da Lee e a praia, evita-se por completo a estrada, o que é conveniente, caso se esteja descalça. A Lee proibiu esse atalho porque é "ilegal", mas, quando não está com a gente, nós o utilizamos de qualquer forma. Eu estava na primeira das três casas, quando escutei a risada alta, aguda e entusiasmada da Sally Draco. Foi quando me dei conta de que tinha cometido um dos piores erros da minha vida.

Não dava para vê-los ainda, só escutá-los: o linguajar arrastado, de barítono, do Henry, a fala rápida e clara da Lee e o tom de voz mais alto e estridente da Sally, com suas conclusões precipitadas.

O que é que fui fazer? Não pertencia ali a nada. Já eles pertenciam um ao outro. Tarde demais, não havia escapatória. Bateu uma sensação de solidão e estremeci, arrasada e deprimida com a consciência de que eu merecia tudo o que ia ter que enfrentar.

Ninguém me viu, apesar de já estar subindo a escada de madeira da varanda. Estavam ocupados demais rindo e conversando. Não; alguém reparou em mim. Fitei-o surpresa, como se um animalzinho tivesse aparecido repentinamente no meu caminho. Uma criança — Jay, o filhinho do Mick; tinha me esquecido por completo dele. Será que Lee sabia que vinha? Estava sentado, de pernas cruzadas, no chão da varanda, com os joelhos ossudos, os cabelos louros. Olhou para cima, sem se sobressaltar, deixando de lado por alguns instantes a cativante tarefa de dar nós na rabiola de uma pipa. Os olhos azuis me examinaram rapidamente, com uma curiosidade tímida e séria. Assim que sorri, ele virou o rosto em busca dos pais. Quase podia ouvi-lo gritar: *Dá pra virem me ajudar?*

— Ah, você está aí! — exclamou o Henry, por fim me vendo. Todos se viraram. Caminhei na direção deles, sorrindo, sorrindo, "Oi, tudo bem, como foi a viagem?", beijando o Henry, dando um abraço forçado na Sally, quando ela me obrigou. Acenei alegremente para o Mick, a dois metros de distância de mim. Mal o olhei; eu me limitei ao alcance da minha visão periférica, como se ele fosse o sol. Mas deu para notar que tinha cortado o cabelo, o que fez com que parecesse mais jovem, quase um adolescente. Era um corte malfeito, dava para ver o couro cabeludo branco nas laterais. E ele parecia estar pálido demais, com uma expressão tensa, a barba por fazer formando um contraste negro-azulado contra a pele branca. Será que esteve doente?

— Que bom que resolveu ficar — disse Sally. Ela segurou minhas mãos e fitou-me. — E aí, como vão *as coisas*, tudo bem com *você*?

Passou pela minha cabeça a idéia aterradora de que ela sabia de tudo e estava me torturando. "E aí, como vão *as coisas*, tudo bem com *você*?" — não dou respostas diretas a perguntas desse tipo nem para a minha mãe.

— Estou bem, *estou bem* — respondi, tentando reproduzir sua entonação. — Esse é o seu filhinho?

Funcionou, ela soltou minhas mãos e o chamou.

— Jay, vem dizer oi para a Emma.

Ah, pobrezinho. Por que as pessoas fazem isso? Era tudo o que o Jay queria fazer, vir até aqui e conhecer uma velha amiga dos pais. Ele se levantou e veio devagar, sussurrando, obediente, um "oi" e esticando a mão para me cumprimentar, enquanto olhava fixamente para os meus joelhos. O Mick colocou as mãos sobre os seus ombros e o garoto se recostou nele, relaxando. Era tal como eu tinha visto na foto, ou seja, angelical. E se parecia um pouco com a mãe, por causa dos cabelos louros e olhos claros, mas havia algo nobre e marcante no contorno do seu rosto, e isso só podia ter vindo do pai. Não que eu esteja tomando partido.

— Gente, vamos colocar nossos calções e biquínis e ir para a praia — sugeriu Henry, para a alegria do Jay.

— Eu não vou — objetei. — Já tomei muito sol hoje.

Isso provocou as habituais brincadeiras e os risos de incredulidade à minha custa. O Henry foi particularmente criativo, chamando-me de "sereia albina" e comparando meu tom de pele ao do Gasparzinho, o fantasminha camarada.

— Tudo bem — disse para ele. — Estou acostumada com a zombaria dos ignorantes e inconscientes, que não vão morrer de rir quando estiverem comendo capim pela raiz por causa do melanoma.

Mas o motivo real, claro, era evitar testemunhar aquela saudável diversão em família, os risos, borrifos d'água e pulos, um momento Kodak após o outro. Quando todos finalmente foram embora e me deixaram sozinha, preparei um enorme gim-tônica e o tomei no chuveiro. Eu podia escorrer pelo ralo com a água e a espuma de sabão e sumir que ninguém sentiria minha falta.

Consegui me recuperar a tempo para ir jantar. Nós nos espremermos na caminhonete dos Patterson e fomos até o Brother's, onde comemos até não poder mais churrasco, peixe frito e toneladas de salada de repolho entupida de maionese. Sentei na frente da Sally, que não parou de falar. Seu cabelo estava com um tom novo, aparentemente dispendioso, de louro-acinzentado, que contrastava com as sobrancelhas negras e bastante arqueadas e os imensos olhos azuis. Ela seria uma mulher fascinante se conseguisse fechar a boca. Tinha o hábito obsessivo de olhar para todo mundo depois de dizer qualquer coisa, não importando o quão irrelevante fosse, checando de forma compulsiva nossos semblantes, monitorando nossas reações.

Um riso falso marcava quase todas as suas frases, como se se sentisse obrigada a anunciar antecipadamente: *Isso vai ser engraçado.* Fiquei me perguntando se ela estava de porre. É provável que não, mas estava atacada, exaltada, falando de forma estridente.

Quem sabe estivessem brigando. O Mick, ao lado dela, não abriu a boca, dando apenas um sorriso forçado e educado de vez em quando. Mas, ainda assim, continuava a ser solícito com ela. Evitei olhá-lo diretamente, mas pude detectar um certo cansaço na sua forma de agir e até mesmo no modo como inclinou a cabeça. Não, acho que não estavam brigando. Era assim que viviam.

— O Mick vai procurar um emprego — anunciou Sally. Eu me virei de imediato para ele. Ela deu seu riso nervoso e se apoiou, brincando, no braço rígido do Mick. Nossos olhares se cruzaram por um instante e vi um certo desânimo. — Sabe, um emprego de verdade, que realmente dê dinheiro.

Lee fez um trejeito, constrangida. O dissabor da Sally era incomodamente óbvio. Além disso, a discussão em público da situação econômica pessoal quebrava a regra mais importante do livro de etiquetas da Lee. Mas ela fitou o Mick com expectativa, como todos os demais.

Ele se limitou a dizer:

— É verdade, estou pensando em trabalhar em outra área por meio expediente.

— Mas não vai parar de pintar, vai? — perguntei.

— Não. — Olhou-me de relance antes de desviar o olhar. — Não.

— É uma pena que não entenda de encanamento, ou podia vir trabalhar comigo — disse Henry num tom sincero que dissipou a tensão. — Que tipo de emprego está procurando?

— Vigia noturno — respondeu Jay.

O Mick riu, e o Jay também, surpreso.

— Foi uma brincadeira — explicou ao filho. — Como trabalhar no McDonald's.

— Ah, mas você ia poder ter um revólver se *era* vigia.

— Se fosse — corrigiu Sally, automaticamente. Deu o riso falso mais uma vez. — O Jay deu algumas sugestões de trabalho para o Mick: zoológico, McDonald's, caubói de rodeios.

— E a Força Aérea — acrescentou Jay.

— Já eu — prosseguiu ela — adoraria se ele conseguisse um trabalho temporário qualquer. Tudo por uma renda estável! Ah, ah!

Fiquei brincando com as batatas fritas frias do meu prato e mantive a cabeça baixa. O silêncio pesado pareceu durar uma eternidade. O que me deixou irritada foi saber que ele provavelmente nem a culpava. Ela o tinha convencido de que falhara, mas, como não conseguia ser direta a esse respeito, só soltava farpas.

— Vão aumentar o aluguel do meu ateliê — explicou Mick dentro em pouco, como se nenhum momento constrangedor tivesse ocorrido. — Ainda estou na fase de muito investimento e nenhuma renda, então provavelmente vou voltar para a firma onde trabalhei antes, desenvolvendo pesquisas sobre patentes, demandas *et cetera* e tal. — Ele me fitou. — Não vai ser tão ruim.

Ah, mas os seus quadros, os seus lindos quadros. Eu me senti mal. E amedrontada e furiosa com a injustiça. Se eu já não soubesse que o que sentia era amor, com certeza teria me dado conta naquele momento, pois seus quadros continuavam a não fazer o menor sentido para mim.

Quando finalmente terminamos o jantar e voltamos para casa, a idéia de passar diversas horas na companhia do Mick e da Sally me pareceu insuportável. Que pena, Lee, mas você vai ter que se virar.

— Você está bem? — perguntou-me ela, quando eu disse que ia para a cama mais cedo.

— Claro, estou sim. Acho que tomei sol demais. — Era um bom subterfúgio: sempre dava vazão às incontáveis piadinhas. O que demonstra que sou boa gente. Eu desejei boa-noite a todos e fui embora.

Então fiquei deitada na cama, escutando as conversas e os risos na varanda do andar de cima. Às vezes, dava para entender as palavras, mas, de modo geral, eu só acompanhava os tons. Ora mais altos, ora mais baixos, ora veementes, ora cautelosos. Eu me senti como uma criança enviada para a cama no auge da festa dos pais. Por falar em crianças, o Jay estava dormindo num colchonete no quarto do Mick e da Sally. Eu podia ter sugerido que ele dormisse no beliche vazio da Rudy. Mas fiquei quieta. Adivinhe por quê?

Em torno das onze horas, escutei passos na escada do lado de fora, na direção da estrada de terra. Quando olhei pela janela, não deu para ver que casal era, mas, dali a pouco, escutei a voz do Henry no andar de cima. Então me dei conta: o Mick e a Sally. Tinham ido dar uma volta. A lua estava cheia e romântica naquela noite. E como estavam com uma criança no quarto, preferiram...

Dizer a mim mesma *bem-feito* não adiantou nada, considerando que estava me roendo de ciúme. Os estalidos do meu relógio de viagem a cada minuto me faziam sentir como se uma bala estivesse entrando no cérebro. Lutei contra a imagem deles rolando na areia sob o luar, só que, uma vez formada a cena, não conseguia tirá-la da cabeça. A Sally é charmosa, não resta dúvida, especialmente quando cala a boca, e ele, com certeza, é um homem ardente, apesar de nunca ter me tocado.

Onze e trinta e quatro, era o que indicava o relógio, quando a Lee e o Henry passaram na ponta dos pés pelo corredor e fecharam a porta do quarto. Às onze e quarenta, eu me levantei e fui ao banheiro que estava compartilhando com os Draco. Entrei sob o pretexto de tomar um sonífero, mas o que queria mesmo — até eu me surpreendi, que coisa! — era ver o conteúdo da nécessaire do Mick. Só dar uma olhadinha. Ver o que levava quando viajava. Uma forma patética e constrangedora de ficar perto dele, mas eu já não tinha mais vergonha na cara.

Material para fazer a barba: sabonete Mennen e aparelho de barbear da Gillette, nenhum gel. Atadura Ace. Nenhuma escova, mas um pente. Tesourinha de unha. Um envelope de aspirina, manteiga de cacau, sal de frutas. Lentes para sol, do tipo que se encaixam nos óculos de grau. Nenhuma camisinha. Fio dental. Um tubo de antibiótico tópico. Desodorante em gel Brut. Pasta de dente Crest e escova Oral-B. Nenhuma camisinha. Caixa de fósforos e alfinetes e um monte de band-aids velhos no fundo da nécessaire.

Por que nenhuma camisinha? Pensei em três alternativas: o método contraceptivo ficava a cargo dela, estavam tentando ter um filho ou já não transavam.

A terceira alternativa ganhou de dez a zero das outras.

A nécessaire de maquiagem da Sally estava na parte de cima do vaso sanitário, mas não a toquei. Apesar da descoberta relacionada à camisinha, eu não buscava *informações*. Só queria dar uma olhada no que ele usava. Só isso mesmo. Uma atitude digna de pena, reconheço, mas queria passar o dedo na sua escova, ver quantas aspirinas ele tinha, cheirar seu sabonete. Ver se havia algum pêlo no seu desodorante. Pode rir, eu não me importo. Vou te contar, eu estava *perdidamente apaixonada!*

Às onze e cinqüenta e seis, eles voltaram. Revezaram-se no banheiro; à meia-noite e dez, já estavam deitados, com a porta fechada e a luz apagada. Não, eu não estava espiando pelo buraco da fechadura, deu para ver pelo reflexo no pinheiro que ficava diante das nossas janelas.

Silêncio.

Agora eu *realmente* poderia me dedicar à minha obsessão.

Não é nada fácil admitir que imaginar o seu amado nos braços da outra não só é uma tortura impiedosa, como também excitante.

Sinto muito, mas é, é sexy. Por que não? A angústia emocional e o desejo sexual nem sempre se anulam. Não mesmo, inclusive a amargura aumenta ainda mais o desejo. Obscurece-o. E procurar alívio sozinha, se é a única alternativa que resta, só faz com que você se sinta pior, ainda mais só e supérflua. Descartável. Nas horas sombrias e repugnantes que antecederam o amanhecer, pensei em pegar minhas coisas e me mandar; no entanto, a logística me desestimulou: eu teria que roubar um carro.

Quando, por fim, caí no sono, mergulhei num coma e dormi até a tarde. Isso já aconteceu antes; uma noite depois de eu ter expulsado Peter Dickenson do meu apartamento — faz anos, nem queira saber —, eu dormi umas vinte e quatro horas, como se estivesse morta. Não há nada de mais nisso, é mais seguro do que as drogas e as bebidas, e é mais barato. Tome isso como um barbitúrico natural.

Acordei e subi, ainda sonolenta — as áreas comuns da casa de praia ficavam no segundo andar; os quartos, no primeiro —, mas não tinha ninguém lá. Achei bom, até tomar a terceira xícara de café e comer o segundo sanduíche de queijo e tomate; então, comecei a ficar de saco cheio por não ter com quem conversar. Coloquei o biquíni e fui para a praia.

Que antiquado — os homens estavam jogando *frisbee*, enquanto as mulheres assistiam à partida. Tive que agüentar as perguntas sobre a minha saúde e, depois de assegurar a todos que estava bem, as brincadeiras sobre a minha indolência. Para aproveitar a sombra do guarda-sol da Lee, estiquei a toalha ao lado da dela. A Sally, por sua vez, estava do outro lado da Lee. Ajeitei minhas coisas — livro, protetor solar, óculos escuros, chapéu, toalha enrolada para servir de travesseiro — e me deitei de bruços. E fiquei observando os homens junto com elas.

Os três estavam jogando: o Henry e o Mick, nas extremidades, Jay, no meio. Os homens soltavam grunhidos e arremessavam o disco de forma vigorosa e olímpica um para o outro; já para o Jay lançavam-no suave e gentilmente, com bastante precisão. De certa forma, é reconfortante ver homens jogarem com crianças. Quando são pacientes e atenciosos, quando fazem concessões, quando procuram soluções conciliatórias e camuflam sua própria superioridade; em outras palavras, quando agem como mulheres, isso reforça nossa ilusão de que são civilizados.

Por trás do prazer tranqüilo de assistir ao jogo, eu estava preocupada com o Henry e a Lee. Examinei seus rostos e nenhum dos dois demonstrava mais do que um prazer insípido. Mas como podiam deixar de sofrer? Tal como a Rudy, fiquei feliz quando a Lee se abriu um pouco — o que raramente acontece — e nos contou seus temores e falou da angústia que sentia por não estar conseguindo engravidar. Como ela é a mais auto-suficiente de todas, raramente usa o grupo como terapia, tal qual as outras Graças. Então, apesar de supor que ela devia ter todos aqueles terríveis sentimentos — ciúme e mágoa, raiva e culpa —, fiquei chocada ao vê-la admiti-los. Naquele momento, imaginei que a Lee devia estar com o coração partido. Não me pareceu possível que ela pudesse evitar o sofrimento ao ver o Henry jogar tão carinhosa e gentilmente com o Jay, um verdadeiro querubim, personificação da criança perfeita e sonho de qualquer homem.

Mas eles estão bem, pensei. Tomara. Torço por eles, porque os dois foram realmente feitos um para o outro. A Lee foi superfranca com o grupo acerca da sua paixão pelo Henry desde o início e, quando eles estão por perto, dá para *senti-la*. Não que seja exagerada ou escancarada — longe disso! —, mas, veja bem, é possível sentir no ar as vibrações entre os dois. Em parte, pela forma como ele a olha, como se ela fosse a deusa do sexo, e ele não transasse há um século. E em parte, pela atitude moralista e careta da Lee. Vê-los juntos sempre faz a minha imaginação seguir um caminho sensual. Para ser sincera, fico meio excitada.

Antes de ir para o quarto na noite passada, fui até a varanda tomar um pouco de ar e encontrei a Lee e o Henry lá, encostados na balaustrada, num canto escuro. "Opa!" Fiz menção de dizer algo e sair dali. Os dois não estavam fazendo nada de mais — ele a estava abraçando por trás, e ela estava apoiada nele, segurando os seus pulsos. Sorriram para mim e voltaram a admirar a lua. Minha presença não os incomodou nem um pouco, mas *me senti* como se tivesse pegado os dois em flagrante. O momento era íntimo a esse ponto, protegido por uma parede, uma muralha de ternura que tinham erguido ao seu redor. Quando ele se inclinou e roçou sua face na dela, de forma lenta e suave, num gesto incrivelmente carinhoso, senti um nó na garganta. Desejei boa-noite e fui embora.

Oh, eu quero o que eles têm. Do fundo do coração. É o que todo mundo quer, não é? Ter uma relação doce e profunda com alguém. Sei que é uma ilusão, um sonho, que não é nada duradouro, que quase nunca é o que aparenta ser — não me importa. A forma como se uniram, a forma como se tornaram um só ser à penumbra... que poço de solidão aquilo abriu em mim. Realista ou não, há ocasiões em que eu aceitaria, com o maior prazer, o sonho.

— Vou sentir muita falta do balé — comentou Sally, sentando-se para passar protetor solar nas pernas. Olhei-a de forma indiferente.

— Eu estava contando para a Lee — explicou solícita, ansiosa por me incluir na conversa — que vou ter que sair da academia. Não podemos mais pagar, há várias outras coisas mais importantes. É a única atividade que dedico só a mim, então vai ser difícil. Mas o que se há de fazer? — Deu um sorriso resoluto e corajoso.

— É uma pena mesmo — disse eu. Notei que a Lee não fez nenhum comentário e mal a olhou. Hum. Há mais antagonismo aqui do que pensei. E eu estava tirando o corpo fora da única tarefa que a Lee tinha me designado, que era servir de intermediária. Eu me senti mal por causa disso, mas, caramba, ela tinha escalado a pessoa errada para o posto.

Não vi o *frisbee* chegar até ele atingir o meu ombro — pegou no osso e doeu pra burro. O Henry veio correndo, suando e resfolegando, arfando como um cachorro.

— Desculpa, Emi. Tudo bem?

— Claro. — Dei o *frisbee* para ele, sem perder a esportiva. Seu calção de listras azuis, brancas e vermelhas ia até os joelhos; era folgado e inusitadamente moderno. Ele arremessou o disco, bem acima da cabeça do Jay. O Mick dobrou os joelhos e saltou de forma espetacular, levando o filho a dar um grito de aprovação. Protegendo meu rosto com a mão, para que a Sally não me visse, examinei seu marido.

Sem dúvida alguma, tinha perdido peso. Estava magro demais. Não devia culpá-la, mas foi o que fiz. Com exceção dos braços, ele estava quase tão pálido como eu. Eu queria tocar aquela linha divisória em seus bíceps, que separava a parte branca da bronzeada, beijá-la, mordê-la. Parecia ilícito, quase tabu, comê-lo com os olhos daquela forma, examinar abertamente suas coxas e panturrilhas, o tórax, os pêlos do peito, a clavícula. Vê-lo pular e correr, quando antes só o tinha visto caminhar e sentar.

Era justamente o fato do Mick, suas pernas, suas costas esguias e seu abdome rígido serem *proibidos* para mim que os tornavam tão insuportavelmente atraentes — eu tinha plena consciência disso —, mas, de qualquer maneira, ele estava bonito, e muito, apesar do cabelo muito curto e de estar magro e pálido demais. "Ele lembra um pouco Daniel Day-Lewis", afirmara Isabel algum tempo atrás. Eu, é claro, fiquei quieta, mas me lembro de ter pensado: *O Daniel não chega nem nos pés dele.*

Mas por que não paro de pensar nele? Por que essa necessidade desgraçada, lunática e autodestrutiva de não tirá-lo da cabeça? Por que não consigo esquecê-lo — por que ele não consegue me esquecer?

No meu caso, é porque eu simplesmente não consigo resistir. Por mais que eu tente, vejo que a minha necessidade (não o meu desejo; já ultrapassei essa fase) é mais forte do que minha discrição (mas não do que minha consciência; ainda não fizemos nada de errado). A meu ver, os nossos encontros esporádicos são indiscretos, não imorais. Só fazem mal a mim e a ele; não prejudicam ninguém mais.

Ah, meu Deus, essa é a parte tentadora e perigosa, a possibilidade dele sentir o que eu sinto. E acho que é esse o caso. Ele não consegue disfarçar muito bem — sou muito melhor nisso —, então não esconde a satisfação quando estamos juntos e nunca fala de maneira fria ou polida ao telefone. Estamos tendo conversas cada vez mais íntimas. Na última, comecei a contar para ele sobre a última vez em que vi a minha mãe e acabei descrevendo a minha infância. Como me senti, quando meu pai foi embora, como me senti, quando morreu. Agora ele está a par de detalhes da minha vida que só a Rudy conhecia.

Sei de detalhes sobre ele também. Posso imaginar o quão bom sempre foi, ganhando medalhas de atletismo e tirando sempre dez para o pai e a mãe, dando o máximo de si para deixar os pais adotivos orgulhosos. Estando orgulhosos, não se arrependeriam do que tinham feito. Ele me disse que não decepcionou apenas a Sally, quando abandonou o direito, mas também os pais, porque suas expectativas eram muito mais altas. Agora acha que fazem pouco dele com os amigos — mas de uma forma gentil e afetuosa, filosófica. "O que vai fazer agora?", ele os imagina perguntar.

Então, sabemos de muita coisa um sobre o outro. A nossa amizade é peculiar, como prisioneiros que batem papo através da tubulação ou se comunicam via código Morse, batendo canecas de estanho na parede. Compartilhamos segredos, mas não nos tocamos.

O Jay se cansou e veio se arrastando até o nosso cantinho sob o guarda-sol. Jogou-se entre a minha toalha e a da mãe e pediu um refrigerante do isopor. Bebeu fazendo barulho, observando o Mick e o Henry, cujo jogo tinha se tornado mais competitivo com a saída do menino.

— Oi — disse Jay, sorrindo, timidamente, com o canto dos lábios.

— Oi.

— Você dormiu até tarde — observou.

— Hum-hum. Eu estava cansada.

— Por quê?

— Hã... — Pensei. — Tive pesadelos.

Ele assentiu.

— Eu tenho pesadelos, sabe, aí eu acordo, e o meu pai vem. Às vezes, a minha mãe vem. Aí eu durmo de novo.

— Eu também. — Com exceção da parte do pai e da mãe. — Com o que você sonha?

— Com monstros. E você?

— Ah, geralmente eu sonho que estou atrasada para alguma coisa e que não consigo encontrar o lugar. — Perdida e atrasada, sonho com isso o tempo todo. — Não sei onde fica a estação ferroviária, mas às vezes procuro também a rodoviária, e todo mundo me dá instruções diferentes. Aí o trem chega, ou o ônibus, mas não sei para onde vai, não consigo ler o número, e estou atrasada, superatrasada, e aí tudo começa a se repetir, até que o tédio me faz acordar.

O Jay me olhou por alguns segundos e então arrotou.

— Desculpa — sussurrou, olhando de soslaio para Sally. Ela se limitou a sorrir e a arquear a sobrancelha.

Gostaria de poder dizer que ela é uma mãe ruim — não, não, não, estou falando no sentido figurado, eu não estou louca a ponto de desejar uma mãe horrível para uma criança indefesa. De qualquer forma, ela *não* é uma mãe ruim, parece inclusive ser muito boa, pelo que pude ver com meu olhar cínico: é muito atenciosa e tranqüila, e bastante carinhosa. Ainda assim — você sabia que logo, logo ia aparecer um *porém* —, o Jay se comporta de maneira diferente quando está com a Sally. Dá risadas e fica à vontade com o pai, feliz e brincalhão, e calmo, um garoto normal e bem ajustado. Mas com a mãe, ele fica logo sério. As sobrancelhas pueris se franzem e ele a observa com atenção, preocupado. Com cinco anos e meio, já é uma figura e tanto.

Não que eu entenda muito de crianças. De jeito nenhum; eu morro de medo delas. São tão autônomas ou algo assim, são tão impiedosamente honestas. Como a ironia não faz parte do seu vocabulário, elas nunca entendem as minhas piadas. De modo geral, não me meto com elas; mas, como era de imaginar, fiquei fascinada com aquele menino, então dediquei a ele muita atenção. O que vi foi um garoto ansioso e educado, tímido e muito meigo, porém cauteloso e extremamente observador para a sua idade. Como se algo o impelisse a checar sempre a temperatura de toda e qualquer atmosfera emocional em que se encontrasse.

Por incrível que pareça, o Jay chegou à conclusão de que gostava de mim. Isso aconteceu na noite passada, no Brother's, e pude notar a mudança com clareza, sentir a decisão, à medida que ele a tomava em seu rosto infantil, puro e sincero. Não me pergunte por quê, já nem me lembro do contexto, mas eu estava concentrada num mini-discurso sobre as perversidades do antropomorfismo e a incrível arrogância dos seres humanos com relação às supostas criaturas inferiores — está certo, eu tinha tomado umas cervejinhas —, e, a título de exemplos, citei nomes dados nos Estados Unidos, como "peixe-de-panela", "tartaruga-caixa", "ratinho-de-bolso" e "foca-pele". Todas criaturas humildes cuja existência tínhamos definido e delimitado, nomeando-as de acordo com a maneira como se relacionavam *conosco*. Por algum motivo, o Jay achou engraçadíssimo o nome "peixe-de-panela" e começou a rir, sem parar.

Seu riso era baixo, gorgolejante e adorável, a essência do deleite. Era contagiante e, dentro em pouco, estávamos todos dando risadas junto com ele. Então, eu e o Henry começamos a citar os peixes com os nomes mais bobos que pudemos lembrar para estimulá-lo de novo: peixe-trombeta, peixe-elefante, peixe-cão, peixe-cachimbo, peixe-beijador — dá para ter uma idéia. Quando eu disse peixe-piolho, o Jay se escangalhou de rir e quase caiu da cadeira. Eu me diverti muito: acho que encontrei minha melhor audiência. E, quando ele se recuperou, continuou a me olhar com um largo sorriso e com a expressão mais marota e fofa possível.

Então, eu me pergunto: estou sendo presunçosa ou este é o garoto mais legal e esperto que já conheci?

Tive a sensação de que o dia foi terminando cedo, de forma indolente — também, pudera, eu tinha acordado supertarde. No jantar, comemos hambúrgueres e salsichas grelhadas na casa de praia mesmo. Depois a Lee me pegou sozinha e quis saber o que havia de errado.

— Errado? Nada? Errado? O que quer dizer? — Tentei parecer surpresa, mas comecei a entrar em pânico. Será que ela sabia?

— É o Mick, não é?

— Não! — neguei, aterrorizada.

— O que não consigo entender é *por que* não gosta dele.

— Mas eu *gosto...*

— Eu não devia ter pedido para você ficar. Sinto muito, Emi. — Ela tinha limpado praticamente todo o fogão. Sentou-se na copa, com uma toalha de prato úmida numa das mãos e um copo de água gelada na outra. Parecia estar brava e irritada. Ela pressionou o copo na testa e pela primeira vez notei que parecia estar cansada.

— Não — insisti. — Para mim, foi um prazer ficar. Sério, estou me divertindo.

Ela desconsiderou o que eu disse com um gesto.

— Não a culpo por se afastar. Eu faria o mesmo, se pudesse. Para falar a verdade, é a companhia de Sally que já não me agrada tanto quanto antes — sussurrou. Uma precaução desnecessária, pois não havia ninguém mais na casa além de nós: Henry, Mick, Sally e Jay tinham ido caminhar ao luar. Lee passou os dedos pelos cabelos curtos, suspirando. — Eu só queria que ela parasse de me contar detalhes que não me interessam.

— Detalhes pessoais?

Assentiu.

— Quando começamos a ficar amigas, contei a ela algumas coisas sobre mim; sobre nós, Henry e eu. Nada muito íntimo — acrescentou rapidamente. — Nada do que eu contaria ao grupo...

— Não, imagine!

— Mas meio pessoais, sabe?

— Claro.

— No entanto, eu já parei, e ela *continua* a me contar coisas.

— Tipo... — Aguardei esperançosamente. Sem nenhuma vergonha na cara.

— Tipo: eles estão fazendo terapia de casal há cinco anos, sendo que estão casados há seis!

— Uau! — O Mick nunca tinha me dado uma pista disso. Como é discreto. Na mesma situação, acho que quase todos os homens teriam, você não acha? Uma tremenda desculpa: "Meu casamento está uma droga, vamos para a cama."

— E detesto a forma como ela fala do marido — prosseguiu Lee, aproximando-se de mim. — Henry adora Mick, e eu também. Somos mais leais a ele do que a Sally.

— O que é que ela fala?

— Ah, sabe, como ela se aborreceu com a mudança de emprego dele e as conseqüências que isso teve no estilo de vida deles, como tudo mudou. Ela é de Delaware, aparentemente de família abastada. Chegou a me dizer: "Não comprei essa idéia." Depois riu, fingindo que tinha sido brincadeira, mas não tinha sido.

— Não.

— É tão... Isso me deixa tão furiosa. Eu me casei com um encanador, mas nunca tive vergonha de Henry, nunca. Faz parte do que ele é, é uma parte do todo que eu amo. — Sentou-se, soprando a franja para afastá-la dos olhos. — Mas e se ele resolvesse de uma hora para a outra parar de trabalhar com isso e se tornar... sei lá, fabricante de vinho. Será que eu ia gostar disso?

— Bem, ia?

Ela meneou a cabeça.

— Não ia me importar.

— Não, não ia. Porque tem consideração por ele.

— E é o homem que eu amo.

Pensei na Sally e no homem que ela amava. Pelo visto, ela amava Mick, o advogado. O sr. Michael Draco era digno do seu amor, especialmente quando estava com o terno de três peças e usava suspensório. Mas Mick, o pintor sem um tostão, não era. Ela não tinha comprado essa idéia.

Ah, ela era uma figura e tanto. Sua insegurança era digna de pena, e sua falsidade era digna de desprezo. Mas era uma boa mãe; de alguma forma, com o Jay ela tinha conseguido superar todas as suas neuroses.

Pobre Mick. Até eu podia ver que ele não tinha para onde correr.

Em torno das dez, naquela noite, o Jay acordou gritando. No início, nem o escutei; estávamos os cinco vendo TV no andar de cima, apesar do Henry ser o único a prestar atenção — era um jogo de basquete. O Mick deu um pulo primeiro, mas a Sally disse que ia vê-lo; saiu apressada da sala.

A Lee estava lendo. Colocou a revista de lado e perguntou:

— Ele costuma ter pesadelos, Mick?

— Ultimamente ele tem tido, sim. Acho que quase toda noite. — O choro cessou por completo. Ele relaxou um pouco; seu semblante já não estava tão tenso.

— Não é raro nesta idade — assegurou Lee. — Na verdade, é possível que seja mais comum ter do que não ter. Não devia se preocupar tanto. Sério.

Ele lhe agradeceu com um sorriso.

— Sei que é normal, mas mesmo assim...

— É desconcertante.

O Mick se levantou de novo.

— Vou dar uma olhada. Checar, sabe, ter certeza — sussurrou, desculpando-se, e foi até lá. Voltou após alguns minutos, parecendo aliviado. — O Jay já voltou a dormir, está tudo bem — informou, e todos dissemos "Que bom!". — Ah, a Sally resolveu se deitar. Pediu para eu desejar boa-noite.

Então ficamos nós quatro, passando a nossa última noite de forma tranqüila, lendo e vendo TV. O Henry ocupou sozinho o sofá; estava com uma cerveja apoiada no peito e, de vez em quando, murmurava coisas do tipo *"Como assim foi falta?"* e *"Está esperando o quê? Joga a bola, pô!".* A Lee estava sentada à mesa de jantar, lendo a *Vogue* de julho. O Mick olhava ora para o jogo, ora para o livro, um exemplar de biblioteca chamado *Assassinato na vila do rock*. E eu? Fingia ler o último livro de Louise Erdrich, que tinha levado com a intenção de impressionar as pessoas; porém, na verdade, estava observando o Mick. E, às vezes, era ele quem me observava.

A Lee bocejou e se espreguiçou.

— Bem, eu vou dormir. Henry?

— Eu também. Daqui a pouco.

— Boa-noite, gente — disse Lee para mim e para Mick. Também lhe desejamos boa-noite.

O daqui a pouco do Henry durou uns quinze minutos, já que seu time pedia tempo toda hora. *Eu devia me retirar antes dele,* pensei inúmeras vezes. Ia ficar sozinha com o Mick, e isso seria constrangedor. Mas eu reli umas mil vezes o mesmo parágrafo e não me movi.

Por fim, o Henry se levantou de um pulo do sofá, revitalizado pela vitória do seu time no último minuto.

— Jogo emocionante! Lee já foi pra cama?

Demos uma risadinha e dissemos que sim.

— Então, vamos sair cedo ou tarde amanhã?

— Nós vamos cedo, infelizmente — respondeu Mick. — Os pais da Sally vão jantar lá em casa. — Supus que vinham de Delaware. Os pais endinheirados.

— E você, Emi? Está com pressa?

— Não, na verdade, não. O horário que você e Lee escolherem estará bom para mim.

— Ótimo. A gente vai pra praia de manhã, então. — Nunca vi alguém gostar tanto de praia como o Henry. Nem a Isabel gosta tanto. Parece uma criança. — É claro que você deve ter atingido sua quota máxima a essa altura do campeonato. — Teve que acrescentar: — Quantos minutos já passou diretamente no sol neste fim de semana? Dez? Quinze? Ah, ah, ah!

— Ah, ah.

Ainda rindo, ele acertou a lata de cerveja no lixo.

— Três pontos! — E subiu.

Tinha deixado a TV ligada. Eu e o Mick nos olhamos e, em seguida, dirigimos nossa atenção aos comentaristas esportivos, um negro e um branco, que recapitulavam o jogo. Fizemos isso por algum tempo. A voz de um outro locutor nos avisou que, se continuássemos ali, íamos acompanhar o noticiário esportivo, com os resultados de todos os estados. Eu me levantei.

Não sei por que o ambiente estava tão tenso. Já tínhamos ficado sozinhos antes. Éramos *amigos*. Mas, quando olhei para o Mick, meus músculos não me obedeceram. Fiquei ali com os joelhos fracos, respirando rápido, achando que minha pele já não me pertencia: estava fina demais, sensível, extremamente tensa.

Ele se levantou também. Bastou uma olhada e nossas defesas se desmoronaram. Para ser sincera, não sei quem se moveu, quem estendeu a mão primeiro. Mesmo nos últimos segundos, não houve qualquer tipo de malícia — só um toque, um roçar de dedos para dar boa-noite. Mas demos as mãos com força e, no instante seguinte, estávamos nos abraçando.

Nós nos separamos rapidamente. Resignada, eu me agarrei à lembrança de seus ombros rijos, o cheiro de algodão de sua camisa, achando que era tudo o que teria. Ele disse algo. Não consegui entendê-lo, estava atordoada.

— O quê? — Agarrou a minha mão e me levou para fora, para a varanda.

Clara demais, exposta demais. Descemos a escada o mais silenciosamente possível; eu estava descalça e o Mick, com o tênis desamarrado. Debaixo da casa, no espaço escuro entre o carro dele e um depósito trancado, paramos. Houve um último instante de sanidade antes de nos encararmos, sem nos tocar. Podíamos voltar, podíamos só conversar...

Nós nos beijamos. Foi doloroso, não agradável; no entanto, não pude evitar — como se estivesse bebendo água salgada por estar morrendo de sede, sabendo que ia morrer no final, mas incapaz de controlar a vontade irresistível de tomá-la. Agarrei seus braços, cobri sua boca com a minha, pressionando meu corpo contra o dele. Ele nos virou, apertando-me contra a lateral do depósito. Minha cabeça bateu em algo: a caixa de fusíveis de metal.

— Ai! — Mick começou a se afastar, mas eu o agarrei, com sofreguidão.

— Quero que me beije — pedi, apesar dele já estar me beijando. Repeti a frase várias vezes, como se fosse uma obscenidade excitante, porque era bom dizer a *verdade* para variar, deixar claro, ao menos naquela vez, o que eu realmente queria. Ele não foi tão eloqüente — murmurou palavras sujas entre os beijos, que para mim soaram como poesia. Acariciou os meus cabelos.

— Tão linda — disse e meu coração disparou. Nunca tinha me elogiado antes. Significou tanto para mim. Eu o beijei com suavidade, não como uma louca, e ambos começamos a tremer. Ele deslizou as mãos pelas minhas costas, por baixo da blusa. Pele contra pele.

Estremecendo, com a respiração entrecortada, fiz a pergunta inevitável:

— Mick, Mick, aonde podemos ir?

O clarão da luminária fez seus olhos brilharem, quando virou o rosto, olhando ao redor. Vi o mesmo desdém inconseqüente que eu estava sentindo. Pegou a minha mão. Passamos pelas colunas e deixamos o piso de concreto para trás, seguindo pela grama ao longo de uma trilha estreita e retirada, ladeada de pinheiros, que separava Neap Tide da casa de praia que ficava atrás. Dali a trilha ia para o mar. Para onde estava me levando? Será que deitaríamos entre os pinheiros e nos beijaríamos mais, no escuro? Caminharíamos até a praia para transar na areia fria sob o luar? Eu o segui sem querer saber de nada, cega, adorando a sensação de estar sendo levada, e feliz pela escolha ser dele, não minha.

Pisei num ouriço.

Mick segurou meu cotovelo, quando comecei a pular com uma perna só e a praguejar. Levantei o pé para trás e puxei os espinhos dolorosos, mas só consegui tirar parte deles; assim que dei outro passo, comecei a mancar de novo.

— Sente-se — disse ele, e afundamos na areia.

Isso não era típico da minha vida? Uma analogia real? Uma performance artística inesperada? Ele me fez esticar a perna e apoiar o pé no seu colo. Tentou ser gentil, mas, quando por fim retirou o último espinho da parte macia da planta do meu pé, já tínhamos mudado. Tínhamos voltado a ser o que éramos antes. Seres racionais. Senti tanto a perda que quis chorar.

O vento espalhou a maresia e agitou os estornos e os talos leves dos capinzais de aveia-do-mar. Havia incontáveis estrelas, mais do que o céu escuro, e a lua já não estava tão cheia. Ficamos ali parados, ouvindo o estrondo constante das ondas, entreolhando-nos. O Mick examinou a mão que circundava meu tornozelo, pálida sobre a pele ainda mais pálida, e eu considerei o peso da minha panturrilha sobre a sua coxa. Ele estava com uma calça cinza e uma camiseta preta. A luz do luar ressaltou os fios grisalhos de seu cabelo demasiadamente curto, e eu me aproximei para tocá-lo, impelida por uma ternura profunda e irresistível. Começamos a falar ao mesmo tempo. Com um gesto, cedi a vez para ele.

— Quando chegamos aqui e soube que você ia ficar... — disse Mick, sem concluir a frase. Eu me aproximei ainda mais. — Pensei que só encontraria... seus vestígios. Estava louco para encontrar um livro que você tivesse lido e deixado de lado, uma... — Sorriu. — Uma toalha úmida.

— Eu mexi na sua nécessaire — deixei escapar. — Só quis dar uma olhada, tocar nas suas coisas. — Ele pousou a mão no meu rosto e fechei os olhos. — Não deveria ter ficado. Oh, Mick. Eu me dei conta disso assim que o vi.

— Mas estou feliz por você ter ficado.

— Também estou, mas isto é uma loucura.

— Eu sei.

— O que é que a gente vai fazer?

— Não sei.

Tanto esforço para não ter que fazer escolhas! Essa tinha sido a minha esperança secreta, que o Mick assumisse o controle, tomasse todas as decisões, dissesse para mim o que eu deveria fazer e me *obrigasse* a seguir adiante, se eu resistisse. Como um pai age com uma filha.

Eu me senti constrangida.

— Emma, não acho que posso deixar a minha família. Deixar o Jay.

— Eu sei, sei disso, não estou pedindo para você fazer isso. — Afirmei rápido, titubeando por causa da pressa. Não podia passar por sua cabeça que eu queria destruir seu casamento; ainda assim, ele partiu meu coração com sua determinação, com sua firmeza. Eu não achava que aquilo era um jogo, mas precisava de algo, algum fio de esperança fictícia ao qual me agarrar.

Coloquei a mão sobre a dele, que ainda estava em minha face.

— Tenho tanta coisa para dizer a você. — Ele inclinou a cabeça, aproximando-se mais. — Mas, ao mesmo tempo, não tenho nada a dizer, se não se julga capaz de deixá-la.

Ele engoliu em seco, com o semblante angustiado.

Eu também estava sofrendo.

— Você ainda transa com ela? Teve outras mulheres além de mim? Eu não sei nada sobre você. Como posso estar apaixonada? A gente nem foi para o cinema juntos! *Detesto* isto. Queria andar de mãos dadas com você, Mick, poder ligar quando quiser...

Aquilo era uma tortura. Ele não disse nada, não respondeu. Até mesmo naquele momento, não conseguiu falar comigo sobre o seu casamento, não pôde trair a Sally. E aquele seria o momento perfeito para dizer: "Emma, estou um trapo, ela não me entende, vamos nos tornar amantes." Mas o Mick não tinha nenhuma crítica a fazer, nenhum papo-furado de cara casado, não podia se justificar enumerando as falhas da esposa. E, sobretudo, não podia abandonar o filhinho, que já se preocupava com a mãe e acordava gritando por causa dos pesadelos.

— Isto é tudo, não é? Isto é tudo o que vamos fazer! — Toquei os lábios do Mick, seu rosto com a barba por fazer. Acariciei os cabelos. — Querido, quem foi que cortou o seu cabelo desse jeito? — perguntei, com a voz embargada de emoção, sentindo meus olhos se encherem de lágrimas.

— Eu não queria que isto acontecesse. A última coisa que eu queria era magoar você — disse ele.

— Eu sei. De qualquer forma, já é tarde demais.

— Emma...

Então nos beijamos de novo, com os olhos cerrados com força, como se pudéssemos nos manter cegos para o fato de que não havia esperança, de que estávamos apenas adiando o inevitável. Mas, caramba, como foi bom tocá-lo, acho que foi a atitude mais honesta que tive desde que o conhecera.

No entanto, era preciso parar. Recuamos vacilantes, com a respiração entrecortada, como adolescentes no banco traseiro do carro, num drive-in.

— Meu Deus! — exclamei.

E ele deixou escapar:

— Nossa, Emma! — Voltamos a nos sentar e a nos entreolhar.

— Muito bem — disse eu —, terminou. Já chega. Porque isto está acabando comigo.

Ele me ajudou a levantar. Pode parecer bobagem, mas eu precisava de ajuda. O Mick olhou por cima da minha cabeça, em direção à casa, e eu me virei também, por puro reflexo. Não havia nada de mais, as luzes não estavam acesas no andar de cima, não havia nenhuma esposa desconfiada no canto da varanda, com as mãos na cintura, perscrutando as dunas. Mas a ansiedade dele me afetou. Fez com que me sentisse mal.

— Quer que eu volte primeiro?

O Mick me lançou um olhar penetrante.

— Não.

— Vê só como a gente ia se comportar numa situação assim? — perguntei meio ansiosa. — A gente nem ia se divertir. Não podemos mais nos ver, Mick, de jeito nenhum. Não me ligue, não faça nada.

Assentiu. Ele colocou as palmas das mãos na testa.

— A Lee e o Henry com certeza vão continuar a fazer reuniões.

— É verdade. Mas, se eu souber que você foi convidado, não vou.

— Não, você vai, eu não.

— Não, você é amigo do Henry, e eu me encontro com a Lee sempre. Vá você.

Eu me virei e comecei a caminhar para a casa, concentrada no caminho, de olho nos ouriços traiçoeiros. Outra metáfora para a minha vida. Mick e eu não tínhamos chegado à praia, nem fizemos amor de forma arrebatadora e extasiante à beira do mar. Por causa de alguns espinhos, nós nos sentamos na areia fria e nos conformamos com alguns beijos furtivos.

Nunca choro na frente de ninguém. É uma questão de orgulho ou talvez seja uma fobia. De qualquer forma, nunca choro. Imagine meu dissabor quando chegamos na escada externa de madeira e me dei conta de que não conseguia parar de chorar. Eu poderia ter acenado e corrido para cima sozinha — ele nunca teria se dado conta. Mas não queria deixá-lo ainda.

— Merda! — sussurrei, quando ele me abraçou. Estaríamos seguros ali? E se alguém viesse? O Henry, para fumar um charuto? O Jay, sonhando acordado? A Lee, impelida por uma compulsão súbita de varrer a varanda? — Detesto isto, detesto!

— Eu também, e a culpa é minha. Juro que nunca quis isto.

— Pára de dizer isso, ninguém tem culpa. De qualquer forma, não fizemos nada de errado.

— Estou fazendo você sofrer.

— É verdade. Eu o perdôo.

Nós nos beijamos, sorrindo. Mas então eu arruinei tudo ao dizer:

— Não sou deste tipo — assegurei, usando sua camiseta para secar minha face. — Não sou mesmo, é a primeira vez.

Ele fingiu acreditar em mim. Enxugou as lágrimas que escorriam em minha face com os dedos, então se debruçou e encostou seu rosto no meu. — Sinto muito magoá-la. Mas não lamento que isto tenha acontecido. Estive mentindo desde o início.

— Eu também estive.

— Ao menos...

— É... — Ao menos já não estávamos mentindo mais, o que era melhor do que nada.

— Vou sentir sua falta — murmurou.

— Oh, não sinta. — Mas não me afastei. Eu queria cada segundo fútil e agonizante.

Um último beijo, muito suave. Sem paixão, apenas um beijo de despedida. Não gosto de sentir o coração partido. É romântico, mas dói como um ácido.

— Tchau. Vou dormir até mais tarde amanhã, Mick. Não quero ver você.

E essas foram as últimas palavras. Os faróis de um carro saíram da estrada e vieram na direção do nosso *cul-de-sac*; era o carro de um estranho, mas nos assustou. Nós nos afastamos. Eu me virei e subi correndo, mas andei na ponta dos pés quando entrei, passando pelo quarto fechado da Sally e entrando rapidamente no meu.

Fechei a porta. Sentei na cama, no escuro, e esperei até escutar o Mick no corredor. Sua porta abriu e fechou suavemente. Prestei atenção como um animal, como um lobo, mas não houve qualquer ruído, nenhum som de vozes. Nada.

Eu tinha todo o tempo do mundo, a noite toda, para amargar aquela decepção. Queria que ela o tivesse pegado, queria que tudo tivesse ido por água abaixo.

Ele está errado; devia deixá-la para ficar comigo. Posso fazê-lo feliz, posso me apaixonar pelo Jay. Para ser sincera, já me apaixonei.

Mas...

Mas o que eu mais gosto no Mick é justamente sua honestidade. Maldito seja. Acabou comigo.

20
Isabel

Descobri o purgatório. Não o inferno — é tedioso demais. O purgatório é parcamente iluminado, tem paredes em tom lilás, é atapetado e silencioso como uma biblioteca, exceto pela televisão colocada na parede, sempre ligada na CNN. Chama-se Centro de Imagens Diagnósticas.

Meu batimento cardíaco diminui invariavelmente na sala de espera. Basta sentar-me em uma das cadeiras de pinho, forradas de tecido, com acolchoado fino, para sentir meus músculos faciais esmorecerem. Não consigo enxergar bem; o ambiente fica turvo e nebuloso. Minha energia, meus nervos esvaem-se nas paredes de tom pastel e no teto ladrilhado, nas reproduções neutras de Renoir. *Por favor, cuidem de mim*, é o que me resta pedir. *Sejam gentis. Não me machuquem.* Trata-se de uma entrega, uma renúncia, a versão médica de "Em Tuas mãos". Trata-se de uma total passividade. Não há nada que eu possa fazer. É um alívio me render, parar de tentar controlar minha vida, mesmo neste curto espaço de tempo.

Hoje estou aqui para tirar uma radiografia do pulmão. Concluí há pouco várias sessões de radioterapia no quadril. Seja lá o que fizeram, conseguiram dar um jeito — quase não sinto dor agora e já ando sem mancar. Considerando isso, era de supor que eu me sentiria mais à vontade neste lugar. Mas não. Lembro-me da Graça: apesar de nunca a terem machucado no veterinário, ela começa a tremer de medo assim que sente o cheiro do estacionamento da clínica.

No entanto, ninguém parece estar com medo aqui, nem mesmo as crianças. Estudo disfarçadamente meus companheiros de radiologia, em busca de sinais de desespero, pânico, devastação. Nunca tenho sucesso. Ninguém chora baixinho, falando consigo mesmo, ninguém se desespera. Será que ajo da mesma forma? Esses pacientes poderiam estar na sala de espera de um corretor de seguros, de um dentista. Será que tenho a mesma expressão vazia e resignada, nem um pouco melodramática?

— Sra. Kurtz?

Uma jovem magra, de cabelos claros e sardenta sorriu para mim da porta dupla. Eu a segui por dois corredores curtos até o cubículo onde deveria me trocar.

— Como vai, tudo bem? — perguntou-me no caminho. Fechou a cortina de um dos trocadores. — Tire tudo da cintura para cima e ponha um desses robes. Voltarei em seguida. Está bem?

Tirei o suéter, a camisa e o sutiã com prótese e coloquei o robe de algodão azul. Parecia cadeiruda, com o robe amarrado à altura da cintura sobre a calça. Meu rosto estava lívido sob a luz fluorescente; apesar disso, senti uma onda de amor-próprio, uma autocompaixão dolorosa. Ah, pobre Isabel.

A técnica voltou. O crachá em seu uniforme dizia que ela se chamava srta. Willett. Ao ingressar na espaçosa sala de raios X, comecei a tirar o robe, mas ela disse:

— Assim está bem. — E me colocou diante de um quadrado branco de madeira, ou plástico, semelhante a uma tabela de basquete, com os braços abertos. Desapareceu. Escutei sua voz do outro lado da sala; tinha se posicionado atrás da barreira protetora. — Muito bem, não se mova. Respire fundo. Prenda a respiração. Prenda. Pode soltar. — Tirou ainda uma radiografia de lado e outra de costas.

— Já terminamos. Aguarde um instante, está bem? Já volto.

Nunca é apenas um instante, geralmente passam-se cinco, dez minutos. Ela foi consultar a radiologista, que iria verificar a qualidade das radiografias. Às vezes, é preciso refazê-las. Essa é a pior parte, aguardar o regresso da técnica. De qualquer forma, ela nunca diz nada quando volta; essa tensão não faz o menor sentido. Não obstante, nunca deixo de senti-la. O medo, o fatalismo e a autopiedade chegam ao máximo nessa etapa. Costumo ir para a seção de revistas, onde escolho uma qualquer. Fico em pé, de frente para a parede, folheando as páginas com receitas de frango light, artigos sobre os milagres dos antioxidantes, propagandas de moda: "As calças de tecido esvoaçante e brilhante são a opção mais sexy à noite."

— Tudo certo! — afirmou a srta. Willett animadamente, voltando da saleta de mãos vazias. — A senhora pode se vestir. — Examinei seu rosto. Era comiseração o que detectei em sua voz? Ela já sabia qual tinha sido o resultado dos raios X. Será que a médica tinha apontado para uma mancha na radiografia e meneado a cabeça para ela? Não, não podia ser. Seu sorriso era muito mais alegre. Eu não podia estar com uma metástase no pulmão; caso contrário, seu semblante não estaria assim.

Estando certa ou não, comecei a me sentir cada vez melhor. O fato de poder me vestir no trocador, em vez de me despir, fez toda a diferença, emocional e mentalmente. Pegar o elevador até o térreo, andar com passadas largas até a calçada, respirar o ar puro, não-hospitalar, tudo isso me fez sentir uma nova mulher. Do lado de fora, eu era normal — não mais definida por uma doença — e indistinguível em meio à multidão apressada, alvoroçada, distraída e saudável. Tal como essa gente, eu podia ser imortal.

Passei pela avenida Pensilvânia e dobrei na rua K, caminhando devagar. Eu não havia prestado atenção no tempo, a caminho do hospital. Se tivesse feito isso, é possível que tivesse me ressentido. Porque estava perfeito, era um daqueles dias deslumbrantes do finalzinho do verão, quando o outono está para chegar. Havia um cheiro agradável no ar e os raios do sol batiam nas folhas envelhecidas, cansadas e ainda verdes das árvores, parecendo estar sob o efeito do filtro de gaze de um fotógrafo compreensivo. Apesar de o tráfego ter começado a ficar mais pesado, os transeuntes pareciam estar calmos, sem estresse, tão cativados por aquele finalzinho de tarde agradável quanto eu.

No entanto, quando cheguei à praça Farragut, já estava cansada demais para esperar o ônibus na rua Connecticut. Comprei um cafezinho numa barraca — o único vício que ainda tenho é o da cafeína; fora isso, minha dieta é estritamente macrobiótica — e me sentei em um banco, no parque.

Comecei a me dedicar a uma brincadeira mórbida que, às vezes, me pego fazendo em momentos inusitados. Quando passavam por mim senhoras enrugadas, crianças, jovens, mocinhas bonitas, mães com bebês, adolescentes de cara fechada e velhos, ora apressados, ora titubeantes, ora cautelosos, eu pensava: *Você vai morrer. Você vai morrer e você vai morrer, e você vai morrer, e você também vai morrer, e você vai morrer, e você vai morrer, e você vai morrer.* Eu certamente não fazia isso para me consolar. Talvez fosse uma forma de me convencer do impensável, do bizarro: que ninguém sai vivo dessa. A verdade é que ainda tenho dificuldades de acreditar na morte. Sim, até mesmo agora.

Quem sabe não seja importante, de qualquer forma. Talvez seja suficiente estar viva e ter consciência disso. Neste momento que jamais se repetirá na vastidão do tempo, eu, Isabel, tenho o privilégio milagroso de existir. De sorver um cafezinho quente incrementado com um delicioso creme não-lácteo. Saborosíssimo. De ouvir o canto dos estorninhos nos carvalhos. De sentir o cheiro ora agradável, ora desagradável, em virtude da poluição, da brisa. De tocar o banco gasto no qual me encontrava, que adquirira uma textura aveludada, após ser amaciado por milhões de traseiros. Aqui estou, no mundo, agora, neste momento. Não estava aqui antes, não estarei depois. Simplesmente existo, e isso é esplêndido. Uma honra e um privilégio. Um fenômeno incrível.

— A senhora se importa?

Virei-me e vi um homem inclinado em minha direção, do outro lado do banco, com um amplo sorriso. Fiquei sem ação até ele indicar com o braço o espaço vazio ao meu lado.

— Sim... não, não, pode sentar-se. — Movi-me alguns centímetros, aproximando a bolsa de meu quadril.

Ele contornou o banco dando uma série de passos curtos e arrastados e sentou-se de forma vagarosa e rígida. Ao expirar, deixou escapar um *ahhh* de alívio. Foi se endireitando aos poucos, indo para trás em estágios, como um cachorro se acomodando na porta da varanda. Olhando de relance, vi quando tirou um lenço do bolso do cardigã marrom grosso, quente demais para uma tarde amena de setembro, e o levou delicadamente ao nariz com a mão ossuda e descolorada. Virando o rosto todo em minha direção, dando o sorriso mais largo que eu já vira, praticamente de orelha a orelha, comentou:

— Lindo dia, não é mesmo?

— Lindo — assenti.

— Não gosto da umidade.

— Eu também não. Mas hoje não está úmido.

— Que dia *incrível* este.

— É mesmo.

O velho esticou as bochechas manchadas para os lados do rosto, tal qual um sapo; seu olhar tênue e amável foi de mim para os ramos das árvores, no alto. Colocou as mãos debaixo do joelho e puxou a perna, cruzando-a com um suspiro enfadado. Seus pés sobressaíam nas meias bege e sandálias marrons gastas, provavelmente por ter joanetes, calos e sabe-se lá o que mais.

— Onde comprou café? — perguntou-me.

— Do outro lado da rua — indiquei-lhe.

Ele sorriu e disse:

— Ah! — Meneou a cabeça. — O cheiro está ótimo.

— Quer também? Eu pego um copo para o senhor!

— Não, não. Muito obrigado! — Ele sorriu, mostrando a dentadura postiça branca e brilhante. — Já não tomo mais, estava afetando o meu humor. Mas adoro o cheiro. Não é como o cigarro. Parei de fumar também, mas o cheiro é ruim demais, insuportável. A senhora fuma?

— Não, nunca fumei.

— Fez bem. Minha senhora também não fumava. — Começou a tossir no lenço, uma tosse pigarrenta, forte, típica de velhos. Virou o rosto para cuspir de forma discreta no lenço e, em seguida, colocou-o no bolso. Meteu a mão dentro do cardigã e pegou, de algum bolso, uma fotografia. Não, duas. — Olhe aqui a Anna, minha senhora. Nós nos conhecemos na Itália, durante a guerra. Era italiana.

Quis que eu pegasse as fotos e não me limitasse a vê-las em sua mão. Foi o que fiz e vi duas versões de Anna: magra e graciosa na primeira, roliça e bonita na segunda, com o mesmo sorriso misterioso em ambas. Misterioso para mim — é difícil saber ao certo qual o significado do sorriso de uma pessoa desconhecida.

— Eu a perdi em 1979. — Suas bochechas esticaram e encolheram, esticaram e encolheram.

— O que aconteceu? — Uma pergunta muito íntima que não consegui deixar de fazer.

— Teve câncer cervical.

— Lamento. Tem filhos?

Meneou a cabeça.

— Tivemos uma bebê, mas nós a perdemos muito rápido. Depois disso, não conseguimos ter mais.

— Sinto muito mesmo. — Tive de me conter para não tocá-lo. E disse isso com excessiva veemência; como já fazia tanto tempo, minha comiseração deve ter soado exagerada.

Ele abriu bem a mão à altura dos joelhos de sua calça marrom brilhante; era um jeito diferente de dar de ombros.

— Obrigado — disse, com muita dignidade. — A senhora é casada, se é que posso perguntar?

— Não. — Por algum motivo, acrescentei: — Tenho um filho.

— Ele é casado?

— Não. Mas mora com uma pessoa. — Uma mulher da qual só ouvi falar, ainda não a conhecera. Susan; é professora primária. Quando perdi Terry? Ele fora estudar em Montreal e nunca mais voltara. Tentei, por muito tempo, evitar chamar isso de fuga, mas, após tantos anos, já não era possível. Terry fugiu do pai e de mim. Não o culpo e não acredito em arrependimento crônico, mas esse malogro é a terrível tragédia de minha vida.

— É o que fazem hoje em dia, não é mesmo? — comentou o velho. — Ninguém acha nada de mais.

Assenti.

— Nós costumávamos chamar isso de situação improvisada. — Riu com vontade. — Eu me chamo Sheldon Herman. Não vou lhe dar um aperto de mão porque estou resfriado.

— Muito prazer, Isabel.

— O prazer é meu. Olhe aqui. — Pegou outra fotografia. — Esta é a Moxie. — Uma vira-lata de orelhas caídas, com características de pastor alemão e olhos vermelhos por causa do flash. — A melhor amiga do homem — comentou Sheldon, com sua voz grossa. — Ela era ótima. Muito carinhosa. E me fez muita companhia, depois que perdi minha senhora. Morreu em 1988, aos treze anos.

Deixei escapar um suspiro de compaixão.

— Eu a enterrei no quintal. Fiz um minifuneral, sabe, com flores e tudo, e coloquei a bola de tênis de que Moxie gostava junto dela, próximo às patas.

— Ah.

— Depois disso, tive de me mudar. Sabe como é: quando envelhecemos, obrigam a gente a se mudar. Então agora moro em um asilo. É razoável. Poderia ser pior. — Virou o corpo fraco e disforme para mim. Crateras do que antes deviam ser espinhas abundavam em suas bochechas com a barba branca por fazer. Era difícil supor qual teria sido seu tom de cabelo natural, se claro, escuro ou algo intermediário. Agora já estava desbotado. Não lhe restava quase nada.

— O que mais me fez falta — continuou — foi não tomar conta de ninguém. Onde estou agora, cada um se vira. Tenho um quarto só para mim. Só há homens lá. — Examinou-me, dando aquele simpático sorriso largo de novo. — A senhora é do tipo medrosa, Isabel?

— Como assim?

— É do tipo que tem medo de aranhas e coisas assim?

— Não — respondi devagar —, não diria que sou desse tipo. Por que pergunta isso, sr. Herman?

— Bem, não vá desmaiar — pediu, olhando para baixo, enfiando a mão no bolso mais afastado do cardigã. Assumi uma atitude um tanto rígida, não cheguei a me alarmar, mas fiquei alerta. Tirou algo que eu não pude ver, até ele abrir a mão manchada e cheia de veias. Uma ratinha. — Eu a encontrei em uma armadilha que colocaram na cozinha. A pata está esmagada, está vendo? Ela manca. Eu poderia lhe mostrar, mas é possível que tenha um troço. Eu a chamo de Brownie. É minha companheira agora.

— É fofinha. — E era mesmo. Tinha os olhos brilhantes, os dedinhos cor-de-rosa e pelagem sedosa, castanho-avermelhada. Dali, de sua mão, olhava ao redor nervosamente, movendo o bigode.

— Eu dou queijo, pão e outras coisas para a Brownie. Salada. Não sei se sabem que estou com ela, mas ninguém reclama. Quer acariciá-la? — Seus olhos envelhecidos brilharam, desafiando-me.

Passei o dedo nas costas macias da ratinha.

— Ela lhe faz companhia — afirmei.

— Isso mesmo. É preciso contar com algo. Com qualquer coisa, desde que esteja vivo. Não pode ser um objeto; a única condição é que respire. Sempre achei isso. Mais ainda ultimamente. Creio que faz parte do envelhecimento.

— É.

— Sabe, eu gostava da minha senhora mais do que de mim mesmo, mais do que tudo no mundo, mas, quando olho para trás, parece que não foi o bastante. Queria tê-la de volta, para ser ainda melhor. Com certeza, seria.

Ergueu a ratinha e beijou-a na cabeça com os lábios finos. Em seguida, colocou-a de novo no bolso, com muito cuidado, como uma mãe põe um filho para dormir.

— Dia lindo — repetiu com um suspiro, inclinando-se para trás para fitar os ramos sobre nossas cabeças. — O verão já está acabando, não está? Aposto que não restam muitos dias como este.

— Não — concordei. — Não restam muitos.

Dali a pouco, vi meu ônibus chegando à rua K. Despedi-me do sr. Herman e deixei-o no banco, sorrindo para mim, enquanto o ocaso sombreava sua figura de ombros caídos.

Quando cheguei em casa, não entrei de imediato. Contornei o prédio para dar uma olhada em meu jardim. Melhor dizendo, no jardim de Kirby; ele é que se encarregara de escavá-lo e lavrá-lo para mim na primavera passada, quando eu estava me recuperando das primeiras sessões de quimioterapia. E também o aguara e capinara no verão, quando eu voltava para casa das classes noturnas, sem energia para fazer nada, a não ser cair na cama. Sem Kirby, eu não teria perdido tempo com o jardim este ano, embora ele seja, sem dúvida alguma, uma das vantagens incluídas em meu contrato de aluguel. A sra. Skazafava, a dona do apartamento, tinha cuidado sozinha de todo o terreno atrás do prédio, uma área de quase duzentos metros quadrados. Àquela altura, estava velha demais, o que a levara a dividir a área em quatro para uso dos inquilinos. Por incrível que pareça, nem todos os lotes eram utilizados, apesar de o prédio ter doze apartamentos. Eu me encarregava de um todo verão, desde que me mudara — aquele era meu terceiro ano. Adoro jardinagem. É uma terapia.

Kirby encontrara um tronco de madeira na aléia, na primavera passada, e o levara até o jardim para que servisse de banco. Como minhas pernas começaram a doer, sentei-me nele. Quase todos os inquilinos plantam hortas, mas prefiro flores. Nesta época do ano, eu tinha mais folhagens do que flores, mas as cleomes cor-de-rosa e brancas ainda estavam floridas, bem como as ásteres e nicotianas, a boltônia replantada, as *Chelone obliqua* com as cabeças de tartaruga cor-de-rosa. O sol se pôs de vez. Uma abelha circundou o plectranto e voltou para a colmeia. Do outro lado da aléia, minha vizinha Helen abriu a porta traseira e bradou o canto esperançoso, de duas notas, que as mães utilizam para chamar os filhos.

Ouvi passos; quando me virei, vi Kirby chegando, caminhando pelos blocos de concreto que dividiam os lotes do jardim. Estava com seu uniforme de verão: calça estilo militar cortada, camiseta cinza e sandálias velhas, sem meias. As sandálias me fizeram lembrar do sr. Herman e de seus pés ossudos, possíveis focos de dor. Senti certa melancolia.

Kirby parou ao meu lado, com as mãos nos bolsos.

— Oi — dissemos ao mesmo tempo, sorrindo e meneando a cabeça. Mas, apesar de semicerrados, seus olhos mostravam-se penetrantes.

— Já está quase na hora de plantar os crisântemos — comentei.

— Olhe só como a anêmona está bonita, e a cimicífuga também. Você colocou-as no lugar perfeito.

Ele se agachou ao meu lado, apoiando os antebraços nos joelhos ossudos, apertando as mãos.

— E então, como foi?

Durante alguns instantes, não me dei conta do que ele quis dizer.

— Ah, a radiografia? Bem, tudo bem.

— Disseram alguma coisa?

— Não, mas nunca dizem; o médico entra em contato, se houver algum problema.

— Sei. — Franziu o cenho, mas não disse mais nada. Adoro esse seu jeito. Sei que se importa, mas demonstra sua comiseração por meio de ações, não de palavras. E é um dos poucos homens que não se sentem obrigados a opinar a respeito de tudo. Ou, pior, a ter soluções para tudo.

Kirby inclinou a cabeça, a fim de olhar para a grama. Seu pescoço delgado pareceu desprotegido e delicado, como o de um jovem. Tive vontade de massagear os tendões rígidos, os cabelos sedosos que formavam uma ponta na extremidade. Estendi a mão. Levantou o rosto e meus dedos roçaram em sua bochecha. Em vez de me retrair, abri a mão e toquei com suavidade sua face. Acariciei-o.

— Isabel — disse ele, estarrecido.

— Eu posso morrer — comecei a dizer. — É possível que eu consiga escapar, mas é possível também que isso não aconteça. Provavelmente não acontecerá. Tem consciência disso, não tem?

— Tenho.

— Tem mesmo? Tem plena consciência, entende de fato?

— Entendo. Estou ciente de tudo isso. — Ele levou minha mão aos lábios. Fiz menção de puxá-la, mas ele a segurou. Não tínhamos nos tocado, não dessa forma, desde que me beijara sob o poste de luz.

Acariciei as maçãs do rosto magro. Ele cerrou os olhos.

— Estou doente, Kirby, e careca, meu corpo não traduz a verdadeira Isabel. Não sei como é possível querer isto, mas...

— Mas...

— Se quiser... — Um acesso tolo de timidez me fez calar. Tive um pavor irracional de expressar o que eu, naquele momento, chegara à conclusão de que mais desejava.

Kirby levantou-se, sem soltar minha mão, e fez-me levantar com cuidado.

— Não mudei. Nem um pouco. Só estava esperando... — Parecia estar muito agradecido. Passou os braços em volta dos meus ombros e apertou-me.

Eu estava me sentindo tão bem que mal podia acreditar.

— Só se você me quiser mesmo — sussurrei à altura de sua camiseta. — Não por piedade. Por favor, não minta.

Ele recuou, apertando-me com força.

— O que foi que aconteceu?

— Nada...

— Você não piorou?

— Não!

— Jura?

— Estou bem, não aconteceu nada. Sério. — Nada que eu pudesse lhe explicar naquela hora, de qualquer forma. Simplesmente tinha mudado de idéia. Isso teve a ver com meus arrependimentos e com minha determinação de tentar evitar ter outros, enquanto pudesse. E também com o fato de ter percebido que não importava de onde vinha o amor ou quando chegava ou que forma assumia. Não queria acabar desejando ter feito tudo com mais empenho, melhor e de outra forma. Tinha de aproveitar a vida, enquanto podia. Ali, naquele momento.

— Está certo, então, Isabel — disse Kirby. — Pare de falar bobagens e vamos entrar.

Sonhei que estava trancada em um armário alto e escuro. Eu metia os dedos na faixa de luz tênue e fina debaixo da porta fechada, gritando: "Socorro, alguém me ajude, deixem-me sair daqui", até que a luz enfraqueceu e desapareceu, e fiquei só, na mais absoluta escuridão. Eu tentava gritar, mas a voz não saía. Quando acordei, meu rosto estava banhado em lágrimas.

Kirby estava dormindo em seu lado da cama, de costas para mim. Nem se moveu quando coloquei a mão debaixo de seu corpo, entre o colchão e a cintura quentinha. Aguardei a palpitação suave, minha ou dele, acalmar-me.

De qualquer forma, era um pesadelo antigo. Eu sabia o que significava e tinha tanta familiaridade com ele que já não ficava totalmente paralisada até o amanhecer. Concentrei-me no ritmo da respiração de Kirby, reconfortante como um batimento cardíaco, e voltei a dormir.

Quando acordei, não senti aquela ansiedade vaga e momentânea que se transforma em pânico intenso e paralisante, que faz meu coração parar e deixa-me acalorada e vermelha. *O câncer voltou e desta vez vai me matar.* Esperei, mas, diferentemente das outras vezes, o ato de acordar não foi traiçoeiro e senti-me segura.

Ao virar o rosto, admirei o perfil de Kirby, com seu nariz arrebitado, contra a luz tênue do amanhecer. Ou ele estava meditando ou dormia. Supus que dormia, embora os vincos de sua face austera não estivessem relaxados e a respiração que lhe saía das narinas brancas e delicadas fosse inaudível. Pensei em Gary e tentei não fazer comparações.

Creio que fazer amor com alguém pela primeira vez é sempre constrangedor — e até ontem eu só havia passado por isso uma vez. Fazer amor com uma mulher calva, com um só peito, pela primeira vez, deve ser ainda mais constrangedor. Para mim, a novidade de me deitar com um homem com o *físico* de Kirby, totalmente diferente do de Gary, bastou para reprimir a paixão e deixar-me nervosa e apreensiva. E, às vezes, o prognóstico de desastre torna-se realidade justamente por ter sido previsto.

Kirby salvara-nos; não posso receber qualquer crédito por isso. Eu quase arruinara tudo. Quando tiramos a roupa e nos deitamos, admirei seu corpo rijo e pensei em Gary. Perguntei-me se Kirby estava pensando na esposa e fiquei aflita, achando que ele poderia sentir pena agora que estava ali comigo — pena e pesar —, mas limitou-se a me tocar. E tocou-me com extremo carinho. Mais uma novidade para mim.

No final, fui facilmente seduzida. "Pare de pensar!", exclamara ele, pressionando-me com força por dentro, dando-me seus beijos intensos e românticos. *Falar é fácil, fazer é que são elas*, pensei, mas, ainda assim, deixei de lado algumas coisas. Ele me fez esquecer da peculiaridade, da falta de jeito e da esquisitice — diriam alguns — de nossa união. Por alguns instantes, até me esqueci do pior, do medo profundo que nunca me abandona. Um clarão irrompeu e deixou-me sem fôlego. Mas, dali a pouco, pensei: *Este desprendimento é uma preparação*, e arruinei o momento. Uma divagação sem dúvida alguma mórbida; fiquei bastante chocada comigo mesma.

Entretanto, a longa noite estava apenas começando. Antes de dormirmos abraçados, Kirby conseguira curar minha morbidez, ao menos temporariamente. Era um homem de numerosos e surpreendentes talentos.

Não acho que o sexo, o ato de amar, transforme as pessoas. Emma discordaria de mim, mas o fato é que não sou romântica. Dito isso, tenho de admitir que me sentia diferente naquela manhã. Fiquei imóvel e então me dei conta do que estava faltando.

O pavor.

Os raios de sol da alvorada entravam de forma difusa pelas bordas da cortina e, naquela luz débil, examinei as linhas da palma de minha mão. De acordo com uma delas, que circunda praticamente todo o meu polegar, viverei até os cento e dez anos. Não tomo isso de forma leviana; ainda assim, penso que realmente não faz muita diferença. As revelações de ontem perduram. Em última instância, diante da magnitude do Universo, era irrelevante minha vida durar outros cinqüenta anos ou apenas cinco. O importante era vivê-la, não ficar esperando as coisas acontecerem. Estava viva naquele momento — podia colher flores, acariciar a cachorra, saborear torrada com açúcar e canela. Seria uma idiotice de minha parte deixar minha mortalidade, a qual esteve presente desde o início, desde o momento em que nascera, estragar meu amor por aquelas coisas. Então, não ia deixar que isso acontecesse. Teria de me lembrar disso o tempo todo, mas, a partir daquele momento, pretendia viver até morrer.

Acordei Kirby, a fim de lhe contar isso. Saiu do sono profundo e, após dar umas piscadelas, acordou de vez. Seu sorriso era estonteante.

— Obrigada — disse eu, em vez de lhe contar minha epifania.

— Por quê?

— Pelo presente que me deu.

— Presente. — Senti que ele achou que estava me referindo ao sexo. Na verdade, é bastante revigorante, quando Kirby age como um homem típico. — Ledo engano o seu — disse com a voz rouca, passando a língua nos dentes. Seu antebraço cabeludo contrastava, escuro e chamativo, com o tom rosa virginal da coberta. — Não lhe dei nada, Isabel, só peguei o que quis.

— Você não vale nada!

Seus lábios curvaram-se.

— Não distorça as coisas. Não me encare como altruísta e benfeitor. — Aconselhou, ficando mais sério. Colocou as duas mãos em meu rosto, fazendo carinho, com os polegares, no que me restava de cabelos nas têmporas. É um homem muito romântico. Para mim, tudo o que faz é perfeito.

— Tenho muita sorte — dei-me conta de repente e beijei toda a sua face, surpresa. A partir daquele momento, lembrei-me, nada de ficar esperando; dali para a frente, nada, a não ser viver. — Tire proveito de mim de novo — sugeri. Um bom começo.

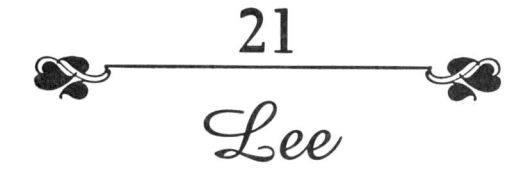

21

Lee

Eu estava cochilando quando Henry atendeu ao telefone no corredor, após o terceiro toque. Escutei-o dizer:

— Oi, Emi! — com uma voz alegre enquanto subia as escadas. — É, ela ainda está deitada. Bem, ainda está sentindo um pouco de dor. Hum-hum. Disseram que deve ficar um ou dois dias. Ontem. Não, correu tudo bem. — Parou na entrada do quarto. — Espera aí, vou dar uma olhada. — Cobriu o telefone com a mão. — Você está acordada? Quer falar com a Emma?

Olhei-o friamente.

— Correu tudo bem?

Henry fechou a cara; já não parecia mais estar tão feliz.

— Aqui está a Lee — disse ao telefone. — Ela vai te contar tudo.

Peguei o telefone e cobri-o com a mão.

— Por que disse a ela que tudo tinha corrido bem?

— O que eu quis dizer — explicou — é que não houve complicações. — Teve a audácia de soar exasperado.

— Você está feliz, não está? Por que não admite logo?

— O que está querendo dizer?

— Já não é mais por sua culpa.

— Lee, você está... — Respirou fundo, tentando se controlar. — Está maluca — disse, em voz baixa, e saiu do quarto.

Sequei os olhos com um lenço novo e disse alô ao telefone.

— Oi! Como é que foi, como está se sentindo?

Ah, pare de falar assim, pensei. Estava tentando soar como quem? Uma enfermeira?

— Estou bem. Cansada.

— Ah, é? Não está com dor?

— Agora não.

— O que foi que fizeram?

— Uma HSG, ou histerossalpingografia, e depois uma laparoscopia.

— Uau! Tomou anestesia?

— Para a HSG, não, mas para a laparoscopia, sim.

— Doeu?

— Doeu.

— Oh, Lee. O Henry ficou com você?

— Teve de trabalhar. Mas me pegou depois e me trouxe para casa.

Pausa. Ela finalmente notou meu tom de voz triste. Perguntou, hesitante:

— As notícias não são boas? Descobriram alguma coisa?

— Tenho algo, "SIN". SIN de Salpingite Ístmica Nodosa. Não é irônico?

— O que é isso?

— Quer dizer que há obstrução tubária; portanto, pequenas coisas, como óvulos, espermatozóides e embriões, não podem passar.

— Essa, não! Oh, Lee! Podem dar um jeito nisso?

— Às vezes. Mas não no meu caso, porque minhas trompas estão danificadas em ambas as extremidades.

— Que merda!

— É.

— Mas tem que haver algo que possam fazer. Hoje em dia...

— A única alternativa é a fertilização *in vitro*.

— É a do tubo de ensaio...

— Recolhem um óvulo do ovário para que seja fertilizado pelo espermatozóide em um laboratório. Quando o embrião se forma, é transferido para o útero.

— Sei. E aí... vai dar certo?

— É possível. As chances aumentam quando utilizam sêmen doado.

— Sêmen doado. Quer dizer que o do Henry não?

— Isso.

— Você... ele seria...

— A essa altura, não quero nem saber.

— Ah. E o que o Henry acha disso?

Já estava farta de responder a essas perguntas.

— Isso está ficando pessoal demais — comentei.

Emma respirou fundo.

— Poxa, sinto muito, eu só... não deveria ter perguntado, é que normalmente a gente... bem, de qualquer forma, sinto muito.

— Tudo bem.

— Então o próximo passo será a fertilização *in vitro*. Bem, tenho certeza de que vai dar certo. Na verdade, eles deveriam ter começado com isso, mas, olhando para trás, é fácil ver as coisas com clareza.

Esperei.

— Bem, ah, parece estar cansada, então vou deixá-la ir. Vou contar para a Rudy como você está, ela provavelmente vai ligar.

— Está bem.

— Não é incrível que ela tenha começado o curso de paisagismo? Mal posso acreditar! Eu tinha certeza de que o Curtis ia tentar impedi-la ou de que ela ia dar para trás. Mas achei muito legal a nossa Rudy pôr as manguinhas de fora.

— É, é fantástico.

— Já falou com a Isabel?

— Ontem à noite. Rapidamente.

— E como ela estava?

— Bem. Ficou chateada quando lhe contei o que tinham descoberto. Sobre a obstrução tubária.

— Mas qual foi a sua impressão? Soou animada?

— Soou animada, aliás, animadíssima. Tenho de desligar.

— Lee? Querida, lamento, sei que isso é difícil, mas...

— Não, não sabe, não faz a menor idéia. Só espero que nunca aconteça com você, Emma, porque então não vai pensar que é um assunto tão banal.

— Eu não acho que seja banal! O que está querendo dizer? De onde você tirou essa idéia?

— Tenho de desligar.

— Bem, desligue, então.

— Está bem.

— Oh, Lee...

Desliguei. Avisei que tinha de ir, então não estava batendo o telefone em sua cara. Tecnicamente.

Levantei-me e vesti-me.

Henry estava mexendo algo em uma panela grande no fogão. Virou-se quando me ouviu.

— Já se levantou. — Pareceu surpreso, mas não particularmente satisfeito. — Não devia ficar deitada? Eles disseram...

— Um dia ou dois, e já faz um dia. Estou me sentindo bem. Vou até a casa de Isabel.

— Para a casa dela? Mas estou fazendo o jantar... já são sete horas.

— Eu sei que horas são. Não estou com fome. Muito menos para comer *chili*. — Era o único prato que ele sabia cozinhar, mas, ainda assim, quanta falta de discernimento! Você não acha que *qualquer um* teria o bom senso de saber que *chili*, um prato picante, não era adequado para uma pessoa em convalescença?

Mas tudo nele me aborrecia, a camisa de flanela, a forma como derramou molho no chão com a colher de pau, o novo corte de cabelo, feminino demais. É por isso que tínhamos brigado na semana anterior. "Você já está velho demais para usar o cabelo tão comprido", eu lhe dissera, então ele resolveu cortá-lo sem me consultar. Não gostou quando lhe disse: "Está parecendo o Príncipe Valente. Se era para mudar o corte, tinha de mudá-lo direito, tentando parecer um homem normal, para variar." Ficamos sem nos falar por dois dias.

— Pois bem — disse-lhe naquele momento. — Já vou.

— Quando vai voltar?

Pus o casaco com cuidado; quando eu fazia movimentos bruscos, sentia algo repuxar no abdome.

— Não sei.

— Bem, então me liga, quando for sair — pediu, mexendo o *chili* de novo.

— Por quê?

— Para eu saber.

— Saber o quê?

Olhou ao redor com irritação.

— Que você está voltando!

— Que diferença faz?

Ele se virou, bravo. Ótimo.

— Se eu for seqüestrada, o que você vai fazer? Se alguém me assaltar em Adams-Morgan, que diferença vai fazer eu ter ligado para você antes de sair...

— Então não me liga, pô! — Jogou a colher no fogão. — Não me liga, deixa pra lá! — Saiu da cozinha e foi para a sala de TV.

Meu estômago doeu. Eu o segui, furiosa.

— Você está feliz, não está?

— Merda! — Jogou o controle remoto na mesa de centro.

— Não tem nada a ver com o seu precioso sêmen. O problema sou eu.

— Está ficando maluca.

— Não, não estou. Não venha me dizer que, no fundo, não se sente aliviado!

— Lee, isso tem a ver com *a gente*, e não apenas com um de nós.

— É, e você está feliz da vida. Nada como ter alguém com quem dividir a culpa.

— A culpa? — Praguejou de novo, algo que sabe que eu odeio. — Por que alguém tem que levar a culpa? Aconteceu, não é culpa de ninguém...

— Ah, não é tudo o que você queria?

Henry passou a mão nos cabelos, desalinhando o corte de pajem.

— Aonde quer chegar?

Eu não tinha a menor idéia.

— Não quero chegar a lugar algum. — Comecei a chorar.

Ele não se moveu, não veio me consolar. Ficamos nos extremos opostos da sala, encarando-nos.

— Vou para a casa de Isabel — afirmei e fui embora.

Kirby atendeu a porta. Estava segurando um guardanapo e teve de engolir algo antes de dizer:

— Entre.

— Essa não. Vocês estão jantando... sinto muito, achei que já...

— Lee? — chamou Isabel. Kirby abriu a porta completamente e eu a vi no canto da cozinha, que ela chama de sala de jantar. — Entre, já estávamos terminando.

— Entre — repetiu Kirby, fazendo um gesto com a mão. Até a Graça veio me cumprimentar.

Entrei.

O apartamento parecia um caramanchão, uma igreja. Em todas as mesas, em todas as prateleiras das estantes havia vasos de flores: dálias, petúnias, amores-de-moça e ásteres. Estava tocando música clássica e havia um cheiro exótico no ar, uma combinação de incenso e gengibre. Comida chinesa? Os últimos raios de sol passavam por um vitral com desenho de anjo na janela da sala, e a única outra iluminação vinha de velas, espalhadas por toda a parte, tal como as flores.

— O que está havendo? — perguntei estupidamente. Kirby quis me ajudar a tirar o casaco. — O que está acontecendo?

— Como assim? Acabamos de jantar, só isso. — Apoiando-se na borda da mesa, Isabel empurrou a cadeira e levantou-se. Virou-se para pegar algo, ficando de pé desajeitadamente, um pouco encurvada, abrindo e fechando a mão até encontrar o que buscava. Uma bengala.

— Estou interrompendo algo. Não se levante, este é um jantar especial, posso...

— Não, não. — Veio em minha direção, a passos lentos, mas normais. Quando chegou à parte da sala com iluminação natural, vi que estava bastante pálida. Sua face sem rugas estava incrivelmente abatida, os olhos com olheiras pareciam grandes demais, as maçãs do rosto estavam salientes. Devia ser por causa do novo medicamento. Estava passando mal novamente. O médico suspendera os remédios antigos e receitara Taxol. Isabel sorriu para mim, tentando me colocar à vontade. Kirby ainda estava por perto. Desatei a chorar.

Senti mãos me afagarem e me reconfortarem. Olhei para cima a tempo de ver Isabel fazer um sinal para Kirby com os olhos. Ele disse:

— Bem, acho que vou... — E, em seguida, foi para o quarto, murmurando o restante da frase.

— Essa não! — lamentei. — Olhe, eu o expulsei, está...

— Psiu! Ele está morando aqui, está só indo para o quarto, não o expulsou. Já jantou?

— Ele está morando aqui?

— Bem, praticamente. — Ela me conduziu de volta para o canto da cozinha, com uma das mãos em meu braço, a outra na bengala. Uma bengala de madeira com punho de bronze. — Sente-se. Veja quanta comida sobrou.

— Não estou com fome. Meu Deus, Isabel, o que é isto?

— Isto? É sopa de missô. Com *tofu* e arroz integral. Quer suco de ameixa?

— Não, obrigada.

— Estamos testando um novo livro de receitas. Aposto como você não sabia que a dieta macrobiótica indica que a comida deve ser mexida em sentido anti-horário no hemisfério Norte, mas em sentido horário no Sul.

— Indica isso?

— Mal posso esperar para contar a Emma. Quer se sentar aqui ou prefere conversar na sala?

— Na sala. — E, quando nos sentamos no sofá, Isabel com seu suco de ameixa e eu com a Graça ao meu lado, já havia me recomposto, já não estava mais fungando e chorando. — Sinto muito — disse, assoando o nariz pela última vez. — Era tudo o que você precisava. Eu devia ter ligado antes, mas simplesmente...

— Não tem problema.

— Quis espairecer. Sair de casa. Emma ligou agora à noite e bati o telefone na cara dela.

— Fez o quê?

— Eu sei, não faz sentido. Eu vou ligar para ela amanhã, para pedir desculpas. Ela não fez nada, a culpa foi minha, já não sou mais a mesma. E Henry... oh, meu Deus, estamos brigando a troco de nada. — Mudei de assunto. — Isabel, é assim que está vivendo agora? — Apontei para as flores e as velas. — Que ambiente *maravilhoso!* — Uma pergunta me veio à mente: como era possível Isabel morrer? Tinha aquele tapete lindo que ela adorava, as almofadas, as litografias de flores silvestres na parede. Seus pertences, seus objetos, eram tão significativos que, de alguma forma, me pareceram ser provas de que ela não podia partir, de que tinha de ficar. De outro modo, seria cruel demais.

Isabel sorriu.

— Foi criado de propósito. Idéia de Kirby. Diz que é um ambiente de cura. Mas me conte como foi a cirurgia.

— Foi horrível. Fazem você se deitar debaixo de um imenso aparelho de radiografia, com as pernas naquela posição de exame ginecológico. Depois inserem uma sonda através da cérvice, até o útero. Eles me deram um comprimido para dor e disseram que não ia doer, mas a dor foi excruciante. Tive até espasmos.

— Minha nossa! — Isabel apertou minha mão, estremecendo.

— Inseriram o contraste. Quando não há obstrução, ele vai até a extremidade das trompas de Falópio, mas, quando há, ele pára. O meu parou, então eu sabia que iam ter de fazer a laparoscopia, a fim de avaliar melhor a extensão do bloqueio.

— E?

— O resultado não foi bom. Não há tratamento, nem com cirurgia. Só posso ter um filho pela fertilização *in vitro*, e as chances de isso funcionar na minha idade são de apenas doze por cento, mesmo com sêmen doado. Além disso, cada tentativa custa uma fortuna.

— Quanto?

— Uns onze mil dólares. — O queixo de Isabel caiu. — Henry... nem quer falar no assunto. Então quase não estamos nos falando.

Ela meneou a cabeça, solidária.

— E o que você quer fazer?

— A fertilização *in vitro*.

Isabel recostou-se. Fez menção de dizer algo, mas ficou quieta.

— Bem, o dinheiro é *meu*, não dele.

— Nossa, mas é *tanto* dinheiro!

— Que diferença faz? Se eu tivesse uma doença terrível...

— Se você tivesse uma doença terrível o quê? — perguntou-me, quando parei de falar. Eu só estava dando *foras* naquela noite.

— O que quis dizer foi o seguinte: se eu tivesse que fazer uma operação ou algo assim para salvar a minha vida, ele não iria se opor ao gasto financeiro.

— Não.

— Bem, é a mesma coisa.

— É mesmo?

— Para mim é.

Isabel fechou o punho e pressionou-o contra os lábios, pensativa. Seus olhos meigos observaram-me por tanto tempo que me inclinei para acariciar Graça.

— E por que não adotar uma criança, Lee?

— Não, já disse.

— Eu sei, mas...

— Não estamos considerando essa possibilidade.

— Entendo.

Eu me endireitei e fitei-a.

— A *in vitro* pode dar certo, Isabel — comentei, deixando transparecer minha excitação. — Doze por cento não é muito, mas a cada tentativa as chances são de doze por cento, então elas vão se somando. Pelo menos, é assim que encaro a situação. Tenho esperanças, sério! Só queria que tivéssemos *começado* com esse tratamento, que não tivéssemos desperdiçado tanto tempo.

— Lee...

— O quê?

Isabel sorriu, então me dei conta de que tinha sido ríspida com ela.

— Não vou dar nenhum conselho para você — assegurou-me. — Não se preocupe.

— Eu gosto de receber conselhos — afirmei, arrependida.

— É que deteto a idéia de vê-la sofrer de novo. Só isso.

— Eu sei. Tem toda razão, já sinto que está acontecendo de novo, começo a me encher de esperança, toda vez, todo mês... — Cobri o rosto com as mãos. — Morro de medo de não dar certo, então acho que vai acontecer um milagre. Mas o milagre não acontece e fico apreensiva de novo. Estou tão cansada; se pudesse descansar um pouco...

— Por que você não...

— Não há *tempo* a perder, já deixei passar muitos anos. É isso o que me mata, e também um outro detalhe: sempre, sempre controlei a minha vida, cada detalhe relacionado a ela, e agora a parte principal está fora de controle, e eu estou paralisada, não consigo seguir adiante, nem suportar essa incerteza.

Isabel suspirou. Recostou-se devagar, colocando uma almofada para apoiar a base da coluna. Sua fragilidade assustou-me, mas eu tinha certeza de que era por causa do Taxol. Grande parte da quimioterapia é pior do que a doença que pretende curar.

— Lee — começou ela, resignadamente. — Não é um conselho, mas uma pergunta para você considerar. Está bem?

— Claro. Prossiga. — Inclinei-me para acariciar a cachorra.

— Ter um filho é a coisa mais importante de sua vida? Mais importante do que Henry?

Fiquei embasbacada; não consegui responder.

— Pergunte a si mesma se a necessidade de ter um filho biológico ou genético é mais importante do que suas outras necessidades, incluindo seu casamento. Sei que ama Henry, disso não resta dúvida. Mas, se a resposta for sim, pode perdê-lo. Por que se casou com ele? — perguntou com suavidade. — Não há certo ou errado; se foi para ter seu próprio filho, e não o de outra pessoa, bem, aí está a resposta. Mas pode ser que não consiga manter seu casamento. Está chorando?

— Não consigo evitar.

Senti que se aproximava. Abraçou-me.

— Eu sei. Quase toda essa dor vem, sobretudo, da tentativa de evitá-la. Da terrível expectativa. Pobre Lee, quer tanto ter um filho!

— O que é isso, budismo?

Abraçou-me de novo.

— É, para ser sincera. Sinto muito.

— Não me importo. Não me confunda com Emma. — Ela riu. Assoei o nariz. — Sei que estou... qual seria a palavra? Não é *obcecada*.

Isabel arqueou as sobrancelhas.

— Não é bem isso! Na verdade, a vontade de ter filhos está... está *me consumindo*, essa é a palavra certa! A nossa infertilidade está me consumindo, e isso não é justo com o Henry. Com certeza, tivemos nossos problemas antes, mas não consigo nem lembrar quais eram. Ele diz que jogo a culpa de tudo o que há de errado entre nós, de tudo o que há de errado em toda a minha *vida*, no fato de não podermos ter filhos. É verdade. Sei que... sei que o estou afastando, mas...

Isabel encostou-se em mim, enquanto eu chorava um pouco mais. O que por fim me fez parar, de uma vez por todas, foi perceber o quanto queria colocar o rosto em seu colo e deixá-la me abraçar. Na verdade, quase fiz isso. Minha única desculpa era que chegara ao ponto mais baixo de uma das piores noites de minha vida, e Isabel sempre me apoiara, cuidadosa e benevolente como uma mãe.

Mas, naquele momento, a situação era diferente. Eu estava certa de que ela iria se recuperar mais cedo ou mais tarde; no entanto, enquanto isso, seus problemas faziam os meus parecerem constrangedoramente pequenos. Endireitei-me.

— Já estou me sentindo muito melhor. Obrigada por me escutar. Vamos até a cozinha. Vou lavar os pratos, enquanto *você* me conta como está. — Ela protestou, mas ignorei-a. — Esta é nova! — comentei, à medida que levantávamos.

— Esta? Kirby me deu. — Sorriu, acariciando o punho curvado de bronze da bengala, que tinha o formato de alguma coisa... de um cavalo? — O dragão é o símbolo da esperança — explicou-me.

— Ah! — Isso queria dizer que não precisava da bengala, que a usava apenas como amuleto, e não para andar? Tive medo de perguntar.

No fim das contas, não chegou a me dizer como estava. Só comentou que não tivera tantos efeitos colaterais com o novo medicamento, ao contrário dos antigos; o que me deixou surpresa, pois estava abatida. Bonita, mas abatida.

— Só estou cansada — afirmou, recolhendo farelos do balcão e jogando-os na pia. — Queria dormir uma semana inteira!

— Como vai o mestrado?

— Vai bem — respondeu, após uma pausa. A resposta pareceu evasiva.

— É mesmo? Continua cursando todas as disciplinas?

Encontrou um lugar no balcão que precisava ser esfregado e não respondeu.

— Isabel?

Ela não mente. Pode recorrer a subterfúgios, mas não mente.

— Tive de trancar algumas disciplinas. Estava puxado demais. Vou cursá-las no semestre que vem.

— Mas ainda está matriculada, certo, não...

— Ah, sim — confirmou. — Estou estudando muito e adorando este semestre. As matérias são ótimas. Tenho de entregar um trabalho amanhã, da disciplina sociedade e envelhecimento.

— *Essa não!* Já terminou?

— Estou quase terminando. Ainda falta...

— Por que não me falou? Oh, Isabel!

— O quê? Não seja boba! — Ela me seguiu até a sala, rindo. — O que está fazendo, vai embora correndo?

— Primeiro eu fiz o Kirby se retirar antes mesmo de terminar o jantar... Onde está o meu casaco, onde ele o pendurou?

— Lee, você não precisa ir.

— Depois, fiquei falando durante meia hora dos meus problemas, e você nem conseguiu dizer nada, e em seguida...

— Eu cheguei a dizer algumas coisas!

— A única coisa boa que fiz foi lavar os pratos.

— Não vá, não precisa ir! Só tenho de preparar as notas de pé de página.

Eu a beijei. Ela parecia diferente, frágil ou algo assim, então fiquei com medo de abraçá-la com força.

— Diga ao Kirby que lamento. — Isabel fez uma careta. — Eu ligo para você amanhã. Muito obrigada por tudo.

— Dirija com cuidado.

— Tchau.

— Boa-noite, Lee.

Já estava perto do elevador, tendo inclusive apertado o botão, quando me lembrei. Voltei apressada para o apartamento de Isabel.

Ela abriu a porta.

— Oi, quanto tempo, hein? — brinquei. — Posso fazer mais uma coisa?

— Claro! — Isabel recuou para me deixar passar. — O quê?

— Ligar para Henry. Avisar-lhe que estou indo para casa.

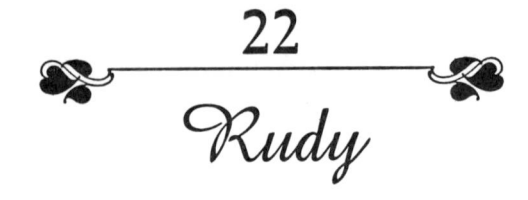

22

Rudy

O consultório do Eric fica na avenida Carolina, em Capitol Hill, do outro lado do Mercado Oriental. Posso ir caminhando da minha casa, e geralmente é o que eu faço, mas hoje resolvi ir de carro. Estava atrasada. Eu sei: para variar. Estacionei sem saber ao certo se era um local proibido ou não e saí correndo na chuva fria, sem nem mesmo abrir o guarda-chuva. A construção é uma antiga casa geminada que foi transformada em estabelecimento comercial, e o consultório do Eric fica na cobertura. Entrei correndo, sem parar na sala de espera para tirar o sobretudo, que estava totalmente encharcado.

— Sinto muito, sinto muito, saí tarde, o tráfego estava terrível e foi difícil encontrar uma vaga para estacionar. Posso colocar isto aqui? — O Eric disse que sim e pendurei o sobretudo no aquecedor. — Então, aqui estou, enfim.

Deixei-me cair no enorme divã preto que ficava diante de outro igual, onde o Eric se sentava. Nossa posição era idêntica, só que perto do meu divã havia um criado-mudo sobre o qual era colocada uma caixa de lenços de papel sempre cheia.

— Tudo bem?

— Estou ótimo. E você?

É o que ele sempre diz. Com um sorriso perscrutador que faz você pensar que realmente quis dizer isso, que está ótimo, mas que prefere falar de você. Uma qualidade excelente num psiquiatra. Sei pouquíssimas coisas sobre o Eric, considerando que eu o vejo uma vez por semana, às vezes até mais durante emergências, há sete anos. Sei que tem quarenta e seis anos e que vive com uma mulher um pouco mais velha. As coisas não andam muito bem na sua casa ultimamente. Ele deixou isso escapar há algumas semanas e fiquei embasbacada. Mais até do que devia. Senti como se tivesse por fim encontrado o paradeiro dos meus pais biológicos ou algo assim — como se tivesse descoberto um fato importante sem querer, já tendo desistido de apurá-lo.

— Bem, eu também estou ótima — respondi. — E quantas vezes você me ouviu dizer *isso*? Acabei de vir da casa da Emma, e apesar da situação estar meio barra pesada por lá, estou *me sentindo* ótima.

O Eric meneou a cabeça, inquisidoramente:

— Alguma coisa na água?

— Deve ser.

— Então, o que houve com Emma?

— Olhe, é por isso que eu me atrasei. Ela se abriu, algo que não fazia há muito tempo. Pelo menos comigo.

O Eric fez sua expressão de *prossiga*.

— Lembra que eu contei que estava apaixonada por um cara casado? — Era tudo o que eu tinha dito, não espalho os segredos da Emma. Bem... um dia contei para o Curtis que ela gostava do Mick, sem entrar em detalhes. Mas saiu sem querer, provavelmente porque eu estava bebendo. — Bem — continuei —, acabou não dando em nada, e achei que ela já tinha esquecido o sujeito. Mas agora vejo que foi ingenuidade da minha parte.

— Não o esqueceu?

— Não, a Emma está arrasada. Não está saindo com ninguém, o que por si só já é raro; tem sempre um homem na vida dela. E também não está escrevendo. Só fica em casa. Eu falei que ela estava deprimida, e ela concordou, dizendo que tinha consciência disso. Foi muito aberta, não escondeu nada, o que tampouco é do seu feitio. Acho que sua única estratégia é dar um tempo, sabe, ficar na dela até melhorar. A Emma está um caco, e essa com certeza não é sua forma de se relacionar com os homens. Não mesmo. Ela costuma dizer que os homens são como cachorros assim que um morre, você vai e compra outro.

— Ah.

— Daí, quando eu estava vindo para cá, fiquei pensando no quanto essa atitude da Emma é mais segura, sabe, isso de ficar em casa, sofrendo sozinha, do que alguns dos recursos que usei para sair da depressão.

— Pode ser que a depressão dela seja diferente da sua.

— Eu sei, mas... — Bem, isso era óbvio. A minha era crônica; a da Emma, aguda. A minha era um caso clínico; a dela, sei lá. Mas o comentário do Eric me deu ânimo. Foi o que eu disse para ele.

— Por quê? — perguntou.

— Ah, porque... Eu vivo me estrepando por tomar as decisões erradas e fazer besteira. Mas cada um tem seu ponto de partida, e se você levar em consideração onde comecei...

— O quê, então? Diga.

— Está bem. — Respirei fundo. — Estou superbem.

O Eric sorriu.

— Muito bem, Rudy. Muito bem mesmo!

Parecia estar tão satisfeito que pensei num outro detalhe para lhe contar.

— Adivinhe quem tirou 9 na prova de planejamento.

— Uau!

— A gente teve que fazer o projeto de uma pracinha, de apenas cento e quarenta metros quadrados, incluindo paisagismo, calçamento, grades, fundação e terraço. Cheguei até a desenhar uma fonte. Bem, tirei uma nota ótima.

— Muito bom!

— Foi difícil, sabe, estou achando todas as matérias difíceis. Mas estou adorando. Estou muito feliz por ter começado este curso. Obrigada, Eric.

— Por quê?

— Por me ajudar a criar coragem. — Ele abriu a boca para negar, como sempre faz, mas continuei: — Você me ajudou muito, assim como a Emma, que encheu o meu saco. A Isabel também, mas de um jeito diferente. Nunca me disse nada, mas eu sabia que ela achava que eu poderia fazer o curso. Não que deveria, mas poderia. Acreditou em mim. Não quis desapontá-la... não que fosse esse o caso, não que ela fosse ficar desapontada comigo. Eu quis que se sentisse feliz por mim. Quis que ficasse contente.

O Eric assentiu, compreensivo.

— Como está ela?

— Ah... — Soltei um suspiro. — É difícil dizer. Ela é ambígua. Sempre diz que está se sentindo melhor, mas sua aparência não é boa. Ouvi dizer que as pessoas ganham peso durante a quimioterapia, mas ela está perdendo. Acho até que está tomando algum esteróide, mas continua emagrecendo. É assustador. Afirma que é por causa da dieta nova, mas, sei lá, vai saber! Talvez o Kirby tenha idéia, mas as Graças, não.

— Isso a incomoda?

— O quê?

— Ela se abrir mais com Kirby do que com você?

— Não. Talvez a Emma ache um pouco ruim. A Lee, com certeza, mas ela tem mais intimidade com a Isabel do que eu e a Emma.

O Eric arqueou a sobrancelha.

— Sob certos aspectos. Não sob todos. É meio complicado. De qualquer forma... — Há um relógio de parede que fica sobre a cabeça do Eric; ele o mantém ali para que os pacientes possam vê-lo e ter uma idéia de quanto tempo lhes resta. Pelo visto, eu já tinha usado mais da metade da consulta e nem tinha contado para o Eric o mais importante. — De qualquer forma, o que eu queria dizer é o seguinte: quero ter uma conversa séria com o Curtis, fazê-lo falar da nossa relação. — Ri e até bati palmas ao ver a expressão do Eric. — Eu sei, é incrível, também estou impressionada! Não faço a mínima idéia de onde está vindo toda essa coragem! Será por causa das drogas?

— Que drogas?

— Estou falando das antidepressivas. São as únicas que eu estou tomando!

— Espero que sim! Mas você disse drogas.

— Por força de hábito.

Rimos.

— Bem, Rudy, isto é muito interessante. Já tem idéia do que vai dizer? Quer ensaiar?

— Hã... não, acho que não. — Não podia lhe dizer, mas toda vez que ensaiávamos, e o Eric fazia o papel do Curtis, eu tinha que me esforçar para não rir. — Vou começar dizendo que o amo, o que é verdade. Sabe, basicamente isso. Que algumas coisas entre nós têm deixado a desejar. E também que eu gostaria que a gente se esforçasse para mudá-las.

O Eric aguardou.

— Como, por exemplo, minha necessidade de contar com a aprovação dele o tempo todo. O controle que ele exerce sobre mim, aprovando ou desaprovando minhas atitudes. Sua possessividade. Eu ter permitido que fosse dominador e ter até curtido.

O Eric acariciou o queixo; parecia estar fascinado.

— Vou dizer para o Curtis que costumamos fazer algumas coisas juntos que acho que não são legais para a gente. Interferir na vida do outro. Ter uma relação, digamos assim, parasítica. — Segundo a Emma, esse termo não é tão clichê quanto "co-dependente". — E...

— E?

— Vou dizer também que quero fazer terapia de casal. Com quem ele quiser, o que provavelmente vai tirar você da parada.

Ele assentiu sem hesitação.

— Queria que fosse com você. Mas já posso ir adiantando que o Curtis não vai querer; na verdade, nem vai querer levar a idéia adiante, mas vou insistir.

Parei, para que a gente pudesse avaliar o peso daquela palavra. *Insistir.*

— E aí? — perguntei. — O que é que você acha?

— Estou muito satisfeito — respondeu, e apertei minhas mãos entre os joelhos, felicíssima. — Este é um grande passo.

— Eu sei. Tenho muita esperança. O Curtis tem sido ótimo com relação ao curso de paisagismo. O que quero dizer é que ele não me proibiu de fazê-lo ou coisa parecida. Mas, claro, não está muito satisfeito. Acho... — Recostei-me, desanimada. — Acho que ele pensa que vou desistir, então crê que não precisa perder tempo com isso. Meu Deus do céu, Eric, estou agindo errado?

— Rudy.

— Eu sei, mas, e se der zebra? E se eu falar tudo isso para o Curtis e ele...

— E ele o quê? Qual é a pior coisa que pode acontecer? Ele ficar bravo com você?

— Não. Já estou acostumada com isso.

— Então, o quê?

— Ele não me amar mais? — perguntei, temerosa. — Essa é a pior?

— Responda você.

— Sei lá! Ah, caramba! — Esfreguei o rosto e sentei-me ereta. — Mas é o que vou fazer, é o que vou fazer de qualquer forma. De repente até hoje à noite. — Uma ponta de medo fez meus cabelos se arrepiarem, mas não me deixei intimidar; muito pelo contrário, estava animada. — É o que vou fazer — repeti. Tentando me convencer.

— Ótimo — elogiou Eric. — É a decisão certa. Ligue para mim amanhã, se quiser. Estarei pensando em você.

Eu quis preparar o jantar favorito do Curtis, mas a vitela tinha acabado. Então, fiz costela de carneiro ao molho de pimenta, prato de que ele também gostava muito. Eu me senti como a mãe naquela comédia *Papai Sabe Tudo*, adulando o patriarca antes de pedir um conjunto novo para a sala ou algo assim. Pode ser uma atitude vil, mas todas nós fazemos o que deve ser feito. Se preparar costela de carneiro para o Curtis me fazia parecer uma idiota, eu não estava nem aí, não me importava nem um pouco.

Não sei se foi o jantar, mas, quando terminamos de comer, ele estava de bom humor. Meio calado, mas isso não é incomum. Jantamos na cozinha — ele gosta de ver o canal de notícias políticas (com o volume no mínimo) enquanto come, eu nem ligo mais. Já me acostumei.

Estava louca para contar a ele a nota que tinha tirado na prova, mas fiquei quieta. O método que utilizo para fazê-lo ver com bons olhos o curso de paisagismo é não mencioná-lo, nem fazer nada que chame sua atenção para ele. Sempre estou em casa quando o Curtis chega, nunca estudo na sua frente, não faço comentários sobre as classes, os professores, as notas e os colegas. Em especial, evito falar sobre o que virá depois, sobre o tipo de emprego que vou arrumar quando tiver o diploma.

Não é fácil viver em dois mundos completamente separados. Mas até agora está dando certo e não há o que argumentar diante do sucesso.

Depois do jantar, o Curtis pegou a pasta e a levou para a sala. Um bom sinal. Ia trabalhar lá, enquanto eu lavava os pratos. Às vezes, ele trabalhava no andar de cima, no seu escritório, e, quando isso acontecia, já era, ele não queria ser perturbado. O trabalho na sala significava que estava disponível, que estava no meu mundo.

Tive vontade de me servir de mais vinho. A idéia me pareceu tentadora, mas não a levei adiante. Era natural ficar nervosa num momento como aquele, só que era muito melhor estar com a cuca fresca do que com a língua solta.

Levei café para ele numa xícara especial, parte de um conjunto de chá que eu havia feito anos atrás. Eu tinha usado um esmalte em tom verde-acinzentado claro, tentando traduzir, por meio da cor, a delicadeza e a leveza das peças. Quando abandonei a cerâmica, já estava fazendo trabalhos de muito boa qualidade. Ainda mantenho minhas melhores peças na sala; vê-las expostas às vezes me anima, às vezes me entristece. Porque me faz lembrar que eu tinha um talento e que nunca consigo manter uma atividade por muito tempo.

Quem sabe, pensei ao dar para ele a linda xícara, não deveria voltar a ter aulas de cerâmica um dia desses? Quem sabe se eu lhe *explicasse* o que elas significavam para mim, não ia se importar com as classes noturnas ou reclamar do torno ocupando espaço junto ao seu equipamento de ginástica no sótão? Quem sabe a conversa que teríamos não marcaria o início de muitas coisas novas?

O Curtis perguntou, sem olhar para a xícara:

— É descafeinado?

Eu tomou sentei ao seu lado.

— Claro.

Ele deu um gole e sorriu.

— Como foi o seu dia?

— Legal. Curtis?

— Hein?

Respirei fundo.

— A gente tem que conversar.

— Essa não! As cinco palavras mais desagradáveis possíveis! — brincou. — Sobre o quê?

— Sobre a gente.

Ele se virou para colocar a xícara na mesa e, quando me olhou, seu semblante estava frio e resoluto.

— Como pode ver, estou meio ocupado agora.

— Eu sei, mas isto é importante.

— Isto aqui também.

— Curtis. — Eu me levantei e me sentei na poltrona que ficava do outro lado da lareira. Distância e objetividade. Mas tinha esquecido meu discurso. Não estava começando muito bem. — Antes de mais nada, sabe que eu amo você. Isso é o principal: a gente se ama. Mas não acha que temos algumas manias, alguns comportamentos um com o outro que nem sempre ajudam? Só acho que a gente tem uns hábitos que não são muito legais.

O Curtis se levantou. Tinha tirado o casaco; parecia tão alto e atraente com a camisa, o colete e a gravata de bolinhas afrouxada. Mas ele esfregou a testa com ambas as mãos de um jeito estranho, como se estivesse confuso ou sentindo dor.

— Rudy, por favor.

— O quê?

— Não estou me sentindo bem.

— Não está? Estava bem dois segundos atrás!

Fiquei com medo de que esse comentário o deixasse bravo. No entanto, ele não falou nada. Foi até o consolo da lareira e apoiou os braços dobrados nele, sem me olhar.

Recomecei:

— Acho que a gente precisa conversar sobre alguns detalhes da nossa relação. São coisas que acontecem em qualquer casamento, com qualquer casal, porque tornam tudo mais fácil; os dois já nem pensam mais no que fazem, só que os anos passam, e aí se dão conta... — Fechei os olhos e respirei fundo. — Acho que... quero... gostaria que a gente mudasse algumas coisas. Sabe, ou que a gente ao menos conversasse sobre elas. Curtis, escutou o que eu falei?

— Rudy, agora não. — Até sua voz soava estranha.

— O que foi?

— Nada.

— Está se sentindo mal mesmo?

— Não, simplesmente não posso...

Eu me levantei e me aproximei dele. Era agora ou nunca.

— Pensei que talvez pudéssemos fazer terapia de casal — falei rápido. — Acho que seria o ideal para a gente. Sabe, aí seríamos obrigados a conversar. Eu tenho certeza de que ia ser legal para a gente.

— Toquei suas costas. Parecia estar quente, úmido. — Curtis? — Tentei olhá-lo nos olhos, mas ele virou o rosto. Por fim, consegui ver seu reflexo no espelho que ficava sobre o consolo. — O que houve? — Para meu horror, seus joelhos esmoreceram antes que ele conseguisse se segurar. Agarrei sua cintura.

— Estou bem. — Endireitou-se e se afastou. — Estou bem. — Foi até o sofá e se sentou com cuidado, desligando o abajur que ficava na mesa de canto.

Eu me sentei ao seu lado e tentei segurar sua mão. Por que ele estava agindo assim? Continuava a me impedir de olhá-lo.

Vi uma lágrima escorrer pelo seu rosto antes que ele a limpasse — isso partiu meu coração.

— O que foi? — sussurrei, apavorada. — O que é que está acontecendo?

— Não quero contar para você. — Estava com a voz embargada, como se estivesse com um nó na garganta. — Não quero que você saiba.

— É algo terrível? — Ele assentiu. — Não me diga! — Cobri os ouvidos com as mãos. Senti minha pele enrugar e murchar, encolhendo como uma folha numa geada.

O Curtis não se moveu. Estava sentado, com os ombros curvados, o perfil pálido e assustado.

— Está bem — disse eu. — Pode contar.

— Posso estar morrendo.

Ri.

— Sei disso desde terça-feira — continuou ele.

— Que é isso? Como? Pode parar, não estou gostando nada disso. O que está tentando me dizer? — Ele me fitou. — Curtis! — gritei e ele me abraçou.

Ele estava tremendo, segurando-me com força.

— Meu último checkup. Só mencionei para o dr. Slater que andava cansado. Que às vezes me sentia um pouco tonto e tinha dores de barriga.

— Não, não... você não falou nada... isso não aconteceu. — Meus dentes começaram a bater.

— Não achei que fosse algo importante. Gripe, pensei que fosse uma gripe. Quase deixei de mencionar isso para o dr. Slater. Mas ele me pediu para fazer vários exames, e o de sangue acusou a presença excessiva de leucócitos. Rudy, estou com LLC. Leucemia.

— Não, estão enganados. Quem foi que disse? Não é verdade.

— Não estão enganados. — Seus olhos estavam banhados de lágrimas. — Os médicos são bons, Rudy, são os melhores.

— De onde?

— Georgetown.

— Oh, meu Deus!

— Não chore. Sinto muito. Por isso não contei nada antes. Já tem que se preocupar com a Isabel. Não queria colocar outro peso nas suas costas.

Com os olhos marejados de lágrimas, observei seu rosto tenso e ansioso — preocupado *comigo*, atencioso *comigo*. Eu o agarrei várias vezes pela camisa, apertei seus ombros, incapaz de conciliar o que ele estava me dizendo com a sensação pulsante e firme que sua presença me transmitia.

— Ainda não estou com nenhum dos sintomas — disse, com firmeza, fitando-me, sem me soltar. — Isso é bom... significa que pode estar progredindo lentamente. Talvez possa viver muitos anos sem precisar de tratamento. Mas talvez não. Eles ainda não sabem. Está cedo demais para saber qual vai ser o meu caso...

— Não, não, não, não, não...

Ele me puxou para mais perto e acariciou minhas costas, disse que estava tudo bem. Não estava tudo bem, tinha havido uma avalanche, o teto desmoronara e entulhos, poeira e pedaços de reboco estavam caindo sobre mim, cobrindo-me, golpeando duramente minha cabeça e minhas costas. Mal podia entender o que o Curtis estava dizendo, sua voz soava muito abafada e distante.

—A gente não pode contar para ninguém, Rudy. Se descobrirem isso no meu trabalho, podem me despedir. Não podemos permitir isso, não até que seja inevitável.

—Não contar para ninguém? —Tentei me concentrar nisso. Não contar para ninguém? —É uma loucura, não é?

—Eu sei, mas é assim que vai ser. De qualquer forma, eu não conseguiria trabalhar direito se alguém soubesse. Minha família, sua família, suas amigas, o Greenburg... só você deve saber.

—Ah, mas...

—Promete para mim que não vai contar para ninguém.

—O quê?

—Por favor, Rudy. Sabe, eu... eu não ia agüentar. Dá para entender? Não ia conseguir falar sobre isso com ninguém, só com você. Promete, vai. É importante para mim.

—Está bem. —Oh, meu Deus! Oh, meu Deus!

Ele me abraçou de novo.

—Nós vamos lutar juntos, querida. Vamos ficar mais fortes.

—Sim.

—Nós contra o mundo, Rudy. Como era antes.

Não entendi o que ele quis dizer. Como era antes, quando? Quando nos conhecemos? Estaria se referindo àqueles dias em Durham, quando não nos importávamos com nada, a não ser um com o outro? Quando não tínhamos olhos para mais ninguém? É verdade que foi uma época maravilhosa e segura. Há muito tentávamos fazer tudo voltar a ser como era antes. E agora tínhamos conseguido.

Ele queria fazer amor, eu queria morrer. Permiti que fizesse o que queria; o Curtis me quis ali mesmo, diante da lareira apagada, sem tirar toda a roupa — ele gostava de transar assim, achava erótico. Não senti nada, exceto medo e frio, como se um fantasma estivesse me penetrando. Nada era real. O Curtis não podia estar morrendo. O que é leucemia, como ela mata? *Não está acontecendo, não está acontecendo*, pensei, enquanto ele se movia sobre mim, sem se importar com minha passividade, aceitando-a sem questioná-la.

Depois, ficamos deitados no tapete desconfortável e fingi que tinha sido um sonho, que acordaria logo e diria "Curtis, sonhei que você estava morrendo... Nossa, foi horrível, que pesadelo!". Eu me virei para contemplar seu rosto tranqüilo, os olhos fechados, a boca relaxada. Ele me pareceu diferente: menos definido e insubstancial. O que tinha acontecido com a sua solidez? A pele, as unhas, os pêlos no antebraço, tudo parecia vulnerável, efêmero e frágil. Mas estava sorrindo levemente, os cílios palpitavam. Eu tinha contribuído para que aquele sorriso estivesse ali. Essa seria minha obrigação a partir daquele momento. Não pensaria em outra coisa, a não ser nisso.

Subimos juntos. Enquanto ele tomava banho, pensei em telefonar para a Emma. Quase liguei; cheguei a pegar o telefone. A minha promessa estava de pé ou não? Como poderia deixar de contar para ela? Como ia esconder isso do Eric?

Mas desliguei o telefone, sem ligar para ninguém. É difícil explicar por quê. De certa forma, eu traio o Curtis desde que nos casamos. É um cara reservadíssimo, e vira e mexe espalho os seus segredos para todo mundo que eu adoro. Já não vou mais agir assim. Isso está acontecendo com ele, não comigo. Se o fato de manter segredo sobre essa situação facilita as coisas para ele, então como eu posso deixar de ser sua cúmplice nisso?

— A gente vai superar isso — disse Curtis, na cama, segurando a minha mão debaixo das cobertas. — Não imagina o quanto estou me sentindo melhor agora que me abri com você. Os últimos dias foram os mais difíceis da minha vida.

— Querido! — foi só o que pude dizer.

— Talvez eu não devesse ter contado para você. Talvez esteja sendo egoísta.

— Não, imagine!

— Mas não pude evitar. Comecei a sentir tontura e fiquei até com medo de desmaiar. Então me dei conta de que não havia mais nada a fazer, que precisava contar para você. Por falar nisso, não se preocupe com a tontura. Os médicos disseram que podia senti-la de vez em quando. Suores noturnos também. E febre.

Encostei o rosto no seu ombro.

— Rudy?

— O quê?

Ele desligou o abajur.

— Só quero que você saiba que fiz perguntas sobre o fumo passivo, mas eles disseram que não, que provavelmente não.

— Como assim?

— Não entendi por que isso aconteceu comigo. Tentei pensar em alguma ocorrência na minha família, mas não há nenhuma. Então não é um caso de predisposição genética.

— Fumo passivo?

— Foi a única coisa que me ocorreu. Mas disseram que as chances da causa ter sido essa eram mínimas. Praticamente nulas, na verdade. Então, nem se preocupe com isso. — Ele arrumou as cobertas sobre nós, fazendo-me virar de costas para ele. Colocou o braço pesado na minha cintura e a mão no meu peito. — Vou dormir bem esta noite — comentou junto ao meu ouvido. — Obrigado, Rudy. Eu te amo, querida.

— Eu te amo, Curtis.

Caiu no sono rapidamente.

Fiquei imóvel, esperando que ele começasse a roncar antes de me esgueirar da cama e caminhar, na ponta dos pés, até o banheiro. Eu tinha uma caixa quase cheia de sedativos, porque fazia meses que não tomava um. Tirei quatro e tomei-os com água. Não tinha problema tomar quatro, já que eu não estava bebendo. Mesmo assim. Todos os tipos de maus hábitos estavam sorrindo para mim, acenando, loucos para se tornarem íntimos de novo. Era difícil saber por onde começar.

23

Isabel

No final de novembro, Terry veio me visitar. Foi uma visita rápida, ele ficou apenas três dias, de sexta a domingo, e ainda teve de dividir seu tempo com o pai. Gary foi buscá-lo no aeroporto e trouxe-o direto para o meu apartamento, na sexta-feira à tarde. Meus nervos estavam à flor da pele. Havia quatro dias eu limpava os três quartos e o banheiro, planejava refeições e tentava decidir o que iria vestir. Fazia dois anos que não via Terry.

Pai e filho ocultaram expressões idênticas de consternação quando abri a porta. Terry abraçou-me de forma rígida, como se estivesse com medo de que eu fosse quebrar. Gary não pôde ficar, teve de ir: "Bom vê-la! Está muito bem, Isabel!", mentira ele. Mal o olhara; havia engordado e perdido mais cabelos — foi tudo o que notei. Não consegui parar de tocar, admirar e contemplar Terry, àquela altura com vinte e sete anos e homem-feito, não mais um rapaz.

— Você está mais bonito — comentei, preparando-lhe um sanduíche de atum, enquanto ele perambulava pela cozinha, fazendo com que o ambiente parecesse ainda menor, o que nunca acontecera com Kirby. Dei-me conta de que estava nervoso também; sentia-se tão apreensivo com relação à visita quanto eu. — Não, estou falando sério! — insisti quando fez uma careta. — Seu cabelo está mais escuro. Você está mais alto.

— Mãe, não tem como!

— Está mais alto sim! Além disso, está com os olhos de Gary, que por sinal são lindos. — Mas notei que sua boca estava fina e reta, como a de meu pai, possuindo o mesmo traço de severidade; isso me preocupou. Queria lhe aconselhar a se soltar, a relaxar, dizer-lhe que a vida não tinha de ser encarada como uma grande batalha. Sentei-me à sua frente e observei-o enquanto comia. — Não ofereceram lanche no avião?

— Claro! A que horas é o jantar?

Rimos, enquanto assumíamos o papel fictício e agradável de sermos ainda mãe e filho, de termos tanta intimidade um com o outro a ponto de brincarmos, zombarmos e fazermos troça livremente à mesa da cozinha. No entanto, na verdade, um tipo de cortesia escrupulosa havia se interposto entre nós anos atrás. O tempo e a distância só a alimentaram, e naquele momento nos comportávamos como estranhos respeitosos e cordiais — como uma mãe de família anfitriã e um educado estudante de intercâmbio.

Entretanto, talvez pudéssemos aproveitar a ocasião para neutralizar aquele código de conduta, abandonar aquele ciclo vicioso. Se havia um momento adequado, era aquele, com certeza.

— Está tudo bem na universidade, mãe?

— Ah, está tudo ótimo, estou adorando. Só que agora estou dando um tempo. Pretendo recomeçar em janeiro.

— Dando um tempo?

Não tinha planejado entrar naquele assunto tão cedo.

— A quimioterapia me afetou um pouco — expliquei, dando de ombros. — Como não pude concluir alguns trabalhos, achei melhor desistir temporariamente do mestrado para não tirar notas baixas.

Não pude lhe contar o choque que senti quando percebi que não poderia fazer os exames finais. A universidade era tudo para mim e não só por ser fundamental para meu futuro profissional. Significava saúde e normalidade. A rotina das aulas, as longas horas de estudo, o processo de ir e vir, de adesão a um horário — tudo isso mantivera meus dias estruturados e organizados, apesar de o câncer fazer todo o possível para torná-los caóticos.

— Que tipo de remédios está tomando agora?

Ah, caramba! Talvez fosse melhor tirar isso logo do caminho, para não termos de tratar disso depois. Minha doença é como um convidado penetra e irritante, desagradável demais para ser ignorado. Terry sempre gostou de discutir estratégias, protocolos, porcentagens; entretanto, eu tinha inúmeras outras coisas a lhe dizer.

— Não estou tomando nada agora.

— Como assim? Nada?

— Estamos fazendo uma pausa.

—·Mas, mãe...

— Não tem problema, o médico não desaprova. Estive fazendo quimioterapia durante os últimos onze meses, Terry. Achamos que seria bom dar um descanso para o meu corpo.

— Sim, mas... — Ele parou de protestar, repentinamente tímido. Deve ter percebido que não fazia sentido tentar me dar conselhos médicos àquela altura do campeonato.

— Sei que, para você, isso não faz sentido. É um cientista, por que deveria fazer? — Era especialista em substratos e moléculas de enzima, e sabia qual era o significado da metástase óssea do câncer de mama. — Vai lamentar ainda mais quando lhe disser que estou quase renunciando à medicina tradicional como um todo.

— A favor de quê? Cristais? — Riu, e eu também. Era melhor ele achar que eu estava brincando.

— Acho que eu mesma vou cuidar de minha recuperação. Sabe, *recuperação* e *cura* não são bem a mesma coisa — disse-lhe, e Terry sorriu, para me agradar.

Kirby chegou na hora do jantar, de acordo com o planejado. Uma de minhas grandes preocupações era o que Terry acharia dele. E também como encararia o fato de a mãe gravemente enferma ter um amante. Eu os observei durante toda a noite como uma espiã. Na companhia dos outros, Kirby comporta-se de um jeito estranho, quase como se estivesse só. Para a maioria das pessoas, isso é desconcertante no início, mas depois se torna interessante. Contudo, tive medo de Terry achá-lo antipático, em vez de retraído, e considerar seus longos silêncios fruto de frieza, talvez até de arrogância. Não deveria ter me preocupado. Pouco a pouco, mas com firmeza, Kirby foi jogando seu charme discreto. No final da noite, Terry já estava captando seu senso de humor, que era mais seco do que pó de giz e areia quente do deserto.

Pensei muito também na melhor forma de acomodar Terry. Meu sofá é confortável, mas pequeno, e não abre. Terry tem mais de um metro e oitenta. Teria sido uma boa alternativa colocá-lo para dormir no quarto de Kirby, no andar de cima, onde teria todo o apartamento só para si, enquanto Kirby dormia no lugar de sempre: em minha cama.

Teria sido uma boa alternativa, mas achei melhor não fazer isso. Teria violado um princípio tão antiquado quanto profundamente arraigado, um código que não defendo nem aprovo por completo, mas ao qual me sinto presa. Considere-o fruto da forma como fui criada. Não ignoro a carga de hipocrisia presente nessa atitude. Em minha defesa, afirmo que ela também fez parte de minha criação. Seja como for, Terry dormiu no sofá, e Kirby em seu apartamento, em sua própria cama.

No sábado, eu e Terry fomos dar uma volta no carro de Kirby. Ele queria ver o antigo bairro, a escola, seus lugares favoritos.

— O Hot Shoppe *fechou*? — Não pôde acreditar. — Cadê a People's? Cadê o Banco de Bethesda? Quando este bairro começou a ficar tão requintado? — Há muito tempo, poderia ter lhe dito. Fazia dez anos que ele tinha ido embora, mas suas memórias mais claras eram ainda mais antigas. — Não é à toa que você se mudou, mãe. Teria que ser podre de rica para morar aqui agora! — Mostrou outros pontos especiais para mim: — Foi ali que você me ensinou a dirigir — disse, apontando para o estacionamento da igreja católica na estrada Leste-Oeste. — O papai tentou me dar uma aula um dia, lembra?

— Como se fosse hoje. Chegou em casa parecendo um morto-vivo. Pensei que ele ia ter um infarte!

— Como você conseguia se manter calma?

— Remédios. Rudy me deu uns tranqüilizantes.

— É mesmo?

— Não. — Ri. — Você era um bom motorista.

— O papai não achou. Aquela é a casa dos Domsett. Ainda moram lá?

— Não sei, acho que sim.

— Eu costumava cortar a grama para eles. Fazia de tudo para receber o pagamento dela, não dele, porque ela dava boas gorjetas. Lembra quando eu fugia de casa? Você me dava biscoitos para levar.

— Você me fazia colocá-los em um lenço que ia amarrado em uma vara, pois tinha visto isso em uma revistinha.

— Você dizia que não tinha problema fugir de casa, desde que eu não atravessasse nenhuma rua. Aí me dava um beijo e eu ficava dando voltas no quarteirão até me cansar; depois voltava para casa.

Contou-me uma história nova e assustadora sobre o dia em que fora apostar corrida com o amigo Kevin na estrada da antiga Georgetown, após se embebedar no baile estudantil. "Podia muito bem ter passado o resto da vida sem saber disso", disse-lhe. Contou-me também que Sharon Waxman, com quem estudara no ensino médio, cometera suicídio no ano anterior. Perguntou-me se, naquele tempo, eu havia gostado da opção de me tornar dona de casa.

Fitei-o com curiosidade. Parecia um homem, não mais um garoto, manobrando com cuidado e habilidade o velho sedã de Kirby no tráfego de sábado.

— Sim, gostava, quase sempre — comentei. — Na época, você achou que foi antiquado de minha parte não trabalhar?

— Não — respondeu com ar de surpresa. — De qualquer forma, você estava sempre fazendo alguma coisa. Não comendo chocolate e assistindo às novelas. A gente tinha um lar — disse, sério. — Você era uma dona de casa e tanto!

Senti-me ridiculamente lisonjeada.

— Mas, pelo visto, não se sentia tão realizada assim, pois está fazendo o mestrado agora. Imagino que gostaria de ter feito isso mais cedo.

Essa era uma conversa nova para nós. Acontece com a maioria das pessoas, mais cedo ou mais tarde, no momento em que nossos pais se tornam pessoas reais, com motivações e esperanças tão autênticas quanto as nossas — mas não pude deixar de lamentar o fato de a natureza de minha situação ter adiantado esse diálogo maduro com Terry.

— É, de certa forma — respondi, com sinceridade. — Teria sido bom me sentir mais independente, contar menos com o seu pai. Ele certamente concordaria com isso.

O assunto proibido, a respeito de Gary, pairou no ar. Se Terry me tivesse feito perguntas sobre o divórcio naquele momento, eu teria dito tudo o que ele quisesse saber. Mas teria de partir dele. Como ficou calado, o momento passou e não lamentei.

À tarde, Terry saiu com o pai e depois foi jogar basquete com alguns velhos amigos do colégio. Em seguida, foram para um bar; Terry chegou em casa tarde para jantar, animado.

— Você não disse uma palavra sequer sobre Susan — comentei, quando tomávamos café na sala.

— Não há o que dizer. — Ele levantou os braços sobre a cabeça, alongando os músculos doloridos. — A gente terminou.

— Essa não, Terry!

— Tudo bem, mãe, foi de comum acordo.

Pode ter sido de comum acordo, mas era óbvio que não estava tudo bem. Eu ainda conhecia as táticas que Terry utilizava para fugir do assunto: o falso bocejo, os espreguiçamentos, o olhar casual que evitava o meu.

— O que aconteceu, se é que posso perguntar?

— Não aconteceu nada, só que não estava dando certo. A gente tinha expectativas diferentes.

— O que ela queria? — perguntei.

— Ah, o de sempre, sabe, casar, ter filhos.

— Hum-hum. Você ainda a ama?

— Sei lá, mãe. Acho que sim. — Pareceu surpreso com minha pergunta audaciosa. Como estou sendo direta ultimamente. Economiza tempo e, no meu caso, o tempo já não passa no ritmo de outrora. — É complicado — continuou. — Ainda somos amigos.

Esperei, mas ele não quis dizer mais nada. E em algum momento, durante os últimos dez anos, eu perdera o direito de me intrometer. No entanto, não tinha gostado do tom de voz cínico com que dissera "Ah, o de sempre". A maior parte dos pais se sente culpada toda vez que seus filhos não atingem a perfeição, e não sou uma exceção. A falta de interesse demonstrada por Terry na família convencional ("casar, ter filhos") era uma falha que, a meu ver, ele poderia imputar diretamente a mim e a Gary. O assunto que eu evitara no carro, naquela tarde, pairou no ar novamente. Mas Terry bocejou, deitou-se no chão e caiu no sono em seguida.

Acordei-o às dez da noite para ajudá-lo a arrumar o sofá. Dei-lhe um beijo de boa-noite, tomada de pânico, permanecendo acordada, enquanto via as horas passarem no relógio e, com elas, o curto espaço de tempo que nos restava. Não consigo admitir qual será o resultado provável de minha situação para as pessoas que amo. É doloroso demais; não tenho coragem nem vontade de provocar tamanha dor. Mas, no último dia de Terry, com tanta coisa ainda a ser dita, seria inevitável tratar disso.

Kirby e eu iríamos levá-lo para o aeroporto. Eu estava sentada na beira do sofá, enquanto Terry metia as roupas sujas em sua mochila. Ele estava ajoelhado no chão com seus jeans desbotados, com as mangas do suéter amarelo arregaçadas. Sem pensar, estiquei a mão e ajeitei o cabelo que lhe caía na testa. Deu-me um largo sorriso e voltou a se concentrar na mochila; no entanto, durante aquele segundo, com a cabeça levantada e os olhos alegres, vi o Terry do qual me lembrava mais — bebê e, em seguida, criança — e senti um aperto no coração.

— Às vezes, penso que seria bom se você tivesse um irmão ou uma irmã, Terry. Eu também gostaria de ter tido — acrescentei secamente.

— O que está querendo dizer? Tem a tia Patty.

— Exatamente o que quis dizer.

— Ah — exclamou, sorrindo. — É verdade, vocês duas não são muito próximas.

— Não, não somos. Há a questão da diferença de idade, claro, só que isso não é tudo. Eu também não tive uma relação muito próxima com meus pais. Nosso lar era muito frio. E rígido. Sobretudo por causa de meu pai, mas minha mãe era uma mulher extremamente fechada também. Nunca quis que minha própria família fosse assim. Eu me senti atraída, sobretudo, pela alegria de viver de seu pai. Foi uma das razões que me levaram a casar com ele. — Terry fitou-me com interesse. — É um homem que se deixa levar pelas emoções. Mais ainda quando era jovem. Era cheio de vigor e entusiasmo.

— Acho que sim — disse ele, sem muita certeza, pensando no assunto.

— Mas as coisas não saíram como deveriam. Joguei toda a culpa em Gary quando nos separamos, mas a culpa não foi só dele. De jeito nenhum. — Eu me inclinei em sua direção, tentando achar as palavras certas. — Se nós o afastamos, Terry, foi a última coisa que eu quis fazer. Nada aconteceu por sua culpa, você sabe disso, não sabe? Você foi a melhor coisa que aconteceu em minha vida. Sinto muito se não lhe mostrei o quanto eu o amava. Amava e amo. Mais do que qualquer outra pessoa, tanto quanto posso. Parece muito, pois toma todo meu coração. Mas, se você não sente isso, lamento.

Não via Terry chorar desde que tinha doze anos. Ele colocou a cabeça em meu colo para esconder a face. Os ombros sacudiram-se; pude sentir as lágrimas através de meu jeans. — Oh, está tudo bem. — disse-lhe, acariciando seu cabelo e beijando-o. Esperava que ele não estivesse se sentindo envergonhado. — Descobri que é bom chorar. Com certeza não é algo que deve ser evitado a todo custo. Demonstra que você está sentindo algo, só isso.

Enxuguei suas lágrimas e sorri para Terry. Pareceu-me mais fácil falar agora; era como se estivesse falando com meu menininho.

— Nunca lhe contei por que seu pai e eu nos separamos. Você não me contou o que o levou a terminar com Susan. Os detalhes não são importantes. Mas, Terry, é preciso ter certeza de ter bons motivos. Não ser completamente feliz; isso não é o bastante. Você a ama? A vida é tão curta! Sei que parece eterna quando se tem vinte e sete, mas...

Detestava passar sermões, mas eu já havia esperado demais e agora tinha muito a lhe dizer.

— Nunca jogue o amor fora, nunca o negligencie. Não pense que encontrará um amor melhor em outra parte. Aceite-o onde quer que tenha a sorte de encontrá-lo e procure sempre retribuí-lo da mesma forma. — Dei-lhe um beijo na testa. — Não tome nada como garantido — sussurrei. — Este é o meu último conselho, e é o mais importante.

Kirby, tal como eu disse anteriormente, aparece sempre nos momentos certos. Escolheu aquele para bater à porta da frente e entrar. Terry não se sobressaltou, nem tentou virar o rosto por constrangimento; tirou um lenço do bolso e enxugou o rosto, assoando o nariz virilmente.

— Estão prontos? — perguntou Kirby com adequada afabilidade. — Está quase na hora de irmos.

Levantamo-nos. Terry pôs o casaco e jogou a mochila nos ombros.

— Sabem — comentei —, resolvi não ir com vocês dois. Acho que vou me despedir aqui mesmo.

Terry ficou surpreso, mas não discutiu.

— Eu ligo para você quando chegar em casa hoje à noite — prometeu, dando-me um abraço apertado. — E vou voltar, mãe, assim que puder. Ou quem sabe você não vai me visitar? Não seria uma boa idéia? Talvez no Natal?

— Pode ser — respondi, aceitando participar, com alegria, de sua sugestão fantasiosa. — Enquanto isso, cuide-se bem, filho.

— Você também. Cuide bem dela, Kirby.

— Pode deixar.

— Eu o amo — sussurrei, beijando sua bochecha úmida.

— Eu amo você, mãe, amo você — repetiu Terry, sem conseguir sair disso.

Engoli em seco e dei uma fungada para conter as lágrimas.

— É melhor se apressarem, caso contrário você pode perder o avião.

— Vou ligar — disse, seguindo Kirby em direção ao elevador, que chegou logo. — Vou escrever mais, vou sim, mãe.

Sorri e mandei beijos até a porta fechar.

E então senti-me tão exausta que não consegui chegar ao quarto. Joguei-me no sofá e cobri-me com uma manta. Uma manta velha, cheirando a mofo, esburacada, que eu mesma tricotara havia muitos anos, na época em que era uma dedicada dona de casa. Uma dona de casa e tanto, como dissera Terry. Houve inúmeros momentos felizes naquele tempo, que eu me acostumei a desconsiderar sem ter bons motivos. Uma nostalgia começou a tomar conta de mim, como um agradável nevoeiro, neutralizando um pouco a intensa dor causada pela partida de Terry. Gary costumava cochilar nos domingos à tarde debaixo desta manta. Eu me sentava com ele, lendo ou bordando, com o rádio ligado baixinho, observando sua grande pança subir e descer debaixo dos quadrados de lã cujas cores eram, na época, berrantes. Eu costumava colocar a manta sobre a camisola para ir pegar o jornal no jardim. Terry gostava de prendê-la em duas cadeiras para fingir que era um soldado em um forte.

Será que Gary estava em casa? Poderia ligar para ele. Só para conversar. "Como vai, tudo bem? O que achou do Terry? No fim das contas, nosso trabalho não foi tão ruim assim, foi?" Mas o telefone estava longe e eu estava cansada demais para me levantar. Fechei os olhos e comecei a sonhar. Um sonho animado e doce sobre uma família, para o qual dei um final feliz.

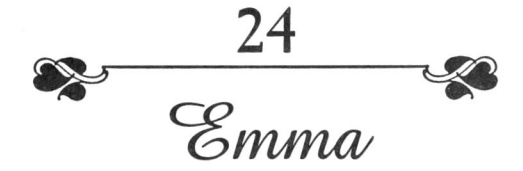

24

Emma

Faço aniversário três dias após o Natal, portanto, sou Capricórnio. O bode. Quão ironicamente apropriado, ainda mais neste ano.

Costumo viajar no Natal, vou até Danville visitar minha mãe e às vezes continuo na estrada, indo até Durham e Chapel Hill visitar velhos amigos da universidade e passar o Ano-novo com eles. Este ano, se só de pensar em fazer a mala já senti náusea, imagine o resto: ir, chegar, cumprimentar, sorrir e conversar. Essas duas últimas ações, em especial, fizeram meu estômago dar voltas. Então fiquei em casa.

No entanto, não me deixei dominar pela autocomplacência. De jeito nenhum. Eu me arrumei, liguei para as pessoas que amava e consegui sair de casa para levar o presente da Isabel. Não, eu estava me resguardando — em termos de baixo-astral — para o dia 28, quando estaria só, ao fazer quarenta anos. Aí, sim, ia me dedicar totalmente à autopiedade homérica e orgiástica.

Estava sozinha por escolha — minhas amigas não me abandonaram. Entretanto, como não pude, em sã consciência, obrigá-las a me agüentar, pedi que ficassem longe. (A Rudy estava viajando, de qualquer forma.) O dia começou normalmente, ou seja, cheio de frustração e nenhum amor-próprio. Aquele romance que comecei a escrever na primavera passada? Joguei-o no lixo em agosto. Um assassinato misericordioso, pode crer. Era o que chamam de romance sobre o advento da maturidade. A história de uma adolescente excepcionalmente articulada que lida com o amor, a vida, o sexo e a redenção juntamente com personagens pitorescos, de origens variadas. Englobava desde o opressivo Meio-Oeste até a renovada região Sul, desde o gueto urbano até os judeus de classe alta. Meu romance era ambientado numa cidadezinha asquerosa no sul da Virgínia, chamada Tomstown. Como disse, foi um assassinato misericordioso. Tanto esforço para escrever sobre o que eu mais sabia.

Agora estou trabalhando em algo totalmente diferente (embora "trabalhando" possa ser um ligeiro eufemismo). É um romance de mistério, um *thriller*, cheio de intriga e suspense, do gênero mulheres-em-perigo e pilhas de cadáveres. Acho que tem grande potencial de se tornar best-seller e ser adaptado para o cinema. Pena que seja tão sangrento. Uma coisa que aprendi ao escrever essa história é que realmente adoro matar gente. Sabe, é algo que me excita muito. Então eu não me canso de fazer isso. O perigo é, de repente, todos os meus personagens morrerem antes mesmo do final do livro. Talvez eu tenha que colocar Deus como narrador.

Uma outra coisa que estou aprendendo com este livro — com ele e o anterior — é que é possível que eu não tenha talento. A vida inteira quis escrever ficção — ao menos foi o que afirmei durante boa parte dela. Não me sentia atraída pelo gênero não-ficção; queria que a história seguisse outro caminho, que nunca se soubesse o que de fato era real *et cetera* e tal, blá-blá-blá. Bem, adivinhe. Acontece que eu sou muito melhor jornalista do que romancista. Então agora me pergunto se o que me atraiu foi a imagem projetada pela literatura fictícia. Eu queria *parecer* uma romancista. Nos coquetéis, queria que minha resposta a perguntas do tipo "O que você faz?" fosse "Sou escritora".

Se isso for mesmo verdade, não sei o que vou fazer da vida. Tenho a sensação de estar batendo o rosto numa porta de vidro. Pensei que teria uma perspectiva, um futuro, mas talvez só haja desespero, constrangimento e dilacerações sangrentas.

Feliz aniversário, Emma.

Eu precisava de um bolo. De um bolo de sorvete, desses que anunciam na TV nos feriados. Sempre me deixam com água na boca. Quase comprei um certa vez, mas desisti quando li a contagem de calorias e gorduras na embalagem. Bem, que se dane, tenho quarenta anos, posso consumir o que bem entender. Tal como vinho. Vinho e bolo de sorvete. Um vinho de muito boa qualidade, não aquela garrafa de oito dólares que está na geladeira.

Sair de casa e entrar no carro foi como aterrissar num outro planeta. Há quanto tempo estava enfurnada dentro de casa? Quase quatro dias. Meu Deus do céu! Já é uma desculpa para buscar um emprego de verdade. Não é lá uma grande desculpa, mas é melhor do que nada. O céu de final da tarde de dezembro estava com aquele tom cinza das fraldas de antigamente, carregado de chuva ou neve, não consegui me decidir. Isso até estacionar na rua Columbia e caminhar um quarteirão e meio até a loja de bebidas alcoólicas — aí cheguei a uma conclusão. Neve e chuva.

Na véspera do Natal, pela manhã, eu tinha posto uma velha calça de malha preta, uma blusa também negra e meu suéter mais confortável, um cardigã cor de esterco de fios repuxados e bolsos enormes, no qual restava apenas um botão de couro. Gostei tanto dessa roupa que a vesti no dia seguinte também. E no outro. E hoje. Fazia uma semana que não lavava o cabelo — para quê? — e acho que nem é preciso dizer que estava sem maquiagem. Eu tinha saído de casa com uma capa impermeável e os mocassins bordados que usava no meu quarto, sem meias. Deu para ter uma idéia?

O Mick teve uma idéia, quando abriu a porta da loja de bebidas e quase nos esbarramos. Ele disse "Perdão" e deu um passo atrás; durante alguns segundos, não me reconheceu. Mais tarde, não pude me decidir se aquilo era um insulto ou um baita elogio. Daí lhe deu um estalo, provavelmente engraçado para um observador imparcial, e ficou petrificado.

— Emma. — Não conseguiu sorrir, apenas me fitou com olhos arrebatadores. Seu choque me ajudou a me recuperar do meu. Estava pronta para dizer algo brilhante, talvez até verdadeiro, tipo "Senti sua falta" ou algo assim, quando ele inclinou a cabeça em direção à rua. — Estou com a minha família.

Ah, sim, estava com eles. No carro; reconheci o pequeno Celica branco estacionado na esquina, a meio quarteirão. Não deu para ver os ocupantes, só os contornos pouco visíveis através da neve e do pára-brisa embaçado.

— Bem, diga para eles que mandei um abraço. Que bom ver você!

Não nos movemos.

— Tudo bem, Emma?

— Tudo bom. E você?

Não sei mentir muito bem, mas, ao menos, tento. Mick nem tenta.

— Estou péssimo — respondeu.

Enrubesci.

— Não é justo! — sussurrei. — Maldito seja, isto não é justo!

Um cliente chegou, depois outro, querendo passar, acabar com aquela tortura. Tivemos que nos separar; saí, e o Mick entrou. Não chegamos a nos despedir, mas acenamos através da porta. Que absurdo. Dei graças a Deus por ter estacionado o carro na direção oposta ao dele; não acenei para a Sally. Caminhei com dificuldade pela neve com minhas garrafas de vinho e fui para casa.

Naquela noite, quando o telefone tocou, eu tinha certeza de que era o Mick. Sabe aquelas vezes em que você consegue adivinhar quem é só pelo timbre do toque? Eu estava sentada diante da lareira há tanto tempo que o fogo tinha apagado. Em minha defesa, afirmo que não estava bêbada; após tomar uma taça ou duas de um Cabernet muito caro, não quis mais. Falta de interesse.

Atendi ao telefone da cozinha no terceiro toque e disse "Alô?" num tom de voz firme, enganosamente saudável e alerta.

— Feliz aniversário!

— Obrigada. — Era a Lee. Eu me deixei cair num tamborete e esperei meus batimentos acelerados diminuírem. — E aí, como vão as coisas?

— Bem. — Ela costumava responder a essa pergunta com um "Não engravidei", mas agora, parou. Ninguém acha mais que é engraçado, muito menos a Lee. A *in vitro* não está funcionando. — Como vai o aniversário? — perguntou.

— Uma droga.

— Essa não! Não quer vir para cá?

— Não, obrigada.

— Não estamos fazendo nada, nem mesmo brigando. Venha, nós vamos animá-la!

— Não, mas obrigada, é legal da sua parte. Legal mesmo. Tudo bem por aí?

— Tudo — respondeu. — Rudy já voltou das Bahamas.

— Ah, é? Quando?

— Hoje.

— Ela ligou para você?

— Ligou.

Que merda! A Rudy não me diz nem um "a" no meu aniversário, mas liga para a Lee para avisar que já tinha voltado da "segunda lua-de-mel" — estou falando sério, foi assim que ela a chamou.

— Ela parecia bem? — perguntei.

— Como sempre.

— O que quer dizer...

— Não muito bem. Acho que só me ligou para avisar que não viria jantar aqui amanhã. Então seremos só nós três: eu, você e Isabel.

Caramba, nós quatro estamos desmoronando.

— Ela explicou por quê?

— Disse que tinha que fazer algo com Curtis.

Soltei uns palavrões bem vulgares que fizeram a Lee assobiar como um mangusto. Tive que perguntar:

— Ela tem conversado com você? Ultimamente? Tem dito alguma coisa sobre o que está acontecendo com ela?

— Não. Então... ela não está dizendo nada para você também?

— Não, e sei que a Rudy não tem conversado com a Isabel também, porque perguntei para ela.

Suspiramos ao mesmo tempo.

— Bem — disse Lee, apaticamente —, nos vemos amanhã, então. Não se esqueça de trazer a salada.

— Já me esqueci alguma vez?

— E vai pegar a Isabel?

— Claro.

— Feliz aniversário, Emi.

— Durma bem, Lee.

Desligamos.

Antes que eu me levantasse, o telefone tocou de novo.

— Alô?

— Emma? É o Mick.

Tudo o mais desapareceu, não havia nada além de minha mão no receptor do telefone e a voz do Mick em meu ouvido. E me senti doente de desejo ao saber que era ele e que aquilo estava acontecendo. Tinha quase conseguido me convencer de que este fato — que ele era o amor de minha vida e que nunca iria esquecê-lo — não era verdade.

— Posso ir até aí?

— Você está bem?

— Estou. — Deu uma risada exasperada. — Só que...

Imaginei poder entreouvir, no seu silêncio e na sua respiração profunda e frustrada, tudo o que ele queria dizer. Eu supus que o Mick estava em casa, provavelmente na cozinha, e que a Sally devia estar colocando o Jay para dormir.

— Você está em casa?

— Não, estou no meu carro, usando o celular da Sally.

— Ah! — Impressionante a minha intuição. — Estou te ouvindo muito bem.

Deixou escapar outra risada nervosa.

— Deve ser porque estou pertinho da sua casa.

— Ah, meu Deus!

Permaneceu alguns intermináveis segundos calado, então disse, meio sem jeito:

— Tudo bem, não se preocupe, eu estava dando uma volta e acabei vindo aqui. Não vou...

— Espere cinco minutos.

— O quê?

— Eu preciso que me dê cinco minutos. Tenho que... não estou totalmente vestida. Daí venha para cá.

— Tem certeza?

— Tenho. Está bom, vou desligar agora.

Ele riu, e desta vez foi um riso sincero, não forçado. Esperei que terminasse, deleitando-me com ele e, em seguida, desliguei.

Cinco minutos. Deveria ter dito dez. Fui correndo para o banheiro, no andar de cima, e vi meu reflexo no espelho. Deveria ter dito uma hora e meia.

Tarde demais para tomar banho e mudar de roupa. E para arrumar a casa e trocar o guarda-roupa. Tirei meu suéter esfarrapado e escovei os dentes manchados de vinho. Tentei pentear o cabelo, mas foi impossível, então fiz um coque. Passei rímel e um pouco de batom. Meu Deus, meu Deus. Vou manter a sala na penumbra.

Quando desci, não havia tempo de reacender a lareira. Recolhi os jornais espalhados, ajeitei as almofadas do sofá, soprei farelos das mesinhas. Liguei o som, em seguida desliguei-o. Será que ele ia gostar da minha casa? Não tinha muita arte. Tinha algumas gravuras e alguns quadros dos quais eu gostava muito, mas provavelmente eram muito chamativos. Caramba, agora ele ia descobrir, ia ver que eu era ordinária, fraudulenta e superficial. Isto foi uma má idéia. Gostava mais quando éramos uma tragédia inocente e certinha, sem potencial, sem realidade confusa. Éramos perfeitos.

A campainha tocou. Meu coração deu um salto perigoso — se continuasse assim, eu estaria morta na manhã seguinte. Dei um suspiro profundo e relaxante. Tentei assumir uma expressão normal e abri a porta.

Nós nos saudamos. Ele trouxe o frio e a umidade junto com seu sobretudo de lã. Sua face estava pálida, as orelhas, lívidas.

— Tire o sobretudo — disse eu. Quando ele me passou o casaco, senti suas mãos geladas. — Você está congelando! Estava caminhando?

— Um pouco. — Ele foi até a sala, em direção à lareira, mas parou quando viu que estava apagada.

— O fogo apagou — foi meu comentário idiota. — Vamos nos sentar aqui?

Ele escolheu a poltrona e eu me sentei na beirada do sofá. Um erro. Como íamos conversar assim? Estranho demais — os dois na sala, frente a frente, com o meu tapete de sisal de grife entre nós. Não estávamos sendo nós mesmos, parecíamos atores numa peça teatral.

— Quer tomar alguma coisa? Tenho bastante vinho.

— Não, obrigado.

— Café?

— Seria ótimo!

Levantei-me de um salto.

— Venha comigo.

O clima entre nós ficaria melhor na cozinha. Ele se apoiou no balcão, observando-me, enquanto eu enchia a chaleira, media o café e despejava, aos poucos, água fervendo nos grãos. Esse método de fazer café, com a jarra Chemex, é bem elaborado, muito bom para manter as mãos ocupadas.

— Hoje é o aniversário do Jay — mencionou ele, para romper o silêncio pesado.

Fitei-o.

— É mesmo? — Que coincidência.

— Está fazendo seis anos. Tirei a tarde de folga para ir à sua festinha no zoológico. Só oito amiguinhos; a gente não achou que eram muitos, quando a estávamos planejando. — Esfregou a testa como se estivesse doendo. — Caramba!

— Ah, você só está tentando se desculpar por ter ido comprar bebidas!

Rimos. O ambiente ficou um pouco menos tenso.

Mick começou a andar de um lado para outro diante dos vidros da janela escura. Eu o observei com o canto dos olhos. Parecia diferente, de novo. Usava uma calça cinza, uma jaqueta esportiva bonita e uma gravata azul afrouxada. Deve se vestir assim, como um executivo, para trabalhar meio expediente no escritório de advocacia. Se é que estava trabalhando lá. O fato de eu não ter a menor idéia me pareceu a coisa mais triste do mundo.

— Como vai a Isabel? — perguntou, pegando e depois colocando na mesa um saleiro de galo vermelho. — E a Rudy? Às vezes, a Sally me conta como está a Lee, mas não escuto mais nada sobre as outras.

Não é à toa que eu o amo. Não estava tentando romper o silêncio, realmente se importava com elas, e não só por minha causa.

Coloquei café nas xícaras, acrescentando bastante leite no dele.

— A Isabel está muito doente. Não sei o que vai acontecer.

— Sinto muito, Emma.

— Sim. — Sua comiseração quase foi a gota d'água. Eu tinha chegado, de fato, praticamente ao limite de minhas forças. Dei a xícara para ele e peguei o pote de biscoitos. — Quer um biscoito? A Rudy também não está legal. Ela abandonou o curso. Sabia que ela estava estudando paisagismo? — Mick meneou a cabeça. — Bem, só que ela o largou. Só Deus sabe o que ela está fazendo agora; eu, com certeza, não faço idéia. — Isso soou muito frio, sem qualquer consideração.

Ele disse apenas, de novo:

— Sinto muito.

— É, que droga de vida! — Eu estava a ponto de fazer papel de idiota caindo no choro ou coisa parecida. — Por que você veio até aqui, Mick? Só para levar um papo? Quer ter um caso comigo? Mas a gente já sabe o que vai acontecer. — Odiei meu tom de voz. Que loucura era aquela; por que estava falando de forma tão odiosa?

— Posso ir...

— Não, por favor, desculpe. Não vá. Eu... você precisa saber, vou dizer de uma vez, Mick... Posso ser uma verdadeira megera quando estou pra baixo.

— Não quero que fique pra baixo.

— Tarde demais. Não há nada que possa fazer. — Ou havia? Por que ele *tinha* vindo?

Ele colocou a xícara na mesa com cuidado.

— Achei que a gente ia se encontrar. Não acreditei, quando não nos topamos nem uma só vez. Durante meses.

— Eu sei. Eu o via toda hora. Na rua, no carro que passava, na fila do cinema. Mas nunca era você. — Tinham sido todos alarmes falsos, de sujeitos parecidos com o Mick. Aliás, às vezes nem se pareciam com ele; sua imagem surgia como um passe de mágica ao olhar para os cabelos, os olhos e a boca de qualquer sujeito boa-pinta. Uma miragem.

— Então, hoje... — não concluiu a frase.

— É isso aí. Uma visão encantadora. — Ah, Emma, cala a boca!

— Uma visão encantadora. — Sorriu, mas não estava brincando. Minha frase infantil não tinha soado tola, quando ele a repetiu. — Foi como tomar uma bebida. Fumar um cigarro. Viciado de novo.

Oh, meu Deus do céu. Estou caindo de amor por ele.

— Tinha que ver você. Não vá rir. Achei que... Passou pela minha cabeça a idéia de que, se ficássemos juntos, ao menos uma vez, poderíamos seguir nossos caminhos em paz depois.

— É mesmo? — Meneei a cabeça, séria, sem discordar. Aquilo me soou como uma tremenda ilusão, se é que estava se referindo ao que eu achava que estava se referindo. Mas era algo que eu desejava demais para ficar apontando falhas.

— Não ver você nunca mais... — Acariciou a lateral da minha mão, que estava agarrando a beira do balcão. — É pior do que ficar junto. É o que eu acho. Antinatural, Emma. É um... pecado.

— Um pecado. — Como ex-católica, aquela palavra me chamava atenção. — É o que seria para você? Dormir comigo seria um pecado?

Ele meneou a cabeça, sorrindo, vulnerável.

— Bem, eu já não ligo mais — comecei. — Se quer saber, não estou nem aí para a sua consciência pesada ou para a imortalidade da sua alma. E não dou a mínima para a sua esposa e seu lar feliz e seu...

— Fiquei emocionada, não pude continuar. Os motivos pelos quais aquilo continuava a ser uma má idéia foram chegando sorrateiramente pelas costas e me atingiram em cheio. — Seu filho. — Concluí, tentando soar corajosa, enquanto perdia as estribeiras.

O Mick agiu da melhor forma possível: deu-me um abraço apertado.

Fechei os olhos para bloquear a dor e a dúvida que transpareciam em seu semblante. As palavras não tinham nos levado a lugar algum — nunca levam, quando a situação é insustentável desde o começo.

Eu o beijei para desviar a atenção e funcionou: tudo foi se desintegrando aos poucos, exceto os lábios quentes, seu rosto com a barba por fazer e a sensação de sua mão na parte posterior do meu pescoço. Nós nos beijamos até perdermos o fôlego e começarmos a nos tocar, até aquilo se tornar puro sexo e não mais um consolo, não mais uma forma de demonstrarmos que nos importávamos um com o outro. Tomei a decisão de não impedir nada, de parar de pensar, de seguir adiante. Talvez algo mudasse se deixássemos acontecer, algo que não podíamos prever. E me pareceu muito natural abrir as pernas para que o Mick pudesse se mover entre elas e me pressionar contra o balcão, contra a beirada acentuada e dura que estava machucando minhas costas. Mas não me importei com isso; queria sentir, queria que tocasse todo o meu corpo.

— Vamos subir — murmurei. Poderia desfrutar mais dele na horizontal.

Passamos de mãos dadas, cegamente, pelo corredor e pelas escadas até chegarmos ao quarto. Quase optei por não acender a luz — com medo, de novo, do seu semblante —, mas o clarão azulado e gelado da lua me desestimulou. Louca por um pouco de calor, fechei a cortina e acendi a luz do abajur.

Estávamos nos observando de pé, um de frente para o outro, com a minha linda cama desforrada entre nós. Não era à toa que eu tinha desconfiado de seu rosto: parecia transfigurado.

— O que foi? — perguntei, começando a desabotoar minha camisa. Não muito romântico, mas um de nós tinha que começar. Mick se virou e se sentou na beirada da cama. Então não se moveu, nem tirou o cinto, tampouco começou a tirar os sapatos. Eu sabia exatamente o que ia acontecer.

Pensei em gritar com ele, em fazer uma cena e deixar que a raiva humilhante e descontrolada tomasse conta de tudo — para ver qual seria o resultado. Deixei essa idéia de lado, mas estava bastante brava e ferida, a ponto de querer machucá-lo. Não abotoei a blusa quando contornei a cama e parei em sua frente. Meus seios são lindos, vinte homens já me disseram isso, são o que tenho de melhor. Então foi um consolo mostrá-los para o Mick, gratificante observar seus olhos baixarem e escurecerem. *Olha só o que perdeu*, pensei, rancorosa, expondo-os um pouco mais.

Ele sorriu e me contemplou com tanto carinho e tanta compreensão que comecei a chorar.

— Eu sou um tremendo babaca — comentou, pegando minha mão e fazendo com que eu me sentasse ao seu lado. — Sei disso. Neste momento, você não pode sentir mais desprezo por mim do que eu mesmo.

— Não sinto. Não sinto. — Mas tive que sussurrar: — O que houve? Entre a cozinha e o quarto, o que aconteceu? A gente devia ter transado no balcão?

— Você sabe o que aconteceu. Eu estou mentindo.

— Qual foi a mentira que me contou? — perguntei, com certo temor.

— Que podíamos fazer isso só uma vez.

— Ah. Essa mentira. Por acaso acha que eu acreditei em você?

Ele sorriu e começamos a beijar as mãos um do outro ao mesmo tempo. Uma minibatalha. Descansei a cabeça no seu ombro.

— Então, na verdade — disse eu, triste —, nada mudou. Você só veio até aqui para me torturar. De novo. Eu já estava quase esquecendo você. Não, não estava.

— Vim porque eu... — Seu ombro se ergueu e abaixou quando suspirou. — Tudo soa idiota. Posso dizer que não pude resistir. Posso dizer que cansei de precisar de você, que tinha de vê-la. Não sei se nada mudou, Emma; alguma coisa deve ter mudado, sim. A forma como estou sofrendo demonstra que alguma coisa mudou.

— Eu também.

Ele me encarou.

— Não tive nenhuma outra mulher. Você me perguntou isso na praia. Só você.

— Eu perguntei outra coisa.

Pela forma como os cílios ocultaram os olhos, percebi que se lembrava. Ficou um longo tempo em silêncio.

— Eu durmo sim com a minha esposa. Não com freqüência. Ela precisa... manter a ilusão, e tento transmitir isso para ela, quando não há mais nada que eu possa fazer.

— A ilusão?

— De que temos um casamento.

— Ah. E considera isso um presente?

O Mick mudou de posição, quase recuando.

— Não tenho esperanças de fazer com que entenda isso.

— Tente.

— Emma, sou tudo o que ela tem. Apesar de achar que ela me odeia quase o tempo todo. Tenho medo de deixar o Jay com ela e de levá-lo embora. — Era como se estivesse com a garganta cheia de cacos de vidro, estava sendo tão difícil para ele falar. Continuava a odiar a idéia de trair a Sally, apesar de não termos ido muito longe. E isso me feria também.

— Mick, por que se casou com ela?

— Porque engravidou.

— Ah.

Triste silêncio.

Ele recomeçou a falar:

— Ela é o seu oposto. Não é forte. Sempre se define a partir do que os outros, sua família, seus amigos, pensam.

— E você.

— Especialmente eu.

— Você a amou?

— Amo você.

— Ah, meu Deus. — Escondi o rosto com as mãos. — Por que veio aqui? — perguntei de novo. Uma exaustão esquisita estava quase me deixando doente.

— Acho... devo ter vindo pedir para você me esperar.

— Esperar. Por que não a deixa? Ainda acha que ficar com ela é melhor para o Jay do que a separação?

Passou a mão nos cabelos.

— Não sei.

Eu tinha certeza de que isso queria dizer sim.

— Suma da minha frente, Mick — pedi, levantando-me.

— Emma...

— Não sou sua psicóloga. Não venha para a minha casa despejar os seus problemas em cima de mim. Esta é... esta é a primeira vez que age de forma egoísta e não gosto disso. Minha ferida já estava cicatrizando, daí você arrancou a casca. E nem dormiu comigo. Suma da minha frente, por favor, desapareça pelos próximos seis meses. Não sou masoquista; com certeza vou esquecê-lo nesse período, pode ter certeza disso!

Ele se levantou. Nunca se aborrece... eu já não gostava mais dessa característica.

— Sinto muito — disse —, sinto muito. — E então murmurou alguma outra coisa que soou como "Estava congelando" e saiu do quarto.

Eu o alcancei no corredor, abracei-o por trás, pressionando a maçã do rosto contra sua jaqueta de *tweed*. Uma posição simbólica: nenhum contato frente a frente, e eu segurando o homem que vivia me deixando.

O Mick tentou se virar, mas eu o segurei com firmeza e não permiti que se virasse. Melhor dizer o que precisava dizer daquela forma.

— Escute. Quero me casar com você, Mick. Ter filhos. Ser uma artista pé-rapada como você. O que não quero é me tornar uma solteirona quarentona que está tendo um caso. Ou que *não* está tendo um caso, o que é pior. — Podia sentir seu coração batendo debaixo do algodão macio de sua camisa. — Não posso esperar por você. — Afirmei com uma maldita voz trêmula. — Não devia ter me pedido isso. Tenho que tocar a minha vida pra frente. Não me ligue nem volte mais, isso só piora as coisas.

— Eu sei. Não vou. — Inclinou a cabeça. — Eu amo você. Não estou dizendo isso para fazê-la mudar de idéia. É só para que saiba. — Ele deu uma apertada forte em meus braços, que ainda o cingiam, e, em seguida, foi embora.

Mais tarde, muito mais tarde naquela noite, liguei para a Rudy.

— Ah, meu Deus, você estava dormindo!

— Emma?

— Sinto muito.

— O que foi? Espera um pou... — Ela tapou o telefone. Silêncio abafado por cerca de meio minuto. O telefone do seu quarto é sem fio; supus que estava dizendo para o Curtis voltar a dormir, para então sair da cama com cuidado e ir até o corredor ou o banheiro.

— Emma?

— Não me dei conta da hora, Rudy! Sinto muito mesmo!

— Tudo bem.

— Imagino que o Curtis tenha ficado puto.

— Não, claro que não.

Eu não deveria ter dito aquilo, deu para notar pelo seu tom de voz. Ela ficava cheia de dedos quando o assunto era o Curtis, motivo pelo qual eu tinha que pisar em ovos ao fazer qualquer comentário sobre ele, só que ultimamente ela parecia estar se irritando além do normal. Algo muito ruim estava acontecendo, mas eu não conseguia descobrir o quê.

— E aí, Rudy, como foram as férias?

— Ótimas.

— É mesmo?

— É.

— Sua voz não soa muito animada. Você está bem?

— Acabei de acordar.

— Ah, certo.

Silêncio, enquanto ela esperava que eu fosse direto ao assunto. Era uma conversa tão estranha e fora do normal para a gente que comecei a perder o fio da meada. Mal podia me lembrar por que tinha ligado para ela.

Então me lembrei.

— Vi o Mick hoje.

— Oh.

Oh?

— Na loja de bebidas da rua Columbia. Você deveria ter me visto, eu parecia uma doida varrida, como diria a minha mãe. Nós... nós só nos olhamos, quase não falamos nada. Foi um tremendo choque, sabe? E a família dele estava esperando, daí...

— Uau!

— Pois é. Então agora à noite ele ligou, do carro. Eu disse que ele podia vir para cá.

— Nossa, Emi!

— Eu sei, mas, poxa, não tinha como deixar de me encontrar com ele, sabe? Espera aí, será que isso traz muitas vibrações negativas?

— Você dormiu com ele?

— Não. Quase.

Ela soltou um suspiro. Soou solidário.

— Foi praticamente uma repetição do que aconteceu na praia, só que desta vez a gente realmente... bem, por fim, a gente discutiu a situação, que não tem futuro... Então é isso. Acabou, e eu estou... — Arrasada, tem que me ajudar!

— Que pena, Emi. Que pena mesmo. Mas talvez seja melhor assim.

— Pode ser. — Esperei, mas ela não disse mais nada. Não receberia mais consolo e solidariedade da Rudy nesta noite. Deveria ter ligado para o Disque-Ombro. — Bem, já está bem tarde.

— Está. Tenho que ir. Depois eu ligo para você.

— Liga mesmo? Vai ser uma novidade!

Ah, eu não deveria ter dito isso também. Aquele leve tom de reprovação não deveria ter saído da minha boca. Eu a magoei, pude sentir pelo silêncio que se interpôs entre nós.

— Boa-noite, Rudy — desejei amavelmente. — Sinto muito ter acordado você.

— Boa-noite, Emi. Eu te adoro.

— Bem, olha, isso é...

Clique.

Coloquei o telefone no gancho devagar, franzindo a testa e sorrindo, um pouco ofegante. "Eu também te adoro", respondi.

Mas fiquei extremamente preocupada. Não podia ficar brava com ela por não ter me dado o apoio e a compreensão que sempre tinha me dado. Meu coração partido doía pra burro, mas ia ficar bom. Um dia. Seja lá o que havia de errado com a Rudy, não ia. Se ao menos ela se *abrisse* comigo. O que será que estava acontecendo com ela? Que tinha algo a ver com o Curtis não restava dúvida, mas o que seria?

Enquanto conversávamos ao telefone, lembrei de uma vez, anos atrás, quando ela me ajudou a enfrentar outra crise envolvendo um homem. Peter Dickenson. Peter, o Pentelho. Eu estava louca por ele, totalmente apaixonada, pronta para me casar. Você acha que eu tenho uma atitude cínica no que diz respeito a homens? Deveria ter me conhecido seis anos atrás, na era P. P. — Pré-Peter. Agia como Gidget, a adolescente daquele seriado de TV; agia como um maldito animalzinho de estimação. O tal Peter se parecia com o irmão do Alec Baldwin, o magro que usa gel no cabelo, aquele no qual nunca se pode confiar. Eu estava morando sozinha num apartamento super-legal em Foggy Bottom, curtindo muito minha solidão. Mas — este é o episódio *Gidget vai para Washington* — eu estava tão caída pelo Peter, o Pentelho, que o convidei para morar comigo. Vivemos juntos em perfeita harmonia por quase quatro meses.

Então, certa noite — não vá tirar conclusões apressadas —, cheguei em casa mais cedo de um encontro com as Graças, e adivinhe o quê? Ah, caramba, acertou! Mas, sabe, não importa o quão clichê seja essa história, quantas vezes tenha escutado ser lamentada nas músicas folclóricas ou representada exageradamente nas óperas; quando acontece com você, não é nada engraçado. Eu peguei os dois naquele flagra clássico, na minha própria cama.

Apesar de eu ter dado o fora rapidamente, a imagem ficou cauterizada na minha mente. Os dois pombinhos tinham me visto também, então fui até a sala, sentei no sofá e esperei. Não esperei muito. O Peter saiu primeiro, de cueca, e se ajoelhou ao meu lado. E dá-lhe papo-furado. Ele estava na parte "Ela não significa *nada* para mim" quando a outra saiu. Ao menos eu não a conhecia. Devia ser uma universitária; tinha pernas compridas e cabelos louros esvoaçantes. Ficou branca quando ouviu que não significava nada para ele — cheguei até a sentir um pouco de pena dela. Então ela se mandou e o Peter continuou a falar. Disto eu me lembro como se fosse hoje: coloquei o pé bem no meio do seu peito nu e dei um chute que o fez cair sentado. *Dá o fora daqui*, gritei, só que ele não saiu, então fui obrigada a chamar a polícia. A primeira e única vez em que disquei 911. O Peter deu o fora antes dos tiras chegarem, assim que ouviu as sirenes.

Daí — é neste ponto que queria chegar — liguei para a Rudy. Naquela época, nós estávamos meio brigadas. É uma longa história: foi logo depois do seu casamento com o Curtis, tínhamos discutido por causa disso — a pior briga das nossas vidas —, e, apesar de estarmos fingindo, em consideração ao grupo, que tudo estava bem, não estava. Mas eu liguei para ela e bastou eu dizer "Oh, meu Deus, Rudy!" para ela responder "Já estou indo para aí".

Passou a noite toda comigo. Chorei muito. Tomamos gim e fumamos um milhão de cigarros, e em torno das seis da manhã fomos comer panquecas com bacon no Howard Johnson da avenida Virginia. Eu estava arrasada, mas o fato é que contei com o apoio da Rudy. Quem sabe quanto tempo eu levaria para esquecer o Peter sem ela? E quem sabe quanta merda ela teve de agüentar do Curtis quando chegou em casa às nove da manhã? Esse é o ponto. É por isso que o fato dela não ter feito outro resgate ousado esta noite não quer dizer absolutamente nada para mim no que diz respeito à nossa amizade. Eu e a Rudy somos fiéis.

Há pouco tempo, eu teria dito que o problema são os homens. "Os homens arruínam tudo", costumava dizer a minha mãe; cresci ouvindo isso e, depois de um tempo, é difícil contradizer essa expressão.

Mas agora estou apaixonada por um cara que, como diz a canção, é um exemplo para o próprio gênero. Estou um caco, mas não posso jogar a culpa em quem sempre jogava. Aliás, não posso jogar a culpa em ninguém, e isso me deixa furiosa. Isto é o que chamam de amadurecimento? Se for, sou contra. Atingi a meia-idade hoje e já a desprezo. Não antevejo nada no futuro, a não ser solidão e maturidade, e nenhum divertimento, e terapia de reposição hormonal.

Feliz aniversário, Emma. Bem-vinda ao resto da sua vida.

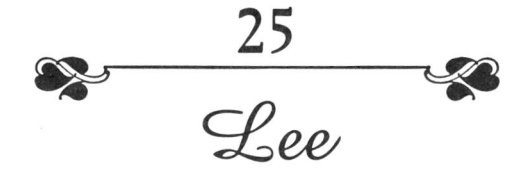

25

Lee

As enfermeiras do dr. Jergen sempre ligam no final do dia. Sejam as notícias boas ou ruins, quatro ou cinco da tarde é o horário em que transmitem aos pacientes os resultados de seus últimos exames laboratoriais. De modo que eu sabia quem estava me ligando às quatro e quarenta e cinco, em uma segunda-feira fria, quando já estava escurecendo, em meados de janeiro. Eu passara o dia me sentindo desanimada. Uma premonição? Deixei o telefone tocar três vezes e meia e quase permiti que a secretária eletrônica atendesse.

— Sra. Patterson?

Era Patti. Uma das mais agradáveis. É sempre simpática, quando as notícias não são boas. Algumas enfermeiras não são; se dependesse de suas vozes insípidas, apressadas e programadas para a transmissão de informações ao telefone, poderiam estar lendo as cotações da Bolsa de Valores.

— Sim?

— Como vai a senhora?

— Bem. E você?

— Bem, obrigada. Estou ligando para lhe passar os resultados de sua última FIV.

— Certo.

— Ah, lamento muito. Não teve sorte desta vez.

Não teve sorte desta vez. E Henry escreveu *queijo* errado na lista de compras. Grafou *quejo*. Tenho vários ímãs na geladeira. Ímãs demais. Estão desordenados. Um deles diz "Meu carma atropelou meu dogma" — um presente de Emma. Está em cima de uma fotografia das Graças tirada nos degraus da varanda de Rudy no verão passado. Parecíamos longilíneas e bronzeadas com os shorts e as camisetas sem manga.

— Sra. Patterson?

Henry usou outro ímã, no formato de uma coxa de peru, para fixar a programação de basquete dos Wizards. Hoje vão jogar contra os Hornets. Longe de casa.

— Sra. Patterson? Continua na linha?

— Sim. Obrigada por ligar.

— Por nada. Bem, como estava dizendo, seria bom a senhora marcar a próxima consulta antes do final da semana, não se esqueça. Pode fazer isto agora, se desejar. Ou, hã, pode esperar.

Tenho um ímã que diz quantos gramas há em três quartos de xícara, quantos milímetros há em uma colher de sopa, quantas colheres de sopa equivalem a um terço de xícara. Achei que seria muito útil, mas raramente o utilizo.

— Alô?

Fui colocando o telefone no gancho com muito cuidado.

Não queria soltar o receptor. Não queria sair de casa. Mas obriguei-me a abrir a porta do quintal e a seguir o som do machado de Henry, os ruídos surdos e abruptos, *craque, craque*, que irrompiam no crepúsculo frio como gelo quebrando. Ele utiliza um velho tronco de olmo atrás da garagem como base para cortar lenha. Gosto de vê-lo carregar os pedaços pesados e aparentemente impenetráveis de carvalho ou hicória, colocá-los no tronco, erguer o machado e dividi-los ao meio com um só golpe perfeito.

Ele não me ouviu. Virou-se para pegar uma acha que voara para o lado. Quando me viu, endireitou-se e começou a sorrir. Então ficou imóvel, mantendo o longo machado inerte ao lado do corpo.

— Ligaram da clínica.

Veio em minha direção, soltando o machado, esmagando cascas e fragmentos de madeira com suas botas de trabalho empoeiradas.

— Cadê o seu casaco? Vai congelar aqui.

Tudo ficou muito claro novamente. A poeira lamacenta nas vidraças escuras da garagem, os buracos escuros entre os tijolos, nos lugares onde a argamassa caíra, a mancha de café em forma de lágrima à altura do peito da jaqueta xadrez de Henry.

— Não engravidei. Não deu certo.

— Lee, querida. — Esticou a mão e chegou a tocar, com as pontas dos dedos, meu cotovelo. Esquivei-me. Ele recuou.

— Já chega.

— O quê?

— Quatro vezes. Basta. Não vou mais fazer isso.

Esperei-o concordar tristemente comigo e me abraçar, dizendo que tomara a decisão certa.

— Já chega — repetiu ele, mais para si mesmo. As gotículas de suor estavam secando na pele macia de sua testa. Fitou-me, certificando-se de que eu estava bem. Eu estava quase prostrada, sem sentir quase nada. Só fadiga mesmo. — Está bem. — Henry engoliu em seco. — Tem certeza?

— Tenho.

Ele se virou e concentrou-se novamente na lenha, começando a jogá-la no carrinho de mão. Aguardei, enquanto ele se agachava e girava, pegando as achas com ambas as mãos, jogando-as no carrinho com habilidade, sem errar. Vi sua face de relance. Sem querer — ele estava tentando manter-se de costas para mim. Estava chorando.

Fiquei tão chocada que não consegui me mover. Comecei a sentir algo. Calor, como se algo estivesse queimando no meio de meu peito.

— Henry? — Tentei segurar seu braço, agarrei a manga de sua jaqueta. Puxei-a sem parar, até que ele se virasse. Lágrimas rolavam pelas maçãs coradas e geladas de seu rosto. — É um erro? Vou continuar. Querido, vou voltar, podemos tentar de novo.

— *Não*. Não quero que você continue tentando, Lee, quero que pare. Estou... é...

— Triste.

Ele desabotoou os botões de couro da jaqueta e me abraçou, cobrindo-me com ela, e em seguida o calor de seu corpo começou a diminuir a sensação ruim em meu peito. Coloquei as mãos em seu rosto úmido e segurei-o. Nunca vira Henry chorar, nunca, jamais. Aquilo me derreteu. Descongelou-me por dentro.

— Sinto muito.

— Não diga isso...

— Lamento. Ah, Henry. Sinto muito.

— Tudo bem. — Apertou-me mais. — Lee, eu te amo.

— Eu sei. Ah, lamento muito. — Dei-me por vencida e chorei.

E não doeu. As lágrimas não arderam como ácido no fundo de meus olhos, não me fizeram sentir apavorada e desesperada. Henry chorou também e pensei que talvez a combinação de nossas lágrimas ajudaria a sanar a dor. Sei que foi apenas o começo. Isabel dissera-me certo dia que, às vezes, a falta de esperança podia ser uma bênção, e agora vejo que é verdade.

— Entre comigo. Vamos esquentar um ao outro — disse-lhe, e este foi o início: Henry e eu começamos a cicatrizar a ferida.

No início de fevereiro, Isabel por fim reuniu o grupo em sua casa. Nas duas últimas semanas, ela cancelara o encontro no último minuto — uma vez, por estar exausta, outra, por ter uma consulta médica no final da tarde —, mas, quando liguei para confirmar na quinta-feira, ela dissera:

— Venha, venha sim, claro, estou louca para vê-la.

A caminho de seu apartamento, fiquei atrás de uma caminhonete da Subaru, na avenida Connecticut. Em cada sinal vermelho desde a Van Ness até o zoológico, duas menininhas, as quais se encontravam na parte de trás do carro, acenaram para mim. Retribuí o aceno nas primeiras vezes e até mandei beijinhos; entretanto, como elas começaram a extrapolar nas brincadeiras, passei a exibir uma expressão séria, de adulta, para acalmá-las. Deviam ter uns seis ou sete anos, uma era loura, a outra, morena; provavelmente não eram irmãs, mas amigas. Pressionavam o nariz no vidro, mostravam a língua, escondiam-se sob a janela para então aparecerem "amedrontando-me" com suas caretas. Os gritos e risos devem ter ficado altos demais, pois de uma hora para outra se viraram para a frente, amuadas, provavelmente seguindo as ordens da motorista. Depois disso, só me deram algumas olhadelas, as quais supus serem conspiratórias. Mas esqueceram-me rápido; a caminhonete entrou na rua Woodley.

Dirigi por mais alguns quarteirões antes de me dar conta de que não havia chorado. Antigamente, e não há muito tempo, eu teria. Acho que meu coração está começando a se fechar, como uma concha. Eu e Henry não teremos filhos. Não teremos filhos. Repeti isso em voz alta, porque gosto de dar nome aos bois.

Isto é um segredo: pensei em ligar para o dr. Greenburg, o psiquiatra de Rudy, para marcar uma consulta. As Graças não ficariam surpresas? Lee, a normal, precisar de um psiquiatra? No entanto, creio que não vou. Hoje em dia, isto é considerado antiquado, mas também acredito no princípio da auto-suficiência, na responsabilidade da pessoa por sua própria felicidade. Não que eu creia que a terapia seja inadequada para os demais — não iria muito longe em minha profissão com esse tipo de atitude —, mas creio que não daria certo em meu caso. Eu diria que não faz parte de minha tradição familiar. Os Pavlik não fazem análise. Além do mais, como explicaria isso para a minha mãe?

No apartamento de Isabel, Emma atendeu a porta.

— Onde está ela? — perguntei-lhe em voz baixa. — Está bem?

— Claro, está na cozinha. Entra.

Isabel estava sentada à mesa. Não se levantou, mas ergueu os braços quando cheguei. Abracei-a, com suavidade, por um longo tempo.

— Como vai? Como está se sentindo? Está ótima! — Estava, mas também me pareceu frágil e cansada. O suéter e a calça eram grandes demais para o seu corpo e a peruca parecia gigantesca em seu rosto esquelético. Seria melhor se não a usasse mais; ficava melhor com o próprio cabelo curtinho, rente e irregular.

Ela respondeu como de costume:

— Estou bem. — Deu-me tapinhas nas costas e contemplou-me com tanta felicidade que senti um nó na garganta. — O que tem na sacola? — perguntou.

— O jantar. Você fez arroz? — Apesar de ela ter insistido em nos receber em seu apartamento, não deixamos que fizesse nada, com exceção de arroz integral. Esse é um dos produtos principais de sua dieta hoje em dia.

— Kirby fez — disse. — Ele não está aqui, foi atuar em uma peça esta noite. Mandou um beijo para vocês.

— Ele é incrível. — Emma desviou o olhar, por um momento, das verduras que cortava para acrescentar à salada. — Não são muitos os homens que mandam beijos. Acham que não é muito másculo ou algo assim.

— É verdade — concordei. — Henry só mandou "lembranças". Emma, o que é isto? Espinafre?

— É, qual é o problema?

— Isabel não pode comer.

— Ah, droga! Isabel?

Ela deu de ombros e sorriu.

— Teoricamente.

— Bem, eu trouxe chicória também — disse Emma, na defensiva. — Pode comê-la, é muito *yang*. Mas sabia que o ruibarbo é praticamente *yin*? Então evite comê-lo.

— Metida! — exclamou Isabel. Todas tínhamos comprado livros de receitas macrobióticas e nos revezávamos para preparar e levar refeições para ela algumas noites por semana. Para dar um descanso ao Kirby.

— A Rudy está atrasada — percebeu Emma. — Que novidade! De repente não vai vir.

— Alguém falou com ela?

— Não — respondeu Isabel. — Rudy tem vindo me visitar de vez em quando, mas nunca fica muito tempo. Entra e sai logo, e não fala muito de sua vida.

— O que, por si só, já é bastante estranho — sussurrou Emma.

Isabel e eu nos entreolhamos. O que quer que estivesse acontecendo com Rudy, estava afetando sobretudo Emma. Até agora, que eu saiba, nunca haviam mantido segredos entre elas. Em minha opinião, Rudy decepcionara todo o grupo, não só Emma. Tudo bem, ela estava com problemas, mas e daí? Quem não os tem? Seja lá o que a estava incomodando, e eu não fazia a menor idéia do que era, não poderia ser pior do que a situação de Isabel. Se havia um momento apropriado para juntarmos forças, era aquele; mergulhar em nossas próprias neuroses era a última coisa que deveríamos fazer.

É claro que não cheguei a dizer isso. Teria quebrado uma regra que, aliás, não foi criada por mim; na realidade, nunca chegamos a expressá-la, nunca a discutimos. Se uma de nós fazia um comentário negativo sobre uma participante do grupo (por exemplo, a observação de Emma sobre aquilo ser "bastante estranho"), ninguém devia fazer coro com outro comentário negativo. Porque isso acabaria com

nosso equilíbrio, seria uma conspiração. Isso nunca chegou a acontecer; entretanto, há um leve relaxamento dessa regra nas épocas em
que temos cinco, em vez de quatro, participantes. Mas, tal como eu
disse, jamais chegou a ocorrer. Na verdade, pensando melhor, quando somos cinco, nos tornamos ainda mais homogêneas. Refiro-me às
quatro participantes principais. Como se formássemos um círculo
fechado, deixando claro à pobre quinta associada, à temporária, que
não deve fazer críticas a respeito de uma de nós para as outras.

— Ao menos ela não está bebendo — comentou Emma, como se
quisesse compensar a afirmação desagradável. — Pelo que a gente
saiba. Mas como *podemos* ter certeza?

— Ela não está bem, Emma — disse Isabel.

— Sei disso. — Estava cortando metodicamente um pedaço de
brócolis. — Mas, sabe, quem está?

— Como anda o seu livro? — Quando me fitou, percebi que
tinha escolhido a hora errada para perguntar.

— Joguei no lixo — respondeu, com rispidez.

— Essa não! O de mistério?

— Era de mistério? Obrigada por me dizer, eu não tinha tanta
certeza.

— Sobre o que vai escrever agora? — perguntou Isabel.

— Pois é... pensei num romance...

Ri.

— Você? — Mas Emma não estava brincando. — Sinto muito —
disse, quando percebi. — Só achei que, sabe, talvez você seja muito...

— O quê? Muito o quê?

— Cínica. Talvez. Para escrever um romance. Mas quem sou eu
para afirmar isso?

— É, como poderia saber?

— Não acho que seja cínica demais — disse Isabel, pensativa. —
Para ser sincera, acho que você não é nem um pouco cínica.

Emma enrubesceu.

Após um momento, ela me surpreendeu ao dar um encontrão em meu quadril com o dela, pois estávamos lado a lado diante do balcão e das tábuas de cortar.

— Agora é a sua vez, Lee-Lee. Como vão as coisas com você?

Esse é um termo carinhoso que Emma só usa de vez em quando, sobretudo quando toma vinho demais. Ou quando tem medo de ter me magoado.

— Ah! — exclamei. — Estou bem.

— Está mesmo?

— Estou. — Contei-lhes a história das duas garotinhas no carro, ressaltando que eu não havia chorado. — Acho que sinto, acima de tudo, alívio.

— E continua achando que tomou a decisão correta? Eu acho que está mais do que certa — acrescentou Emma rapidamente. — Sabe, acho que agiu bem, mas odiaria vê-la arrependida.

— Bem... — Há arrependimentos. — Fizemos de tudo, não restava mais nada.

— Tem razão. Vocês fizeram de tudo, então não podem olhar para trás e...

— Mas poderíamos ter entrado em uma lista de espera de doação de óvulos.

— Só que não dava mais!

— Foi o que achamos. Ambos chegamos à conclusão de que já era hora de parar.

— Como está o Henry?

— Está melhor também. Estamos nos dando muito bem agora. — Ri. — Relembrando por que nos gostávamos antes.

— Ah, que bom! — Emma me deu um empurrão com o ombro, outro raro gesto carinhoso. — Diga para o grandalhão que estou mandando *lembranças*.

— Começo a cozinhar ou espero até Rudy chegar? — Eu ia saltear abóbora-moranga, nabo, raiz de lótus e grão-de-bico. Já preparara esse prato antes; não é tão ruim quanto parece.

As duas responderam ao mesmo tempo, só que Isabel sugeriu que começássemos, e Emma, que esperássemos.

— Vou esperar mais um pouco — decidi. Sentei-me à mesa junto com elas, levando uma taça de vinho para mim e uma xícara de chá verde para Isabel. Kirby prepara quase quatro litros para ela todas as manhãs. Ela disse que o chá está lhe fazendo muito bem.

— Como vai sua vida amorosa? — perguntei a Emma. Senti-me um pouco constrangida por introduzir um tema tão frívolo. Não deveríamos tratar de temas mais importantes, tal como o significado da vida? No entanto, nunca discutimos isso. Caíamos sempre nos mesmos temas. Isabel não parecia se importar; ultimamente não falava muito de si mesma, mas continuava a dar seu sorriso simpático e a fitar, com calma e serenidade, quem estivesse falando. Às vezes, eu não sabia ao certo se ela prestava atenção no que estava sendo dito; parecia tão sonhadora, como se só estivesse ouvindo nossas vozes.

— Minha vida amorosa? — Emma recostou-se na cadeira. — É paradoxal. — Ela estava toda de preto: calça, suéter e botas. Tomara que fosse só uma fase, pois essa cor não lhe caía muito bem.

— Achei que estava saindo com aquele corretor.

— Stuart. Não estou mais.

— E aquele advogado da Agência de Proteção Ambiental, Will?

— Phil. Não deu certo.

Suspirei.

— Bem, não sei o que fazer. Desde o ano passado já não tenho mais ninguém para lhe apresentar.

— Para preencher o eterno espaço vazio no lamaçal que é a minha vida.

— Mal-agradecida!

— Cafetina!

— Então não há ninguém? — Por algum motivo, a voz de Isabel mudara. Estava mais alta, mais suave, um pouco rouca. Ela acariciou, com o indicador, a parte superior da mão de Emma, como quem diz: "Vamos falar sério agora." Não gostei de entrever o osso de seu pulso pela manga do casaco; estava branco e protuberante demais, com a pele demasiadamente retesada.

— Tem certeza, Emi? Ninguém mesmo?

Emma olhou-a alarmada — como se tivesse medo de que Isabel soubesse de algo que ela não queria que soubesse. Então abaixou a cabeça e fitou a taça de vinho apoiada em seu ventre. Quando ela não respondeu, lembrei-me de algo.

— O que aconteceu com aquele sujeito casado?

— Com aquele de quem eu prefiro não falar? — perguntou asperamente.

— Bem, *sinto muito...*

— Oh, Lee, desculpe. — Sorriu, tentando me fazer sorrir também. — Desculpe por agir assim. Mas é que esse cara... — Meneou a cabeça.

— Mas isso foi há meses, na *primavera* passada. Ainda não o esqueceu? Emi, lamento, eu não fazia idéia. Você devia ter dito algo. — Ela nem mesmo nos dissera qual era o seu nome.

Deu uma espiada em Isabel.

— De repente deveria. Mas acontece que ele é casado. Então não me sinto muito à vontade falando dele.

— Mas você não *fez* nada — salientei. — Ou... — Hum.

— Não *fizemos*, realmente. — Mas não parecia estar muito feliz com isso.

— Então... ama-o de fato?

Ela franziu o cenho.

— Amo, mas não vamos falar sobre isso. De que adianta, se nada vai mudar mesmo? O que foi? — perguntou para a Isabel, que a estava observando. — Nenhuma palavra sábia sua? — Ela indagou sarcasticamente, mas eu estava certa de ter visto um lampejo de esperança em seus olhos.

Isabel apertou a mão de Emma.

— Que confusão! — exclamou suavemente. — Por fim, o sentimento verdadeiro.

— É. — Tentou sorrir. — Sorte minha.

— De repente pode dar certo.

— Duvido muito, Isa. Acho que é seguro afirmar que este eu perdi.

Ficamos ali sentadas, tristes e caladas, até que não pude evitar a pergunta:

— Por que todas estas coisas ruins estão acontecendo conosco ao mesmo tempo? — Eu e Emma nos viramos para Isabel, como se ela soubesse á resposta. — É carma? Algum pecado do grupo cometido há algum tempo, do qual não nos lembramos? — perguntei.

— Já sei, é por causa daquela vez em que inventamos uma mentira para aquela fulana, aquela péssima candidata que você trouxe para o grupo, Lee. Dissemos que as Graças estavam se separando para ela dar o fora.

Isabel riu.

— Não acho que tenhamos cometido um pecado. O carma, se é que existe — acrescentou esse comentário por causa de Emma —, não é uma punição, mas uma lição. Temos de aprender todas elas em algum momento. Se não for nesta vida... — Sorriu, sem concluir a frase.

— O currículo cármico. — Emma sorriu abertamente.

— Exatamente.

— Bem, eu não gosto nada disso — afirmei. — Estas lições são *terríveis, não quero* aprendê-las.

Isabel limitou-se a dar um sorriso, mas Emma disse em tom grave:

— Eu concordo. — E naquele momento me senti mais próxima a ela. Mais próxima a ela, na verdade, do que a Isabel.

Decidimos começar o jantar sem Rudy. Assim que comecei a saltear o nabo, a campainha tocou.

— Já estava na hora, pô! — resmungou Emma, mas pude ver que estava aliviada. — Vou atender.

Através do som do óleo quente, escutei-a exclamar:

— Meu Deus! O que foi? — Então virei-me. Isabel inclinou-se, deixando metade do corpo na cadeira, metade fora, a fim de fitar a sala, com a expressão aflita. Rudy apareceu no vão da porta da cozinha, seguida de Emma. Desliguei o fogo e fui correndo até ela.

— Rudy, o que aconteceu? Houve algum acidente?

— O quê? — Olhou-me em meio a um rio de lágrimas. Sua face molhada estava rubra; ela deixou escapar um som seco, como um soluço. — O que aconteceu? — repetiu Rudy. Emma agarrou a manga de seu casaco, a qual estava cheia de respingos de neve derretida. Quando Isabel se levantou com dificuldade e começou a caminhar em sua direção, ela nos tranqüilizou: — Estou bem, ninguém morreu, ninguém está ferido. — E Isabel sentiu tanto alívio que chegou a se desequilibrar um pouco; todas nós nos sentimos assim.

— Senta aqui! — ordenou Emma, fazendo-a tirar as mãos do casaco e empurrando-a para a cadeira. — Conta para a gente o que aconteceu. Não houve um acidente, isso já...

— Não, eu tive sim. Agorinha mesmo, na frente da sua casa.

— Da minha casa? — Emma arregalou os olhos.

— Esqueci que a gente tinha uma reunião hoje. Estava dirigindo por aí e fui até a sua casa; bati num hidrante quando tentei estacionar. Mas não importa, estou com o BMW do Curtis. — Ela pegou a taça de vinho de Emma e tomou dois goles grandes, tossindo depois.

Entreolhamo-nos. Estaria bêbada? Peguei uma caixa de lenços de papel no batente da janela e coloquei-a na sua frente. Rudy tirou três de uma vez e cobriu o rosto com eles. Estava com a aparência péssima, o cabelo úmido estava eriçado, os olhos estavam vermelhos e esbugalhados. Amassou os lenços e engoliu em seco.

— Bem, o que aconteceu foi o seguinte: o Curtis me disse que estava com câncer e que podia estar morrendo.

— Não! — gritei. Emma soltou um assobio. Isabel exclamou:

— Oh, meu Deus! Meu Deus! — e deixou-se cair na cadeira.

— Não! — Rudy segurou a mão de Isabel. — Não, está tudo bem. — Afirmou, com os olhos cinzentos banhados em lágrimas, apertando com força demais a mão de Isabel. — Não há nada de errado com o Curtis, ele está bem.

— O quê? Ah, graças a Deus! — Isabel suspirou, fitando-a aturdida.

Rudy deu uma gargalhada e soltou a mão de Isabel. Foi um riso estranho, que me provocou calafrios.

— Eu o deixei. Posso ficar com você?

Emma meneou a cabeça sem acreditar.

— Você o quê?

— Rudy, pelo amor de Deus — pediu Isabel —, conte-nos o que aconteceu.

Eu e Emma nos sentamos ao lado de Rudy, e todas nós nos debruçamos em sua direção, hipnotizadas. Ela deixou escapar outro soluço, desta vez mais natural.

— Gente, que bom ter vocês... — Assoou o nariz de novo, e então nos contou a história: — Em novembro do ano passado, o Curtis me disse que estava com LLC, Leucemia Linfocítica Crônica. Não tem cura, mas nem sempre é fatal. Ele falou que a dele era do tipo lento, que então poderia viver outros cinco ou dez anos e que até lá poderiam até encontrar uma cura. Ele estava cheio de esperança.

— Espere, mas você disse que ele não tem leucemia. — Eu estava tentando esclarecer tudo. — Então ele não tem.

— Ele não tem.

— Maldito seja! — vociferou Emma, pressionando a testa com os dedos, fazendo com que seus olhos se abrissem ainda mais.

— Achei estranho o Curtis ir pouquíssimas vezes no médico; e sempre que ele ia, jamais me deixava ir junto. Dizia que não queria que eu ficasse nervosa. Tomava comprimidos todas as manhãs, e nada mais. — Rudy nos contemplou com vulnerabilidade. — Acho que eram vitaminas.

— Caramba!

— Parecia estar muito bem o tempo todo, inclusive de muito bom humor. Achei que deviam ter lhe passado Prozac, anfetaminas ou algo assim para que não entrasse em depressão. De vez em quando, ele dizia que se sentia fraco ou tonto, porque a contagem de células brancas estava baixa, e eu me lembro que uma vez, no cinema, ele afirmou que estava com visão dupla.

— Visão dupla? Por causa da *leucemia*? — A incredulidade de Emma nos fez rir, mas ainda não havia nada de engraçado na história. E não imaginei que fosse surgir algo.

— O Curtis me disse que os médicos tinham afirmado que seus sintomas eram normais, que ele teria crises de vez em quando, mas que eu não deveria me preocupar. Agora eu sei que as *crises* só aconteciam quando a gente brigava. E não precisava nem ser briga, bastava uma discussão, bastava ele não estar conseguindo o que queria. Ou eu implorar que me deixasse contar pelo menos para o Eric. Ou para vocês — disse ela, olhando para Emma. — Mas o Curtis nunca me deixou contar. Ele me fez prom... pro... — Começou a chorar.

— Oh, Rudy. — Emma abraçou-a. — Está tudo bem, tudo bem, Rudy — afirmou, embalando-a. Eu e Isabel ficamos com os olhos cheios de lágrimas. Estranhei quando Emma disse: — Eu te perdôo — mas ficou claro que era o que Rudy queria. Perdão.

— Daí eu fui até o consultório do dr. Slater, que é o médico da família. Achei que o Curtis não estava me contando tudo e quis descobrir toda a verdade. Pensei que ele poderia estar pior do que estava me dizendo e que por isso estava fazendo tanta questão de manter segredo: queria me *proteger*. Meu Deus. — Levou as mãos trêmulas ao rosto. — Dá para acreditar?

— Não. Tome — disse Emma, colocando mais vinho e empurrando a taça em sua direção.

Mas ela ignorou-a e continuou a falar:

— Aí eu fui conversar com o dr. Slater. Hoje, de tarde. Nossa, parece que foi há *séculos*! Algum dia, quando eu me lembrar do que aconteceu hoje, pode ser que eu ache engraçada a expressão do médico quando perguntei quanto tempo o Curtis tinha de vida.

Emma soltou uma exclamação e, em seguida, riu. Até Rudy sorriu, assustada.

— O dr. Slater disse que não sabia do que eu estava falando. *Discuti* com ele. — Cobriu o rosto. — *Demorei tanto* para entender.

— Não... — Isabel começou a dizer algo, mas Rudy segurou sua mão.

— Esperem aí. — Continuou: — E tem mais. — Seus olhos brilharam. Conseguiu dar um sorriso tétrico. — Estão preparadas? Comentei com o dr. Slater que eu tinha parado de tentar engravidar quando o Curtis me contou que estava com leucemia, daí ele disse... Ele disse...

— *O quê?*

— Disse que o Curtis tinha feito uma vasectomia.

— Não!

— No ano passado. Lembra que eu comentei com você que a gente não tinha transado nem uma vez sequer durante o mês de dezembro? — Emma assentiu. — Taí o motivo! Ele estava se recuperando! E logo depois me disse que queria ter filhos!

Ela se recostou, aturdida. Já não estava chorando. Tinha a aparência de quem havia sido nocauteada e estava começando a acordar.

Eu e Isabel estávamos chocadas demais para dizer algo, mas Emma praguejou por todas:

— O que é que aquele puto planejava fazer quando os cinco anos passassem? Eu gostaria muito de saber. Será que o babaca achava mesmo que ia conseguir esconder a vasectomia da própria esposa? Caramba, você não ia para o mesmo médico? Será que não passou pela cabeça cheia de merda dele que um dia você poderia perguntar para o dr. Slater por que não estava conseguindo engravidar? Sabe, onde já se viu isso?

— O que ele disse, quando você contou que descobriu tudo? — interrompeu Isabel. — O que falou em defesa própria?

Devagar, Rudy foi virando o rosto em sua direção.

— Acontece que ainda não falei com ele. Só deixei um bilhete e saí. Devia ter feito a mala, mas não estava conseguindo pensar com clareza. Peguei o BMW dele — acrescentou, dando uma risada amarga.

— Ele vai ficar furioso por causa disso! — exultou Emma.

Estávamos decepcionadas. No entanto, ninguém disse nada. Repassamos toda a história, todos os detalhes sórdidos e inacreditáveis da mentira de Curtis e da ingenuidade de Rudy, a desolação que a assolara nos últimos três meses. Após algum tempo, ela parou de tremer. Sugeri que comesse pão, e não só bebesse vinho, e logo sua tez adquiriu um tom mais natural, menos fantasmagórico. Entretanto, os olhos mantinham-se lacrimejantes e sombrios demais.

Isabel, que não dizia nada havia algum tempo, anunciou:

— Rudy, creio que deveria voltar para casa.

Silêncio aturdido, e então todas começamos a falar ao mesmo tempo:

— Jamais! Deixar o Curtis é a coisa mais saudável que ela está fazendo depois de anos.

— Está maluca?

— Não *pode*, como *poderia*...

— O que vai fazer? — interrompeu Isabel para perguntar. — Sei que vai ficar com Emma por algum tempo, mas e depois?

— Vou encontrar um lugar.

— Com o quê?

Ela respondeu:

— O Curtis... — E foi se calando.

— Eu tenho grana — disse Emma, hostil.

— Eu também — afirmei. Mas comecei a pensar.

Ficamos caladas.

— Não se trata só do dinheiro — recomeçou Isabel, em um tom de voz paciente.

— Com o qual, por sinal, ele vai ficar — concluiu Emma. — O Curtis vai ficar com a casa, com os cartões de crédito, com os bens. Com seu seguro de saúde.

Nós nos demos conta de que ele ficaria com tudo.

— Ele com certeza está em posição vantajosa — disse eu, furiosa. — O filho-da-puta é *advogado*.

Ficaram boquiabertas; achei que seus queixos bateriam na mesa. Não sou totalmente incapaz de usar palavras chulas, ora bolas! Só que, ao contrário da maioria das pessoas, apenas as utilizo quando há justificativa.

— Putz! — disse Rudy, caindo em si.

— E *você* o abandonou — lembrou Emma.

— Não é só pelo dinheiro — Isabel repetiu, após um período de silêncio desanimado.

— O que está querendo dizer, Isa?

Isabel contornou lentamente, com dois dedos, a borda da xícara.

— Sempre me arrependi de ter saído de casa quando briguei com Gary. Não de ter me divorciado, mas de tê-lo deixado — explicou, sob os nossos protestos. — Eu estava *ferida*, e sair de casa e deixá-lo me deu certa satisfação. No entanto, ele tinha me traído e nunca teve de encarar ou admitir esse fato. Até hoje. Independentemente ou não de eu ter lhe perdoado.

— Faltou à aula no dia em que o assunto foi lições do carma?

— É verdade — disse eu, quando Isabel lançou um olhar afável a Emma. — Ele agiu errado com você, Isabel, e nunca pagou por isso.

— Isso mesmo — concordou Emma. — O filho-da-mãe mentiu e traiu, transando com outras mulheres, e nunca sofreu.

— Como o Curtis — acrescentei.

— Ah — disse Rudy —, mas não dá para comparar.

— Dá sim.

— O que o Curtis fez foi *pior* — declarou Emma, olhando Isabel de soslaio. — Sabe, de certa forma. Vocês não acham? Tudo bem, ele é doente, mas não dá para perdoar tamanho comportamento psicótico com a Rudy. O Gary pensava com o pênis e depois mentia. Espero que apodreça no inferno por causa disso, mas não é realmente uma atitude *diabólica*.

— Mas o Curtis... — Rudy fechou a boca. — Não, não estou tentando dizer nada de mais, não estou tentando defendê-lo.

— É melhor mesmo! — advertiu Emma ameaçadoramente.

— Bem — disse Isabel, e todas a olhamos. — O ponto aonde estou querendo chegar é o seguinte: Gary faltou com a palavra. Não quero dizer que "pecou"...

— Não foi digno o bastante? Não atingiu seu próprio potencial?

— Obrigada — disse Isabel. — Seja como for que se coloque isso, Gary nunca teve de lidar com o que fez; sem dúvida, deveria ter sido obrigado a pagar por isso. De alguma forma. E o mesmo deveria acontecer com Curtis.

— Tem toda razão.

— Não em nome da vingança, mas do equilíbrio — avisou Isabel, observando o brilho nos olhos de Emma.

— Não importa.

— Ela tem razão, Rudy — disse-lhe eu. — Seja qual for o motivo, tirá-lo de casa é algo que deve a si mesma. Ele está em casa agora?

— Não, está viajando. Mas vai voltar agora à noite.

— A que horas?

— Tarde.

Ficamos pensando.

— Tenho um pouco de medo dele — revelou Rudy, em voz baixa.

O clima ficou mais tenso; eu e Isabel nos entreolhamos, preocupadas.

— Por quê? — perguntei casualmente.

— Ele nunca chegou a me bater de verdade ou coisa parecida. Bem, uma vez, mas já faz muito tempo. É que... acho que isso tem a ver comigo, mas... — Movemo-nos nas cadeiras, deixando escapar exclamações de impaciência. Rudy fechou os olhos. — Meu Deus, eu não sei o que o Curtis faz, como consegue me convencer a fazer o que quer. Não chega a ser violento. Mas morro de medo dele, de qualquer forma. Ele me assusta, e tenho vergonha de admitir isso para vocês.

Coloquei a mão em seu ombro.

— Diga a verdade, Rudy. Você ainda o ama?

— Não sei, Lee. Como poderia? — Seu nariz estava vermelho. — Acho que meus sentimentos estão morrendo. Agora mesmo. Posso sentir. Como um aborto.

Emma rompeu o silêncio desagradável:

— Vou para a sua casa com você, se quiser. Porque não tenho medo daquele filho-da-mãe.

— Eu também não — disse eu. Mas ligaria para Henry antes.

— Vamos todas. — Isabel apoiou-se na bengala e levantou-se. — É melhor irmos em dois carros. — Nós a olhamos inquisidoramente. — Já que Rudy não vai mais para a casa de Emma depois. Ela dormirá em sua própria casa.

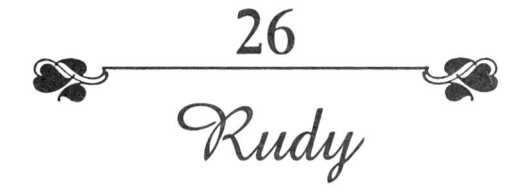

26
Rudy

Eu fui bastante rebelde durante o mestrado. Não na universidade — por algum motivo, todo o veneno que eu tinha ingerido na infância só atingiu minha circulação sanguínea aos vinte e seis, vinte e sete anos. Estou viva por milagre. Nenhum dos meus atuais amigos (exceto o Curtis) sabe como eu era naquela época — ainda não tinha conhecido a Emma, e não cheguei a contar para ela todos os detalhes desse período. Tive que rir no dia em que a Lee disse: "Uma vez dormi com um homem na noite em que o conheci!" Ela me pareceu tão fofa, com sua atitude desafiadora e envergonhada de si mesma. Se eu tivesse ganhado um níquel de cada noitada sem compromisso, de cada *hora* de transa inconseqüente...

É curioso que ninguém tenha me considerado uma vagabunda naqueles dias — pelo menos é o que eu acho. Por algum motivo, nunca fiquei com má fama, que é como costumávamos chamar isso. Pode ter sido por causa da minha aparência (respeitável) ou também por causa do jogo de cintura que herdei da minha mãe, um talento para deixar transparecer um tipo de decoro no estilo da Nova Inglaterra em meio ao total desequilíbrio e colapso emocional. Minha mãe — tente imaginar como seria se eles tivessem contratado Katharine Hepburn, em vez de Olivia de Havilland, para atuar naquele filme *Na Cova das Serpentes*. Não dá, eu sei, esse é o ponto.

Não extrapolei só na área sexual, apesar dela ter se sobressaído mais. Transei com sujeitos violentos, selvagens, casados e loucos. Usava o sexo como um analgésico — e o pior é que tinha consciência disso, tinha familiaridade com essa palavra, tinha noção do efeito terapêutico, entendia tudo. Mas continuava a usá-lo. O fato de ser desejada pelos homens e de poder escolher quem quisesse facilitou tudo. Jamais me passou pela cabeça ficar na minha, deixar de ser fácil. E, como eu disse antes, não se tratou só de sexo: não se esqueça das drogas e das biritas. Eu estava fazendo análise — faço terapia desde os treze anos —, mas o psiquiatra com quem eu me tratava em Durham era muito incompetente. Só que o sujeito era ótimo no campo das drogas psicotrópicas: tomei muitas coisas lícitas junto com as ilícitas.

O que eu estava tentando fazer era correr o mais rápido possível, usando as receitas médicas para relaxar, o sexo para me distrair, a bebida para esquecer, enfim, fazendo de tudo para abafar o crescente pavor de que eu era ou me tornaria esquizofrênica ou totalmente maníaco-depressiva. Não era um delírio paranóico — há casos de ambas as doenças na minha família. Mas aposto como você está pensando: *Que maluquice tentar evitar a loucura dessa forma!* Eu também acho, mas, sabe, no fundo, não mudei muito. O Eric diz que sim, mas não acredito nele. Meu maior temor... não, não quero nem revelar. Mas é o mesmo, sempre é o mesmo. Na verdade, nada mudou.

Foi assim que conheci o Curtis: eu estava saindo com um cara chamado Jean-Etienne Leutze, um suíço que teoricamente estava estudando arte dramática na Duke, mas que, na verdade, estava se matando de tanto encher a cara. É claro que me senti atraída por ele. Formávamos um casal e tanto. Nossos parcos amigos em comum diziam que éramos "explosivos", mas não sabiam nem da metade. Certa noite, tivemos uma megabriga no apartamento conjugado, apertado e sórdido do Jean-Etienne, que ficava num bairro estudantil pitoresco e miserável, bem longe do campus. Até aquela noite, as nossas brigas tinham sido bem originais — na minha opinião, bastante criativas —, por causa dos insultos que trocávamos e dos objetos pesados que jogávamos um no outro. Eu sabia até onde podia chegar, abrindo a janela e respirando o ar puro e perigoso na hora certa. Achava que o Jean-Etienne era o homem perfeito para mim, pelo menos naquela época, naquele lugar.

No entanto, a relação estava fadada a não dar certo. A violência sempre aumenta. Uma noite, o Jean-Etienne bateu em mim e me expulsou do apartamento — literalmente me botou para fora dando um empurrão que me fez bater na parede, no topo da escada. Não fiquei machucada, não quebrei nenhum osso ou coisa parecida, mas estava trêbada e — isso é constrangedor — nua, exceto pela calcinha.

O Curtis era vizinho do Jean-Etienne. Eu o tinha visto uma ou duas vezes, rapidamente, só de passagem, mas havia sido o bastante para pensar: *Você não parece pertencer a este lugar.* Boa-pinta e sarado demais. Louro, olhos azuis e sério, carregando sempre uma pilha de livros ou uma pasta. Ele também tinha reparado em mim, mas supus que era porque devia ouvir a barulheira — causada sempre por sexo ou brigas — através da parede fina, e devia sentir curiosidade pela companheira também decadente do Jean-Etienne.

Quando o Curtis saiu do apartamento dele, encontrou-me toda encolhida na escada, quase nua, magoada e totalmente confusa. Já passava da meia-noite, mas o Curtis estava totalmente vestido, com camisa pólo, calça cáqui e mocassim — estava estudando. Durante todo o tempo em que me tocou para me ajudar a levantar e me levar para o seu apartamento, não pareceu me olhar com segundas intenções. Foi uma experiência nova para mim. E sedutora. O Curtis tem plena consciência desse seu poder e já o utilizou trilhões de vezes desde que o conheci. Mas era algo novo para mim naquela noite e me deixei enfeitiçar sem pensar duas vezes.

Ele me deu um roupão e preparou café para curar a minha embriaguez. Lembro que ele quis chamar a polícia e que me senti comovida e extremamente agradecida, como se um paladino estivesse tomando conta de mim. Batemos papo durante horas; na verdade, eu falei a maior parte do tempo, e ele me ouviu atentamente: mais uma vez, muito sedutor. Era mais magro naquela época, mais inexperiente e menos sagaz, no entanto já tinha o incrível autocontrole que tanto me atraía. Eu mesma não tinha quase nenhum.

Quando chegou a hora de deitarmos, supus que íamos dormir juntos. Mas ele me surpreendeu ao trazer um travesseiro, um cobertor, uns lençóis e me acomodar confortavelmente no sofá. Nem mesmo me beijou.

De manhã, acordei primeiro. Tomei um banho no seu banheiro limpíssimo — verdadeiro oposto do chiqueiro do Jean-Etienne — e, em seguida, fui para o quarto e me deitei ao seu lado. Essa foi a minha maneira de agradecer. Um favorzinho em troca de outro.

O Curtis me rejeitou. Ele me queria — dormia nu, então isso era óbvio —, mas não me tomou. Algo na maneira como me afastou — com as mãos gentis, porém firmes, sem dizer uma palavra, com um sorriso escrupuloso e um ar casual — fez com que me sentisse envergonhada. E sob o seu controle.

Iniciou-se um padrão de comportamento — vejo agora com clareza — no qual eu ofendia, e o Curtis perdoava. Eu passava dos limites, ele desaprovava e depois se acalmava. Só fomos transar depois de várias semanas. Antes, o Curtis fez questão de me deixar louca de desejo, e até mesmo enquanto isso estava acontecendo eu sabia que agia de propósito. E gostei. Entrei no jogo por livre e espontânea vontade, recusando-me a ceder e me controlando porque isso o agradava; não demorou muito para me viciar no domínio que ele exercia sobre mim. Era diferente de todos os outros caras que eu tinha conhecido; era um homem de visão, determinado e, ao contrário de mim, sabia exatamente o que queria: uma carreira política. A faculdade de direito que estava cursando era apenas um trampolim.

Nossa relação nunca foi tranqüila, nem mesmo no início. Para quem olhava de fora, parecia ser unilateral, com o Curtis no comando e eu submissa. Mas as coisas nem sempre são o que parecem, nem sempre são simples.

Um pouco antes de sairmos de Durham, eu disse para o Curtis que não queria mais morar com ele, que, quando fôssemos para Washington, eu ia procurar um lugar para morar. Não estava terminando, mas precisava dar um tempo, como costumávamos dizer. Queria ir um pouco mais devagar. Num raro momento de autoconhecimento, percebi que sua possessividade era nociva e que minha cumplicidade era quase patológica.

Além disso, não estava preparada para me comprometer totalmente. Precisava de espaço para aprontar, de muita liberdade para me autodestruir e não queria toda aquela estabilidade que o lado bom do Curtis representava — bem, na verdade, queria, mas tinha medo de que houvesse um revertério e de que eu botasse tudo a perder colossalmente.

Não pude acreditar no que aconteceu a seguir. O Curtis tentou me fazer mudar de idéia, claro, enumerando argumentos de forma metódica, como só ele é capaz de fazer, mas eu finquei o pé. Então, ele fez pouco de mim e me ridicularizou, e, apesar de ter sido difícil suportar isso, de alguma forma consegui. Não dei o braço a torcer.

E aí ele começou a beber.

É o vício da família Lloyd. Ruim, sem dúvida, mas considero um privilégio vir de uma família com apenas um defeito grave. Mas o Curtis *não* bebia, ou raramente bebia, quando muito tomava uma cerveja no sábado à tarde ou uma taça de vinho no restaurante, que eu acabava terminando por ele. Ele tinha que fazer o exame da Ordem dos Advogados em três semanas e vinha estudando como um monge há meses. Um dia, depois da nossa pior briga sobre essa história de morar junto, voltei da universidade (ainda estava fazendo o mestrado em história da arte) e o encontrei desmaiado no sofá. Pensei que estava doente — a ficha não caiu, mesmo quando vi a garrafa de uísque entre as almofadas. Quando me dei conta, pensei que era só um acontecimento isolado, zombei da cara dele, passei um belo de um sermão e o levei para a ducha. Ele não disse nada, nem uma só palavra; conseguia se controlar até mesmo de porre.

Quando passou um pouco o efeito da embriaguez, ele trocou de roupa e saiu, sem dizer uma palavra. (Que arma potente é o silêncio.) Voltou com várias garrafas de vodca e nos seis dias seguintes continuou a beber, trancado no quarto.

Fiquei desesperada. Tínhamos pouquíssimos amigos em comum e não me sentia à vontade para contatar nenhum deles. Liguei para os pais do Curtis em Savannah, mas foi em vão. A conversa foi surreal, como se estivesse tentando mostrar para um peixe que suas crias estão se afogando. A certa altura, quando o Curtis foi para o banheiro, corri para o quarto e tentei pegar seu estoque de biritas. Pensei que ele ia morrer, que estava se envenenando. E *estava* — parecia um zumbi, fedorento, imundo e despenteado, o que é especialmente chocante para um cara que costuma ser tão meticuloso. Ele me pegou antes que eu conseguisse sair com as garrafas e, pela primeira e única vez desde que estávamos juntos, bateu em mim. Não com muita força, pois estava bêbado demais, mas perdi o equilíbrio e bati a testa no batente da porta, cortando-a.

Quando viu o sangue, o Curtis começou a chorar. Voltou para o banheiro e vomitou. Pensei que aquela história ia acabar, que isso ia dar um basta nela, mas o Curtis foi de novo, cambaleando, para o quarto e recomeçou a beber.

Desisti.

— Não vou deixar você — disse, e choramos feito crianças. — A gente vai encontrar um lugar legal em Washington, um apartamento lindo nas montanhas, e a gente vai ser rico e famoso; você vai se tornar presidente, e eu, primeira-dama, e nós dois vamos ficar sempre juntos. — O Curtis chorou convulsivamente, sem conseguir parar de soluçar, de soltar gemidos secos e agonizantes, dos quais nunca vou me esquecer, embora nada parecido tenha acontecido novamente. Quando se recuperou, tudo se normalizou e ele voltou a ser o sujeito sério, abstêmio e determinado de sempre.

Essa experiência me apavorou e me emocionou ao mesmo tempo, a noção inconcebível de que *eu* exercia certo poder sobre *ele*, de que eu poderia arruinar sua vida simplesmente ao deixar de fazer parte dela. Uma responsabilidade e tanto, pensei. Eu ia ter que pisar em ovos e tratá-lo muito bem, com muito carinho.

Foram necessários anos para perceber — e, mesmo assim, através de flashes confusos, que não eram muito claros, nem duravam muito — que tinha sido outra artimanha, que era ele quem detinha o poder, não eu. Como uma criança que prende a respiração para conseguir o que quer.

Pois é, essa analogia é ainda mais pertinente agora, com o Curtis brincando com a *morte* para conseguir o que quer. Mas desta vez ele foi longe demais. Por fim, seu verdadeiro eu tornou-se visível, até mesmo para mim, a mulher cega. Acabou. Pelo menos, acho que acabou. Como posso ficar com um cara muito mais louco do que eu?

— Acho que você deveria jogar todas as roupas dele na rua.

Olhei para a Lee de relance, enquanto ela metia o pé no acelerador do BMW e ocupava duas faixas na movimentada avenida Rock Creek. De repente, não foi uma boa idéia deixá-la dirigir. Ela tinha sugerido, a Isabel concordara e na hora a sugestão tinha me parecido sensata — eu estava consternada e, ainda por cima, com soluço. Mas nunca tinha visto a Lee tão brava antes; ela estava fazendo manobras que me levaram a agarrar a maçaneta da porta e desejar que o carro tivesse air bag no banco do carona. Eu deveria ter ido com a Emma, que estava bem atrás de nós, tentando nos seguir com seu pequeno Mazda vermelho.

— E deveria ligar para o chaveiro — acrescentou Lee. — Agora mesmo. Tem de mudar todas as fechaduras de sua casa, Rudy. Estou com o celular, será que pode pegá-lo na minha bolsa?

Peguei o celular, mas não me senti em condições de ligar para um chaveiro. Eu me virei para ouvir a opinião da Isabel.

— Não seria uma má idéia — disse ela, do banco de trás. — Mas provavelmente pode esperar até chegar em casa.

— Tudo bem — disse Lee, naquele tom de depois-não-digam-que-eu-não-avisei. — Mas pode ser que só possam vir amanhã. Precisamos ganhar tempo. Outra coisa, assim que chegar em casa deve começar a ligar para as empresas de cartão de crédito. Se ele quiser se vingar, tentará cancelar os seus, então é melhor se precaver. Neste momento, você está levando vantagem porque Curtis não sabe que você sabe, mas, assim que ele se der conta, a situação pode se complicar. Conhece algum advogado bom? Vou ligar para a minha mãe, ela conhece todo mundo. Isabel, você recomendaria aquele que contratou durante o divórcio? Para ser franca, acho que Rudy precisa de um mais durão, que seja um verdadeiro predador. — A expressão "o filho-da-puta é advogado" ainda ecoava na minha mente. Antes daquela noite, nunca tinha visto a Lee dizer nada mais pesado do que *droga*. Cheguei a ficar com medo. Ainda bem que ela estava do meu lado.

— Dê-me o telefone — pediu ela. — Tenho de ligar para Henry.

— Vou discar para você. — Lee estava fazendo curvas a oitenta por hora, eu queria que ela segurasse o volante com ambas as mãos.

— Não ligue para casa, ele não está lá, está na casa da minha sogra. — Em seguida, passou o número. Minha mão tremia tanto que tive que discar duas vezes. Não consegui discernir bem se o que eu estava sentindo era medo ou excitação, receio ou expectativa. E, por trás disso tudo, sentia um mal-estar, quase um enjôo, por causa das artimanhas do Curtis. Meu melhor amigo. A pessoa em quem eu mais confiava no mundo.

— Está ocupado — disse para Lee. — Vou ligar para o Eric. — Liguei e escutei, decepcionada, a mensagem da secretária eletrônica. — Eric? É a Rudy. — Solucei e ri. — Estou com soluço. Estou num carro indo a toda velocidade para a minha casa, com a Lee e a Isabel, e também com a Emma, que está vindo no carro dela atrás da gente. Não vamos deixar o Curtis entrar. *Hic.* — Minhas acompanhantes riram. Todas nós parecíamos histéricas. — Você não vai acreditar. O que não pude te contar antes é que o Curtis me disse que estava com leucemia; hoje eu descobri que era tudo mentira.

— Conte para ele a história da vasectomia — pediu Lee, dando uma guinada na avenida Independência.

— E ele fez vasectomia um ano atrás. Não estou de porre, não estou tomando nada, isso aconteceu mesmo! Então eu vou deixá-lo. Quer dizer, eu ia deixá-lo, mas agora vou expulsá-lo de casa. Todas as Graças estão comigo. Queria que você estivesse aqui também. Se chegar em casa logo, ligue para mim. Assim que chegar, a qualquer hora. Ligue para mim, por favor, preciso muito falar com você!

— Desligue — ordenou Lee. — Preciso ligar para Henry.

— Então está bom. — Continuei a deixar mensagem: — Vou desligar agora. Tomara que dê tudo certo! — Deixei o telefone cair no piso. — Ah, meu Deus, estou um caco! Como vou levar isso adiante? Tenho condições de fazer isso?

— Tem. — Isabel se debruçou e tomou o telefone de mim. — Lee, qual é mesmo o número de sua sogra?

O Henry também não estava na casa da mãe, ela tinha recebido uma chamada de emergência, e ele tinha ido atendê-la no seu lugar. A Lee explicou rapidamente o que estava acontecendo para a Jenny, que ficou de tentar mandar o recado para o Henry.

— Mande sim — enfatizou Lee. — Porque é muito importante. Aonde teve de ir? Ah, merda! — Eu e Isabel nos entreolhamos, espantadas. A Lee estava batendo todo tipo de recorde naquela noite. — Ele teve de ir até Burke — informou-nos ela. — Bem, diga para ele ir, assim que puder, para a casa de Rudy. Sim, ele sabe onde fica. Isso, em Capitol Hill. Ele sabe. Então, está bem, Jenny, obrigada. Hum-hum. Bem, não sabemos, tudo é possível. Vamos tomar. Tchau. — Desligou.

— Ela nos disse para tomar cuidado. Hã! Espero que ele tente *mesmo* alguma coisa. Não, não espero — retificou, em seguida, controlando-se. Entrou na minha rua. — Vamos esconder o carro?

— Esconder o carro?

— Se ele o vir, vai pegá-lo. Com qual dos dois quer que ele fique, com o BMW ou o jipe?

— Caramba! — Não conseguia pensar direito. — Este *é* o carro dele. Acho que os *dois* são dele.

— Ambos estão no nome dele?

— Creio que sim. Sei lá. Talvez o jipe esteja no nosso nome.

Lee praguejou mais.

— Bem, então, paciência. — Encontrou um lugar na frente da casa e estacionou. — Espero que goste de andar de metrô.

Assim que saímos do carro, reparei na luz da varanda.

— Essa não! Não! Não! Não!

A Isabel segurou o meu braço.

— Ele está aqui?

Assenti. Estava em casa, o que significava que tinha lido o meu bilhete. *Estive com o dr. Slater*, dizia. *Sei de tudo. Vou deixar você.*

A Emma chegou apressada; tinha estacionado do outro lado da rua.

— Rudy, você deixou as luzes acesas?

— Não.

— Chi!

— Ele está lá — confirmou Lee e, sob o brilho da iluminação de rua, notei seus olhares apreensivos.

A Emma segurou minhas mãos.

— Você está congelando e suas mãos estão úmidas. — Começou a massageá-las, tentando me esquentar. — Olha, Rudy. Se você quiser, a gente pode esperar aqui fora.

A Lee exclamou:

— O quê? — Emma a ignorou.

— Você é quem sabe. Se preferir falar com ele sozinha, você é quem tem que decidir. A gente está aqui para o que der e vier — continuou Emma.

— Não, quero que entrem comigo.

Todas pareceram ficar aliviadas.

— Você vai conseguir, é forte — declarou Emma, fitando-me. — Não se esqueça que daqui a pouco você vai se livrar da parte mais difícil.

— E que estamos ao seu lado — disse Isabel. — Como vamos acompanhá-la, não vai ser tão ruim assim.

— É verdade — concordou Lee. — Você só vai ter um quarto de dificuldade, pois estaremos juntas.

— Tudo bem? — perguntou Emma, e, durante alguns instantes, pensei que ia fazer com que trocássemos um aperto de mãos secreto ou algo parecido, ou com que déssemos um grito de guerra. — Então, vamos. Tudo bem? *Vamos* lá.

De braços dados, marchamos lentamente pela calçada, como uma unidade de recrutas. Lentamente, por causa da bengala da Isabel; em seguida, tivemos que nos separar na escada, que era estreita demais para nós quatro passarmos lado a lado. Mas não perdemos nosso espírito belicoso, *realmente* tínhamos a sensação de estar entrando numa batalha para enfrentar o inimigo astuto e perigoso, cujas reações eram imprevisíveis e por quem, até mesmo agora, em parte eu poderia ainda estar apaixonada.

Peguei a chave e destranquei a porta. A luz do corredor estava acesa e o Curtis estava descendo a escada. Parou na metade, quando me viu. Sua face, anteriormente pálida e rígida, iluminou-se com um sorriso radiante e surpreso.

Aquilo me desarmou, comecei a derreter como a neve no sol. Então abri por completo a porta e ele viu quem estava atrás de mim. Uma hostilidade escancarada substituiu o alívio no seu rosto e caí em mim. Mas foi por pouco.

— O que é isso, as suas amigas vão dormir aqui?

Isso mesmo, pensei, *seja bem odioso, vai acabar me ajudando.* Lee, a última a entrar, fechou a porta. Em algum lugar entre o carro e a casa, meu soluço tinha passado.

— Curtis? — disse eu, bem alto. — Curtis, quero que saia desta casa. — Realmente consegui soar calma. Puro fingimento, é claro; por dentro lutava contra o pânico e contra um tipo de desprendimento estranho do meu corpo. Vê-lo com a aparência de sempre, só que agora tendo descoberto o que eu tinha descoberto, era complicado; era como tentar encaixar o homem na sua sombra diabólica, emparelhando os dois para obter a foto perfeita.

— Rudy — disse Curtis, como se eu não tivesse falado nada. — Temos que conversar.

— De jeito nenhum. Não vou conversar com você. Quero que dê o fora. Vá para um hotel ou algo assim, vá ficar com o seu amigo Teeter.

— Rudy — repetiu, por entre os dentes. — Por favor, peça para as suas amigas irem embora. Tenho muita coisa para lhe contar, mas não vou fazer isso diante de uma platéia. — Estendeu a mão para mim; uma rendição sutil. E tinha pedido "por favor".

As minhas amigas me olharam. Elas odiariam ir embora, mas iriam se eu pedisse. Bem, Lee e Isabel, sem dúvida; Emma, eu não sabia ao certo. Mas respondi, com muita firmeza:

— Não, elas não vão embora. — E pude ver pelas expressões de seus rostos e pelos seus trejeitos que elas estavam orgulhosas de mim. Eu me senti confiante. — Ninguém aqui vai sair, só você.

A pálpebra esquerda dele estava tremendo.

— Você está enganada. Vamos conversar depois — disse e deu as costas, começando a subir a escada.

A Emma, a Isabel e a Lee me observavam.

— Curtis! — chamei. — Quero que vá embora! — Onde estava com a cabeça quando pensei que isso seria fácil? — E agora? — Olhei ao redor, desesperada.

— Você foi ótima! — disse Emma, dando tapinhas no meu ombro.

— Foi mesmo — concordou Isabel.

— Fui sim — disse debilmente. — Não me sujeitei.

— Mas ainda precisa expulsá-lo daqui — avisou Lee.

— *Como* vou fazer isso?

— Vai ter de conversar com ele. — *Oh, Isabel*, pensei, *não imaginei que fosse ingênua.* — E — acrescentou ela — nós vamos com você.

— Vão? Quer dizer, vamos todas?

Assentiram.

Caramba! Mas não parei para pensar.

— Então, está bem, vamos.

A expressão do Curtis quando nos viu foi indescritível. Estava tirando os sapatos diante do seu closet aberto; já sem a gravata.

— O que diabos está acontecendo? — Tentou dar uma risada, mas seu rosto estava crispado de raiva.

Apontei o dedo trêmulo para a mala que ele tinha jogado em cima da cama.

— Ainda bem que não começou a desfazê-la, pode levá-la quando for embora.

Ele me olhou como se não estivesse me reconhecendo. Em seguida, soltou um suspiro longo e paciente; estava com aquele ar clemente que funcionara tão bem por tanto tempo.

— Rudy, esta não é a hora apropriada para a gente discutir isso.

— Concordo. Não quero discutir. Quero que saia desta casa. Sei o que você fez, nem precisa se dar ao trabalho de negar. Não sou eu quem tem que sair, mas *você*.

A Isabel estava à minha direita; a Lee, à esquerda. A Emma tinha se sentado na cama — uma agressão mais grave, uma ocupação mais intensa do território inimigo. A possessão está prevista na lei.

O Curtis deixou transparecer um olhar divertido, do tipo: cara sensato luta contra mulheres irracionais.

— Isabel, não quer convencer suas amigas a serem razoáveis?

Ela deu dois passos em sua direção, afastando-se de nós. Estava com a bengala numa mão, a bolsa noutra; ainda trajava o sobretudo, como todas nós.

— Rudy quer apenas que seja justo. Se ela pudesse contar com sua boa vontade, seria ótimo. Não acha que deve isso a ela? Para começar a acertar as contas?

Como eu a amei naquele momento. Era demais, era a amiga mais doce. Com certeza, o Curtis entenderia sua mensagem íntegra e simples, que o ajudaria a encarar de frente seu comportamento sórdido.

Ele sorriu. Soltou um suspiro profundo. Nem se preocupou em lhe responder.

A Lee pigarreou.

— Você não está pensando que vai se livrar desta, está? Depois de tudo o que fez, não está achando que Rudy o perdoará e que tudo voltará ao normal, está?

O Curtis falou com rispidez:

— Dêem o fora daqui.

Ela respondeu com mais dignidade ainda:

— Ninguém vai dar o fora daqui. Você está colhendo o que plantou. Não haveria necessidade de estarmos aqui com Rudy se não fosse tão agressivo.

— Agressivo?

— Isso mesmo. Emocionalmente agressivo.

— Curtis — chamei-o. Ele me olhou cheio de esperança; já tinha desistido das minhas amigas. — Não há nada a ser dito, nenhuma explicação a ser dada. Eu sei o que você fez, e até mesmo por que agiu dessa forma, então não tem conversa. Estou pedindo que vá embora e nada mais.

Ele passou pela Isabel e parou na minha frente, tão próximo que tive de me conter para não recuar.

— Então a gente se fala depois — disse, com a voz suave, mas firme, dirigindo-se só a mim. — Eu vou embora, se é isso que você quer, mas vou voltar depois que as suas guarda-costas forem embora para conversarmos sobre isso. Rudy, você *sabe* que temos de conversar.

Será que estava pedindo muito? Depois de cinco anos morando juntos e seis anos casados? Tínhamos *mesmo* que conversar, não tínhamos? O silêncio tenso e hesitante se prolongou. Através do espelho da porta do closet, vi Emma olhar para o chão, vi seus ombros se curvarem. Ela sabia que eu ia sucumbir, tinha consciência de que, se o Curtis ficasse a sós comigo, ele sairia ganhando.

— Não. — Ao meu redor, ouviram-se gritos abafados. — Sinto muito, Curtis. A nossa próxima conversa vai ser no escritório de um advogado.

Ele não parou de menear a cabeça.

— Não sabe o que está dizendo. Vai ver tudo com outros olhos quando parar para pensar. Sozinha. Eu conheço você, Rudy...

— Estou vendo tudo com outros olhos agora. É bem revigorante.
— Suspirei. — Curtis, quer fazer o favor de *ir embora*?

— Olhe aqui — disse ele, rapidamente. — Eu ia contar tudo para você esta noite. Já não estava conseguindo viver com aquilo. Tudo o que eu queria era que ficasse comigo; sei que estava errado, não foi nada legal. Hoje eu ia contar a verdade para você, juro, e também ia sugerir que começássemos a fazer terapia. Com o Greenburg, se você quisesse.

— Oh, Curtis! — Não consegui evitar: ri. A Emma e a Lee acabaram rindo também, e até a Isabel sorriu com tristeza. Se ele não tivesse incluído o Eric, de repente teria acreditado nele.

— Vá se *foder*, então, simplesmente vá se *foder*! — vociferou, revelando, por fim, toda a sua maldade na boca contorcida e no olhar cheio de ódio. — Sumam da minha frente. — Saiu a toda do quarto, esbarrando em Lee no caminho, e desceu a escada.

Ficamos escutando, mas a porta da frente não abriu e fechou.

A Lee perguntou:

— E então?

— Vocês é que sabem — respondeu Emma. — Posso agüentar isso a noite toda.

A Isabel assentiu.

— Não importa para que ambiente ele vá.

Não consegui discernir o que eu estava sentindo.

— Isto é engraçado? — perguntei para a Emma, retorcendo minhas mãos.

— Ainda não, mas vai ser.

— Tem certeza?

— Tenho.

— Então vamos lá. — Descemos juntas. Antes, Emma aproveitou para pegar a mala do Curtis.

Nós o encontramos na cozinha, tentando preparar café. Entramos; a Isabel, a Emma e a Lee ficaram de costas para o balcão, e eu fiquei diante delas, no meio. A iluminação amarelada deixava nossas faces tensas ainda mais pálidas. Quatro caçadoras e uma presa. Só que o Curtis tinha recuperado seu autocontrole, e essa era uma arma bem mais letal do que sua raiva.

— Não tem jeito, Curtis. — Senti necessidade de refrescar nossas memórias: — *Você me disse que estava com leucemia.*

Ele terminou de colocar café descafeinado no filtro, ligou a cafeteira e se virou. Colocou as mãos nas laterais da face, como se fossem antolhos, tentando restringir sua visão somente a mim.

— Não me faça passar vergonha — pediu e, pela primeira vez, soou sincero. — Se você ao menos me desse a chance de explicar por que agi assim.

Por dentro, senti minha determinação começar a esmorecer.

Ainda bem que a Isabel estava ali. Ela disse:

— Mas essa não foi sua única mentira.

Como pude esquecer? Foi bom sentir a indignação e a incredulidade voltarem bramindo tão forte que ressoaram em meus ouvidos. E o Curtis teve a delicadeza, enfim, de baixar os olhos.

— Em minha opinião, só isto já é motivo suficiente para um divórcio — afirmou Lee. — Dizer para a sua esposa que queria ter um filho, depois de ter feito uma vasectomia em segredo. — Dúvida e descrença marcaram o semblante de Lee. — *Queria* ser pego? Pelo amor de Deus, você e Rudy vão ao mesmo *médico*!

Ele abriu a boca para dizer algo, mas fechou-a em seguida. Estava mudando pouco a pouco, transformando-se, bem diante dos meus olhos, não só num homem que eu não amava, como também de quem não gostava. Por fim, ele pensou numa resposta para dar a Lee.

— Isso não é da sua conta!

Incrivelmente patético. Ele me fez sentir uma idiota.

— Como pude fazer isso? — perguntei. — Como pude amar você por tanto tempo?

— Porque ele é bom no que faz — respondeu Lee. — Controla e manipula as pessoas. Acho que você é desprezível — disse a Curtis, educadamente.

— Vá se foder! — repetiu ele. Deplorável! Os cantos da sua boca salivavam. — Rudy, quer fazer o favor de *tirá-las daqui*?

— Não. Saia *você*.

Ele partiu para cima de mim e me empurrou para trás, segurando-me pelos ombros. Não usou muita força, mas a Emma gritou:

— Ei! — E ela, a Lee e a Isabel nos cercaram.

A campainha tocou.

E não parou, *ding-dong, ding-dong, ding-dong, ding-dong, ding-dong*; quem quer que fosse, devia ter se apoiado nela. O nó no meio da cozinha começou a se soltar. O Curtis se dirigiu para a porta, mas a Lee foi mais rápida e chegou primeiro. Lembrei que ela tinha ligado para o Henry.

A Emma me lançou um olhar inquisidor quando chegamos na sala: *Tudo bem com você?* Eu estava abalada, todo o meu corpo tremia de forma incontrolável. Mas, à medida que o tempo passava, ia me sentindo melhor. O empurrão do Curtis foi como uma dose de anfetamina. Estava até um pouco tonta por causa dele. Uma forma antinatural de ficar doidona, mas, e daí? O perigo me excitava.

Não era o Henry quem estava na porta, mas sua mãe.

Nunca tinha visto a Jenny com sua roupa de trabalho. As descrições da Lee não lhe faziam justiça. Usava um macacão de brim, uma camisa de flanela vermelha, um cinto de ferramentas de couro nos quadris e botas de borracha enlameadas que iam até a altura dos joelhos. Sobre o topete de sempre, um boné da empresa dizia PATTERSON & FILHO, e, na parte da frente do macacão, havia um *Jenny* gravado num tom chamativo de amarelo.

Ela tinha começado a conversar em voz baixa com a Lee quando viu a gente.

— Ouvi dizerrrrr que cês tavam com um problemiiiiinha porrr estas bandas — disse ela, com seu sotaque lânguido.

— *Ah, ah, ah, ah* — Curtis tentou rir, mas o som saiu tão artificial, que até tive pena dele. — Maravilha! Agora o show vai começar. Tem até sapatão participando.

— Veja como fala, bonitão! — avisou Jenny, sem perder o bom humor. Era como uma brisa fresca no quarto de um moribundo.

O Curtis sentiu a mesma coisa. Sob a máscara tênue e quebradiça de desprezo, parecia encurralado. Eu adivinhei o que ele ia fazer alguns instantes antes dele agir.

— Não! — Tive tempo de dizer, mas ele agarrou as laterais do aparador alto e pesado de bronze e vidro que ficava ao lado da janela. — Curtis, não!

Como não pôde levantá-lo, ele o empurrou. *Bum* — quase dois metros de prateleiras de vidro e enfeites de cerâmica se estraçalharam no piso. Todos os meus potes, lindos vasos, jarros e vasilhas se espatifaram, não sobrou nada além de restos de cerâmica num manto brilhante de vidro estilhaçado. Quebrou tudo.

Ninguém se mexeu. O Curtis respirava com dificuldade, esbaforido, e nos observava, desafiando qualquer uma a reagir. A Emma deixou escapar um som abafado e furioso. Pude ver, com o canto dos olhos, que a Isabel a estava segurando pelo braço, tentando impedir que avançasse contra ele.

Todos esses sons me deram força. Deixei o círculo protetor das Graças e caminhei, devagar, na direção do Curtis, até ficar a centímetros do seu nariz. Eu não estava com nem um pingo de medo; na verdade, tinha até ficado feliz por ele ter quebrado todos os meus enfeites. Tal como o empurrão, abriu a minha mente.

Ainda assim, minha voz soou totalmente diferente do normal; saiu alta e ofegante, e cada palavra foi enfatizada:

— Fora. Daqui. Ou vou chamar a polícia.

O Curtis riu.

— E vou contar tudo para o Teeter. Vou contar para ele o que você fez.

Ele ficou imóvel. Empalideceu. Por fim, por fim, tinha encontrado uma maneira de atingi-lo.

— Se você tentar me machucar, nunca vai ser eleito. Para nada. Só vai conseguir emprego na carrocinha, recolhendo cães.

O Curtis meneou a cabeça, sem acreditar no que estava ouvindo.

Para deixar mais claro, eu disse alto:

— Recolhendo ratos.

Alguém riu. Acho que foi a Jenny.

Ele se virou, e nós cinco formamos uma barreira. Acho que ele teria feito algo, teria nos atacado ou me ferido ou destruído mais a casa se não fôssemos mais numerosas do que ele. Além disso, uma de nós estava com uma bengala, a outra, com uma chave inglesa de cinqüenta centímetros.

— Saia — ordenei.

E o Curtis saiu.

A Jenny acendeu o fogo da lareira. A Lee serviu o café que o Curtis tinha começado a preparar. A Emma não parava de dizer: "Querem fazer o favor de me parabenizar por ter conseguido ficar de boca calada?" Como eu tinha parado de tremer, liguei para o Eric, mas ele não estava em casa. Deixei uma mensagem incoerente que terminou da seguinte forma: "Ainda bem que você não estava em casa, pois dessa forma não pôde me ajudar e eu tive que me virar sozinha."

O que não era verdade; não teria conseguido me virar sem a ajuda das minhas amigas.

— Este aqui não quebrou. — A Isabel ergueu um vasinho esmaltado em tom lilás, no formato de uma berinjela. Foi um dos primeiros que fiz, e não tinha ficado muito bom, mas eu sempre gostei dele; deve ter continuado inteiro por ser tão pesado. — E acho que pelo menos uns dois podem ser colados, Rudy.

— Cuidado com os cacos de vidro — avisou Lee, do sofá. — Venha para perto da lareira, Isabel.

— Eu sabia que, se abrisse a boca, ele ia ficar furioso, então fiquei calada.

— Emma — disse Lee, tentando satisfazê-la —, você foi maravilhosa.

— Sabe, não foi como daquela vez que vocês salvaram a Graça e eu não movi uma palha sequer. Desta vez, não fiz nada *de propósito*. Estou falando sério, tive que me segurar.

Eu a abracei e, por fim, ela abriu um largo sorriso e pareceu se acalmar.

— Você foi ótima. Foi sim. E eu tinha plena consciência do que você estava fazendo.

— Não, Rudy, *você* é que foi ótima — afirmou Emma. — Nossa, Rudy, que loucura. Você foi incrível!

— Adorei quando você falou que ele ia ter que recolher ratos! — lembrou Lee.

— Como foi que se envolveu com um cara maluco como esse? — quis saber Jenny, recostando-se no divã. Tinha tirado as botas e o cinto de ferramentas e virado o boné para trás. Parecia aquela mulher da série de filmes com os personagens caipiras Mãe e Pai Kettle, interpretada por Marjorie Main.

— Estou me lembrando da expressão dele, quando entramos no quarto — comentou Lee, esfregando as mãos. — Não tem preço!

— Você também foi incrível — disse Emma. — "Acho que você é desprezível" — repetiu, imitando a voz da Lee.

— Acho mesmo. E ele nem respondeu, não tinha o que dizer mesmo! Rudy, você não se sente ótima? Não deve se sentir, de forma alguma, culpada; deve, sim, orgulhar-se de si mesma.

— E me orgulho. — Mas, de vez em quando, meus dentes batiam e eu sentia calafrios. O calor da lareira, o café, o cobertor com o qual a Emma me cobriu, nada parecia esquentar o meu âmago frio e abalado. Quem sabe uma bebida?

— Ele não vai fazer nada agora — disse Emma. — Sabe, não vai perseguir você ou algo assim. Você realmente atingiu o ponto fraco dele com aquela história da carrocinha.

— É verdade — concordou Lee. — Ameaçar contar tudo para seus sócios foi uma idéia brilhante. Agora você pode dar as cartas e conseguir tudo o que quiser dele.

— Eu não quero nada.

— Isso é o que está dizendo agora.

— Não, não quero mesmo. Só o bastante para sobreviver, enquanto decido o que vou fazer da vida. — Eu me abracei debaixo do cobertor, estremecendo de novo.

— Rudy, se não tirar toda a grana daquele filho-da-mãe, nunca mais vou falar com você — brincou Emma; mas toda brincadeira tem seu fundo de verdade.

Elas começaram a dar sugestões: seria preciso mudar as fechaduras, ligar para os bancos, para as seguradoras e conseguir indicações de bons advogados. A Lee tinha um monte de conselhos para dar, parecia que tinha se separado umas mil vezes. Mas ela é assim, está sempre por dentro de tudo. Pouco a pouco, comecei a relaxar e a me sentir melhor. Será que ia dar certo? Tudo indicava que sim. Mas até isso me assustava, a perspectiva do sucesso. Tentei me consolar: ainda está cedo, restam milhares de possibilidades de recaídas. E senti uma forte e estranha necessidade de ligar para a minha mãe. De onde estava vindo *esse sentimento*? Eu me levantei para ligar para o Eric de novo.

— Tenho de ir — disse Lee, interceptando-me. — Quem vai nos levar? Emma? Jenny, fica muito longe para você. — O Henry tinha ligado do carro há uma hora, mas, como dissemos que não precisava vir, tinha ido para casa. — Isabel, você está pronta?

Nenhuma resposta.

— Está dormindo — disse Emma. — Acabou cochilando no chão.

A Lee foi em silêncio até onde a Isabel estava, deitada de lado, com metade do corpo no tapete, o restante no piso de madeira.

— Isa, você está acordada? Estamos querendo ir embora. — Ela se ajoelhou. — Isabel?

Eu e a Emma congelamos. Nós nos aproximamos, levadas pelo tom de voz da Lee. Então, a Isabel abriu os olhos e sorriu; e permiti que se esvaísse o medo sombrio que se apoderara de mim tão rápido que mal tinha tido tempo de identificá-lo corretamente.

— Acorde, dorminhoca.

A Isabel pousou a mão pálida no joelho da Lee.

— Acho que não vou conseguir.

— Por quê? Está se sentindo mal? O que houve? — Ela se virou para mim. — Rudy, chame uma ambulância!

— Não, não. — Isabel umedeceu os lábios. — Liguem para Kirby — pediu devagar, com cuidado. — Lee, chame Kirby.

27

Isabel

Fevereiro...

Revirando alguns documentos e papéis antigos, achei minha última caderneta de telefones, a que usara durante quinze anos, antes de comprar a atual. Li os nomes que eu escrevera tão cuidadosamente, alguns com lembretes que incluíam os nomes dos cônjuges e as datas de aniversário de seus filhos. Não sei como analisar o fato de boa parte dessas pessoas, talvez um terço delas, não ter sido incluída em minha nova caderneta. Distanciamento natural? Palavras frias para uma das pequenas tragédias da vida. As pessoas se mudam, surgem do nada em nosso caminho, afastam-se. Quando eu e Gary nos separamos, muitos conhecidos simplesmente sumiram do mapa. Mas a perda de contato com alguns é ainda mais misteriosa.

Esta mulher — Fay Kemper — morava na rua Thornapple; nós fizemos amizade no parque dos cachorros, no mesmo lugar onde conheci Lee. Ambas adorávamos jardinagem; procuramos casas juntas; ela tinha uma filha da idade de Terry, conversávamos horas ao telefone sobre nossos filhos. Ainda assim, Fay se distanciou. Não foi incluída na leva que ficou. Nossos maridos nunca se deram muito bem; sem dúvida alguma, esse foi um dos obstáculos, embora não explique tudo. Eu gostava de Fay, mas não lutei para manter sua amizade. Ela tampouco lutou por mim. Simplesmente permitimos o afastamento. Há ao menos outras doze como ela; sei que o vaivém dessas amizades passageiras acontece na vida de todos. Trata-se de uma necessidade cruel ocasionada por circunstâncias, preferências, casualidades e desinteresses — ainda assim, isso me entristece.

Durante toda a minha vida, quis dizer às pessoas que as amava. No entanto, o medo de que não iriam ligar, de que não escutariam e de que passariam a exigir demais de mim quando soubessem impedia-me de fazer isso.

Agora a situação é diferente. Os anos acumulam-se como neve no peitoril da janela. Não tenho um minuto a perder.

Esta hora do dia me assusta. Não quero falecer no inverno. Não quero que minha última visão seja a do pôr-do-sol brumoso através da janela do quarto, com galhos secos oscilando na penumbra. O vento é tão frio e impiedoso, posso imaginá-lo chamando-me com seus uivos estridentes.

Desejo partir quando estiver quente, e o firmamento, azul. Gostaria de ouvir um inseto zunir próximo à janela, um avião cruzar o céu sem nuvens. Uma conversa no outro quarto. Risos. Gostaria de sentir o perfume da relva.

Não posso perdoar meu corpo pela traição. Sou minha melhor amiga e acabei me decepcionando. Em quem vou confiar agora? Bobagem minha, eu sei. Mas o mito de minha imortalidade ainda não me deixou, embora esteja inevitavelmente carcomido nas pontas. Dá lugar a ataques de pânico. *Estou morrendo*, lembro-me de súbito após um período de esquecimento inexplicável, e minhas veias se alumiam como luzinhas de árvore de Natal, aterrorizadas. Meu estômago contrai-se. Derramo lágrimas rápidas e dolorosas. Em seguida, vem a respiração profunda, o levantar dos ombros. A tristeza opressora, impossível de compartilhar. Por mim, por todos os habitantes do planeta. Que fardo carregamos sob a perspectiva da morte, sob as asas da ave negra.

Por que a morte é um mistério tão grande? É um tabu, tal qual o sexo para uma virgem, um segredo cuidadosamente guardado. Passei a vida inteira achando que todos morreriam, menos eu.

Creio que é a única forma de vivermos. Isso tem origem na crença de que somos nossos corpos. Não é natural encarar a carne, o sangue e os ossos como abrigos temporários que logo serão desapropriados. Mas ultimamente sinto que estou chegando perto, que poderei desvendar o segredo e aprender a lição de que a morte não é uma catástrofe inexprimível, odiosa e bizarra. A vida é um ciclo, não uma linha reta que, quanto mais longa for, melhor. O ciclo nunca acaba, apenas se expande.

Março...

Emma vem me visitar quase todos os dias. Sempre me faz rir. Certa vez, contou-me que "Meu Deus!" eram as últimas palavras dos cristãos e "Que merda!", as dos ateus.

Ela nunca chegou a mencionar o nome de Mick Draco. Então, um dia, eu mesma resolvi trazê-lo à baila. (Esperar "o momento apropriado" é um luxo ao qual não posso me dar.) Ela pareceu ter ficado impressionada e aliviada, mas não particularmente surpresa por eu saber quem ele era.

— Supus que você acabaria adivinhando — disse-me. — Eu quis contar para você um monte de vezes.

— Mas achou que eu desaprovaria. Porque ele é casado.

— Não, você não é do tipo que *desaprova* nada, Isabel. Quer dizer, nada que eu ou as pessoas que ama tenhamos feito.

— Então pensou que eu não acharia bom.

— Isso. Que não acharia bom.

— É verdade — disse-lhe eu — que o adultério, em teoria, é algo de que não gosto. Na verdade, abomino.

— Bem, então somos duas.

— Mas, na prática, é um pouco mais complexo, não é?

— O Mick e eu ainda não fizemos nada de errado.

— Então está tudo acabado?

— Está. Eu pus um ponto final. Ele me pediu para esperar. Está tentando desfazer o casamento sem machucar a esposa. — Em seu rosto, entrevia-se a expressão objetiva e sarcástica de sempre. — Mas isso, na minha opinião, não é muito provável. Especialmente porque a Lee comentou que eles fazem terapia de casal há cinco anos. Então, sabe, não vou ficar sentada esperando alguma mudança ocorrer.

— Você está se sentindo feliz agora?

— Não. Estou me sentindo péssima.

— De repente, você deveria ter dito a ele que esperaria. — Ultimamente dou conselhos sem qualquer constrangimento. Sou um verdadeiro poço de conselhos.

— Mas, se esperar, vou sofrer, Isabel. Não tenho mais espaço para isso.

Ela se referiu a mim — está sofrendo por minha causa. Com freqüência, eu me vejo muito mais consolando as pessoas que amo do que lamentando minha situação. É exaustivo. Mas isso tem seu lado positivo. Porque, ao tentar convencê-las de que o que está acontecendo comigo não é uma tragédia, quase me convenço também.

Não é fácil consolar Lee, tampouco parece ser possível persuadila. Ela está bastante infeliz. Em minha opinião, a solução para um de seus problemas é simples; no entanto, até mesmo eu, neste momento crítico, não tenho a pretensão de ser capaz de resolvê-lo para ela.

Lee levou-me para passear de carro. Fazia semanas que eu não saía do apartamento, exceto para ir ao médico, ao acupunturista ou à massagista. E, para eles, vou de táxi, com Kirby. Mas estava me sentindo muito bem, então a idéia de dar uma volta me agradou. Passear por puro prazer. Levamos a Graça conosco. O inverno tinha ficado para trás — agradeci a todos os meus deuses por isso: uma preocupação a menos no que dizia respeito à morte. Foi ótimo passear com as janelas do carro abertas, com o vento batendo em nossos rostos.

Fomos até a Virgínia, até as lindas ruelas de Purcellville e Philomont. A Graça colocou o focinho cinza para fora da janela do carro e suas orelhas esvoaçaram — parecia uma cadela voadora.

— Você poderia ficar com ela?

Lee fez de conta que não ouviu.

— Kirby ficaria com ela, se eu pedisse. Mas eu preferiria que ficasse com você.

Pensei que ela não faria nenhum comentário, que ignoraria o que eu dissera. Entretanto, após algum tempo, disse-me:

— Está bem, eu fico com ela. — E então fingimos que nossos olhos estavam marejados por causa do vento.

Minha querida Graça. Ultimamente *graça* adquirira outro significado para mim. Foi-me concedida a graça de ver... nossa conexão. É quase primitiva, é muito simples. Literalmente, estamos todos juntos nisto, e minha raiva quase se dissipou em prol de um sentimento de afinidade com tudo. E todos.

Uma dádiva.

Ainda assim. Como seria mais fácil se nós pudéssemos ir com alguém. Com um companheiro, um colega. Oh, se pudéssemos levar um amigo conosco! Seria bem menos solitário.

Atualmente, alguém vem me ajudar duas vezes por semana. Após ter recebido a visita de uma funcionária da assistência social, uma enfermeira começou a vir às terças e quintas à tarde. Chama-se Roxanne Kilmer: é jovem, tem apenas vinte e sete anos; pergunto-me, às vezes, se ela não está no trabalho errado ou se não começou cedo demais. As mulheres deveriam ser mais maduras, ter mais experiência, antes de testemunharem o que Roxanne testemunha.

Não obstante, gosto dela e sou egoísta a ponto de querê-la aqui. Ajuda-me a tomar banho, troca a roupa de cama, planeja as refeições, organiza a medicação. Aprecio a agilidade e eficiência, a forma como me trata bem, sem, no entanto, sentir pena de mim. Sou uma mulher de sorte: conto com Roxanne, com a sra. Skazafava, que leva a cachorra para passear todos os dias às quatro da tarde, e com as Quatro Graças. Uma das maiores preocupações de pessoas na minha situação — a angústia de que nos momentos difíceis não terão assistência — foi eliminada. Simplesmente já não consta em minha lista de inquietudes.

E então há o Kirby. A funcionária da assistência social o classificara como meu "assistente primário", um fato óbvio e inegável que, por alguma razão, eu não havia percebido ou aceitado. Suponho que em virtude de seu jeito modesto e reservado, e também da forma como entrou em minha vida tão sorrateiramente. Como uma árvore nova, de crescimento rápido, que você planta na primavera e na seguinte torna-se perceptivelmente um arbusto vigoroso, perfeito em seu canteiro, de maneira que você nem se lembra de como aquele canto do jardim ficava sem ele. Preocupo-me por Kirby estar perdendo demasiadas horas de trabalho para ficar comigo, mas ele recusa-se a tratar do assunto ou a me deixar protestar. Não quer nem ouvir falar nisso!

De qualquer forma, nos últimos tempos, eu me canso quando converso muito. Devido a isso, nosso equilíbrio sofreu uma mudança: Kirby começou a falar mais do que eu. Ele estava um pouco enferrujado no início, e até mesmo agora não chega a ser exatamente loquaz, mas se esforça, porque sabe que eu adoro escutar. Conta-me sobre o pai, um dos oficiais do Exército com postos mais altos a falecer na Guerra do Vietnã, e sobre a mãe, dançarina de comédias musicais dos palcos de Nova York. Posso ver as duas influências contraditórias no filho, que oculta seu lado criativo e pouco convencional por trás de um conformismo silencioso, melancólico e ilusório.

Certa vez, perguntei-lhe por que continuava comigo. "Porque a amo", dissera, em tom grave. "Simples assim." Será que é? Faz diferença? Será mesmo que deveria ser uma fonte de preocupação para mim, ou para qualquer outra pessoa, ele continuar comigo, porque é sua maneira de se despedir? Uma forma digna, benevolente e tranqüila à qual não teve direito quando a esposa e os filhos faleceram no acidente? Seja como for, faz isso por amor. Então, que diferença faz?

Kirby está me ajudando a escrever uma carta para as Graças. **Eu** dito e ele a digita em seu computador portátil. À tardinha, lê o texto para mim. Deito-me no sofá, com a manta a me esquentar e a Graça ao meu lado, no chão, e ele senta-se na poltrona, sob o abajur, com as longas pernas cruzadas e a cabeça inclinada para trás, a fim de utilizar os óculos de leitura. Sua voz teatral é incrivelmente expressiva; posso escutá-la por horas. Ele costuma ler para mim peças clássicas: Oscar Wilde, Molière e Ibsen, além de comédias de Shakespeare. E romances que eu adorava quando criança, nas ocasiões em que os encontra e adquire nas livrarias: *Sem nome e sem ninguém*, *O jardim secreto*, *Mulherzinhas*. E a Bíblia, o Alcorão. Poesias. Essas outras vozes, esses outros mundos são um grande consolo para mim. Aprecio a forma como me tiram por completo de meu mundo.

Kirby ajuda-me a lidar com a correspondência também. Tantos cartões desejando pronta recuperação, tantas mensagens elegantes, sem tato, ineptas, graciosas, apreensivas, gentis. Eu perdera o contato com algumas dessas pessoas há anos, inclusive nem pensava mais nelas. Igualmente interessante para mim é a quantidade de pessoas que *não* escrevem, não ligam, ignoram por completo minha doença. Eu as perdôo de forma incondicional, e nos últimos tempos tenho escrito pequenos recados para elas de modo a deixar isso claro — não com esses termos. Entendo que o que está acontecendo comigo as deixa sem palavras, literalmente. Não conseguem evitar. Não tomo isso como algo pessoal. Antes, eu tomava, porém, não penso mais assim. Não há tempo para isso.

Gary é um dos que não dizem nada. Liguei para ele, na esperança de que algo acontecesse: um acordo, um desfecho, talvez até meu próprio perdão. Foi constrangedor. Não, foi impossível. Então Gary e eu vamos morrer separados e afastados um do outro. Tenho certeza disso agora, o que me entristece. Pensar que, no fim das contas, nossas promessas mútuas fracassaram.

Abril...

Eu e Kirby já não transamos mais, é simplesmente impossível. Mas fazemos amor. Há uma cerimônia de cura indiana que envolve a lavagem dos pés e a aplicação de óleos perfumados no corpo. Ele faz isso em mim, recitando as reflexões suaves e lentas que acompanham o ritual. Faz-me sentir que meu corpo debilitado e alquebrado é um santuário.

À noite, nos deitamos juntos e falamos da vida. Costumávamos planejar viagens, porém já não planejamos mais — recentemente desistimos desse sonho. Dessa presunção. Deixei de ser gananciosa, já não peço a Deus que me permita viver outros dois ou três ou cinco anos. Minhas aspirações diminuíram. Não quero falecer no inverno, nem dentro de um hospital — só isso. Quanto despojamento. Meu Deus, vê como sou modesta?

Penso em deixar uma palavra escrita, em fazer uma alusão a algo que compartilhamos — ainda não faço idéia do quê — para que Kirby a leia depois que eu tiver partido e se lembre de mim. Seria uma forma de permanecer viva.

Uma surpresa — nem tudo está perdido quando não há mais esperança. A aceitação — creia-me — é fonte de certo júbilo. Sim, e a partir daí chega quase a ser motivo de comemoração. Estou ansiosa para ver minhas queridas amigas. Hoje foi um dia agradabilíssimo — talvez amanhã seja também. Telefonarei para Lee, Emma e Rudy e pedirei a elas que realizem o encontro de nosso grupo aqui, amanhã à noite. Faz tanto tempo. E tenho muito a contar. Ah. Não há palavra mais difícil do que adeus; ainda assim, tenho quase certeza de que seria capaz de dizê-la. Creio que seria.

O que posso afirmar em minha defesa? Que amei e fui amada. Todo o resto torna-se irrelevante no final. Estou feliz.

28

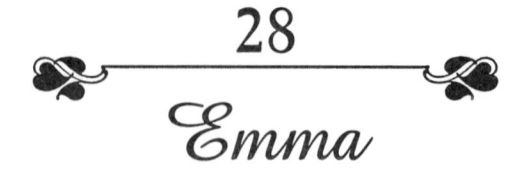

Emma

A Isabel faleceu dormindo em algum momento após a meia-noite no dia 10 de abril. Teve uma embolia — um coágulo sanguíneo bloqueou uma artéria no seu pulmão e a matou instantaneamente. O Kirby não estava ao seu lado, dormia no sofá da sala, porque ela tinha estado inquieta antes e ele achou que dormiria melhor sozinha.

Ele a encontrou pela manhã, deitada de lado, com os olhos fechados. Eu gostei de saber disso — acho que prova que estava dormindo quando faleceu. O Kirby disse que as cobertas estavam arrumadas e esticadas, e não emboladas. Segundo ele, a expressão de seu rosto era serena. Acho que a Isabel estava sonhando. Um sonho agradável, com suas amigas, com todas nós que a amávamos. E então, creio que ela simplesmente foi partindo.

Nossa querida Isabel não quis que se realizasse um funeral, não quis ser enterrada. Deixou especificado no seu testamento que, depois de ser cremada, o filho, Terry, deveria ficar com as cinzas e se desfazer delas da forma que julgasse apropriada.

Ninguém gostou desse plano, em especial o Terry, que não tinha a menor idéia do que fazer com as cinzas da mãe. Odiamos particularmente o fato de que não haveria velório, cerimônia, nada. Então, umas três semanas após o falecimento, convidei todos os amigos, familiares e conhecidos da Isabel que pude encontrar e realizamos uma cerimônia fúnebre em sua homenagem, na minha casa.

O lugar ficou lotado. A maioria dos convidados teve que ficar em pé. As pessoas tiveram que procurar um cantinho na sala de jantar, no corredor, no vestíbulo, chegando a ocupar quase metade da escada, sentadas atrás do corrimão. Não chamamos um pastor, pois a Isabel tinha pertencido a quase todas as seitas pequenas e religiões grandes. Como poderíamos escolher uma? Mas contamos com o Kirby, o que foi ainda melhor. Ele tem um jeito tão melancólico, tão clerical, um ar de padre que lhe caiu como uma luva ao exercer o papel de mestre-de-cerimônias, por assim dizer, na homenagem à Isabel. Sempre achei que o Kirby tinha um ar misterioso, sobretudo no começo, quando não o conhecia bem. Porém, no fim das contas, percebi que todo aquele enigma tinha a ver com seu profundo amor pela Isabel, e não havia nenhum mistério nisso.

Deveria ter me esforçado mais para conhecê-lo enquanto a Isabel estava viva. Deveria ter sido mais legal com ele. Não que eu tenha sido chata, mas... ah, acho que tinha ciúme dele. Era um estranho, um intruso. Um homem. Nós, as Graças, nem sempre recebemos os recém-chegados de braços abertos. Mas a Isabel era louca por ele, e tenho plena consciência de que isso não diminuiu o amor que ela sentia por nós. Por mim. A Isabel tinha amor de sobra para dar a todos.

Tinha tantos amigos, muitos dos quais tiveram que se sentar no chão da sala de jantar, porque não havia cadeiras suficientes. Eu tinha feito café e espalhado bandejas com doces pela casa, biscoitos, *brownies* e bolos de confeitaria. Quando a quantidade de gente diminuísse, eu pretendia servir bebidas alcoólicas e direcionar o encontro para uma vigília de amigos mais íntimos. Achei que a Isabel gostaria disso.

O Kirby levou os CDs favoritos dela e, quando os ali presentes não a estavam elogiando, escutávamos os sons característicos da Nova Era, de Mozart e de Emmylou Harris. As pessoas entravam e saíam o tempo todo, como se fosse uma *open house*, o que, de certa forma, não deixava de ser — gente do antigo bairro, professores e colegas da universidade, parceiras do ex-clube de *bridge*, amigos da equipe de apoio a pacientes com câncer, da corrente de cura, do grupo de meditação e vizinhos de Adams-Morgan. Fiquei surpresa ao ver quantos deles se levantaram, pigarrearam e descreveram, comovidos, sem qualquer inibição, como a Isabel os tinha tocado.

Meu coração parou de bater quando o Mick entrou. Sem a Sally. Foi abrindo caminho entre as pessoas até chegar onde eu estava, sob o arco entre a sala de estar e a de jantar, e hesitou durante o que me pareceu ser uma eternidade, mas, na verdade, foram apenas alguns segundos, antes de se inclinar e me beijar no rosto. Acho que foi a qüinquagésima pessoa a murmurar "Sinto muito", só que escutei, de fato, *suas* palavras, emocionada com sua comiseração.

Eu disse mecanicamente:

— Obrigada por vir. — E, em seguida, ele saiu, encontrando um lugar para se sentar no chão da sala. Por acaso, meu olhar se cruzou com o da Rudy. Ela ergueu bastante uma das sobrancelhas. Deixou claro o que achava.

Então a Rudy voltou a dirigir sua atenção para a sra. Skazafava, que falava sobre a mão maravilhosa da Isabel e dizia que seu jardinzinho atrás do prédio punha os outros no chão. Graça, a cachorra, estava deitada ao lado da Rudy, com o focinho branco apoiado na pata; a Rudy tinha ficado com ela. Na verdade, a Graça deveria ter ficado com a Lee, mas sua chegada estressou a super-refinada Lettice. Como nesse ínterim a Rudy tinha deixado a casa onde morava (eu sei, depois de tudo aquilo) e ido morar num apartamento que permitia animais, a solução foi óbvia. Foi uma ótima alternativa, as duas se dão bem. No momento, uma dá à outra exatamente o que precisa.

A Lee chorou durante todo o evento, do começo ao fim. O Henry segurou sua mão, ofereceu um lenço vermelho enorme, abraçou-a, permitiu que soluçasse no seu ombro.

Alguém leu um poema. Uma mulher da corrente de cura se levantou e cantou uma música que tinha composto especialmente para Isabel. Sem acompanhamento instrumental. E convidou todos a se unirem a ela e a cantarem, após nos ensinar o refrão sentimental. Sem querer, olhei para a Rudy de novo. Erro grave. Tive que virar de costas para a sala e esconder o rosto com as mãos, como se não pudesse conter a emoção. Meu riso se transformou em choro, mas depois assoei o nariz e me controlei.

O Terry tinha vindo de Montreal um dia depois da morte da Isabel e ainda não voltara para casa. Sua namorada, uma linda mulher negra chamada Susan, tinha chegado há alguns dias, e ele a levara para a cerimônia. Pensei que o Terry ia se levantar e falar algo sobre a mãe, mas não o fez. Acho que teve receio de chorar. (É por isso que *eu* não quis dizer nada.) Ele tinha trazido uma urna alongada de madrepérola, na qual se encontravam as cinzas da Isabel, e a colocara no consolo da lareira. O local pode parecer um tanto estranho, mas deu certo. Coloquei alguns lírios ao lado da linda urna, fiz um pequeno arranjo. Todos olhavam seguidamente para lá, e parecia digno, e sereno, e harmonioso. Como a Isabel.

O Gary não veio. No entanto, enviou flores e uma nota curta e bonita que o Kirby leu em voz alta. Eu não tinha a menor vontade de ver ou de falar com o Gary de novo, mas me perguntava como ele estava se sentindo com a perda da Isabel. Esperava que estivesse sentindo. E muito. Que estivesse sentindo pelo menos um décimo do que eu estava sentindo.

Os discursos improvisados começaram a diminuir. O Kirby levantou-se. Nunca o tinha visto de terno antes; usava um cinza-escuro, com colete e camisa branca, sem gravata; seu aspecto era bom. Abatido, mas bom. A beleza da Isabel, sua pureza facial, por assim dizer, foi-se realçando, à medida que a doença se agravava — e, estranhamente, o mesmo aconteceu com o Kirby. A doença da Isabel cauterizara tudo nos seus rostos, menos o caráter.

— Não tenho muito mais a dizer — disse ele, com as mãos atrás das costas numa posição militar de descanso. — Isabel nunca se desesperou, apesar de, em minha opinião, ter consciência de tudo o que ia lhe acontecer, desde o início. Há um poema de Walt Whitman de que ela gostava, especialmente do trecho que diz: "Tudo subsiste, transluz/Nada se extingue/Perecer difere do que/Todos imaginam /É mais afortunado." Ela tentou acreditar no poeta, e sei que isso lhe trouxe certo conforto. Foi muito corajosa. Sempre. Escondeu sua angústia e tristeza, apesar de senti-las. Porque não estava perdendo apenas uma pessoa amada... como nós. Estava perdendo todas.

O Kirby tirou um lenço do bolso e assoou o nariz sem nenhum constrangimento. E prosseguiu:

— Isabel acreditava que a morte é um processo, não um final. Dizia que tinha a obrigação de permanecer viva da melhor forma e pelo maior tempo possível; era o que denominava de obrigação cármica. Mas acreditava também que algo viria depois, algo melhor. Não que ansiasse chegar lá — afirmou, tentando sorrir. — Falava abertamente de seus medos, de seu pesar. Mas sua absoluta convicção de que a morte não era o fim sempre a impediu de se desesperar. Só lamentava... lamentava ter de partir sozinha.

Pareceu desamparado, olhando atentamente para todos com os olhos úmidos, como se desejasse não ter terminado com aquele comentário.

— Bem, quero agradecer a presença de todos. Isabel teria gostado de todos os seus comentários, de suas... de suas palavras eloqüentes. Obrigado. Muito obrigado a todos.

Nenhuma participante do grupo tinha falado. O Kirby estava encerrando a parte formal da cerimônia, e nenhuma de nós tinha dito nada sobre a Isabel.

A Lee tinha levado o lenço do Henry à altura da boca, estava com a cabeça baixa, apoiada no peito dele. Estava totalmente arrasada.

Lancei um olhar urgente para a Rudy. *Levante-se! Levante-se e diga alguma coisa!* Mas ela se limitou a dar um sorriso triste e a menear a cabeça. Eu queria matá-la.

— Gostaria de dizer uma coisa. — Minha voz soou constrangedoramente anasalada, como se eu estivesse com o pior resfriado do mundo. As pessoas que tinham começado a se levantar se sentaram de novo. Com todos aqueles rostos sérios e ansiosos me observando, meu coração começou a bater acelerado. — Só queria agradecer também por terem vindo. E obrigada por tudo, Kirby. E queria dizer... — O quanto vou sentir falta da minha amiga, o quanto a amava, o quanto ela significava para mim. Como começar? A minha mente foi retrocedendo, retrocedendo, buscando no passado o que ia lhes contar sobre a Isabel.

— Queria agradecer a Lee também... Lee Patterson... porque há uns onze anos ela teve a idéia de formar o nosso grupo de mulheres. As Quatro Graças. — No chão, ao lado da Rudy, a Graça escutou seu nome e levantou a cabeça para me olhar. — Foi assim que conheci a Isabel. O nosso primeiro encontro, inclusive, foi na casa dela. Eu também conheci você naquela noite, Terry. Lembra? — Ele sorriu, assentindo. — Você tinha dezesseis anos e era um aborrecente.

Risos.

— Na época, começamos com cinco participantes, mas, com o passar do tempo, só ficaram quatro. De modo geral. A Isabel e a Lee, a Rudy Lloyd... perdão, Rudy Surratt agora... e eu. Se pudesse... eu... para mim... — titubeei de novo. — Se eu fosse tentar explicar para vocês o que as Graças significam para mim, ficaríamos aqui o dia todo e, ainda assim, não poderia transmitir tudo. A Isabel era a mais velha e era bem diferente de nós. Não *por ser* a mais velha, mas por ser incomparável. Sempre achei que não a merecíamos. Bem, pelo menos eu. Foi a pessoa mais amável que já conheci. Muito calada. Era uma ouvinte maravilhosa. Observava as pessoas, mas não as julgava. Nunca julgava ninguém. Sempre soube que ela me amava. E muito.

Ah, merda. Ia acabar colocando tudo a perder se caísse no choro.

— Eu acho — prossegui — que aprendemos muito com as nossas amizades, elas nos fazem crescer e mudar. Nosso grupo nos ensinou tantas coisas, sabe, como, por exemplo, a tolerar nossas diferenças. Como manter uma boa união. Como compreender as necessidades espirituais das pessoas. Ele nos ensinou a ter um senso de humor mais prosaico, talvez até... a sermos mais sarcásticas. A abraçar. E mil outras coisas. E a Isabel não era bem a nossa líder, mas acho que era a nossa alma. Estava por trás de todas as nossas boas ações e atitudes altruístas. Não sei explicar muito bem, mas, de certa forma, a Isabel foi uma mãe para a gente. E me sinto perdida sem ela. Eu me sinto como uma órfã.

Continuei a falar, sem olhar para a Lee ou a Rudy. Sabia que, se fizesse isso, começaríamos a chorar.

— Não consigo acreditar que ela tenha partido. Desde que morreu, já me peguei um milhão de vezes querendo ligar para contar algo, algo que só ela ia entender. A Isabel sempre dava importância ao que a gente dizia, sempre reagia da forma mais apropriada. Já cheguei até a pegar o telefone e a começar a discar. Mas aí me lembro. A Lee me disse que faz a mesma coisa. Nós perdemos nossa amiga mais incrível, mais querida, mais bondosa. Tento pensar em algo positivo, em alguma coisa que me traga consolo, mas não consigo. A única coisa que me vem à mente é que ela morreu antes de entrar na fase das dores excruciantes. É, já é alguma coisa. Dou graças a Deus por isso.

"No final, foi difícil ir visitá-la. As palavras me faltavam. Dizer adeus era impossível, porque aí então não restaria esperança. Antes da despedida, sempre há mais a dizer, ainda se pode dar um jeito. Acertar. Tentar de novo. Acho que levamos a vida assim, protelando nossas tentativas de acerto, dizendo a nós mesmos que na próxima vez será diferente. Mas aí, quando não há uma próxima vez, não conseguimos suportar.

"Então eu não consegui me despedir da Isabel. Não sei se ela queria ou não que eu fizesse isso. Era tão amável que prestava atenção nas pistas que dávamos. Acho que ela foi morrendo da forma que julgava mais fácil para as pessoas que a amavam. Bem típico dela.

"E era tão fácil agradá-la. No final, quando aceitei o fato de que não havia nada que eu pudesse fazer para mudar a situação, nada que eu pudesse fazer para que se sentisse melhor, para que ficasse curada ou para que a doença desaparecesse, enfim, quando me dei conta de que ia perdê-la, tudo ficou bem mais simples. Como não havia futuro, cada momento era importante. E foi assim que eu pude fazer seu rosto se alegrar toda vez que pude fazê-la rir das minhas piadas. Bastava dizer 'Eu te amo, Isabel' para ela sorrir. Foi tudo o que pude fazer, mas me pareceu ser o bastante. E, na verdade, é tudo o que nos resta fazer; no entanto, vivemos com a ilusão de que o tempo é infinito, de que somos todos imortais e de que não há necessidade de acertar, não agora, ainda não. A Isabel me ensinou muita coisa, mas acho que essa foi a lição mais importante.

"Bem, sinto muito, eu não tive a intenção de transformar isto aqui numa sessão terapêutica. Eu queria falar sobre a Isabel, não sobre mim. Mas acho que ela está sorrindo agora. Está pensando: 'Nossa, e ela nem está bebendo.' Ela dizia que eu não parava de falar depois de tomar uma taça de vinho. E tinha razão. Então vou parar. E dizer: amo você, Isabel, e vou sentir muito a sua falta. A Rudy está cuidando da sua cachorra, e todas nós vamos ficar de olho no Terry. E no Kirby também, porque ele vai se sentir só. E esperamos que esteja num lugar maravilhoso agora, num lugar que a mereça."

Abaixei a cabeça e sussurrei:

— Tchau, Isabel. — E como isso foi insuportável, acrescentei para mim mesma: "A gente se fala depois."

A Rudy e a Lee se levantaram e me abraçaram. Formamos um tripé choroso no meio da sala, e acho que, com isso, as pessoas sentiram que a cerimônia tinha terminado.

Uma boa parte delas foi embora, mas muitas ficaram para comer, beber e se divertir. Não entendo bem como podemos fazer isso em velórios e similares. Eu também ajo assim, não estou dizendo que está errado, só que me surpreende. Já fui a vigílias nas quais o defunto fica lá no caixão e, com exceção dos parentes mais próximos — mas, às vezes, até mesmo eles —, todos se comportam como se fosse um reencontro de ex-colegas de classe. Bem, suponho que esse seja o nosso costume. Nossa forma primitiva e covarde de lidar com o profundo pesar e contato excessivo com a morte. Se havia alguém que entenderia e perdoaria isso, era a Isabel.

Então, fiz o papel de anfitriã, preparando drinques e servindo petiscos, agradecendo e agradecendo e agradecendo às pessoas que ressaltaram minha coragem ao falar, e o gesto, a seu ver nobre, de oferecer a cerimônia, a qual, com certeza, teria sido apreciada pela Isabel. Mas o tempo todo estava ciente da presença do Mick. Ele conversou com a Lee e a Rudy, e depois por um longo tempo com o Henry. Sempre que eu me permitia olhar de relance para o Mick, ele já estava me olhando. Fazia quatro meses que tínhamos colocado um ponto final na relação no meu quarto, e nunca mais o tinha visto. A Lee já não estava saindo muito com a Sally, então eu não podia contar com esse serviço secreto. Ele estava igual, o que equivale a dizer lindo. Mas parecia um pouco mais saudável do que no inverno passado, não tão branquelo. Os cabelos tinham crescido, eliminando o corte horrendo de antes. Estava muito atraente. Bastava olhar para ele e sentia meus joelhos enfraquecerem. Puxa vida, será que *nada* tinha mudado? Talvez fosse por força do hábito. Água na boca oriunda de puro condicionamento pavloviano. De qualquer forma, que caso idiota tínhamos tido; desde o início fora patético e infrutífero. *Pára de me olhar com esses seus olhos castanho-claros, caramba!*

Deve ter me ouvido, pois virou as costas.

O Terry me levou para o quintal para termos uma conversa em particular. Está muito maduro, bastante alto e bonito; herdou os olhos azuis do Gary, mas se vê um pouco da meiguice da Isabel neles também. Não chegamos a paquerar de verdade, mas o Terry gosta quando brinco dizendo que queria que ele fosse quinze anos mais velho.

— Valeu de novo por ter feito isto — agradeceu ele. — Significou muito para mim.

— Fico feliz em saber disso, mas não fiz nada.

— Queria que ela tivesse tido um enterro normal.

— Bem... — De certa forma, eu também queria. — Mas não foi o que ela quis.

— Eu sei. Escuta, Emma... — Terry apertou o nariz com ambas as mãos, um gesto masculino de indecisão. Não dá para acreditar no quanto ele amadureceu.

— O quê?

Ele desviou o olhar para dizer:

— Não sei o que fazer com as cinzas.

— Oh!

— Não tenho a mínima idéia. Será que devo enterrá-las? Há lugares próprios para isso, jardins memoriais. Mas será que a mamãe gostaria disso?

Ambos meneamos a cabeça negativamente.

— Sabe qual era o lugar favorito dela? Perguntei para o meu pai, mas ele não soube responder. O que você acha que eu devo fazer? Pensei em dá-las para o Kirby, mas... realmente não sei.

— Hum. — Realmente era um problema. O Terry voltaria para Montreal, na certa se casaria com a Susan e só viria de vez em quando ver o pai. Não tinha nada a ver levar as cinzas da Isabel para o Canadá.

— De repente... — começou ele, olhando-me esperançoso. — Eu acho que de repente as Graças gostariam, sabe, de assumir essa tarefa.

Era justamente o que eu estava pensando. Mas disse:

— Sei lá, Terry. Ela encarregou você de cuidar disso. Deve ter tido seus motivos.

— Está certo, mas ela disse que eu deveria fazer com elas o que *julgasse apropriado.*

— Hum. — Ele já tinha pensado nisso. — Você chegou a conversar com a Lee sobre isso? — Geralmente era ela quem tomava as decisões mais importantes envolvendo o grupo.

O Terry meneou a cabeça.

— Ela está meio arrasada. Pensei em falar com você primeiro.

— Ah. — Na verdade, eu me senti até um pouco lisonjeada. Imagine, eu ser a madura. — Hum. Então, está bem. Acho que falo em nome de todas, Rudy, Lee e eu, quando digo que ficaríamos honradas. Estou aceitando, mas, antes de fazer qualquer coisa, vou entrar em contato com você para comunicar o que decidimos.

— Combinado. — Sorriu aliviado, e pude ver que aquilo tinha sido um fardo para ele. Interessante. Acho que é compreensível. Mas passou pela minha cabeça que possivelmente nós, as Graças, conhecíamos a Isabel melhor do que o próprio filho, e que ele tinha sido maduro o bastante para reconhecer isso. Estava entregando suas cinzas para as pessoas nas quais ela mais confiava. Isso era triste? Ou era um consolo? Algo em que pensar depois.

O Terry e eu nos abraçamos, choramos um pouco e eu lhe disse o quanto a Isabel o amava, o quanto se orgulhava dele. Ele comentou que lamentava muito não ter apresentado a Susan para ela. Eu afirmei que a Isabel teria gostado muito dela também e choramos mais um pouco.

Dentro de casa, o aglomerado de pessoas continuou a diminuir, restando agora apenas os mais íntimos. Todos se mostraram gratos e eu agradeci sua presença. Por puro hábito, procurei o Mick e o encontrei, bem atrás de mim.

— Emma — disse ele —, tenho que ir.

Eu o acompanhei até a varanda. O sol estava se pondo, desaparecendo em meio a tons alaranjados e dourados por trás das casas na rua Dezenove. Estávamos no final de abril, no auge da primavera, porém o mês mostrava-se impiedoso; as azáleas secas ao longo da minha calçada agitavam-se na brisa gelada e o gramado na parte da frente da casa ainda tinha mais lama do que grama. Passei as mãos nos braços e agradeci a Mick por ter vindo.

— Eu quis vir — afirmou. A ausência da Sally nos cingia como fumaça. Queria perguntar: *Cadê a sua esposa? Ela sabe que você está aqui?* O Mick gostava da Isabel, claro, mas não a conhecia muito bem. Tinha vindo por minha causa.

— Gostei do que você falou — comentou.

— Eu me estendi demais.

— Não.

— Hum-hum. Acabei me excedendo. Sou uma escritora, não gosto de fazer discursos.

Isso fez com que ele se lembrasse:

— Como está o...

— Nem pergunte.

Ele sorriu e, meu Deus, meu coração tolo disparou.

Um casal, Stan, ou Sam, e Hilda sei lá de quê, veio até a varanda. O homem tinha participado do grupo de apoio contra o câncer, juntamente com a Isabel. Estava com a aparência bem saudável agora, notei, com certo ressentimento. "Já vão? Bem, obrigada por vir", "Sim, já está tarde, obrigado por nos convidar", "Boa sorte para vocês!", "Que Deus a abençoe" *et cetera* e tal, e enquanto isso o Mick ficou perto de mim, meio sem graça, esperando ficarmos a sós de novo. Notei que isso sempre acontecia conosco.

Stan e Hilda finalmente foram embora. Eu e o Mick ficamos lado a lado junto ao parapeito da varanda, sem contemplar nada em especial: a rua cheia de carros, a casa geminada do lado oposto.

— Vai sentir muitas saudades dela — disse ele.

— Achei que estava preparada, mas não estou. Estou morrendo de saudades dela.

— Pelo menos você tem suas amigas.

— É. — Suspirei.

— Sempre invejei isso.

— O quê? As Graças?

— Eu pesco truta com um cara toda primavera, em Catoctins. Durante o resto do ano, eu me encontro com ele umas três, quatro vezes. É o meu melhor amigo.

— Ah, mas isso é porque você é homem. Os homens não fazem amizade como a gente. As suas melhores amigas são... as esposas ou as namoradas. Nós contamos umas com as outras. — Isso, Emma, continue falando, meta os pés pelas mãos. Mas foi aterrador pensar que ele poderia achar que era uma alusão à Sally, quando, na verdade, eu só estava de conversa mole, abrindo a boca sem pensar duas vezes.

— Emma — ele disse a seguir. Eu realmente tinha sentido falta de escutá-lo dizer o meu nome. — Posso ligar para você?

— Para quê?

Ele riu, olhando para as mãos, que apertavam a balaustrada de madeira branca. Estava com um blazer de veludo cotelê marrom e uma camisa azul. Enquanto ele mantinha a cabeça baixa, examinei o seu perfil, o contorno da barba que começava a crescer na maçã de seu rosto. Não fiquei feliz com a sua pergunta. Estava exausta.

— Alguma coisa mudou? — Detestei ter que perguntar. De qualquer forma, pude ler a resposta em seu rosto. — Não, por favor, não ligue para mim, não quero ver você. Ah, Mick. Estou sofrendo muito. Se incluir você...

— Está bem. Está bem, Emma.

Nunca desejei tanto que alguém me abraçasse. Mas não nos tocamos, não houve sequer um roçar de mãos, e após algum tempo pareceu ser a atitude correta não ter absolutamente nenhum contato. A

Isabel tinha partido e havia um vazio no mundo que eu não tinha esperança de preencher.

No entanto, a cabeça inclinada do Mick me emocionou. Seus cabelos estavam incrivelmente bonitos. Eu me afastei de forma abrupta — ele me olhou. Naquele momento, os cílios, o contorno do seu nariz, a boca bem delineada, tudo nele exercia o efeito de um peso pesado me puxando para o fundo. E eu tinha que cortar a corda antes que esse peso me afogasse.

Por sorte, apareceram alguns convidados e eu ia ter que dar atenção a eles.

— Adeus — disse-lhe com toda sinceridade. Ele entendeu; ambos sabíamos que não haveria mais nada. Eu me virei e me despedi das pessoas que estavam se retirando, um casal interessante: uma das professoras da Isabel e seu marido. Quando olhei de novo, o Mick tinha ido embora.

Então, entrei e disse as costumeiras palavras de despedida, incluindo adeus, para mais de vinte pessoas. Era de imaginar que eu diria isso sem nenhuma dificuldade, suave e facilmente, e que a palavra estaria na ponta da minha língua. Adeus, adeus, adeus. No entanto, no final, ficou entalada na minha garganta.

A Rudy notou. Pensei: *Ah, meu Deus, Rudy, preciso da sua ajuda*, mas ela já tinha se dado conta. Livrou-se dos últimos convidados e passou a noite lá em casa.

— De repente, deveria comprar um gatinho — disse eu, observando-a com a Graça, admirando o relacionamento fácil e admirável entre animal de estimação e dona.

— Boa idéia! — falou gentilmente. Acendeu um cigarro e passou-o para mim. — É isso mesmo que a gente vai fazer, Emma. Comprar um gatinho para você.

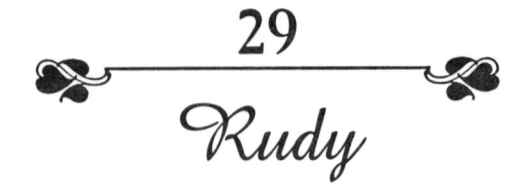

29

Rudy

Só paramos para pensar na logística de espalhar as cinzas da Isabel quando o momento chegou. Antes, tínhamos decidido: "Vamos jogá-las no mar", sem dar maior importância a essas quatro palavras, que soaram perfeitamente práticas, até mesmo românticas. Tínhamos chegado à conclusão de que a Isabel gostaria disso; ela adorava o oceano, em especial Cape Hatteras, em Outer Banks, que era o nosso recanto, o lugar favorito das Quatro Graças. Além disso, o signo da Isabel era de água (Aquário), ela acreditava em astrologia e nesse tipo de coisas. Espalhar suas cinzas no mar seria o ideal.

Mas não dá certo, não se pode fazer isso, ao menos não da areia. O vento joga as cinzas de volta *para a praia*, justamente o que se quer evitar. Por sorte, nós, melhor dizendo, a Lee percebeu isso antes de abrirmos a urna de madrepérola, evitando que as cinzas da Isabel fossem parar nas dunas da Carolina. A idéia não era tão ruim assim, só que não era essa a nossa intenção.

A Lee sugeriu que alugássemos um barco e velejássemos para bem longe antes de jogarmos as cinzas no mar — ela se lembrava de ter visto isso num filme, e tinha dado certo. A Emma sugeriu que caminhássemos até o final do cais de pesca, em Frisco, e as jogássemos dali. Mas, no fim, ambas as sugestões foram descartadas pelo mesmo motivo: iam requerer a presença de outras pessoas. Queríamos privacidade quando nos despedíssemos da Isabel pela última vez.

A solução que encontramos foi também muito melhor na teoria do que na prática. Colocamos o maiô e nadamos até onde agüentamos, bem no fundo. O acordo tácito era que cada uma ia dizer algumas palavras, e a Lee abriria a urna, permitindo que o vento conduzisse as cinzas suavemente ao mar. No fim das contas, foi o que aconteceu, só que quase não tivemos tempo de dizer nada, pois a Emma praticamente se afogou. Além de termos nos afastado demais, esquecemos que ela não sabia nadar muito bem. Foram nossos dois erros.

— Vamos voltar! — conseguiu pedir ela, nadando no estilo cachorrinho, engolindo água salgada. — Não posso ir mais longe. Vai logo, Lee, abre agora!

A Lee nada como um golfinho. Tinha chegado até ali com os braços erguidos, tomando o cuidado de manter a urna afastada d'água.

— Está bem — disse ela. — Esperem, vamos abrir aqui, acho que a distância...

— Anda, vai logo! Preciso voltar!

— Está certo. Entregamos estas cinzas de nossa querida amiga Isabel ao mar tão adorado por ela enquanto esteve entre nós. Isabel...

— Socorro!

Segurei a Emma pelos cabelos instantes antes dela afundar.

— Anda logo com isso, Lee — gritei, tentando colocar a Emma sobre mim. — Fica quieta, estou te segurando, estou te segurando. *Diz alguma coisa.*

— O quê? — Emma engasgou e cuspiu.

— Diz alguma coisa sobre a Isabel.

— Tchau, Isabel.

A Lee lhe lançou um olhar feroz, nadando com elegância.

— Entregamos estas cinzas ao mar. Muito bem, vou abrir. Rudy?

— Vou sentir saudades, Isabel. Eu te amo. Descanse em paz. — Eu tinha planejado algo melhor, mas a Emma ia acabar nos fazendo afundar. Quando a Lee abriu a urna, o vento carregou as cinzas, formando um turbilhão poeirento e ofuscante, *chhhhhhiu.* As cinzas permaneceram durante alguns instantes na superfície do mar e depois se fundiram como flocos de neve. Quando a onda seguinte chegou, desapareceram.

— Vou jogar a urna também.

— Oh, não! — exclamei. — Está bem. Mas, sei lá. A Emma, acha que ela deve...

— Meu Deus do céu!

A Lee jogou a urna e comecei a voltar para a praia, com o braço na cintura da Emma, rebocando-a como um salva-vidas. Nem sabia que podia fazer isso. A Lee ficou mais alguns minutos, e então nos seguiu.

Pode-se rir depois de situações absurdas como essa, e foi o que tentamos fazer, mas a verdade é que estávamos chateadas. Talvez se tivéssemos esperado um pouco mais, deixado passar um ano, em vez de apenas dois meses, de repente o tempo transcorrido teria diminuído nossa sensação de fracasso. Mas nos sentamos caladas e arrasadas na praia, enquanto o sol se punha atrás de nós; a Lee estava brava. Não foi um bom momento. O que deveria ter sido uma despedida comovente, importante e até mesmo catártica tinha virado um fiasco indigno, que não fazia jus à Isabel. Sentíamos tê-la desapontado.

Foi a primeira das duas noites que passamos em Neap Tide. Como não tínhamos tido tempo de fazer compras, fomos jantar no Brother's, nosso cantinho de sempre. Mas nem o churrasco gorduroso e saboroso da Carolina do Norte conseguiu nos animar. Lembranças demais. Como eu não bebia há três meses, não deu nem para fingir que estava me divertindo.

Voltamos desanimadas para a casa de praia, onde o clima não melhorou. Ninguém disse nada, mas eu sabia em que estávamos pensando: *Como conseguimos nos divertir aqui?* O que havia de tão especial em jogar baralho, ver programas fúteis de TV, aos quais você não assistiria em casa nem morta, comer para caramba e ler livros sem poder se concentrar direito porque sempre aparecia alguém para interromper? Em falar besteira e jogar conversa fora, e não usar o tempo para conversar sobre algo importante, porque tudo o que você tinha a dizer já havia sido dito na interminável viagem até Neap Tide, não restando mais nada, exceto papos furados?

Só que antes não pareciam papos furados. Pode ser que não fossem muito profundos, mas nunca eram furados. De repente, não funcionávamos bem sem a Isabel. De repente, o grupo estava com os dias contados.

Nós nos encontraríamos algumas vezes, e depois, gradativa e imperceptivelmente, começaríamos a nos dispersar, ainda fingindo que estava tudo bem, até pararmos por completo de nos ver um dia.

Sempre achei que a Lee, com seu jeito mandão e intrometido, fosse a força motriz das Graças, mantendo-as unidas. Mas será que era a Isabel? Ela, que sempre fora tão calada? Emma afirmou que a Isabel tinha sido a nossa "alma". E se estivéssemos perdidas sem ela?

— Acho que vou dormir — disse eu às dez da noite. Os olhos tão vazios quanto os de uma coruja da Emma e a Lee pousaram em mim por um instante e, em seguida, se desviaram. Nenhuma delas perguntou "Tão cedo?". Nós nos despedimos com um boa-noite abatido e desci.

Desta vez eu tinha um quarto só para mim, aquele com os beliches, onde tinha ficado com a Emma no verão passado. Eu me senti sozinha. Senti falta da Graça. Cheguei a pensar em trazê-la, mas acabei pedindo para o Kirby ficar com ela durante o fim de semana. Como ela tem artrite nas pernas traseiras, não ia conseguir subir e descer as escadas.

Deitada na cama, achei que era um bom sinal estar com saudade de casa, apesar de não ter uma. Acabei deixando-a com o Curtis — sim, eu sei, depois de todo aquele esforço — e agora estou morando num conjugado claro e espaçoso na parte ocidental de Georgetown. O Curtis não está lutando contra o divórcio. Mas, também, pudera, eu não estou pedindo muito. Só quero certa quantia em dinheiro, apenas o bastante para me sustentar até conseguir ganhar uma grana razoável. (Trabalhando com o quê?) Depois disso, nada mais. Assunto encerrado.

A Emma e a Lee não vêem com bons olhos essa minha generosidade. Até o Eric acha que estou me precipitando. Mas, para mim, vale a pena, vou fazer o possível para que tudo dê certo. Morro de medo de acontecer um revertério. Tudo está correndo às mil maravilhas, só que não confio muito na minha sorte. Estou caminhando neste terreno minado com o maior cuidado, aterrorizada com a possibilidade de uma bomba explodir sob os meus pés. Gastei tanta energia mental para deixar o Curtis que fiquei esgotada. No entanto, sinto que estou me recuperando aos poucos. Essas coisas levam tempo.

Por exemplo, ainda não voltei para o curso de paisagismo. Mas vou voltar, com certeza, no outono. Então, o que é que ando fazendo? Cerâmica de novo, o que tem sido um prazer. Não sei nem como pude parar. Estou escrevendo um diário. Ainda faço terapia còm o Eric. Não estou bebendo. Saio sempre para passear com a Graça. Continuo fazendo alguns trabalhos voluntários.

Quase todos os dias, eu descubro um artifício que o Curtis usava para me... "explorar"; não, não é bem essa a palavra. Para me enganar? Seja como for, eis aqui um miniexemplo. Nós gostávamos de ver programas de TV diferentes. Ele só queria assistir a emissoras de notícias e política. Ponto final. Já eu gostava de ver histórias, qualquer coisa com tramas: peças, filmes, dramas, comédias, clássicos. O Curtis sabia muito bem disso, mas nunca deu a mínima, simplesmente ignorava o meu gosto. Pessoas inteligentes assistiam ao discurso do secretário do Interior no Senado ou à entrevista coletiva do presidente do Comitê de Finanças. E, quando esses programas acabavam, as pessoas inteligentes desligavam a TV.

A forma que o Curtis encontrou para fazer de mim uma cúmplice passiva foi zombar de todos os tipos de programas que eu apreciava: eram vulgares, sentimentalóides, melodramáticos, banais, malfeitos, artificiais, enganosos, sórdidos — e ele sempre fingia que eu concordava com ele, que ambos éramos superiores a esse tipo de lixo. Sei que fui covarde, mas seu desprezo era tão mordaz e intenso que eu acabei *realmente* concordando com ele. Menti. Não sei explicar como ele conseguiu fazer isso, tudo o que posso dizer é que eu me sentia impotente. Ele distorcia tudo. Quando eu estava sob o seu feitiço, podia jurar que vermelho era azul, se ele quisesse.

Agora que ele está longe, vejo *Plantão Médico*, filmes antigos e reapresentações de *Seinfeld*. Sou viciada em TV. Não são tanto os programas que me atraem, mas a total ausência de culpa que sinto quando assisto a eles. Eu me sinto como uma delinqüente que saiu do reformatório. Estou em liberdade condicional, então tenho que me cuidar, não posso me comportar mal, não posso me divertir *demais*. Mas tenho algo agora que há séculos não tenho. Esperança.

— Boa-noite, Emi.

— Boa-noite, Lee.

Elas estavam sussurrando; fecharam as portas suavemente, tentando não me incomodar. Será que iam ficar acordadas como eu, aborrecidas e frustradas, pensando nos seus problemas e se perguntando por que nós três não estávamos conseguindo nos conectar? Parecíamos ter perdido a confiança no grupo. Tipo assim, se você tivesse quatro pernas e lhe amputassem uma, ia passar por maus pedaços até conseguir se movimentar com três, se é que teria sucesso. E provavelmente não iria gostar muito de si mesma, porque estaria tão desajeitada, tão... sem graça.

Eu lembro que na última vez que deitei neste beliche, ao lado da Emma, nós ficamos até tarde falando da vida. As coisas estavam começando a mudar para mim, eu estava começando a me sentir mais forte. A Emma falou "Uau, Rudy, você está se revelando!" quando contei que estava fumando na frente do Curtis. Foi em torno dessa época que ele deve ter começado a sentir minha mudança. Isso significa que ele passou uns seis meses com medo de me perder, de ficar sem a antiga Rudy — a dependente cuja vida girava em torno da dele — antes de tomar a decisão fatal de me dizer que estava morrendo.

Caramba, que ato desesperado. Ainda não consigo acreditar. O Eric diz que é patológico. Afirma que o Curtis precisa muito mais de análise do que eu.

Bem, acho que eu sempre soube disso. Éramos cúmplices nas nossas necessidades afetivas; ele estava no comando apenas em tese. Nós nos apoiávamos mutuamente. Você pode achar que a nossa relação era doentia, mas as pessoas fazem de tudo para sobreviver; ao menos nunca ferimos ninguém além de nós mesmos. Não odeio o Curtis. Eu e o Eric ainda estamos lidando com o que sinto, mas sei que não é ódio; também já superei a raiva. É que entendo o Curtis muito bem, sou parecida demais com ele, não dá para continuar metendo o pau nele.

Mas tampouco posso reatar com ele, o que prova que as mudanças são possíveis. Durante muito tempo, na verdade, a vida inteira, pensei que elas fossem impossíveis. Acho que é aí que entra o desespero, quando não se acredita na renovação.

Àquela altura, no entanto, não só tinha previsto as mudanças, como também as *tinha provocado*. Acabei *me revelando*. Ainda vivo entre a euforia e o puro terror, mas, sabe, não se trata de uma psicose maníaco-depressiva, mas de uma insanidade *normal*. De repente, poderia caracterizar isso como uma neurose caseira. Revigorante e saudável, em tese.

Mas estou assustada, sei que preciso de muito apoio e fico com medo das Graças não poderem me ajudar. Será que é isso o que vai acontecer? Nós estamos de luto, enclausuradas no nosso próprio pesar. Não estamos tristes só por causa da Isabel, temos nossos problemas pessoais também. O meu é o Curtis, o da Emma, o Mick, e o da Lee, a ausência de filhos.

De repente nós só precisamos de algum tempo para nos acostumarmos com as três pernas. Mas tenho medo. Nem toda mudança é positiva. Ah, Isabel, queria que você estivesse aqui! Não ia nos dizer o que fazer. Porém, de alguma forma, se estivesse aqui, íriamos saber.

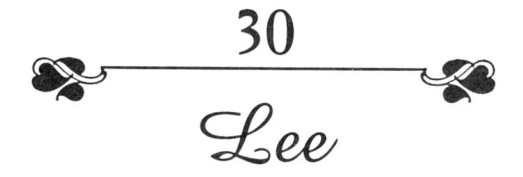

30

Lee

As Graças sempre preparam ensopado de mariscos na praia. Bem, foi o que fizemos em duas das quatro ocasiões em que estivemos aqui. Esta era a quinta vez e, se havia um momento propício para a tradição, era aquele. Então, insisti que o fizéssemos.

— Vocês podem começar a descascar as batatas — disse a Rudy e Emma. Eu havia levado dois quilos; quis aproveitá-las, já que tinha tanto em casa. — Enquanto isso, comprarei mais mariscos. Volto daqui a vinte minutos.

Acabei levando quarenta minutos, mas elas ainda estavam descascando as batatas quando regressei. Encontravam-se sentadas à mesa da cozinha, com as cabeças quase se tocando, jogando as cascas em uma sacola de papel colocada no chão, entre as duas. Quantos jantares tínhamos preparado juntas em nossas cozinhas nos últimos onze anos? Quantas taças de vinho tínhamos tomado, quantos segredos tínhamos trocado? Emma e Rudy sorriram quando me viram e, em seguida, voltaram a trabalhar. O silêncio entre elas era confortável e tranqüilo, como se fossem um casal, unido havia muito tempo. Eu as invejei — cada uma delas ainda tinha sua melhor amiga. Entretanto, Rudy estava mais magra. E Emma, mais calada. E eu? Mais triste.

Rudy me fitou com curiosidade.

— Comprou os mariscos? — Eu não tinha ultrapassado o vão da porta.

— Comprei. — Coloquei a sacola no balcão. — Fui ao correio também. Às vezes mandam contas ou formulários de imposto ou algo assim. Envio tudo para a minha mãe.

— E? — Emma franziu o cenho. — O que é isso?

Virei o envelope que estava segurando.

— Uma carta. De Isabel.

Fitaram-me. Empurraram as cadeiras e se levantaram.

— Como assim?

— Esta não é a letra dela.

— Mas o endereço está certo.

— Posso ver? Quando foi enviada?

Ainda segurando a carta, sentei-me à mesa.

— É a letra de Kirby. Foi enviada no dia 8 de maio.

— Dia 8 de maio. Mas ela...

— Kirby a enviou — disse-lhes eu. — Depois. Está endereçada a todas nós, aqui em Neap Tide. Ela deve ter previsto que viríamos para cá. Queria que a lêssemos aqui.

Coloquei o envelope sobre a mesa e nós o fitamos; observamos nossos nomes escritos em linhas diferentes com a letra bonita de Kirby. Vimos o endereço de Isabel no campo do remetente.

— Vamos abri-la? — perguntou Rudy, sentada ereta e rígida, contorcendo as mãos abaixo do queixo.

— Não, vamos jogá-la no lixo. A gente tem um monte de batata para descascar.

Ela mostrou a língua para Emma.

— A minha dúvida era: a gente deve abrir a carta *agora*? De repente seria melhor fazer isso depois do jantar.

— Por quê?

— Sei lá. Vai parecer mais...

— Como uma cerimônia — interrompi. — Vamos terminar o que temos para fazer. Então podemos levá-la para a varanda e abri-la ali.

438

— Está chovendo e já vai escurecer — avisou Emma.

— Até lá a chuva pode parar. Podemos acender velas.

Emma ergueu e abaixou as mãos, batendo-as nas coxas.

— Vocês *querem jantar antes de ler a carta da Isabel?*

Então nós a lemos primeiro. Porém, antes, Rudy desceu para buscar outro maço de cigarros. Emma abriu a melhor garrafa de vinho, o Chardonnay que estávamos guardando para tomar durante a refeição, e serviu duas taças, uma para mim, outra para ela. Rudy preparou chá gelado para si. Fui ao banheiro e enchi os bolsos de lenços de papel.

— Quem vai ler?

— Eu — respondi.

Emma ergueu as sobrancelhas; contudo, não disse nada.

Como ainda estava chuviscando, sentamo-nos no piso da sala, com cinzeiros, bebidas e lenços posicionados em pontos estratégicos ao nosso redor. Quando eu já estava começando a abrir o envelope, Rudy pediu:

— Espere! — E se levantou de um salto. — Eu tenho que ir no banheiro.

Emma franziu as sobrancelhas e sorveu o vinho, enquanto esperávamos, sem me olhar. Estava se enchendo de coragem. Ela não gosta de mostrar suas emoções em público. Ah, tomara que consiga evitar o choro, seria o fim do mundo se não conseguisse.

Rudy voltou e acendeu um cigarro.

— Pronto — disse ela, sacudindo o palito de fósforo e soltando uma grande quantidade de fumaça. — Agora sim.

No envelope havia três páginas digitadas, com uma quarta escrita à mão sobre elas.

— Esta é de Kirby.

— Leia.

— "Queridas Emma, Lee e Rudy."

— Ordem alfabética — observou Emma.

— "Nas suas últimas semanas de vida, Isabel começou a se desvincular de tudo o que conhecia e até das pessoas que amava. Disse que tinha sido uma bênção poder contar com o apoio de suas amigas no leito de morte, um presente que obviamente teria dispensado se tivesse tido a oportunidade de escolher. Disse que era difícil se lembrar de quem ela tinha sido, da 'antiga Isabel', e lhe parecia bastante complicado se importar ou mesmo conversar sobre várias das questões que antes ela considerava vitais.

"Mas como Isabel queria escrever uma carta para as Graças, teve de voltar. Não era sempre que ela queria fazer essa viagem. Apoiada em seu lado esquerdo nas almofadas do sofá — única posição na qual se sentia confortável no final —, explicou-me que se tratava de uma viagem de regresso em busca do amor. De seu canto favorito, foi aos poucos ditando as palavras desta carta para que eu as digitasse em meu computador. Foram necessárias várias sessões; como vocês sabem, ela já estava quase sem forças àquela altura. Sei que Isabel queria, mais do que nunca, partir e, de fato, parte dela já não estava ali. Costumava deitar durante longos períodos sem falar e sem dormir, possivelmente sonhando, desprendendo-se desta vida, indo para seja lá o que for que vem a seguir.

"Creio que, no final, a rapidez de seu declínio físico pegou-a de surpresa — Isabel supôs que teria mais tempo. Quando caiu em si, não lhe restou outra escolha a não ser me usar para expor o que ainda tinha a dizer. Espero que não se importem com meu envolvimento. Foi inevitável. Fico satisfeito e orgulhoso por ter contado com sua confiança para atuar como intermediário. Vocês tiveram o privilégio de conhecê-la há mais tempo, mas não creio ser possível que a tenham amado mais.

"Um grande abraço, Angel Kirby."

— Quem?

— Angel Kirby.

— Angel?

Sorrimos. Um nome apropriado.

— Vamos lá — disse Rudy ternamente, e comecei a ler a carta de Isabel.

Minhas queridas. Espero que esteja certa ao supor que vocês três estão em Neap Tide. Lee, gostaria que você lesse. Vou considerar que estão juntas, ouvindo isto ao mesmo tempo. Está fazendo um dia bonito? Estou imaginando vocês na varanda, à tardinha, com o sol se pondo. Agora a Emma já não tem que se preocupar com a exposição excessiva ao sol, então deve estar com o short de brim e a camiseta desbotada vermelha; como deve ter passado o dia todo lendo, deve estar louca para tomar um drinque e conversar. E a Rudy, a mais charmosa das mulheres, o que terá feito? Imagino que tenha desenhado na praia. E caminhado sozinha. Mas agora deve estar tomando um refrigerante ou algo assim, pronta para trocar idéias. Quanto a Lee, imagino que tenha feito alguns petiscos ou talvez preparado algum coquetel sofisticado no liquidificador. Deve estar estonteante em seu traje simples, porém de bom gosto, adquirido há pouco em uma loja sofisticada; a cor, certamente da última moda, deve lhe cair muito bem.

— Não vai conseguir ler — preveniu Emma — se começar a chorar.

Pensei em escrever três cartas diferentes, pessoais, mas acabei desistindo da idéia. No decorrer dos anos, pode ser que tenhamos mantido um ou dois segredos ou feito confidências a apenas uma de nós, mas, na maior parte do tempo, formávamos um grupo. Então optei por escrever para todas de uma vez. Até porque segredos tomam muita energia.

Rudy, eu a admiro. Nunca senti tanto orgulho de alguém quanto na noite em que expulsou Curtis de casa. Quanta coragem! Gostaria que você tivesse noção de sua força. Você chegou a dizer que não poderia ter feito aquilo sem a nossa ajuda, mas eu não acredito nisso. De qualquer forma, mesmo que fosse verdade, não é para isso que servem as amigas? Mas observe a sua vida, observe como a conduz com leveza e graça. Sei que não acredita em mim. Emma, Lee, tentem convencê-la. Rudy, você não tem nenhuma malícia, é muito bondosa. Admiro sua força e intrepidez, sua coragem a despeito da infância, de uma herança que teria acabado com qualquer pessoa menos destemida que você. Lamento dizer que não creio que seu passado ficará totalmente para trás — não nesta vida —, mas sei que você se sairá bem. Nunca se esqueça de suas verdadeiras amigas, que sempre vão apoiá-la e amá-la.

Agora, com relação aos homens, espero que aprenda a confiar em algum de novo. Sei que vai, mas espero que não deixe passar muito tempo, pois você tem muito a oferecer. Entregue-se de corpo e alma para alguém que a mereça na próxima vez. E tome cuidado. Tome emprestado o ceticismo de Emma — mas só um pouco. Torça para ter a sorte de Lee.

E tenho mais um conselho (reservo-me o direito de opinar, não é mesmo, considerando minha gloriosa posição). Se puder, faça as pazes com sua mãe. Cure essa ferida. Não posso afirmar com certeza — o Eric pode, pergunte-lhe —, mas creio que você só conseguirá seguir em frente se tentar. Afirmo-lhe isso na condição de quem já foi mãe e filha. Pode não dar certo; no entanto, não custa nada tentar. Você nunca será capaz de controlar as instabilidades de sua família, porém já não as absorverá — não são mais contagiosas, porque você agora é imune. É sim, Rudy. Já não é mais aquela menininha, aquela que ficou com a mãe no banheiro, que a acompanhou em meio aos azulejos ensangüentados até que os adultos chegassem. Você é Rudy Surratt, totalmente madura, criativa e inteligente, e adorabilíssima com seu coração imenso e generoso.

Eu a amo, Rudy. Tenho muita fé em você. Estarei sempre ao seu lado, porque sua nova vida será muito interessante. Cuide-se bem. Dedique a si mesma um pouco da ternura que oferece às pessoas e irá longe.

Fiz uma pausa.

— Isso é tudo — disse. — A página seguinte é dedicada à Emma. Rudy deitou e cobriu os olhos com as mãos.

— Continue — pediu, com a voz rouca. — O que ela tem a dizer para a Emma?

Tive de assoar o nariz primeiro.

Emma, sabe do que mais sentirei falta, no seu caso? Da forma como sempre guardou para si o desprezo que sentia por minhas crenças relacionadas à Nova Era. Quanto autocontrole! Adoro quando vira o rosto e revira os olhos, mas nunca diz uma palavra. A tolerância, sabe, é a essência da amizade. Sua tolerância — ainda bem — é fruto do amor, não da indiferença. Oh, como eu a adoro.

Também tenho um conselho para lhe dar, claro. Ah, muitos. Por algum motivo, eles me vêm à mente em pequenas epigramas, as quais podem soar presunçosas:

O medo mata. Essa sua autoproteção é uma faca de dois gumes. O fracasso não é um fracasso, é um passo, e a vida é repleta de passos. Ou falhas, com sucessos ocasionais, bem espaçados. Se você não erra com bastante freqüência, está apenas correndo, sem sair do lugar. Ademais, a dor não é a pior parte. Falo por experiência própria. E viver temendo a dor não é viver.

Deu para entender?

Para ser mais específica, como é possível que não saiba sobre o que escrever? Você afirma que ainda não encontrou um tema.

(E quando me conta algumas de suas tentativas, sou obrigada a concordar com você.) Vejo o problema com muita clareza: está se escondendo por trás das histórias. Podem até ser boas, mas, como não são verdadeiras, você as detesta. E, por conseguinte, acaba se odiando também. Pare de fazer isso. Dizer a verdade é assustador, eu sei, mas você tem a coragem necessária. Tem sim. Emma, não sabe mesmo sobre o que escrever? Sobre nós, minha querida. Não acha? Escreva um livro sobre nós.

Quanto ao amor de sua vida, meu conselho pode surpreendê-la — você provavelmente pensa que eu não encaro a "outra" com simpatia, considerando as experiências que tive. De fato, creio que o comportamento apropriado é importante, bem como a honra e a honestidade. Mas, quando as pessoas perpetuam um erro com a melhor das intenções, ele não deixa de ser um erro. A criança que vocês tentam proteger não pode ser protegida, não dessa forma, e tampouco a esposa. Está na hora de se mover, Emma, deixe a vida seguir seu curso. Ela é tão curta, oh, ela é tão curta! Corra atrás do que deseja agora. Eu realmente acho que você pode fazer isso.

Procure não ter tanto medo. Você me disse que já não tinha espaço para mais sofrimento. Bem, eu já parti e liberei um espacinho para você. Ah. É indiscutível que o amor, às vezes, causa sofrimento; entretanto, se este é o homem certo, valerá a pena.

Oh, devo continuar chamando-o de "este homem"? Pelo amor de Deus, conte a Lee quem ele é. Eu lhe garanto que ela não ficará chocada.

Obrigada pelos presentes que me deu — tantos risos, suas adoráveis inseguranças, sua lealdade. Não há ninguém como você. Foi um privilégio amá-la. Agora, crie coragem — siga o exemplo de Rudy! E tudo dará certo.

Ergui os olhos.

— A sua parte acabou. Então, quem é o sujeito? — Os olhos de Emma estavam marejados. Fiquei tão desconcertada que brinquei: — É Henry, não é?

Ela ficou embasbacada — acreditou em mim! Foi ótimo, isso *nunca* acontece, eu sou sempre a ingênua. Então, Emma se deu conta e começou a rir.

— Oh, meu Deus! — exclamou, deixando-se cair pesadamente ao lado de Rudy. Pude acompanhar seus abdomens subindo e abaixando, já que estavam chorando de rir. Ah, então Rudy sabia.

— Sou a única que não sabe quem é este homem?

Emma se sentou.

— Sinto muito, Lee, era um assunto delicado, eu simplesmente não pude te contar.

— E então? Conte-me agora.

Ela deu de ombros, tentando parecer despreocupada, mas notei que estava tensa.

— Está bem. É o Mick.

— Mick! Mick Draco? — Eu não poderia ter ficado mais surpresa. — Mas achei que nem gostava dele! — Queria mais detalhes, mas antes precisava ler o que Isabel tinha escrito para mim. — Por que não me contou? Quase não vejo mais Sally, se era com isso que estava preocupada.

— Bem. Era. Em parte.

— Mas Henry ainda se comunica com Mick — comentei. — Sally se mudou para Delaware, sabia?

A expressão incrédula de Emma dizia que não, que ela não fazia idéia.

— Como assim? — perguntou Rudy, sentando-se também.

— Eles se separaram. Não sabiam? Mick deverá se mudar para Baltimore, a fim de estudar belas-artes no Instituto de Maryland.

— Mas... Jay... e o Jay? — Emma mal podia falar. A princípio, tinha ficado pálida, agora estava corada.

— Estão buscando uma solução. Sally está com Jay agora, mas estão pensando em compartilhar a guarda. Segundo Henry, isso acabou de acontecer; só faz uma semana.

— Por que você não me *contou*? — Ficou pálida de novo. Antes que eu pudesse responder à pergunta idiota, Emma sussurrou: — Por que *ele* não me falou? — Levou as mãos à boca. — Eu disse para ele que não ia esperar — murmurou entre os dedos. — E se ele tiver desistido? Ah, mas na cerimônia foi tão... mas por que será que não me falou? Não é melhor eu ligar para ele? Seria forçar a barra? E se ele não estiver mais interessado? E se tiver partido para outra? E se tiver encontrado alguém?

— Numa *semana*?

— É possível!

— Bem, então você vai sofrer — afirmou Rudy.

— Segundo Isabel, vale a pena sofrer — lembrei.

Emma abaixou as mãos.

— Está bem. Eu vou ligar para ele. — Fez menção de se levantar.

— Ei!

— Oh! — Ela se sentou de novo, rindo, rubra de vergonha. — Sinto muito, continue, termine de ler a carta.

— Olhe, mas, se isso for atrapalhá-la de alguma forma, longe de mim, eu não quero que isso aconteça... Pare, pare com isso, quer fazer o favor de parar? Já basta... — Mas acabei rindo, quando ela me abraçou e me deu vários beijos em todo o rosto. Rudy caiu na gargalhada. *Detesto* quando Emma faz isso, e é justamente por isso que ela age assim.

Mas funcionou; nós três finalmente voltamos ao normal, comportando-nos umas com as outras tal como antes. Era nosso melhor momento juntas desde o falecimento de Isabel.

— Pois bem, vou começar a ler agora. Vocês se importam? Controlem-se.

— Está certo — disse Rudy.

— Está bem. Estamos sérias. Leia. — Emma dobrou os joelhos e abraçou-os. Até mesmo sua face parecia diferente, mais pronunciada, como se a pele tivesse enrijecido e os ossos estivessem mais salientes agora do que há cinco minutos. Parecia uma corda esticada; se a tocasse, escutaria um som agudo, tenso e sibilante.

Voltei a atenção para a carta. Na verdade, queria lê-la sozinha, mas isso não teria sido justo.

Lee. Minha doce Lee. O que devo lhe dizer? Temos conversado tanto nestes últimos dias que não resta muito a dizer, exceto que sentirei muito sua falta. Rudy e Emma lhe agradeceram ultimamente por ter criado o nosso grupo? Deveriam. Creio que ao menos uma vez por semana.

Emma e Rudy soltaram risinhos emocionados.

Você é a mais normal de todas, foi o que sempre dissemos. Muitas vezes, em virtude disso, nós nos esquecemos de ser mais flexíveis com você, supondo que era forte e que podia dispensar nossa bondade. Você é forte, mas é também meiga por dentro. Não posso imaginar os últimos doze anos de minha vida sem você. Exerceu o papel de amiga e filha. Foi minha alegria.

Ninguém disse nada quando fiz uma rápida pausa.

Já se passou algum tempo desde que você e Henry desistiram de ter um filho biológico. Um período de luto. E eu parti — a essa altura, você hesitará antes de colocar essas duas perdas no mesmo patamar. Pode ver com mais clareza. Lee, tenho boas notícias. Sabia que há uma criança procurando por você? Tentei lhe dizer isso antes, mas não soube me expressar bem. Venho pensando muito nisso. Emma não vai querer saber como posso ter certeza disso — então não vou nem explicar —, mas sei que há um bebê, neste momento, procurando por você e Henry. Tente encontrá-lo. (Ou encontrá-la; até mesmo eu não sei desse detalhe, Emma.) E, quando isso acontecer — não resta dúvida de que vai se tornar realidade —, terá de amá-lo com todo seu coração. E você amará.

Estou muito feliz por você. Para mim, é um enorme alívio saber desse detalhe a seu respeito. E seu filho — ah, que mãe maravilhosa ele terá — será uma criança de muita sorte.

Há tantas outras coisas a serem ditas. Minhas queridas Graças. Lee, Rudy e Emma, minhas amigas do peito. Mas, por outro lado, não há muito mais a ser dito. Sinto-me tão próxima a vocês. Pensei em algo que poderiam fazer para mim. Na verdade, faço questão, não aceito discussão. Devem encontrar uma participante que fique, que se torne membro em caráter permanente. Vocês terão de se esforçar, nada de iniciativas desanimadas, nada de má vontade ou falsas boas-vindas. O ideal seria recrutarem duas novas participantes. É inadmissível que nosso grupo vá se extinguindo aos poucos — vocês têm consciência disso. Façam isso por mim. Porque, na verdade, não estarão fazendo por mim, mas por vocês. É o que desejo que aconteça.

Obrigada por tudo o que me deram. Lee, Emma e Rudy, eu as amo. Obrigada por me acompanharem até o final. Sabem o que eu lamento? Não poder estar com cada uma de vocês quando chegar o momento de passarem pelo que está acontecendo comigo. Para poder retribuir o amor, o conforto e a ternura que me deram.

Porém — Emma, você sabia que algo assim estava por vir —, talvez esteja com vocês. Sim, creio que estarei. De fato, agora que parei para pensar, estou contando com isso. Só espero, por favor, Deus, que não seja logo.

Com amor,
Isabel.

31

Emma

Pedi que a Rudy e a Lee fossem até a varanda antes de telefonar para o Mick. É que o único telefone da casa ficava na cozinha e elas acabariam escutando a conversa. Já não estava mais chovendo. Estava apenas um pouco úmido. Elas foram numa boa.

Mas, adivinhe, só dava sinal de ocupado. Com quem ele estaria falando? Várias possibilidades abomináveis passaram pela minha cabeça.

— Está dando sinal de ocupado, podem voltar.

Elas entraram e, juntas, arrumamos a mesa e terminamos de preparar o ensopado.

— Bom, podem sair agora, vou ligar de novo. Tomem — disse eu, intuindo um motim, dando um pacote de salgadinhos para a Rudy —, comam isso se ficarem com fome.

Quando saíram, fazendo comentários maliciosos em voz baixa, telefonei de novo para o Mick.

— Alô?

Dali em diante, eu ia associar as emoções fortes — medo, pavor e profundo alívio — com o cheiro de mariscos cozinhando.

— Mick? É a...

— Emma?

— Isso. Oi. Hã... oi. Eu estava conversando com a Lee e ela...

— Você está em casa?

— Não, estou em Cape Hatteras.

— Vocês foram para aí hoje?

— Não, a gente veio ontem.

Ele deixou escapar uma risada estranha.

— Isso explica tudo.

— Como assim?

— Eu liguei para você ontem à noite. Achei que tinha saído com alguém. Com um dos seus inúmeros admiradores.

Minhas pernas começaram a tremer. Fui me sentando aos poucos no piso, carregando o telefone.

— Um dos meus inúmeros admiradores? — Euforia. Senti um ardor na garganta e no queixo; meus lábios incharam; minha voz soou diferente. — Eu acabei de ligar para você, mas só deu ocupado. Imaginei que fosse sua nova namorada.

Ele riu de novo. Brincalhão.

— Não, era o Jay.

— Oh! — Fiquei séria. — Onde é que ele está?

— Com a mãe. A Sally está morando com os pais em Wilmington, enquanto procura um lugar. Para ela e para o Jay.

— Ah, então vocês...

— A gente se separou. Faz uns dez dias. Tenho muito que contar. — Ele fez uma pausa e então perguntou abruptamente: — Caramba, Emma, por que diabos está tão longe?

— Eu sei! Ah, Mick. — Tive que indagar: — Por que esperou dez dias para me ligar?

— Bem, antes de mais nada, porque eu não tinha tanta certeza de que isso faria diferença.

— Como pode ter pensado isso?

— Porque na última vez em que a gente conversou, você foi bastante clara. Sobre nós. Não lembra?

— Claro que eu lembro. — Aquele diálogo penoso na varanda lá de casa. — Mas agi assim porque você não me deu nenhuma esperança. Você não via nenhuma possibilidade de mudança.

— Eu sei. Aconteceu de repente. O segundo motivo é que eu não tinha certeza se a Sally realmente ia partir. E ficar lá. Agora tenho, mas, se ela tivesse voltado, teria sido terrível. Para você.

— Por quê? — perguntei, temerosa.

— O que quis dizer é que eu não ia ficar em casa.

— Ah.

— Se ela tivesse voltado, Emma, eu teria ido embora. Porque realmente acabou.

— Ah.

— Mas eu não queria que você ficasse no meio disso tudo, caso não desse certo. Por isso, não liguei antes.

— Ah. — Era mesmo um bom motivo. Fez com que eu arreganhasse os dentes, como uma hiena, e desse, em silêncio, socos no piso. — Como foi que aconteceu? Se é que quer me contar. Sei que você sempre...

— Eu quero contar. Quero *ver* você. E se eu for até aí hoje à noite?

Agora eu estava realmente derretendo.

— Bem, você até pode vir, mas eu vou voltar amanhã.

— Amanhã. Não sei... é muito tempo.

— Eu sei.

— A gente podia se encontrar em Richmond — sugeriu-me, e rimos como adolescentes. — Ou Norfolk.

— Acho que não faria muito sentido.

— Tem razão.

— Mas Fredericksburg... — Mais risos. — Oh, Mick. Isto é... — Tudo o que sempre quis. Bater papo furado com você a longa distância.

— O quê?

— Incrível. Isto é incrível.

Fez-se uma pausa longa e feliz.

— O que você está fazendo? — perguntou. — Cadê todo mundo?

— Estou sentada no chão da cozinha. A Rudy e a Lee estão na varanda, eu as expulsei. Estão bem, já parou de chover. E você?

— Estou na cozinha também. Você nunca esteve na minha casa.

— Não. É bonita?

— Venha ver.

— Vou. — Não conseguia, simplesmente não conseguia parar de sorrir. — Você está legal? Está lidando bem com a separação? E o Jay?

— Está muito melhor do que pensei que estaria. A não ser que eu esteja enganando a mim mesmo. Sinto falta dele; essa é a pior parte. Emma, de repente vou me mudar para Baltimore, para estudar no Instituto de Maryland. Se é que vou conseguir entrar; é uma das melhores faculdades privadas de belas-artes do país.

— Vai conseguir. O que pretende fazer, o mestrado?

— Isso mesmo. E quero ficar mais perto do Jay. A Sally me surpreendeu. Não está pedindo a guarda, quer que ambos a compartilhemos.

— Ainda bem! Isso era o mais importante.

— Então, quando a gente se encontrar, pode me jogar na cara que eu deveria ter feito isso há muito tempo. Mas eu acho que não havia como resolver isso antes.

— Não vou dizer uma palavra. Serei um exemplo de autocontrole. Podia ouvir seus sorrisos, senti-los durante as pausas.

— Então — disse ele —, o que acha de Baltimore?

— Acho que é ótimo. Fica a apenas uma hora. A gente vai dar um jeito.

— Era o que eu esperava. Sabe, é...

— O quê?

— Difícil passar do sonho para a realidade.

— O que quer dizer? — Eu sabia, só queria ouvi-lo falar.

— Tudo o que está acontecendo agora. O que está para acontecer. Venho sonhando com isso há algum tempo, praticamente desde que a conheci.

— É mesmo?

— Mas tive medo de ter esperança.

— Entendo muito bem isso. Eu também.

— Mas agora... agora parece que tudo está entrando nos eixos.

— É assustador. Porque é bom demais.

— A não ser...

Ele não terminou, mas eu sabia aonde estava querendo chegar. A *não ser que não dê certo*. Sempre uma possibilidade. No histórico do Mick, não constam inúmeras relações fracassadas — que eu saiba, só uma, na verdade —, mas no meu, tem um monte. E tenho pulado de uma para outra nos últimos dezoito meses. Se isso não cria uma situação favorável ao desastre, não sei o que criaria.

— Por que a gente não tem *mais* medo agora? — quis saber. — Eu devia estar paralisada. No entanto, em vez disso, tenho esta ridícula *certeza*. Eu me sinto uma boba só por dizer isso. Mas tenho mesmo. Porque nunca senti nada parecido antes. Nunca. Ah, Mick, não dá para falar disso por telefone.

— Eu sei. Amanhã.

— Amanhã. Está bem. Putz! Estou começando a me sentir... excitada.

— Excitada — repetiu, surpreso e feliz, plenamente de acordo. Hum!

— Excitada — enfatizei.

— Ligue para mim — pediu — assim que chegar em casa.

— Pode deixar.

— Quer vir para cá?

— Não sei. — Ah, a maravilhosa logística. — Não, vá lá para casa, está bem?

— Combinado.

Conversamos um pouco mais. Mas não foi muito gratificante. Tínhamos assuntos demais a tratar e, sem dúvida alguma, demasiada lascívia. E nem podíamos falar de sacanagem, porque eu não estava sozinha. O Mick me explicou, em linhas gerais, qual tinha sido o estopim do rompimento com a Sally. Ela lhe perguntara à queima-roupa, quando jantavam no Yenching Palace, em Connecticut, se a amava. Ele poderia ter lhe dito que sim, só que sob uma ótica técnica, remota e caridosa; já não agüentava mais fazer isso. Então lhe dissera a verdade, nua e crua: não.

Apesar de ter chorado, a Sally não chegou a ter uma crise, nem a ficar devastada. Na opinião do Mick, deve ter se sentido aliviada. "A não ser que eu esteja enganando a mim mesmo", repetiu. Seja como for, tinha sido idéia dela voltar para Delaware. O Jay ficaria mais com a Sally do que com o Mick no início, e ele já tinha praticamente se resignado.

— O Jay adora os avós, que são loucos por ele. Acho que vai dar tudo certo. Vou me encontrar com o meu filho direto. Sei que estou buscando justificativas...

— Não, mas é verdade, você *vai* se encontrar muito com o Jay.

— Mas não vai ser como antes.

— Não, não vai. Mas daqui a algum tempo a poeira vai se assentar.

Eu tinha mesmo dito aquilo? Quis me levantar e me olhar no espelho, para ver se minha aparência tinha mudado também.

— Bom — disse eu, por fim. — Acho melhor eu ir. Elas já devem estar com fome. A Rudy e a Lee. — Podia vê-las vagamente pela janela, deitadas nas espreguiçadeiras, a ponta avermelhada do cigarro aceso da Rudy oscilava no escuro.

— Está certo — disse Mick, desanimado.

Que prazer infantil! Passamos ainda outros dez minutos sem conseguir desligar. Acho que vai ser assim agora. Talvez a nossa relação não dê certo (porém, creio que vai), mas, enquanto isso, nós vamos desfrutar dessa felicidade.

— Eu amo você — sussurrei, corajosíssima. *Isabel, está me ouvindo?*

Ele disse a mesma coisa, acrescentando o meu nome. Nunca vou me cansar de ouvi-lo dizer "Emma". Caramba! Daqui a pouco, estarei escrevendo o nome dele no meu livro de geografia.

— Até amanhã.

— Boa-noite, Emma.

— Boa-noite.

— Até amanhã.

— Hum-hum. Ou você pode ligar para mim mais tarde.

— Está bem.

Fez-se um silêncio desconcertante e, em seguida, rimos da solução simples. Facilitou muito a despedida.

— E aí?

— E então?

— A gente conversou. — Fui até a balaustrada e me curvei sobre ela, sentindo-me sonhadora, romântica e dispersa demais para me sentar.

A Rudy se levantou e veio até onde eu estava, ficando ao meu lado.

— Vocês conversaram?

— Nós já sabemos disso. — A Lee se levantou e se acomodou ao meu lado também.

— Lá — disse eu, debruçando-me mais. — Bem, não dá para ver daqui, fica muito longe.

— O quê?

— A gente se beijou pela primeira vez.

A Rudy suspirou.

A Lee não acreditou.

— Naquele *fim de semana*?

— Isso.

— Eu quero que me conte todos os detalhes dessa história.

— Tudo bem. — Não vejo o menor problema em contar tudo. Nunca me senti mais generosa.

— Mas, antes, diga-me uma coisa: você vai atrás dele?

— Se eu vou *atrás* dele?

— Não é isso que Isabel aconselhou você a fazer?

— Acho que sim.

— E então? Vai?

Sorri. Será que não podia ler o meu rosto? A visão da Lee era tão limitada às vezes!

— Você vai adotar um bebê? — perguntei.

— Oh, Emmi. — Ela se abraçou com força. — Ele está à minha procura. — Murmurou, admirando a noite. As nuvens tinham desaparecido, as estrelas brilhavam.

— Isso significa que vai?

Lee assentiu devagar, com olhos sonhadores.

— Por que esperei tanto?

Eu e a Rudy nos entreolhamos.

— Bem, por quê? — perguntei.

— Porque... sei lá. Agora é óbvio, mas, antes... nós descartamos essa possibilidade sem pensar duas vezes. Henry disse que queria ter seus próprios filhos, no entanto... Eu acabei acrescentando isso à minha longa lista de motivos para eles serem biológicos, e essas justificativas não tinham qualquer sentido. Isabel tentou me dizer, mas não lhe dei ouvidos.

— Estava tão determinada.

— E tem outro detalhe, eles nunca falam sobre isso nas clínicas de fertilidade. Passei os últimos dois anos em consultórios médicos e a palavra *adoção* não foi mencionada nem uma vez sequer durante esse período. Nem uma vez. Não é incrível? Nem mesmo por uma enfermeira. Então eu simplesmente não pensei nisso.

— E o Henry não vai se importar?

— Ah, não. Não vai.

Gostaria que eu, ou a Rudy, *tivesse tido* a coragem de dizer algo para ela antes. Só que tivemos tato demais ou algo assim, ou nos esforçamos muito para ser suas cúmplices nessa obsessão, preocupadas demais em "apoiá-la" para sugerir uma alternativa.

— Rudy acha que deveríamos tentar adotar uma criança estrangeira, porque o processo deve ser mais rápido — comentou Lee. — Talvez um órfão russo ou romeno. Ou um pequeno judeu-ucraniano.

— Ela parou de contemplar o céu e se tornou pragmática. — Assim que terminarmos de jantar, vou ligar para Henry.

— E se for uma menina, a Lee vai chamá-la de Isabel — disse Rudy.

— Claro! — exclamei. — E se for menino, Isadore.

Sorrimos na penumbra.

— Vocês acham que realmente temos que buscar uma participante temporária?

— Uma permanente — corrigiu Lee. — Isabel disse que deveríamos.

Suspiramos.

— Tenho uma colega de trabalho... — disse Lee.

Soltamos exclamações de protesto.

— Acho que vou ligar para a minha mãe hoje. — Rudy jogou a guimba de cigarro sobre a balaustrada. — Nossa, fiquei surpresa por ela não ter dito que eu devia parar de fumar.

Não sei por que cargas-d'água me virei e lhe dei um abraço apertado.

— Uau! — exclamou, satisfeita. — Você está melhorando tanto neste ponto.

— Estou?

— Eu também notei — afirmou Lee.

— E aí, alguém está faminta? — indaguei. Mas ninguém se moveu. Ainda não queríamos entrar.

— Sabem o que seria legal? — disse Rudy. — Se nós envelhecêssemos juntas.

— E por que não haveríamos de fazer isso?

— Não, eu quis dizer *juntas*.

— Isso aí — concordei. — Num asilo de velhinhas. — Há anos eu tenho essa fantasia. — A gente sentaria nas nossas cadeiras de balanço na varanda de uma linda casa antiga no campo.

— A gente não vai ter perdido a capacidade mental — decidiu Rudy. — Só vai estar mais velha.

— E você ainda vai estar linda. Eu vou estar gorducha, mas a Lee vai empurrar a minha cadeira de rodas, já que ainda vai estar firme e forte.

— Sabe-se lá. Se quer que eu a empurre, vai ter de me tratar muito melhor.

— E vamos continuar gostando uma da outra — afirmou Rudy.

— Vamos jogar muita canastra.

— *Bridge* — corrigiu Lee.

— E quando uma de nós morrer — sugeri —, vai ser cremada. Mas não espalharemos as cinzas até que a última parta.

— Certo, mas daí quem é que vai espalhar?

— O Isadore. Lá. — Apontei para o local onde tínhamos deixado a Isabel, a uns quarenta metros da praia, no mar invisível.

— O Isadore?

— O seu filho. Ele vai ter uns sessenta anos quando isso acontecer. Tomara que se mantenha em forma para poder completar o percurso a nado.

— Ao contrário de certas pessoas.

A lua tomava vulto sobre o mar. O estridular dos grilos foi ficando cada vez mais alto, chegando a abafar o som da rebentação. Do outro lado da estrada, um pai e seus dois filhos saíram para jogar basquete na rua.

"Escreva um livro sobre nós", sugerira Isabel. Será que esse poderia ser o meu tema? Não conseguia visualizá-lo com clareza. A vida real é por demais caótica; não é nada fácil transpô-la. Já a ficção, nossa, é bem mais simples. Tenho pensado num mistério, com um toque de romance e de perigo, talvez até de amnésia. Gosto de histórias com amnésia. Poderia ser sobre quatro mulheres, que pertenceriam a um grupo, sendo que uma delas seria assassinada. Não, isso seria triste demais. A *irmã* de uma delas seria assassinada, e elas se reuniriam para solucionar o crime. Se fizesse sucesso, poderia se transformar numa série. *As intrépidas. Mulheres de coragem.*

Precisaria aperfeiçoar o título.

Mas a Isabel tinha dito: "Escreva um livro sobre nós." Oh, amiga, não sei. (Eu falo assim com ela agora, como se estivesse ao meu lado, batendo papo. Acho que todas nós fazemos isso.) Isso soa tão equilibrado, tão maduro. Preciso pensar um pouco mais, está bem? Sim, eu sei, a questão do tempo; a vida é curta e nunca se sabe o quanto vai durar, eu sei, eu sei.

Está bem, vou refletir sobre isso. Mas, se eu ficar sem idéias, vou acrescentar uma amnésia.

— Vamos jantar?

Entramos. A mesa estava bonita. Acendemos velas, usamos guardanapos de pano. Não falamos sobre a diferença que fazia sermos apenas três e não mais quatro. A Isabel tinha toda razão: tínhamos que incluir uma nova participante.

Após a refeição, todas queriam usar o telefone. A Lee queria ligar para o Henry, a Rudy, para a mãe, e eu... Só queria que desocupassem a linha para o Mick poder falar comigo.

Não estávamos preparadas para a extensão do que acontecera ali. Tínhamos ido para a praia com um propósito específico: *encerrar* uma etapa; no entanto, lá estávamos nós, recomeçando. Está gostando, Isabel? Está sorrindo, esfregando as mãos, sentindo-se satisfeita aí, seja lá onde estiver? Não a invejo, nem mesmo se estiver realizada. Só queria que estivesse aqui, entre nós, sabe? Sinto muitas saudades.

Fim

Impresso no Brasil pelo
Sistema Cameron da Divisão Gráfica da
DISTRIBUIDORA RECORD DE SERVIÇOS DE IMPRENSA S.A.
Rua Argentina 171 – Rio de Janeiro, RJ – 20921-380 – Tel.: 2585-2000